ブルックリンの少女

ギヨーム・ミュッソ
吉田恒雄 訳

集英社文庫

ブルックリンの少女

主な登場人物

ラファエル・バルテレミ……………………人気小説家
アンナ・ベッケル……………………………ラファエルの婚約者、小児科の研修医
マルク・カラデック…………………………ラファエルの友人、組織犯罪取締班の元警部
テオ……………………………………………ラファエルの幼い息子
クロティルド・ブロンデル…………………リセ・サント＝セシルの学園長
マリカ・フェルシーシ………………………サント＝バルブ医療院の臨床心理士
マルレーヌ・ドラトゥール…………………『ウエスト・フランス』紙の記者
ハインツ・キーファー………………………連続少女拉致監禁事件の犯人
ルイーズ・ゴティエ…………………………キーファーの被害者
カミーユ・マソン……………………………キーファーの被害者
クロエ・デシャネル…………………………キーファーの被害者
クレア・カーライル…………………………キーファーの被害者
ジョイス・カーライル………………………クレア・カーライルの母親
アンジェラとグラディス……………………ジョイス・カーライルの姉妹
フローレンス・ガロ…………………………『ニューヨーク・ジャーナル』紙の記者

アラン・ブリッジス……………………政治情報サイト〈#ウィンターサン〉の編集主幹
メ・スヨン……………………………ニューヨーク市警の元警部補
イグナツィオ・バレージ……………ニューヨーク市警の刑事
タッド・コープランド………………共和党大統領候補、ペンシルヴェニア州知事
ブラント・リーボウィッツ…………元陸軍中尉
ゾラー・ゾアキン……………………ブラントの姪
リシャール・アンジェリ……………パリ警視庁捜査介入部の警部
ステファン・ラコスト………………刑事、アンジェリの手下
ジャン=クリストフ・ヴァッスール……コマンド対策部隊の刑事
フランク・ミュズリエ………………ファルスブールの憲兵隊中佐
マキシム・ボワソー…………………ナンシーの書店員

イングリッドへ
ナータンへ

そして、彼女は去った……

アンティーブ、二〇一六年八月三十一日、水曜日

結婚式を三週間後に控え、夏の終わりのコートダジュールで過ごすこの連休が貴重な息抜きになるだろう、太陽の下での水入らずのひとときになるだろうと楽しみにしていた。

夕方になり、ぼくらは旧市街の城壁の上を散歩したあと、カフェテラスでメルローのワインを飲み、レストラン〈ミケランジェロ〉の石組みアーチ天井の下でスパゲッティ・ボンゴレを味わった。お互いの仕事について、また参列者はぼくらを祝福してくれる証人となる友人二人とぼくの息子テオだけというごく内輪の結婚式についても話しあった。

帰りの沿岸道(コルニッシュ)では、岬の切り立った絶景をきみが満喫できるよう、ぼくはレンタルのカブリオレをゆっくり走らせた。きみのエメラルドグリーンの瞳、ゆるめのシニヨン、ミニスカート、〝パワー・トゥ・ザ・ピープル〟と書かれた黄色のTシャツの上から着た薄い革のブルゾンといったすべてを、ぼくははっきりと覚えている。急カーブの手前でシフトダウンをしながらきみの脚に目をやり、それをきみに見られ、ぼくらは笑った。きみはアレサ・フランクリンの古いヒット曲を口ずさんでいた。快適な気候だった。空気に適度の湿り気があり、ほんとうにリラックスできた。あのときのきみのきらめく瞳、輝く表情、風に波うつ後れ毛、

ダッシュボードをリズミカルに叩く細い指をはっきり覚えている。

ぼくたちは、地中海を見下ろす優雅な〈真珠採りの苑（その）〉にある十軒ほどの別荘のひとつを借りていた。かぐわしい松林をよこぎる砂利道を上っているあいだも、きみは周りの絶景に目をみはった。

あの最後に幸せだったときのことを、ぼくははっきり覚えている。

★

セミの鳴き声。波の子守歌。湿った空気を軽やかにするそよ風。

岸壁に臨むテラスで、きみは蚊を遠ざけるとかいうアロマキャンドルを点（とも）し、ぼくはチャーリー・ヘイデンのCDをかけた。ぼくはフィッツジェラルドの小説の主人公をまねてテラスのカウンターの後ろに陣どると、二人分のカクテルを用意した。きみのお好みはロングアイランド・アイスティー、たっぷりの氷とレモン一切れを入れること。

あんなに楽しそうなきみを見るのは珍しいことだった。快適な宵になったことだろう。快適な宵になるはずだった。ところが、ぼくはそれまで自制していたのだが、しばらくまえから頭のなかにしまっておいた「分かるだろう、アンナ、お互いに秘密を持つのはよそう」という繰り言、強迫観念にとらわれてしまった。

ほんとうのきみを知らないという怖れ、なぜそれがあの晩に噴き出してしまったのか？

結婚式が間近になっていたからだろうか？　それともぼくは踏んぎるのを怖れたのだろうか？　将来を誓い合うという決断を急ぎ過ぎたことが問題だったのか？　おそらくそのぜんぶが混じっていたのだろうし、加えてあのころ、ぼくは親しく思っていた複数の友人に裏切られたという一時的なストレスもあった。

グラスを渡しながら、きみと向かいあって座った。

「アンナ、真剣な話だが、ぼくは嘘を抱えながらでは生きていけないと思う」

「ちょうど良かった、わたしも同じ考え。でもね、嘘をつかずに生きることは、秘密を持たないということといっしょではないでしょう」

「ということは、きみは秘密があることを認めているんじゃないか」

「ラファエル、秘密なんてだれでも持っているものなの！　あたりまえの話よね。それぞれの秘密があるから、個人が成りたつわけ。秘密は自分のアイデンティティーの一部、また自分の歴史、謎の一部を形づくっているんだと思う」

「ぼくは、秘密なんかないな」

「あら、そうなの？　わたしは持つべきだと思うけど！」

きみは失望し、怒ってもいた。ぼくも同じだった。その晩の喜びや愉快な気分がかき消えてしまった。

その時点で議論するのをやめるべきだったのに、ぼくはあらゆる理屈を駆使し、頭から離れない疑問を蒸し返してはきみを責めたてた。

「ぼくが過去のことを聞こうとするたび、どうしてきみは話題をそらすんだ？」

「なぜなら、過去は文字どおり過ぎ去ったことだからよ。今さら変えることはできないでしょ」

　ぼくはいらだった。

「過去が現在を解き明かすのだということぐらい、きみも知ってるだろう。いったい何を隠そうとしているんだ？」

「二人の関係を脅かすようなことをわたしは隠していません。わたしを信じて！　わたしたち二人はお互いを信頼するべきだと思う！」

「そんな紋切り型の言い訳はよさないか！」

　ぼくが拳でテーブルを叩いたので、きみは飛びあがった。きみの表情が驚きから恐怖へと変わっていくのが分かった。

　ぼくは怒っていて、自分を安心させる必要があった。きみとは六か月前に知りあったばかりだが、最初からきみのすべてが好きになった。しかし、ぼくを魅惑したきみの神秘的なところ、控えめで孤独を好むところが、こんどは不安のブーメランになって返ってきた。

「なぜすべて台無しにしたいわけ？」きみは無力感を滲ませた声でぼくに聞いた。

「ぼくのことは知っているだろう。失敗の経験があるから、二度と間違えたくない」

　きみが傷つくかもしれないと分かりつつも、きみを愛するが故に、どんなことを聞かされようが耐える自信があった。きみにとって辛いことでも打ち明けてくれるなら、ぼくはそれを分かちあうことで、きみを癒やしてあげたいと思っていた。

　ぼくはそこで打ち切って退却するべきだったのに、そのまま続けてしまった。それも容赦なく。というのも、あの晩に限って、きみが何かを打ち明けてくれるとほぼ確信していたからだ。そこでぼくは、きみが疲れて防御できなくなるまで闘牛の銛（バンデリリャ）をどんどん突き刺していった。

「アンナ、ぼくは真実を知りたい、それだけだよ」

「真実、真実！　それしか言わないけれど、あなた、自分がどのくらい真実に耐えられるか考えてみたことがある？」

　その言い合いのなかで、ぼくの心に疑いが湧いた。きみのことが分からなくなった。アイラインの滲んだきみの目に、ぼくの知らない炎が燃えていた。

「ラファエル、わたしに秘密があるのか知りたいのね？　答えは『ウイ』よ。わたしが話したくないわけを知りたいのね？　それはね、それを知ったら最後、あなたはわたしをもう愛さなくなるだろうし、それだけでなく、わたしを大嫌いになるから」

「そんなことはない。何でも聞く用意がある」

　少なくともその時点で、ぼくはそう確信していた。何を打ち明けられようとも、その確信が崩れるわけがないと。

「違うのよ、ラファエル。それはただの言葉でしかない！　あなたが小説のなかで書く言葉と同じように。でも、現実は言葉よりずっと重い」

何かが逆転していた。堤防の一部が決壊していた。今でこそ分かるのだが、きみもぼくの覚悟がどれほどのものかと自問していたに違いない。きみも見きわめたかったのだ、きみ自身がぼくを愛しつづけられるかと。ぼくがどれだけきみを愛しているかと。きみは手榴弾の安全ピンを抜こうとしているが、それでも二人の関係が壊れないかと。

そこできみはハンドバッグを探り、タブレットを出した。パスワードを叩いて写真フォルダーを開き、一枚の写真をみつけるため検索を始めた。ぼくに目を合わせ、何かつぶやきながらタブレットを見せた。そして、ぼくはきみから強奪したも同然の秘密を直視する破目になった。

「これがわたしのやったこと……」きみは何度かくり返した。

動転しつつも、ぼくは嫌悪感で目をそらすまで、画面をじっくり見た。体の奥から悪寒が起こり、手は震えるし、こめかみが破れんばかりに脈打った。どんなことにも覚悟ができていると思っていた。すべて想定済みのはずだった。けれども、あれは想定外だった。

ぼくは立ちあがったけれど、足に力が入らないありさまだった。めまいがして足もふらついたが、ぼくは努めて断固とした態度でテラスをよこぎった。

旅行バッグはまだ玄関においたままだった。それを手にとり、きみには一瞥(いちべつ)もくれず別荘をあとにした。

ぼくの人生が崩壊するという予感、そのぜんぶが頭のなかでぶつかり合っていた。写真の凶暴さ、それが理解を超えていたこと、虫唾が走り、鳥肌が立ち、茫然自失となった。目に入った汗で視界がかすんだ。音をたててカブリオレのドアを閉めると、ぼくはまるで機械になったかのように夜に向かって走りだす。悔恨と怒りが荒れ狂っていた。

★

数キロ走って港を出る手前、港湾事務所の後ろに控える城壁のなかの岩山に、カレ砦の小ぶりながらがっしりとした姿が見えた。

だめだ、こんなふうに去ってしまうわけにはいかない。自分の行動をすでにその時点で後悔した。衝撃のあまり冷静さを欠いてしまったが、きみの説明を聞かずに去ることなどできないと思った。ブレーキペダルを踏みこみ、中央分離帯の草地を越えてUターンしたものだから、反対車線から走ってきたオートバイにぶつかるところだった。

きみを支えて、あの悪夢を追いはらうための力を貸さなければならない。ぼくは自分がそうあろうと決めた人間、つまりきみの苦悩を理解し分かちあい、きみがそれを乗り越えるのを助けられる男でなければならないはずだった。猛スピードでキャップ通り、ゾンド海岸、オリヴェット港、グレイヨン砲台と来た道をもどり、そこから別荘地に向かう細い私道を上った。

松林に囲まれたパーキングに車を停め、半開きのままの玄関に向かって走った。

「アンナ！」なかに飛びこみながらきみの名を呼んだ。

応接間（サロン）は無人で、床にガラスの破片が散らばっていた。小さな置物を飾ってあったガラスの棚がガラスのローテーブルの上に倒され、どちらも粉々になっていた。散らかり放題の床に、数週間前、ぼくがきみにプレゼントしたキーホルダーが転がっていた。

「アンナ！」

カーテンに挟まれた大きな窓が開けっぱなしになっていた。風に煽（あお）られるカーテンを脇に押しやり、ぼくはテラスに出た。静けさのなか、きみの名を呼びつづける。きみの携帯電話にかけても結果は同じ、応答はなかった。

その場にひざまずき、ぼくは頭を抱えた。きみはどこに行ってしまったんだ？　ぼくが留守にした二十分間に、いったい何が起こってしまったのか？　ぼくは過去を掘りかえすことで、パンドラの箱を開けてしまったのか？

目を閉じると、二人が共有した日々の断片が目に浮かんだ。ぼくには分かっていた。六か月の幸福が永遠に失われてしまったことを。未来の約束、家族とか子供は、もはや実現しなくなってしまったことを。

ぼくは自分に対し怒り狂った。

人を愛するなどとよく言えたものだ、その相手を護（まも）ることさえできずに。

一日目　消えてしまうことを学ぶ

1　紙の男

手もとに読む本がないか、あるいは本を書いていないかすると、わたしは死ぬほど退屈してしまう。つまり人生というのは、うまくごまかさなければ我慢できないのだろう。

ギュスターヴ・フローベール

1

二〇一六年九月一日、木曜日

「うちのやつは毎晩あなたと寝るんですが、幸いなことに、わたしは嫉妬深くないんですよ！」

タクシーの運転手は自分の冗談に満足し、ルームミラーで目配せしながらわたしの反応を窺(うかが)った。スピードを落としてウィンカーを点けると、オルリー空港から高速のインターチェンジに乗る。

「家内は夢中になってるんです。それはたしかで、わたしだって同じですよ。先生の本を、二冊か三冊読んでますからね」運転手はひげをしごきながら続けた。「サスペンスの面では引きこまれるんですが、わたしには殺人やあの暴力……ちょっときついですね。失礼だとは思いますが、バルテレミさんは人間について病的な見方をしているんじゃないすかね。だって、ご本のなかに出てくるくらい異常者がいたら、ほとんど処置なしでしょう」

わたしはスマートフォンの画面を見つめて、聞いていないふりをした。その朝のわたしは、とてもミステリ文学論や世界情勢について話をするような気分ではなかった。

午前八時十分、急いでパリに帰るため、最初のフライトに乗った。アンナの携帯はすぐ留守番電話に繋（つな）がってしまうようになった。わたしは十回以上もメッセージを残し、謝罪と心配していることを伝え、折りかえし電話をくれるよう懇願した。

わたしは途方に暮れた。それまで、ほとんど口論さえしたことのない二人だった。したがって昨夜は、彼女を捜すのに全時間を費やし、まったく眠らなかった。まず〈真珠採りの苑〉の管理事務所に行き、わたしが留守にしているあいだに何台か車が敷地内に入り、そのなかにハイヤー会社のセダンがあったことを、守衛から聞かされた。

「運転手は滞在中のアンナ・ベッケルさんから電話で呼ばれたそうで、わたしがインターフォンでご本人に確認したところ、そのとおりだということでした」

「どうしてハイヤー会社の運転手だというのが分かったのかな？」わたしは聞いた。

「フロントガラスに規定の運転者証がありましたから」

「どこに向かったか分かるかな？」

「それは分かりませんね」

ハイヤーは彼女を空港まで送った。少なくともそれが、数時間後にわたしがエールフランスのホームページにログインして調べた結果、知りえたことだった。わたしが買った二人分のチケットの予約番号から、アンナ・ベッケルが帰りのフライトを変更し、当日のニース―パリ最終便に乗ったことが判明した。出発予定時刻二十一時二十分のフライトが、結局は二十三時四十五分に離陸した。遅れの原因は二つあり、ひとつはバカンスのUターンラッシュのせい、もうひとつはエールフランスのシステムダウンで、同社の全フライトが一時間以上も離陸できない状態になったという。

それが分かったことで、わたしはいくらか安心できた。アンナはガラス製家具を壊し、パリへ一人で帰ってしまうほど怒ってはいたが、今のところ無事だった。

タクシーは高速から落書きだらけの陰気なトンネルをくぐり環状線に乗った。すでに混みはじめていた道路は、オルレアン門の辺りで流れが遅くなり、結局動かなくなってしまった。車はバンパー同士が触れあわんばかりで、トラックやバスのディーゼルエンジンの黒い油っこい排気ガスのなかで動けなくなった。わたしは開けてあった窓ガラスを閉めた。窒素酸化物やら発がん性の粒子状物質、がなり立てるクラクション、罵声……パリにもどったということだ。

それに対するわたしの反応は、運転手にパリ南郊外のモンルージュに寄るよう頼むことだった。数週間前からわたしのアパートでいっしょに暮らすようになってはいたが、アンナはその町のアリスティッド＝ブリアン通りにある新築建物内に二部屋のアパートを持っていた。

そこが気に入っているようで、持ち物のほとんどをそこにおいたままだった。わたしに対して怒っているのだから、アパートにもどっているだろうと、わたしは期待した。タクシーはヴァッシュ・ノワール広場の大ロータリーを一周し、もと来た道を反対方向にもどった。

「着きましたよ、先生」新築のこれといった魅力もない建物のまえで車を停めて、運転手が告げた。

　ずんぐりと寸詰まりになったような体形、禿げた頭、警戒するような目つき、薄い唇。運転手は映画『ハジキを持ったおじさんたち』の登場人物ラウル・ヴォルフォーニにそっくりだった。

「すぐにもどるんで、ちょっと待っていてほしいんだが？」わたしは頼んだ。

「問題ないすよ。メーターは倒したままなんで」

　急いでタクシーのドアを閉め、ちょうど通学かばんを背負ってマンションから出てきた男の子とすれ違うようにして玄関ホールに滑りこんだ。しょっちゅう故障しているエレベーターはその日も止まっていたので、わたしは途中休むことなく階段で十三階まで上がり、アンナの部屋のドアをガンガン叩いた。それから、両手を膝において息をついた。反応はなかった。耳を澄ましたが、何の音も聞こえなかった。

　アンナはわたしのアパートの鍵を持たずに去った。自宅にいないのだったら、いったいどこで夜を過ごしたのか？

　同じ階のチャイムをぜんぶ鳴らした。一人だけ顔を出してくれた男は何の役にも立たなかった。何も見ず、何も聞かず。それが大きな集合住宅での生活を律する決まり事である。

忌々しく思いながら通りまでもどり、運転手ラウルにわたしの住むモンパルナスの住所を伝えた。

「バルテレミさん、最近の小説はいつ出たんでしたか？」

「三年前になるね」わたしはため息をつきながら答えた。

「今は執筆中なんですか？」

わたしは首を振った。

「数か月以内に出す予定はない」

「うちのやつががっかりすると思います」

会話を打ち切りたかったので、ニュースを流していたラジオのボリュームを上げるよう頼んだ。

人気放送局の九時のニュースが始まっていた。九月一日木曜日、一千二百万の生徒らにとっては新学年の始まりであり、フランソワ・オランド大統領は上向きの経済成長率に満足の意を表し、また数時間前に締め切りとなったフランス・サッカー・リーグの移籍交渉は、パリ・サンジェルマンFCが新しいセンターフォワードを獲得した一方、アメリカでは共和党が次期大統領候補を指名しようとしていた……。

「わたしにはよく分からないんですが……」運転手は食いさがった。「それは先生がのんびり時間をかけることを選んだからなのか、それとも行き詰まったからか、どっちなんですかね？」
「問題はもっと複雑なんだ」わたしは答えて窓の外に視線を向けた。

2

実際、わたしは三年前からたったの一行も書いていなかった。実生活に引きもどされてしまったというのがその理由だ。

作家として行き詰まったとかインスピレーションが湧かなくなったとかの問題ではなかった。わたしは六歳のころから頭のなかでいつも物語を紡いでいたし、思春期になると、書くことが生活の中心を占め、それが溢（あふ）れんばかりの想像力の排水溝となっていた。フィクションが逃げ道だった。つまり味気ない日常から逃避するための格安航空券。フィクションは何年にもわたって、わたしの時間、わたしの思考のすべてだった。ノートあるいはノートパソコンを手放すことはなく、わたしはどこにいようと書きつづけた。公園のベンチ、カフェの奥の長椅子、メトロのなかで立ったまま書いた。そして書いていないときも、わたしは登場人物について、彼らの悩みや恋愛について考えた。実際、ほかのことは何も考えていなかった。現実世界の凡庸（ぼんよう）さにはほとんど興味を持てなかった。現実とはズレを感じて引き下がっていたわたしは、わたし自身が創造主になれる想像世界のなかを歩んでいた。

最初の小説が刊行された二〇〇三年から、わたしは毎年一冊ずつ新作を発表してきた。ほとんどが警察小説（ポラール）かスリラーだった。インタビューでわたしはクリスマスと自分の誕生日をのぞけば毎日働いているという、スティーヴン・キングの言葉を拝借して答えるようにしていた。しかし、それはキングもそうだったように嘘であり、わたしは十二月二十五日も働いており、わたしの誕生を記念する日に仕事をしない理由も見いだせなかった。なぜなら、モニターのまえに座ってわたしの登場人物たちと会話を交わすよりましなことが、まずみつからなかったからだ。

自分の〝仕事〟がたいそう気に入っていたし、そのサスペンスや殺人、暴力の虚構世界でのびのびとしていられたのだ。子供と同じように——『長靴をはいた猫』の鬼（オーグル）、『親指小僧』の薄情な両親、あるいは『青ひげ』の怪物や『赤ずきん』の狼などを思いだしていただきたい——大人も怖がることを楽しみたいのである。大人も自分の恐怖を払いのけるためにお伽噺（とぎばなし）が必要なのだ。

警察小説に夢中な読者のおかげで、わたしは夢のような十年間——その間に、著作だけで暮らしていける小説家というきわめて限定される集団に加わった——を送ることができた。わたしは毎朝、仕事机に向かいながら、世界中にわたしのつぎの作品を心待ちにしている人々がいることの幸運を嚙（か）みしめたものだ。

しかし三年前から、その創作と成功の魔法のような循環が、ある一人の女性のために断ちきられてしまっていた。新作のキャンペーンでロンドンに行ったとき、宣伝担当者に紹介されたのがナタリー・カーティスという女性で、生物学にもビジネスにも長（た）けた若い英国人科学者だった。彼女はあるベンチャー企業の共同経営者として、涙で測定する血糖値から各種の病気を検知するというスマート・コンタクトレンズの開発を進めていた。ナタリーは一日に十八時間も働き、人が面食らうほど簡単に、アプリケーションの設計から臨床試験の指揮、ビジネスプランの立案までこなしたうえ、それを世界中の時差がある地域に散らばる共同出資者へ報告するのだった。

わたしたちは二つの異なる世界に生きていた。わたしがアナログな紙の男だとすると、彼女はデジタル人間だった。わたしが物語を創りだすことで生計を立てる一方で、彼女は赤ん坊の髪よりも細いマイクロプロセッサを実現させようとしていた。高校でギリシア古典を選択したり、アラゴンの詩を好み、万年筆でラブレターを書いたりするのがわたしだった。彼女は、冷たい世界、いわばハブ空港内の制限エリアが自分の住まいと感じるような女性だった。

時を経た今でも、二人が互いに相手の胸に飛びこんでいったその理由が分からない。どうして二人の人生におけるあの瞬間、わたしたちは突飛な出会いに将来があるなどと思いこんでしまったのか？

「人は自分にないものを愛する」とアルベール・コーエンは書いた。おそらくそれが理由で、人は分かちあうもののない相手に恋してしまうのだ。おそらくその補完性への欲望があるから、変化ないしは変身さえ望むことが可能となる。あたかもその他者との接触によって、わたしたちがより完全、より豊か、より心の広い人間になれるかのように。紙に書けばそれは美しい考え方だが、現実ではほとんど不可能だった。

愛の幻影はすぐに消えてしまったに違いない、もしナタリーが妊娠しなかったならば。家庭を築くという展望が蜃気楼の寿命を長びかせた。少なくとも、わたしにとってはそうだった。わたしはフランスを離れ、彼女がロンドンのベルグレイヴィア地区に借りていたフラットに移り住み、彼女の妊娠の期間を通じ、できるだけのことはやったつもりでいる。

「バルテレミさん、ご自分のどの作品がいちばん気に入っていますか?」それがプロモーション時期には、ジャーナリストやキャスターからかならず聞かれる質問である。しばらくは、「選べと言われても、それは無理です。実際、作品は子供みたいなものですから」と簡潔に答えていた。

だが、わたしの小説は子供とは違う。わたしたちの息子が生まれたとき、わたしは分娩室にいた。助産師がテオの小さな体をわたしに抱かせようとしたとき、ほんの一秒足らずで、わたしはインタビューでくり返していた自分の言い分がいかに嘘っぱちであったか理解した。

作品は子供ではない。

本には魔法に似た特徴がある。どこかほかの場所へのパスポート、大脱走させてくれるのである。人生の試練に向きあうための支えになるかもしれない。ポール・オースターが断言するように、それは「二人の見知らぬ人間が親密な方法で出会うことのできる唯一の場所」なのである。

でも、子供とは違う。一人の子供に比べられるものなどありはしない。

3

わたしはひどく驚いたのだが、ナタリーは出産から十日目にはもう職場にもどった。長時間の仕事と頻繁な出張のせいで、出産したあとの怖ろしくもあるが、神秘に満ちた最初の数週間を存分に体験することができなかった。かといって、彼女はそれを気に病んだようには見えなかった。わたしがその理由を理解したのは、ある晩、寝室の続きの衣装室で服を脱ぎながら、彼女が消え入るような声でわたしにあることを告げたときだった。

「うちの会社はグーグルの提案を受けることにしたわ。グーグルが会社の株の過半数を取得することになる」

わたしは啞然とし、反応するまで数秒を要した。

「きみ、まじめに言っているんだろうな？」

ナタリーは上の空でパンプスを脱ぎ、痛む足首を揉みはじめながら、わたしに決定打を放つ。

「ええ、まじめよ。月曜にはチームを連れて、わたしは仕事のためにカリフォルニアへ行きます」

呆気にとられたわたしは、彼女の顔をまじまじと見つめた。十二時間のフライトで帰宅したばかりなのは彼女なのに、ひどい時差ボケを起こしているのはわたしだった。

「ナタリー、それはきみ一人で決定できる問題ではないだろう！　話しあうべきだろう！　今やるべきことは……」

虚脱感に襲われたのか、ナタリーはベッドの端に腰を下ろした。

「あなたについて来てと言えないのは分かっている」

わたしは逆上してしまった。

「だが、ぼくはきみについて行かざるをえないじゃないか！　念のために言っておくが、われわれには生後三週間の赤ん坊がいるんだぞ！」

「怒鳴らないで！　いちばん悲しんでいるのはわたしなんだから。でもね、ラファエル、わたしにはとてもできそうにない」

「できないって、何を？」

彼女は泣き崩れてしまった。

「テオにとって良いお母さんでいること」

わたしは反論しようと思ったが、できなかった。彼女はそれまでも幾度となく心の奥底を見せるように「わたしはこういうことには向いていない。残念だけど」と怖ろしいことを言っていたのだ。

では、具体的に今後どうするつもりなのかと聞くと、彼女はおぼつかない視線をわたしに合わせ、初めから用意してあったに違いない切り札を出した。

「パリであなたがテオを一人で育てたいのなら、わたしには反対する理由がない。正直に言って、それがわたしたち全員にとって最良の方法だと思っているから」

わたしは無言で頷いたのだが、彼女の目に大きな安堵が浮かぶのを見て愕然とさせられた。この女性は、わたしの息子の母親なのだ。それから寝室は沈黙に支配され、ナタリーは睡眠薬を飲むと暗がりのなかで横たわった。

その二日後、わたしはフランスに帰国、モンパルナスのアパートに落ち着いた。子守りの女性を雇うこともできたろうが、それはしなかった。わたしは息子が成長するのを見とどけようと固く決意していた。なぜならわたしは、息子を失うかもしれないという強迫観念にとらわれていたのだ。

それからの数か月間というもの、電話が鳴るたびに、ナタリーの弁護士ではないか、彼女が考えを変えてテオの独占親権を主張するのではないかと、戦々恐々としていたのだ。けれども、そんな悪夢のような電話など一度もかかってこなかった。ナタリーの消息が途絶えてから二十か月が経過したところだった。一陣の風のように過ぎたこの二十か月。執筆を優先させていたそれ以前の毎日は、哺乳瓶やらベビーフード、おむつ交換、公園への散歩、湯温摂氏三十七度の入浴、ひっきりなしの洗濯というリズムで刻まれる日々になっていた。睡眠不足に悩まされ、テオの微熱に不安を募らせ、また自分の子育ての方法に自信をなくしたりする毎日でもあった。

しかし、それはなにものにも代えがたい体験だった。わたしのスマートフォンに溜まった五千枚の写真からも分かるように、息子の人生最初の数か月はわたしを有頂天にさせる冒険映画のようで、そのなかでわたしは監督というより、むしろ脇役を演じた。

4

ジェネラル＝ルクレール通りで車は流れるようになった。タクシーはサン＝ピエール＝ド＝モンルージュ教会のそびえ立つ鐘楼をめざしてスピードを上げ、アレジア広場からメーヌ通りに入った。陽の光を反射する木々の葉、石造りの建物の白い壁、軒を連ねる商店やホテル。

当初はパリを四日間留守にするつもりだったのに、出発の翌朝にはもうもどってきた。予定を繰りあげて帰ってきたことを知らせるため、わたしは息子を安心して預けられる男マルク・カラデック宛にショートメッセージ（SMS）を送った。父親になったせいでほとんどパラノイアになったわたしは、自分が警察小説で描く殺人や誘拐の話が自分の家族や生活を脅かしかねないと思うようにさえなっていた。だからたった二人の人間にしか息子を預けないようにした。一人はアマリア、アパートの管理人の女性で、十年以上もまえから知っている。それとマルク・カラデック、わたしの隣人で友人、国家警察組織犯罪取締班（BRB）の元警部である。SMSへの返事はすぐに来た。

心配無用。金の巻き毛は眠ったままだ。もう起きるだろうから、ミルクとコンポートは冷蔵庫から出してある。あとはベビーチェアに座らせればいいだけだ。

何があったのか話してくれ。

では！


ひとまず安心し、もう一度アンナに電話してみたが、やはり留守電になっていた。スマートフォンを切ってしまったのか？　バッテリーがなくなったのか？

電話を終え、まぶたを揉みながら、自分の確信がひっくり返ってしまったその呆気なさに動転していた。頭のなかで昨夜の場面を再現してみたが、どう捉えたらいいのか分からなかった。わたしたちがその内側で暮らしていた幸せのシャボン玉は、あまり輝かしくない現実を見ないためのものだったのか？　アンナのことを心配すべきなのか、あるいは警戒すべきなのか？　そう考えただけで鳥肌が立った。そんな文脈で彼女のことを考えるのは不可能だった。ほんの半日前まで、すばらしい女性にめぐり逢えたと信じていた。彼女こそ、この数年探しつづけていた女性で、いっしょに子供を持ちたいとさえ決めていたのだ。

アンナに出会ったのは六か月前、二月の晩のことで、午前一時、わたしはポンピドゥー病院の小児科救急医療センターに駆けこんだのだった。テオが急に発熱し、熱が下がらなかった。全身を丸めたまま、何も食べようとしなかった。ばかなことに、わたしはインターネットにテオの症状を入力して病名を検索したいという欲求に克てなかった。ウェブのページを閲覧するにつれ、テオが急性髄膜炎にかかったと思いこんでしまった。病院の混雑した玄関ホールに入ったわたしは、心配のあまり死にそうだった。待たされると分かり、わたしは受付に窮状を訴えた。早く安心したかったのと、息子をすぐに診てもらいたかった。息子が死んでしまうかもしれないし、息子は……。

「落ち着いてください」

若い女性医師が手品のように出現した。わたしは彼女に案内されて診察室まで行き、そこでテオは丁寧な診察を受けた。

「ぼうやは、リンパ節が腫れていますね」医師は小さな首に触れながら言った。「扁桃腺炎にかかっています」

「喉の風邪、それだけ？」

「そうですね。飲みこむのが難しいから食べないんでしょう」

「それは抗生物質で治るのかな？」

「いえ、これはウイルス性の感染です。解熱鎮痛剤をあげれば数日で治るでしょう」

「髄膜炎でないのはたしかなんですね？」わたしはぐったりしているテオをベビーシートに座らせながら念を押した。

医師は笑みを浮かべた。

「医学情報サイトをあまり見すぎないほうがいいと思います。インターネットが不安を生むんです」

医師はわたしたちを玄関ホールまで見送ってくれた。礼を言おうとし、テオの状態が危険でないことも分かって安心したわたしは、自動販売機を示しながら彼女に提案していた。

「コーヒーを飲むんだが、あなたもいかがです?」

ちょっとだけためらったあと、医師は同僚に一休みすると告げ、わたしたちは病院の広い玄関ホールで十五分ほど話をした。

彼女はアンナ・ベッケルといった。二十五歳で小児科の研修二年目、白衣をバーバリーのコートのように着こなしていた。背筋を伸ばした気品ある姿勢、信じられないくらい繊細な顔立ち、彼女のすべてが優雅であるにもかかわらず、少しも高慢さが感じられなかった。

静けさと喧噪(けんそう)が交互に訪れる玄関ホールは、現実離れした明かりに満たされていた。息子はベビーシートで眠ってしまった。アンナが瞬きするのを見た。天使の美しい顔の裏にいつも美しい心があると限らないことはかなり以前から分かっていたが、彼女の長いまつげ、マホガニーを思わせる混血(メティス)の肌、左右非対称に長く伸ばした髪に挟まれた顔に見とれてしまった。

「仕事にもどらないと」壁の時計を見て、彼女は言った。

時計の針が進むのに、彼女は入口から三十メートルほど離れたタクシー乗り場までわたしたち父子を見送ってくれた。真冬の深夜、ひどい寒さだった。雲の垂れこめる空から、綿のような雪が舞い降りていた。そばにアンナがいるのを感じ、わたしは二人の心がすでに通じ合っているとの電撃的な確信を持った。もはやカップルと言ってもいいかもしれない。あるいは、家族。天空で惑星が並んでしまい、三人そろって家に帰ろうとしているように感じた。

わたしはベビーシートを後部座席に固定してから、ふり返ってアンナを見た。外灯の明かりが彼女の吐く息を青く染めていた。彼女を笑わせるための言葉を考えていたのに、出てきたのは彼女が勤務を終える時刻を聞く台詞だった。

「朝まで、八時です」

「よかったらうちで朝食をどうかな……うちの通りの角にあるパン屋のクロワッサンはほんと絶品で……」

住所を教えると、彼女は笑みを浮かべた。わたしの提案は答えを得られぬまま冷たい空気のなかを漂った。そしてタクシーは動きだし、わたしは家に向かいながら、自分と同じことを彼女も感じたのだろうかと自問することになった。

よく眠れないまま迎えた翌朝、アンナがチャイムを鳴らしたとき、テオはちょうど哺乳瓶のミルクを飲みおえたところだった。テオはもうかなりよくなっていた。ニット帽を被せてロンパースを着せ、約束どおりわたしたち三人はクロワッサンを買いに出かけた。日曜の朝、パリは雪に覆われていた。金属を連想させる青空からの冬の太陽の光がまだ足跡のない歩道に乱反射していた。

あの最初の朝にめぐり逢ってから、わたしたちはずっといっしょだった。甘美な夢のように過ぎ去った六か月、わたしの人生のなかでそこだけ区切られて輝く、あの最も幸せだった時期。

もう書かなくなっていても、わたしは生きていた。幼児を育てつつ恋愛をすることで、わたしは現実生活のなかに根を下ろすようになり、フィクションがあまりに長期にわたってわたしの生活を貪っていたのだと気づかされた。本を書くことで、わたしは何人もの人物になりきることができた。密偵よろしく、わたしは無数の経験を積んできた。しかしそれらの擬似的人生は、実際にはたったひとつしか存在しない人生、つまり実の人生からわたしを遠ざけてしまっていた。

2 教授

仮面があまりに魅惑的なので、ぼくは自分の顔が怖ろしくなった。

アルフレッド・ド・ミュッセ

1

「パパ！　パパ！」

ドアを開けるなり、息子は驚きと大喜びの混じった叫びをあげてわたしを迎えた。元気いっぱい、よちよち歩きで、テオはわたしに近づこうとする。それをつかまえ、抱きしめる。毎回それはたとえようのない一体感、胸いっぱい吸いこんだ酸素、いつもの安堵感となる。

「朝食にちょうど間にあったな」温かい哺乳瓶に乳首をはめながら、マルク・カラデックが言った。

元刑事は、このモンパルナスの中央に位置するわたしの住居があるのと同じ建物、その中庭に面するアトリエに住んでいた。大きな出窓のおかげで明るく、簡素な内装、床はつや消し処理をしたオーク材、同じく白色加工した板の棚、テーブルも木の幹を輪切りにした天板だった。部屋の隅には階段があって、見せ梁天井になった中二階に続いていた。

テオは哺乳瓶をとるとベビーチェアにもどった。たちまちテオの全神経は温かいクリームのようなミルクに集中し、何日間もミルクにありつけなかった子のようにグイグイ飲みはじめる。

それを見とどけてから、わたしは中庭に臨むキッチンにいるマルクのそばに行った。六十歳に届くか届かないか、鋼のような青い目に短く刈った髪、濃い眉毛に白髪交じりのひげ。そのときの気分により、マルクの表情はたいへんな優しさを見せるかと思うと、とても冷たく見えることもある。

「エスプレッソをいれようか？」

「一杯目はダブルで頼む！」わたしはカウンターの椅子に座りながら、ため息とともに言った。

「分かった。では、何があったのか聞かせてくれ」

マルクがエスプレッソを用意しはじめたので、わたしはすべて、というか、ほぼすべてを話した。言い争いのあと、アンナがいなくなってしまい、おそらくパリに帰ってしまったこと、モンルージュのアパートには寄ってみたが不在で、携帯も電源を切ったかバッテリーがなくなっていること等々である。彼女がわたしに見せた写真についてはあえて触れなかった。だれかにそれを話すまえに、まずわたしがもっと詳しく知っておく必要があった。

額にしわを寄せて神経を集中させ、元刑事は真剣にわたしの話を聞いている。未洗い(リジッド)ジーンズに黒のTシャツ、靴は履き古したオックスフォード、まだ現役で仕事中のような印象をわたしに与えた。

「あなたはどう思う?」そう言って説明を終え、わたしはマルクの意見を聞いた。

彼は顔をしかめ、ため息を洩らした。

「大したことは言えないな。きみのドゥルシネーア姫とはあまり話す機会がなかったんだ。中庭ですれ違っても、どうもおれを避けていたんじゃないかと思ったくらいだ」

「それは彼女の性格さ。控えめ、内気なんだ」

マルクが泡立ったコーヒーカップをわたしのまえにおいた。彼のプロレスラーのような肩と闘牛のような首が逆光のなかに浮かびあがった。ヴァンドーム広場での銃撃戦で負傷し、引退せざるをえなくなるまえ、カラデックは組織犯罪取締班(BRB)が脚光を浴びていた時期のエリート警察官だった。一九九〇年代から二〇〇〇年代にかけて、彼はメディアで大々的に採りあげられた事件、たとえばパリ南郊外のギャング組織の摘発、現金輸送車を襲う〈ドリームチーム〉の首謀者検挙、『紳士録(フーズフー)』に載った金持ちを狙う強盗団や、十年間にわたり全世界の有名宝石店を襲っていたバルカン半島出身のギャング組織〈ピンクパンサー〉の壊滅作戦に直接関わった。引退を半ば強いられたわけで、彼はそれを承服するのが困難だったと洩らした。そんな体験で神経をすり減らされたようなところがあり、それがわたしの心を動かす。

「彼女の両親について何か知っているのか?」わたしの正面に座りながら彼は聞き、買い物用のメモ帳とボールペンを引き寄せた。

「大したことは知らない。母親はフランス人だが、西インド諸島のバルバドスの出身だという。その母親はアンナが十二歳か十三歳のときに、乳がんで亡くなっている」

「父親は？」

「オーストリア人で、七〇年代末にフランスへ来たらしい。五年前、サン＝ナゼールの造船所で事故死している」

「一人っ子か？」

わたしは頷いた。

「彼女の親しい友人を知っているか？」

会ったことのありそうな人間を頭のなかに思いうかべようとしたら、その数の少ないこと、というかほとんどゼロであることに気づいた。わたしの携帯の電話帳にマルゴー・ラクロワ、ロベール・ドブレ病院での産婦人科研修でアンナといっしょだった研修医の名をみつけた。ちょうど一か月前、彼女の引っ越し祝いにアンナとわたしを招いてくれ、親しくなっていた。そして、アンナは結婚式の自分の証人にマルゴーを選んでいた。

「その女性に電話してみたらどうだ？」カラデックが言った。

わたしは試してみようと決め、マルゴー・ラクロワの番号にかけた。

電話に出たマルゴーはこれから仕事を始めるところだったが、一昨日以降アンナからの連絡はないと言った。

「あなた方はコートダジュールで二人だけのバカンスを過ごしているのだとばかり思っていたのに！　何かあったんじゃないでしょうね？」

わたしは彼女の質問をはぐらかして電話を切った。そしてためらったあと、カラデックに聞いた。

「警察に行く必要はあるかな、どう思う？」

マルクはエスプレッソを飲みほした。

「今の段階では、きみも知っているように、警察も大したことはできんね。そもそもアンナは成人だし、彼女が危険にさらされているとはだれも言えないわけで、となると……」

「マルク、ぼくに協力してくれる気はあるか？」

カラデックは上目づかいでわたしを見た。

「きみは何か考えているな、正直に言ったらどうだ？」

「あなたのいた警察組織内でのコネを使って、アンナの携帯を追跡し、ＳＭＳの送受信記録に入ったり、彼女の銀行カードによる引き出しを監視したりして、その分析を……」

カラデックは手を上げてわたしを遮った。

「ちょっとやりすぎだと思わんか？　好きな女と口喧嘩するたび、そんなことを警察に頼んでいたらどうなると思う……」

たちまち不機嫌になったわたしは椅子から立ちあがろうとしたが、カラデックに腕をつかまれた。

「ちょっと待てよ！　もしおれの助けが必要なんだったら、隠し事せずにすべて話すことだ」

「何のことか分からないが」

彼は首を振り、深くため息をついた。

「おれに向かってばかな芝居はよせ、ラファエル！　おれは三十年間も取り調べをやってきたんだ。相手が嘘をついていれば、すぐに分かる」

「嘘はついていない」

「すべての真実を言わないのは嘘だろう。おれに打ち明けなかった何か根本的なことがあるに決まってる。そうでなけりゃ、きみがこれほど不安になるわけがないだろう」

2

「おわり、パパ！　おわり！」テオが哺乳瓶を振ってみせながら叫んだ。

わたしは息子のそばにひざまずいて哺乳瓶を受けとった。

「おい、テオくん、まだ何か欲しいのか？」

「カド！　カド！」幼児は大好物のチョコレート菓子の〈ミカド〉を要求した。わたしは息子の興奮を抑えようと試みる。

「だめだめ、ミカドはおやつだろう」

菓子をもらえないと察し、息子はがっかりしたのだろう、怒りをその天使のような顔に浮かべた。縫いぐるみの犬〈フィフィ〉を引き寄せ、今にも涙を流さんとしたそのとき、マルク・カラデックが焼いたばかりの食パンを見せた。

「チビのならず者、代わりにパンを一切れどうだ？」

「パン！　パン！」幼児は大喜びで叫ぶ。

反論のしようがない。このぶっきらぼうな元刑事、強盗と人質事件のスペシャリストは、子供の扱いにおいても並外れた才能を持っている。

わたしはマルク・カラデックを彼が同じ建物に引っ越してきた五年前から知っている。古典文学とクラシック音楽、映画に夢中という一風変わった警察官だった。わたしは好感を持ち、わたしたちはすぐに親しくなった。ＢＲＢでは、彼のインテリ面が知られた結果、「教授」と呼ばれていた。わたしは新作スリラーの執筆中、頻繁に彼の助力を仰いだものだ。彼のかつての仕事に関する逸話は尽きることなく、多くの助言を与えてくれたうえ、わたしの原稿を読み、訂正することさえ引きうけてくれた。

こうしていつの間にか、わたしたちは親友になった。わたしたちは、パリ・サンジェルマンがホームで試合するときは、いっしょにパルク・デ・プランス競技場に出かける。そして、少なくとも週に一度は、テイクアウトの寿司と〈コロナビール〉二本を用意して、うちのホームシアターで韓国の刑事ドラマや、ジャン＝ピエール・メルヴィルとかウィリアム・フリードキン、あるいはサム・ペキンパーの作品を鑑賞して宵を過ごすようになった。

建物の管理人アマリアと同じ意味において、彼はテオを育てるうえで貴重な助っ人であり、大きな救いとなっている。わたしが買い物に出かけるあいだ、テオをみてくれるのはマルクである。わたしが途方に暮れてしまうと、最も適切な助言をしてくれるのも彼だ。自分の子を信頼し、ルールを決めるまえに子供の意見を聞くこと、そしてわたしが自分に子育ての能力がないと自信をなくさぬように、種々の重要なことを教えてくれたのも彼だった。

3

「アンナは『これがわたしのやったこと』とぼくに言いながら、ｉＰａｄで写真を見せた」

「何の写真だった？」マルクは聞いた。

わたしたちはキッチンのカウンターを挟んで向きあっていた。彼がエスプレッソをまたいれてくれた。限界まで神経を集中させた彼の目がわたしの目を見つめた。彼の助力を得たいのなら、真実を打ち明けるほかなかった。ひどい結果になるにしても。わたしはテオを意識して声を落とした。もちろん話を理解できるはずもなかったが。

「三つの焼死体の写真だった」

「冗談だろう？」

「いや。三つ並んだ死体だった」

元刑事の目に炎が燃えあがった。死体。死。不気味な死の光景。ほんの数秒で、男女間のもめ事から、舞台は彼の縄張りに移った。

「アンナがその話をするのは初めてだったのか?」

「もちろんだ」

「つまり、どういう理由で彼女がその件に関わっているのか、きみは知らんわけだな?」

わたしは首を振って知らないと伝えるが、マルクは念を押す。

「彼女は何の説明もなく、きみに写真を見せた。そういうことだな?」

「だから言ったろう、ぼくはアンナに説明する時間さえ与えなかったんだと。動転してしまった。強烈な写真だったからな。ぼくは何も聞かずに別荘を出た。それで、もどったときには、彼女がもういなくなったあとだった」

マルクは、物事の経緯が正確にはそんな展開ではなかったのではと疑っているような奇妙な目つきでわたしを見た。

「死体の体格はどうだった? 大人か、それとも子供だったか?」

「その判別は難しい」

「なら、死体が並んでいた場所はどうだ? 野外、それとも解剖台か? あるいは……」

「いい加減にしてくれ、そんなこと分かるわけがないだろう! ぼくに言えるのは、ほぼ全身が焼けて黒こげになっていたということだけだ」

それでもカラデックは質問をやめなかった。

「ラファエル、もっと細かく説明してくれないか。写真の光景を目に浮かべ、細かい点を言ってくれ」

わたしは記憶を呼びさまそうと目をつぶった。むごたらしさに吐き気を催したくらいだから、すぐにあのイメージが目に迫ってきた。頭と胸の辺りは焼けただれ、腹部からも腸がこぼれ出ていた。カラデックに求められるまま、わたしはできるかぎり詳細に、手足が縮んで、炭のように黒く、ところどころ裂けた死体のようすを述べていった。肉を突きやぶった骨は象牙のように白かった。

「どこに寝かされていたんだ？」

「これは直感だが、じかに地面だった。シーツの上だったかもしれないが……」

「アンナはクリーンだったと思うか？　麻薬はやってなかったのか、という意味だ。それと精神疾患だが、病院に入っていたことはあるのか？」

「言っておくが、彼女はぼくが結婚する相手だぞ」

「頼むから、質問に答えてくれないか？」

「いや、そのどちらもないな。彼女はあと一年で研修を終える。非常に優秀なんだ」

「ならば、きみはどうして彼女の過去にこだわる？」

「マルク、あなたは知っているだろう、ナタリーとの関係がどういう結末になったか！」

「だが、具体的には何を心配しているんだ？」

わたしはひとつひとつ挙げていった。

「彼女が昔のことを話すとき、少女時代も思春期もなかったような、ある種の動揺が感じられたんだ。極端に控えめな点。目立たないように行動するというのが、ほとんど習性になっている。写真に撮られるのを嫌がる。それと、二十五歳でフェイスブックのアカウントを持たず、どのソーシャルネットワークにも登録しない女性を、あなたは知っているか？」

「ふむ、たしかにおかしい」元刑事は同意した。「でも、捜索を開始するにはそれだけでは曖昧すぎる」

「死体が三つあっても曖昧すぎるのか？」

「落ち着け、死体については何も分かっていない。それに彼女は医者だ、講義に使われた写真の可能性だってあるだろう！」

「それなら、なおさら調べてみなければならない。違うか？」

4

「お宅の家政婦はまだ来ていないか？」

「午後にならないと来ない」

「よし！」マルクは言った。

わたしたちは中庭を挟んで反対側にあるわたしの部屋に向かった。カンパーニュ＝プルミエール通りとアンフェール小路の角にあり、色とりどりの鎧戸が並ぶ石畳の小路に臨むキッチンに落ち着いた。早速テオは縫いぐるみのフィフィといっしょに、冷蔵庫の扉にマグネットの動物たちを貼ったり剝がしたりして遊びはじめた。

　カラデックは流しのなかを見てから、こんどは食器洗い機を開けた。

「いったい何を探しているんだ？」

「アンナしか手を触れてない物だ。たとえば、昨日の朝食で彼女が使ったマグカップとか」

「彼女はこれで紅茶を飲んだ」わたしはターコイズ色の地に〈タンタン〉のシルエットが入ったマグカップを示しながら言った。アンナが漫画家エルジェの美術館に行ったとき買ったものだ。

「ペンはあるか？」

　作家の家に来て、ペンはあるかはないだろうと思いつつも、わたしは水性ボールペンを渡した。

　マルクはそれでマグカップの取っ手を引っかけ、テーブルに敷いたキッチンペーパーの上においた。それから小さな革製ポーチのファスナーを開いて、白っぽい粉末が入ったガラスの小瓶と筆、セロハンテープ、小さな厚紙の束を取り出した。

　鑑識キット。

　慣れた手つきで、マルクは筆につけたアルミニウムの粉末をマグカップにまぶし、アンナが残した指紋を浮きあがらせようとする。

　そのようすは、わたしもある小説のなかですでに描写したことがあった。しかし目のまえの光景は現実だ。しかも鑑識の対象になっているのは犯罪者などではなく、わたしの恋人だった。

元刑事はマグカップについた余分なアルミニウム粉末を吹きとばし、メガネをかけてカップの表面を調べた。

「ここに見えるだろう。これはきみの婚約者の親指だ」マルクが満足げに言った。

それから適当な長さのセロハンテープをとり、きわめて慎重にマグカップから指紋を採取し、それを厚紙に貼った。

「この写真を撮ってくれ」マルクがわたしに言った。

「写真をどうするつもりなんだ？」

「ＢＲＢにはもう知った顔がいなくなった。昔の同僚はほとんど引退してしまったが、コマンド対策部隊(BAC)にいるジャン＝クリストフ・ヴァッスールという男を知っている。無能でろくでもない刑事だが、もし分析可能な指紋がとれていれば、四百ユーロもやればＦＡＥＤで検索にかけてくれるだろう」

「指紋データ照合システムのことだな？　まじめに考えても、アンナが凶悪犯罪、あるいは違法行為を働いたことがあるとか、ましてや刑務所に入ったことがあるとは思えないね」

「びっくりする結果が出るかもしれんぞ。病的なまでに目立つのを避けるという話を聞くと、彼女には何か隠すことがあると考えて当然だろう」

「だれにでも隠したいことはあるものだろ？」

「小説みたいなことを言うのはよせ。とにかく写真を撮り、メールでおれに送ってくれ。そうしたら、おれはヴァッスールに連絡する」

　わたしはスマートフォンで何枚か厚紙の指紋を撮り、写真修整アプリで輝度とコントラストを調整して指紋がはっきり見えるようにした。わたしはスマホを操作しながら、ひだと稜線（りょうせん）が蛇行して渦を巻く謎の錯綜（さくそう）、アリアドネーの糸など役に立たない世界に唯一無二の迷路を夢中になって見つめた。

「で、このあと何をする？」わたしは写真をマルクのメールアドレスに送りながら聞いた。

「モンルージュのアンナのアパートに行こう。それと、彼女を捜す。みつかるまでな」

3 魂の暗夜

きみの愛する女に関し、決して確信を抱いてはならない。

レオポルド・フォン・ザッヘル＝マゾッホ

1

フロントガラスに貼られた納税証から察するに、マルクはそのレンジローバーを一九八〇年から運転していることになる。

古い四輪駆動車――オドメーターは三十万キロを超えている――は、車の流れのなかをダンプカーを運転しているような強引さでモンスーリ公園の木々を見ながら進み、環状線の上を渡り、ポール・ヴァイヤン＝クチュリエ通りの落書きや、バルベス通りに建つ〈ホテル・イビス〉正面の格子縞に沿って走った。

テオはアマリアに預け、こんどはマルクがいっしょなので心強く感じた。その時点で、わたしはまだ何事もなくすべてが平穏裡（へいおんり）に収まるだろうと期待していた。アンナはそろそろもどってくるだろう、彼女の〝秘密〟もそれほど深刻なものではなかろう、と。彼女が説明をしてくれて、以前と変わらぬ生活が再開され、結婚式も予定の九月下旬、わたしの家族ゆかりの地、サン＝ギレム＝ル＝デゼールの小さな教会で滞りなく行われるだろうと。

車のなかに革と干し草と、かすかに葉巻も混ざったにおいが漂っていた。マルクがシフトダウンした。四駆は急に息切れしたようにエンストを起こしそうになった。とにかく無骨な車で、ビロードのシートは基布だけになるほどすり減り、サスペンションときたら、すでにだいぶまえから利かなくなっているようだが、ボディーの高さと広い視界のフロントガラスのおかげで、行き交う車の群れの一段上を飛んでいるように感じる。

アリスティッド＝ブリアン通り、かつての国道二〇号線だが、片側四車線、計八車線という広さで、近くを並行して走る高速道路よりも立派だ。

「あそこだ」道路反対側のアンナの住む建物をマルクに示す。「ここではUターンできないから、この先のロータリーで……」

わたしの説明が終わらぬうちに、マルクはハンドルを限界まで切った。一斉にクラクションが鳴り、急ブレーキの音が響くなか、彼は車二台が事故を避けようと大きく回り込むほど危険なUターンをやってのけた。

「マルク、むちゃをするな！」

元刑事は最初の違反行為だけでは不満足だというように首を振り、こんどは歩道に乗りあげてレンジローバーを停めた。

「マルク、ここに車は停められないぞ！」

「警察だからいいんだ」彼はハンドブレーキをかけながら、自信たっぷりに言った。日よけを下ろすと、それに貼ってある〝国家警察〟のプレートが外側から見えるようになった。

「こんなポンコツに警官が乗っているなんて、だれが信じる？」わたしはドアを閉めながら言った。「だいたいあなたは刑事でもないんだ……」

マルクはジーンズの後ろポケットから警察官用の合い鍵を出した。

「一度刑事になったら、ずっと刑事だ」そう言いながら彼は玄関ホールに入るドアを開けた。

奇跡的に、朝は故障していたエレベーターが動くようになっていた。上に行くまえ、わたしは地下駐車場に行こうと言った。アンナのミニがそのままあった。エレベーターにもどり、十三階に上がった。廊下に人影はない。チャイムを鳴らし、ドアを叩いたが朝と変わりなかった。

「ちょっと離れろ」マルクは言って、助走のため後ずさりした。

「マルク、待てよ。ドアを突きやぶるなんて、そこまでやる必要は……」

2

二度目の体当たりでドアの錠は壊れた。

マルクはずんずんなかへ進み、快適に内装された四十平方メートルの空間に目を配り、さっと間取りを頭に入れた。オーク材のフローリング、クリーム色が基調のパステルカラーで北欧風のデザインの居間、オープンキッチン、寝室に続くウォークインクローゼット。

アパートはがらんとして静まりかえっていた。

わたしは玄関ドアの錠前を見にもどった。錠前が簡単に開いたのは、二つある錠前の鍵をちゃんと回していなかったからで、最後に出た人間がオートロックだけで閉めたからだ。どうみてもアンナの行動とは考えられなかった。

もうひとつ意外だったのは、アンナの旅行バッグが玄関の廊下の真ん中においてあったことだ。細い革編みにカラフルな装飾のあるファスナーのついたバッグだった。わたしは膝をついて中身を調べたが、これといった発見はなかった。

「つまりアンナはニースからもどったということだ……」マルクが口を開く。

「そして、またいなくなった」わたしは嘆いた。

不安が募り、わたしは彼女の携帯にかけたが、留守番電話のままだった。

「よし、徹底的に洗うほかないぞ！」マルクが言った。

家宅捜索をする刑事の習性で、マルクはすでに水洗トイレのタンクを開けようとしていた。

「マルク、そんなことをする権利はないと思うが」

タンクに何もなかったので、マルクは寝室のほうに向かった。

「言っておくが、こんなことをおっ始めたのはきみだ！　恋人の過去なんぞを探ろうとしなければ、今ごろは彼女といっしょにコートダジュールで陽を浴びていただろうに」

「だからといって、家宅捜索なんかする理由には……」

「ラファエル！」マルクがわたしの言葉を遮った。「きみがアンナを問い詰めた結果、きみの直感が正しかったことが分かった。今やること、それは始めてしまった仕事を最後まで終えることだろうが」

　寝室を眺めた。明るい無垢材のベッド、溢れんばかりの衣装棚、書架にはたわむほどの医学書、わたしもよく知っているグレヴィスやアンス、ベルト・デュ・シャゾーのフランス語文法書のほか、アメリカの小説がいくつかと、原語版のドナ・タート、リチャード・パワーズ、トニ・モリスンなどもあった。

　床板を調べたあと、マルクは引き出しを調べはじめた。

「パソコンを見てくれ！」わたしが身動きできずにいるのに気づき、マルクは言った。「おれはパソコンに弱いんだ」

　わたしはキッチンとサロンの仕切りにもなっているカウンターにＭａｃＢｏｏｋがあるのをみつけていた。

　アンナと知りあってから、わたしは彼女のアパートに五、六回しか来たことがない。彼女にとっては隠れ家であるそこに漂う雰囲気は、地味で優雅、ほとんど修道院のそれだった。

　わたしは彼女が姿を消してしまうほどの何を、いったいやらかしてしまったのだろう？

　わたしはＭａｃＢｏｏｋをまえにおき、起動ボタンを押した。パスワードなしにデスクトップへ。何もみつからないことは分かっていた。アンナはコンピュータを信用しなかった。もし彼女がほんとうに隠したいことがあるなら、Ｍａｃに保存するはずがないと思った。でも念のため、メールを調べていく。それは主に、講義と病院での研修に関するものだった。マルチメディアのライブラリーには、あちこちにモーツァルトの曲、科学関連の文書、わたしたちがいっしょに観たテレビの連続ドラマがあった。インターネットの閲覧履歴を見ると、ニュースサイトや学術関連、彼女の博士論文「レジリエンス——遺伝子および後天的遺伝決定の要素(エピジェネティクス)」研究に関する無数のページ閲覧もある。研究テーマに関するメモや表、ＰＤＦ文書、パワーポイント資料をのぞけば、ハードディスクにこれといって目ぼしいものはなかった。コンピュータというのは、家族写真やらバカンス時のビデオ、友人グループとのメールのやりとりばかりで面白くないのがお決まりだが、アンナの場合はそれがまったくないという意味で味も素っ気もなかった。

「この紙類をちょっと調べる必要があるな」カラデックが手紙や書類が詰まったボール箱を手にサロンにもどってきた。給与明細やら請求書、建物の共益費の領収書、銀行の入出金明細書……。

ボール箱をテーブルにおき、マルクはクリアファイルをわたしに渡しながら言った。

「これもだ。パソコンには何もなかったか？」

わたしは首を振り、クリアファイルを見た。学校では恒例でお決まりの卒業写真だった。写真は、二十名ほどのお嬢さま(ベーセーベージエー)風の女生徒を校庭で撮ったものだった。四十代の教師らしい女もいっしょに写っていた。中央で椅子に座った生徒がチョークでクラス名の書かれた小さな黒板を抱えている。

リセ・サント＝セシル
最終学年(テルミナル)理数系クラス
二〇〇九年六月

最後列にすぐわたしのアンナをみつけた。控えめで視線はカメラから少しずれ、伏し目がち、慎ましやかな笑みを浮かべ、喉元まできっちりボタンを留めた白のブラウスにVネックの紺のセーター。自分を透明にして目立たせぬようにしたい、人をはっとさせる美しさを、官能美を消してしまいたいというあの意志がそこにも見えていた。

目についてはいけない。欲望を刺激してはいけない。

「きみはこのサント＝セシルという高校(リセ)を知っているか？」マルクがポケットからタバコを出しながら聞いてきた。

わたしはスマートフォンですぐに調べた。閑静なグルネル通りに位置するリセ・サント＝セシルはカトリック系の私立女子学園だった。

「アンナがそのリセに行っていたというのは知っていたのか？　どうも、サン＝ナゼールの恵まれない家庭の娘という話とまるで違っているように思うんだが」マルクがタバコに火を点けながら言った。

わたしたちはボール箱のなかの文書類を調べはじめた。いろいろな文書を繋ぎ合わせ、なんとかアンナの経歴を再構成できた。

彼女がモンルージュのアパートに住みはじめたのは二年前だった。アパートを購入したのは二〇一四年、医学生として最終年度となる六年目に当たる。価格は十九万ユーロで、頭金五万ユーロと二十年ローンで購入した。ありふれた不動産取得の形態である。

二〇一二年から二〇一三年までは、サン＝ギヨーム通りにワンルームを借りていた。

もっと遡って二〇一一年は、オプセルヴァトワール通りの屋根裏部屋の家賃領収書が残っており、それはフィリップ・ルリエーヴルという家主の署名があった。

そこで足取りは途絶えた。医学部の初年度およびリセへの通学時期、彼女がどこで暮らしていたのかまったく不明だった。父親のところ？　それとも学生寮？　現金払いで役所に無届けの屋根裏部屋？　それともリセが全寮制だったのか？

3

カラデックはタバコをコーヒーカップのソーサーでもみ消し、ため息をついた。何かを考えながら、彼はカウンターにあった鮮やかな色のコーヒーマシーンにカプセルを入れ、スイッチを押した。コーヒーができるまで、そのまま残りの書類を見ていった。健康保険証の古いコピーで手を止め、それを折りたたんでポケットに入れた。それからオーブンを調べて何もみつけられず、換気筒や仕切り壁も調べた。

それから頼みもしなかったのに、わたしにも泡立つ濃いエスプレッソをいれてくれた。アラビカ・コーヒーを味わいながらも、彼の目は宙をにらんでいる。何かが気になっているのに、それがまだ分からない。しかし一分ほど黙っていたあと、ようやく突きとめたようだ。

「その照明器具を見るがいい」

わたしはサロンの隅のスタンドライトを見た。

「ああ？」

「足下に三つもコンセントが並んでいるのに、どうしてわざわざ反対側までコードを延ばすんだ？」

たしかにそうだ……。

わたしはスタンドのそばにひざまずき、コンセントに触ると、それがすっぽり抜けた。カラデックが見破ったとおり、どのコンセントにもケーブルが繋がっていなかった。わたしは床に這(は)いつくばり、開いた穴に手を突っこんで幅木を動かし、壁からはずすことに成功した。

幅木の後ろに何かが隠してあった。

布製バッグ。

4

それはスポーツバッグで、黄色の地に円い〈コンバース〉のマークが印刷されていた。かすかにほこりを被り、かつてはマスタード色だったのだろうが、年月でかなり色あせていた。バッグは異様な重さだった。わたしは不安を感じるというより興奮させられていたものの、バッグのファスナーを開けながら、いったい何を発見するのかと怖れた。

参った!

その危惧は現実となった。

札束が詰まっていた。

わたしは、札束が生き物で、今にも飛びかかってくるのを怖れるかのように、急いで後ずさりした。

カラデックがバッグの中身をカウンターの上にぶちまけると、それは主に五十ユーロと百ユーロ紙幣の札束だった。紙幣はカウンターの上で小さな山になった。

「どのぐらいあるんだろう?」

マルク・カラデックは札束のいくつかを数え、それから暗算をした。

「ざっとみて、四十万ユーロぐらいだろう」

アンナ、いったいきみは何をやらかしたんだ?

「どこで得た金だろう。マルク、あなたはどう思う？」わたしは唖然とし、元刑事に聞いた。

「アンナが病院の診察で稼いだものでないことはたしかだ」

わたしはしばらく目を閉じ、首筋を揉んだ。これだけの現金となると、強盗か異常な量の麻薬を捌いたか、もしくは富豪を恐喝したのでなければ不可能な額だ……。ほかに何が考えられるだろう？

頭に三つの焼死体のイメージがまた浮かんできた。あれが現金と関係しているのは明らかだが、どういう関係か？

「ラファエル、驚きの種は尽きないな」

バッグの内側にファスナー付きのサイドポケットがあり、マルクはそこから、十七、八歳のアンナの写真付き身分証明書を取り出した。一枚はポリーヌ・パジェスという名、二枚目はマガリ・ランベールの名で、わたしはどちらも聞いたことがなかった。

マルクは身分証明書をわたしの手からとり、注意深く調べた。「これは偽造だな。まあ、あたりまえだが」

どう考えたらいいのかわからず、わたしは窓の外に目をやった。外ではいつも通りの生活が続いていた。太陽が平然と輝き、向かいの建物の正面を照らしている。バルコニーの手すりの一部に、ツタがクリスマス飾りのように絡みついている。まだ夏だった。

「この証明書はろくでもない代物で、タイかベトナムで偽造されたものだ。ちょっと治安の悪い郊外のマンモス団地に行って、八百ユーロも払えば手に入れられる。薬物依存症の連中が使うんだ」

「もう一枚のほうはどうなんだ？」

宝石屋のように、マルクはメガネをかけ直し、エキスパートよろしく身分証明書を調べた。

「こっちはかなり上等だな、テクニックは古いが。レバノンかハンガリー製で、三千ユーロってところかな。ちゃんと調べられたらだめだが、通常の使用ならば問題なく通用する」

世界がひっくり返っていた。わたしは拠(よ)り所をすべて失ってしまった。ショックから立ち直るのに、ほぼ一分を要した。

「こうなった今、少なくとも物事は単純だ」マルクは断定する。「アンナ・ベッケルの過去の足取りを遡るほかに選択肢がないということだ」

わたしはうつむいた。またしても、あの焼死体の怖ろしい写真がわたしの思考力を粉砕しに来ていた。アンナの「これがわたしのやったこと。これがわたしのやったこと……」と囁(ささや)く声といっしょに。

4　消えてしまうことを学ぶ

説得力を持たせるには嘘のなかに最小限の真実を含めるべきである。一般的には一滴の真実で充分だが、それはマティーニに入れるオリーブと同じように不可欠なのである。

ザーシャ・アランゴ

1

マルク・カラデックの胸のなかを蝶(ちょう)が飛びまわっている。彼がまだ十五歳だったころ、女の子と初めての待ち合わせに出かけたときと同じ不安、同じ興奮だった。

刑事はずっと刑事のままでいるものだ。三つの焼死体の写真、札束を詰めこんだバッグ、偽造書類、アンナの二重生活、ふたたび血管のなかを狩人のアドレナリンが流れはじめた。流れ弾にやられてからというもの、アスファルトジャングルの測量士になって嗅ぎまわる現場の本物の刑事ら、どんな追跡にも必要な辛苦を厭(いと)わぬ者ら、彼らだけが知る特殊な喜びに身震いする機会がなくなっていた。今、そのハンターの習性がもどる。

アンナのアパートを出たラファエルとマルクはその場で別れ、それぞれの調査を進めることにした。そしてマルクは、どの手がかりから掘りおこすべきかよく分かっていた。パリのビュット・オ・カイユ地区に向かうグラシエール通り。彼が隅々まで知り尽くしている場所だった。赤信号になったので、スマートフォンの住所録をめくって、目当てのマティルド・フランサンスのページを表示した。よく彼女の連絡先を何年も消さずにいたものだと自分でも驚いた。

番号にかけ、二度目の呼び出し音で出た声が彼女と分かって嬉しい気分になった。

「まあ、マルク！　ほんと久しぶり……」

「やあ。きみも元気でいるんだろうな？　あいかわらず社会保障局かな？」

「ええ、でもエヴリー市の医療保険公庫(CPAM)からはやっと逃げだせて、今はパリ十七区のバティニョル支所へ異動になったのよ。三月で定年になるけどね」

「出所おめでとうってところだな。じつは、きみがまだ働いているあいだに頼みがあるんだ。一件だけ検索してもらいたい……」

「友情だけで、あなたが電話してくるわけないと思ったもの」

「……アンナ・ベッケルという名の娘なんだが、番号を言うから控えてくれるか？」

信号が青になり、車を発進させつつ、マルクはポケットに入れた健康保険証の写しの番号を読みあげた。

「だれ？」

「二十五歳、混血(メティス)、医学研修期間中のきれいな娘だ。失踪してしまったんで、おれは家族に頼まれて行方を捜している」

「フリーランスというわけ？」

「無償の奉仕さ。〝一度刑事になったら、ずっと刑事〟というのを、きみも聞いたことがあるだろう」

「具体的に何を知りたいの？」

「きみが入手できる情報すべてを知りたい」

「分かった、どれだけ役に立てるか分からないけれど。わたしから電話する」

マルクは満足して電話を切った。つぎのステップは、フィリップ・ルリエーヴル。

スマートフォンで調べた結果、ルリエーヴルが職業別電話帳に歯科医師として載っていることが分かった。歯科医院は、アンナが二〇一一年初頭に借りていた屋根裏部屋と同じ住所にあったのだ。

ポール・ロワイヤル通り、首都圏高速鉄道（RER）の駅入口の大きなガラスひさし（マルキーズ）が視界に入り、その先にレストラン〈クロズリー・デ・リラ〉の緑豊かな入口も見えた。ウィンカーを点けてオプセルヴァトワール通りを曲がり、数頭のブロンズ製の海馬（ヒッポカンポス）が飛沫（しぶき）を散らしている噴水のまえを過ぎた。マロニエ並木の下に車を停めてドアを閉めたあと、庭園の向こう側、パリ大学ミシュレ校舎のアフリカあるいはイタリアを思わせる赤レンガの柱廊をぼんやり見つめながらタバコを吸いおえた。

庭園で活発に走りまわる子供たちに目を向けると、マルクは追憶にとらわれた。以前、サン＝ミシェル通りに住んでいたころ、娘をここで遊ばせるために来ることが何度かあった。あの幸せだった時期の大切さは、ずっとあとになってからしか分からなかった。マルクは瞬きしてみたが、その映像は消えてくれるどころか、ほかの場所のべつの喜び、娘がまだ五、六歳だった当時の、笑い声もいっしょの映像の数々となって再生された。滑り台で遊ぶ娘、サクレ＝クール寺院の脇で初めて乗せたメリーゴーラウンド。風船をつかまえようと飛びあがる娘の姿が目に浮かぶ。コルシカのパロンバッジアの砂浜、抱いた娘に空高く上がった凧(たこ)を見せていた。

ある年齢を過ぎた男にとっては、追憶のほかに怖れるものがなくなる。これはどこで聞いた言葉だったかなと、思いだそうとしながら、マルクは捨てたタバコを踏みつけた。道路をよこぎり、建物入口でめざす相手のチャイムを鳴らし、大扉のロックがはずれるのを待って階段を駆けあがった。一部の警察官がそうするように、彼も退職時に警察手帳を返却しなかったので、それを受付のブルネットのきれいな女性の鼻先に突きつけた。

「マドモワゼル、国家警察組織犯罪取締班(BRB)だが、先生に話がある」

「伝えますので、ちょっとお待ちください」

現役時代に慣れ親しんでいた感覚やしぐさをなぞるというのは気分がいい。ちょっとした動作によって相手に威圧感を与えるのだが、それも手帳の三色旗のおかげだった……。

受付窓口に肘をついて待った。歯科医院は改装をしたばかりのようで、まだペンキのにおいが漂っていた。ハイテク・デザインと同時に温かみも追求したのだろう、カウンターや肘掛け椅子は明るい色の無垢材を使い、壁は磨(す)りガラスで、仕切りは竹でできている。〝癒やし〟を狙ったBGMは、ロマンチックなフルートとハープで潮騒を連想させる。気色悪いな、マルクは思った。

予想とは違い、ルリエーヴルは若い歯科医でまだ四十を超えていないようだった。丸い顔、短く刈りあげた髪、笑みの浮かぶ目を囲むように、黄色いフレームのメガネをかけている。白衣が半袖で、前腕部に人目を引く一角獣(ユニコーン)のタトゥーが見えた。

「この女性を知ってますか？」マルク・カラデックは自己紹介したあと、ラファエルに送らせたアンナの最近の写真をスマートフォンで医師に見せながら聞いた。

「ええ、もちろんです」ルリエーヴルは躊躇(ちゅうちょ)せずに応じた。「当時は大学生で、四、五年前ですか、彼女にわたしの持っている屋根裏部屋のひとつを貸していました。アンナ……なんとかといったな」

「アンナ・ベッケル」

「そうです。記憶に間違いなければ、たしか彼女はパリ大学医学部ルネ・デカルト校に通っていました」

「本人について、ほかに何を覚えていますか？」

ルリエーヴルはしばらく記憶を探るように見えた。

「大したことは覚えていませんね。あの子は、間借り人としては完璧でした。静かだったし、家賃を滞納することもありませんでした。毎回、現金で払いましたけれど、わたしはちゃんと税務申告をしてあります。その証明が必要なら、税理士のほうから警察に……」

「その必要はないでしょう。本人を訪ねてくる人間は多かったですか？」

「心当たりないですね。昼も夜も勉強しているようでした。でも警部、どうしてそんなことを聞くんですか？　彼女に何かあったんですか？」

カラデックは目頭を揉んで、相手の質問をはぐらかす。

「先生、最後の質問ですが、アンナはおたくの間借り人になるまえ、どこに住んでいたのか分かりますかね？」

「ええ、分かりますよ。わたしの姉の元旦那が彼女に部屋を貸していたので」

元刑事の体を電流が奔った。まさにそういった情報を得るため、ここまで出かけてきたのだ。

「マニュエル・スポンティーニ、これが元義兄の名です」歯科医が続けた。「マニュエルは離婚したあと、ユニヴェルシテ通りに持っていたアパートと、それについていた屋根裏部屋を売らざるをえなくなったんです」

「そこの屋根裏部屋に彼女は住んでいたんですな？」

「そのとおりです。姉はわたしが間借り人を探しているのを知っており、姉がアンナにわたしの連絡先を教えたんです」

「スポンティーニさんですが、今はどこにいるんですか？」

「パン屋をやっていて、フランクリン・ルーズヴェルト通りにあるんですが、言っておきますけれど、ひどい男ですよ。姉は離婚するのに時間をかけすぎました」

2

オルレアン門でタクシーをつかまえるのに嫌気がさし、わたしは市バス六八番に乗ることにした。

「バック通りまで？　二十分以内に着きますよ」バスの運転手は請けあった。

くずおれるように座席に座ったわたしは、打ちのめされて茫然とし、ほとんどグロッキーだった。この数時間で分かったことを頭のなかでまとめてみる。三人の焼死体の写真、壁のなかに隠してあった四十万ユーロ、偽造の身分証明書。そのぜんぶが、ガリ勉の研修医で、子供に心を配る優しくて模範的な小児科医、また愉快で心細やかな恋人という、わたしの知っている女性のイメージとあまりにもかけ離れていた。アンナの人生をそこまで狂わせた出来事とはいったい何だったのだろうと訝（いぶか）った。

わたしは気をとりなおし、これから向かうリセ・サント＝セシルについての情報をなるべく多くインターネットで得ておく作業を始めた。

カトリック系の女子校で、少しばかりほかとは違っていた。教育省から補助金を受けない非契約の私立学校法人だが、多くの私立校が大学入学資格（バカロレア）取得を最優先させているなか、合格は当然のこととし、理系大学への進学が多いという評判をとっていた。

宗教教育の面もみせかけではなく、週に二回あるミサとグループ別の祈禱（きとう）のほかにも、生徒は毎週水曜午後に信仰教育（カテケシス）を受け、いくつかの慈善活動に参加しなければならない。

バスの運転手の言ったことは正しかった。バック通りには十一時前に着いてしまった。サン＝トマ＝ダカン教会の辺りは、シックなパリの中心である。旧貴族の館が並び、各省庁、ほとんど白に近い石壁に天然スレート屋根の高級アパートも集中する界隈（かいわい）である。

少し歩くだけでもう学園のあるグルネル通りで、学園入口のブザーを鳴らし、わたしは守衛に身分証明書を見せた。重厚な半円形の両扉の後ろにはプラムと月桂樹の植わった石畳の中庭があって、花壇に花も咲いていた。庭全体は正方形で、石造りの噴水のあるところは、どこかトスカーナ地方の僧院を思わせた。控えめな鐘の音が響き、授業の終わりを告げた。すると、校章を刺繍（ししゅう）した制服の生徒たちがいくつかのグループになって中庭を静かによこぎる。木々の緑と噴水の水音、紺の制服がわたしをパリから遠く離れた場所に連れて行く。それは一九五〇年代のイタリアであり、南仏エクス＝アン＝プロヴァンス、あるいはイギリスの全寮制（ボーディング）スクールである。

一瞬わたしは、自分の高校（リセ）時代、パリ郊外エソンヌ県のリセ・サルヴァドール・アジェンデ校の授業を思いだす。一九九〇年代のことだった。この外界と切りはなされた場所とは天と地の差で、二千人の生徒がコンクリートのなかに囲いこまれていた。暴力、麻薬、展望なしの未来……。異動を心待ちにする教師たち、ばかにされて袋だたきに遭う数少ない成績優秀な生徒、まさに天国と地獄。もうひとつの現実だった。フィクションを書くことで、そこから逃げていたわたしの現実である。

そんな思い出を追いやろうと、わたしはまぶたを揉み、サルビアの花壇に水を撒いていた庭師に尋ねた。

「学校の責任者ですか？　えーと、そんなら学園長のブロンデルさんだね。あそこ、アーチの下にいるご婦人が見えるでしょう」

クロティルド・ブロンデル……。ウェブでその名はみつけてあった。男に礼を言い、わたしは学園長のほうへ近づいていった。アンナのアパートにあった卒業写真に写っていた女性だった。五十歳かもうちょっと下の年頃ですらりとしており、薄手のツイードの上下に赤茶のストレッチコットンのポロシャツを着ていた。クロティルド・ブロンデルの名に似合う、輝くようなブロンドの髪はグレタ・ガルボとデルフィーヌ・セイリグのあいだといったところだ。逆光のなか、彼女のシルエットが晩夏の黄金の粒子をまぶしているように、宙に浮かんだように見えた。

彼女の片手が一人の生徒の肩におかれていた。内密らしい二人の話が続くあいだ、わたしはブロンデルを観察することに決めた。年齢が分からないくらいに繊細な顔立ち、高慢さのない自然な優雅さ、彼女はマリア像と聖女セシリア像が立つこの庭園に似つかわしいように思え、何かとても強い母性のような親近感、揺るぎなさを漂わせている。相手の少女は、彼女が優しく深い声で続ける話をまるで飲むように聞いている。二人が話を終えたところで、わたしはそばまで行って挨拶しようとした。

「こんにちは。わたしは……」

彼女のエメラルドグリーンの目に輝きが浮かんだ。

「あなたがどなたかとっくに知っていますよ、ラファエル・バルテレミさん……」

わたしが意表を突かれて面食らっているあいだ、彼女は続けた。

「なぜならまずわたくしがあなたの読者であるから。でもじつは六か月前から、アンナが口を開けばあなたのことばかりなんです」

わたしは驚きを隠せなかった。それを見て、クロティルド・ブロンデルは楽しんでいるようだった。そばで会うと、ますます彼女が謎めいて見えた。彫りの深い顔の頬骨に降りかかる金色の髪が、リラの香りを漂わせている。

「ブロンデルさん、最近アンナに会いましたか？」

「先週、夕食をいっしょにとりました。いつものように火曜日の晩です」

わたしにはショックだった。アンナを知ってからというもの、火曜の晩はスポーツジムに行くと彼女は言っていた。もう驚くには当たらないのかもしれない……。

クロティルドはわたしの動揺を感じたのだろう。

「ラファエル、こうしてここに来られたのだから、わたくしがだれかご存じなんでしょう？」

「じつは違うんです。今日ここに来たのは、アンナのことが心配だからなんです」

わたしは写真の入ったクリアファイルを見せた。

「この写真を頼りに、ここまでたどり着きました」

「これをどこでみつけたんです？」

「アンナのアパートです。この写真には重要な意味があるのだと思います。というのは、彼女はこの写真しか持っていないんです」

クロティルドは嫌悪感を露わにした。

「アンナの許しを得ずに、あなたは彼女の持ち物を調べたんですか？」

「説明させてください」

わたしはごく簡単にアンナが失踪したことを伝えたが、言い争いになった理由については沈黙した。

クロティルド・ブロンデルはそれを平然と聞いた。

「わたくしの理解では、あなたは婚約者と言い争いをしたんですね。そして彼女は、あなたに反省させるため、あなたをおいてパリに帰ってきてしまった。わたくしはあなたが少しは冷静になっていることを期待します」

わたしは勝手なことを言わせるべきでないと思った。

「わたしが思うに、あなたは状況の深刻さを理解していないようです。わたしがここに来た理由は、男女間の言い争いの範疇を超えてしまっているからなんです」

「これは忠告ですが、今後は彼女の持ち物を調べるようなことはなさらないことです。アンナのことはよく知っていますけれど、そういうことは許さないでしょうね」

彼女の声は変わり、さっきの流れるような声ではなく、もっと濃縮されたしわがれ声に聞こえた。

「わたしは、自分の行動が正しかったと思っています」

彼女の瞳は一滴の黒インクが混ざったかのように、一瞬で輝きが消えてしまった。

「写真をお返ししますから、お引き取りください！」

彼女はきびすを返したが、わたしは引き止めた。

「いや、わたしはもうひとつの写真についてあなたと話をしようと思っているんです」

そのまま彼女が遠ざかるので、わたしは声を大きくして質問を続けた。

「ブロンデルさん、アンナは三人の焼死体の写っている写真をあなたに見せましたか？」

何人かの女生徒がふり返った。学園長はわたしのほうに向きなおった。

「どうもわたくしたち、学園長室に上がったほうがよさそうね」

3

パリ八区。

マルク・カラデックはウィンカーを点け、日よけを下げると、サン＝フィリップ＝デュ＝ルール広場の配達専用停車スペースに車を停めた。

スポンティーニは、ラ・ボエシー通りとフランクリン・ルーズヴェルト通りの角にガラス張りの店を構えていた。金色の垂れ飾りがあるチョコレート色の日よけテント（オーニング）、高級なパンとケーキの店で、洒落(しゃれ)た品を並べてあった。マルクはなかに入って、このビジネス街の昼食時間に備え、冷蔵ショーケースにサンドウィッチやら各種タルト、サラダのパックを陳列する店員たちを観察した。そうしていると腹が減ってきた。ラファエルの突然の帰宅で朝食をとるタイミングを失い、昨晩から何も食べていなかった。パルマ産生ハムのサンドウィッチを頼んでから、マニュエル・スポンティーニと話したいと告げた。店員は、顎で向かいのビストロに行ってみろと応じた。

マルクは道路をよこぎった。袖をまくり上げ、テラスに座っているマニュエル・スポンティーニは、生ビールのグラスをまえにスポーツ紙『レキップ』を広げていた。レイバンにシガリロ、もじゃもじゃ頭に頰ひげの顔はクロード・シャブロル監督の映画に出たジャン・ヤンヌかモーリス・ピアラのようだ。

「マニュエル・スポンティーニだね？ 三分ほど話せるかな？」

マルクはふいを襲うため、彼の正面に腰を下ろすと、腕相撲を挑むときのようにテーブルに肘をついた。

「でも……あんた、いったいだれなんだ？」スポンティーニは椅子を後ろに引きながら、甲高い声をあげた。

「組織犯罪取締班のカラデック警部だ。アンナ・ベッケルについての捜査を進めている」

「知らないね」

マルクは動じずにスマートフォンにアンナの写真を表示させた。

「見たことないね」

「おまえに言っとくが、写真をちゃんと見ることだ」

スポンティーニはため息をつき、写真を見ようと身を乗りだした。

「かわいい混血(メティス)のお人形さんじゃないか！　可愛がってやってもいいぞ」

すさまじい速さでマルクはスポンティーニの髪をつかみ、金属製のテーブルに顔を押しつけたので、ビールのグラスが躍った後、歩道に落ちて砕けた。

パン屋の悲鳴を聞きつけ、ギャルソンが駆けつけた。

「警察を呼ぶぞ！」

「警察はおれだよ、ぼうや！」マルクは答えて、空いている手で警察手帳を見せた。「それより、ペリエを頼む」

ギャルソンは走り去った。マルクは手をゆるめた。

「あんた、おれの鼻の骨を折っちまうところだった、ほんとに！」スポンティーニは呻(うめ)いた。

「黙れ！　アンナのことを話すんだ。おまえが彼女に部屋を貸していたことは分かっている。だから話せ」

スポンティーニはテーブルナプキンで左側の鼻から出ている血を拭った。

「あの子はそういう名前じゃない」

「続けろ」

「パジェス、ポリーヌ・パジェスという名だった」

カードゲームで切り札を出すように、マルクはパジェス名義の偽造身分証明書をテーブルの上に投げた。

スポンティーニはそれを手にとって見た。

「ああ、この証明書だね、おれが初めて彼女に会ったとき見せられたのは」

「それはいつの話だ？」

「そんなの覚えてない」

「努力しろ」

マルクの注文したペリエが来るまでのあいだ、スポンティーニは記憶を探っているように見えた。洟(はな)をかんで鼻血を拭ってから、彼は声に出しながら記憶をたどる。

「サルコジが大統領になったのは、いつだったかな？」

「二〇〇七年五月だ」

「そうだ。その年の夏、パリが猛烈な嵐に襲われ、うちの建物が水浸しになった。屋根の一部と屋根裏部屋を修理しなければならなくなった。工事は秋に終わり、おれはうちの三軒の店に間借り人募集の張り紙を出した。それで、きれいな混血(メティス)のバービー人形が最初に飛びついたわけだ」

「それは何月だった？」

「おそらく十月、二〇〇七年十月の末だったと思う。遅くとも、十一月初旬」

「家賃だが、ちゃんと申告していたのか？」

「相手を見て言ってほしいね。そうでなくとも散々搾りとられてるんだ、たかが十二平米の部屋を申告しろって言うのかい？　もちろんウラさ、月に六百ユーロ、現金払い、借りるか借りないか、それはどうぞご勝手にということだ。あの娘が払わなかったことはなかった」

「二〇〇七年というと、当人は未成年だった。十六歳だったはずだが？」

「身分証明書に書いてあることとは違ったね」

「証明書は偽造で、おまえも分かっていただろう」

マニュエル・スポンティーニは肩をすくめた。

「あの娘が十五歳だろうと十九歳だろうと、何が違ってくるのかおれには分からんね。べつに強姦しようとしたわけじゃない。ただ部屋を貸してやった、それだけだ」

スポンティーニがいらだち、音をたてて椅子から立ちあがろうとするのを、マルクは腕をつかんで止めた。

「初めて会ったとき、彼女はどんなようすだった？」

「覚えているわけないだろう！　もう十年前の話なんだぞ！」

「早く答えれば、それだけおまえとの話も早く終わるんだ」

スポンティーニは長いため息をついた。

「ちょっと怖がっていたし、ヘンな感じだった。だいたい、最初の数週間はほとんど部屋に閉じこもっていたんじゃないかな。相手選ばず怖がっていたようだ」

「続けてくれ。あとひとつか二つ、ちょっとした情報を話してくれれば、引きあげてやろう」

「よくは分かんないが……自分はアメリカ人で、パリには大学に入るために来たと言っていた」

「アメリカ人、どういうことだ？　おまえはそれを信じたのか？」

「アメリカ訛りがあったのはたしかだ。ほんと言うと、おれはどうでもよかった。娘は三か月分の家賃を前払いし、おれにとってはそれがいちばん重要なことだった。娘によれば、両親が払ってくれるんだとさ」

「両親？　おまえは両親に会ったのか？」

「いや、おれはだれにも会ったことがない。ああ、そういえば、ときどき訪ねてくるちょっと金持ち風のブロンドの女がいたな。四十前後で、堅苦しいスーツのマダムって感じだった。こっちのほうは、モノにしたいと思ったな。なにしろシャロン・ストーンとかジーナ・デイヴィスみたいなんだな、分かるかな？」

「女の名前は分かるか？」

　パン屋は首を振った。マルクは続ける。

「娘に話をもどすが、何かヤバいことになっているような形跡はあったか？」

「たとえば？」

「麻薬、売春、ゆすり、そういったもんだが？」

　スポンティーニは目を丸くした。

「あんた、まるで見当違いをやってんじゃないの？　おれが思うに、あれは静かに暮らして勉強だけしたがっている娘だったね。だれにも邪魔されたくないふうだった」

　マルクはパン屋に去っていいと手で合図をした。彼自身はしばらくテラスに残り、手に入れた情報を頭のなかで整理した。立ちあがったところに携帯が鳴り、マティルド・フランサンスからだった。マルクは通話ボタンを押して言った。

「分かったのか？」

「ええ、アンナ・ベッケルの書類はみつかった。でも、あなたが言った内容とはまるでかみ合っていない。わたしが入手できた情報によると、その女性は……」

4

「わたくしはこの瞬間が来ることをずっと怖れていました。いつかその時が来るとは分かっていましたが、でもこういう形になるとは考えていませんでしたね」

　クロティルド・ブロンデルは、二脚のクロームメッキの架台に渡したガラス天板の向こう側に座っていた。校庭を見下ろす学園長室の内装はモダンで、長い歴史を誇るサント＝セシル校のイメージとはかけ離れていた。わたしが予想していたのは、十八世紀の調度に、〈プレイヤード叢書(そうしょ)〉や装丁し直した古い聖書などを並べた書架が並ぶ図書館のイメージだった。わたしがいるのは、何も飾りのない白壁の部屋だった。デスクの上にはノートパソコンと革ケースに入れたスマートフォン、白っぽい木枠の写真立て、ブランクーシの官能的な小彫刻の複製がおいてあった。

「ブロンデルさん、いつごろからアンナを知っているんですか？」

学園長はわたしを正面から見つめ、しかし問いに答える代わりに、警告のように言い放った。

「アンナはあなたを愛しています。彼女がだれかに夢中になるというのは、これが初めてのこと。したがって、わたくしはあなたがその愛にふさわしい方であることを祈ります」

わたしは質問をくり返したが、ブロンデルはまたも無視した。

「アンナから相談されたとき、わたくしはあなたに真実を打ち明けるよう勧めました。けれども、彼女はあなたの反応が怖かった、あなたを失いたくなかった……」

しばしの沈黙。それから、ブロンデルは自分に言い聞かせるようにつぶやいた。

「きっと『真実は、数学と化学のためには完璧だが、人生のためには適さない』と言ったエルネスト・サバトが正しいのでしょう」

ブロンデルがかなりのことを知っているのは明らかだと感じ、わたしは居ても立ってもいられない気分になった。信頼してもらわねばと思い、わたしは何も隠さずに、アンナのアパートでみつけた四十万ユーロとマガリ・ランベールおよびポリーヌ・パジェス名義の偽造身分証明書のことも話そうと決めた。

ブロンデル学園長は驚きも見せずに、遠い記憶が不安を漂わせながら浮きあがってきたように聞くだけだった。

「ポリーヌ・パジェス。それはわたくしがアンナに初めて会ったときに、名乗っていた名前ですね」

また静寂。ブロンデルはそばの椅子においてあったバッグからタバコの箱を出し、細くて長いタバコに漆塗りのライターで火を点けた。

「あれは二〇〇七年十二月二十二日のことでした。土曜日の午後。なぜ日付を覚えているかというと、学園のクリスマス祭だったからです。本学にはとても大事な日で、毎年、生徒はもちろんのこと親御さんもお招きしてキリストのご生誕を祝うのです」

学園長の声は抑揚のあるざらざらしたものに変わっていた。愛煙家の声。

「あの日は雪が降っていました」煙を吐きながら、彼女は続けた。「わたくしは一生忘れないでしょうね、あの日の彼女のことは。ゴム引きレインコートを着てどこからともなく現れ、悪魔のようにきれいでした」

「あなたに何を言ったんです？」

「アクセントを隠しながら、わたくしにある話をしたんです。つじつまの合った話というか、ほとんど信じられそうな話でした。彼女は自分がマリ共和国に派遣された協力隊員の娘だと言いました。小・中学生の時期のほとんどはマリの首都バマコにあるフランス政府管理の学校アンスティテュ・フランセに通学していたけれど、両親の希望でバカロレアはパリでとりたいという話でした。そういう理由で、両親は彼女を本学園サント＝セシルに入学させたい。

そのためだと言って、彼女がわたくしに封筒を差しだしたのですが、なかには一年分の学費八千ユーロが入っていました」

「その話ぜんぶが嘘だったわけですね?」

「ぜんぶ嘘でした。わたくしはバマコのアンスティテュ・フランセに電話をして、入学手続きに必要な書類をファックスしてくれるよう頼んだのですが、彼女のことは聞いたこともないという話でした」

わたしは濃霧のなかをさまよっている気分だった。調査を進めていけばいくほど、アンナのイメージが遠ざかってしまう。

クロティルド・ブロンデルがタバコをもみ消した。

「翌日、わたくしは彼女が言った住所、ユニヴェルシテ通りの屋根裏部屋まで会いに行きました。彼女と一日いっしょにいて、わたくしがすぐに理解したのは、あの子はわたくしたちが一生に一度しか出会わないような人間の一人だということです。孤独な存在で、半分は大人の女、半分はまだ子供の彼女は、自分を再構築しようと願い、かならず成功するのだと決めていました。ここサント=セシルにもたまたまやって来たのではなかった。将来の職業について明確な目標があり、それは医師になることで、彼女には並外れた知性、必要な勉強をする能力もあり、その両方を存分に発揮できる場所が必要だったんです」

「で、あなたはどう決断したんですか?」

だれかがドアをノックした。教頭が学園長のつぎに控えている予定を確認、催促しに来たのだった。ブロンデルはもう少し待つように指示し、教頭がドアを閉めるのを待ってわたしに尋ねた。

「ラファエル、あなたはマタイの福音書の〝命に至る門は狭く、その道は細い。そして、それを見いだす者は少ない〟をご存じでしょう？　アンナを助けることは、キリスト教徒のわたくしにとっての義務でした。あの時点で助けるというのは、彼女を匿うことでした」

「だれから匿うんですか？」

「すべての人であると同時に、特定のだれということでもない。まさしく、その点に難しさがありました」

「具体的には？」

「具体的には、アンナを学区に提出する生徒台帳には記載せず、サント＝セシルで高校二年の学年を修了させることでした」

「それ以上、彼女を問いただすことはしなかったのですね？」

「彼女に質問する必要は感じませんでした。わたくしは彼女の秘密をすでに知っていたからです」

「それは何だったのですか？」

わたしは息をのんだ。やっと真実に触れられるかもしれなかった。しかし、クロティルド・ブロンデルはわたしの期待に水をさした。

「わたくしはそれをあなたに言うべきではありません。過去のことをだれにも口外しないと、彼女に誓いましたから。その約束を破るつもりはありません」

「もう少し教えてくれないと……」

「むだです。その件に関し、わたくしからお伝えすることは何もありません。あなたが彼女の話を知る必要があるなら、後日、彼女自身から直接聞くことをお勧めします、他人を介してではなく」

ブロンデルが言ったことの意味を考えた。何かがしっくりこなかった。

「小説を書くようになるまえ、わたしは何年間か教師をやっていたんです。だから仕組みは分かっている。つまり、プルミエールの学年で、もし学期開始時にどこの学区にも登録されていなければ、バカロレアの一年繰りあげ受験はできないはずですね」

ブロンデルは頷いた。

「そのとおりです。アンナはその年にバカロレアを受験したのではありません」

「万全を期して最終学年で挑戦するとしても、登録の問題は解決していないが？」

「ええ、テルミナルでは逃げ道がもうありません。アンナが最高学府に進みたいのなら、バカロレアを通らなければなりません」

彼女は新しいタバコに火を点け、何度か吸ってから話を続けた。

「九月の新学期を控えた夏のあいだ、わたくしは絶望していました。アンナのことが気になって気になってしようがなかった。あの出会い以来、わたくしは彼女のことを家族の一員と思うようになっていました。彼女を助けると約束したのに、わたくしたち二人のまえには、どうにも解決しようのない問題が立ち塞がっていました」

　彼女はうつむいた。当時の辛い思いが蘇ってきたのか、表情がこわばって見えた。

「けれども、解決の方法は、よくあることですが、すぐ目のまえにあったのですね」

　言葉に合わせ、彼女は目のまえの写真立てをとり、わたしに見せた。わけが分からないまま、わたしは写真を見た。

「これはだれです？」わたしは聞いた。

「わたくしの姪です。ほんとうのアンナ・ベッケル」

5

　マルク・カラデックは高速を飛ばしていた。

　パリを出てから、交通法規など気にせずに、貪るように何キロも走りつづけた。彼は社会保障局の女友だちマティルド・フランサンスからの情報を自分の目で確かめたいというか、確かめなければいけないと思った。

　もう一台のトラックを追いぬこうとしている大型トラックにクラクションを浴びせつづけていたが、目当ての出口を通りすぎてしまう直前、間一髪で速度を落として減速車線に乗った。出口でコンクリートの螺旋をたどっていると、車ごと虚空のなかに飛びだしてしまうような気分になった。めまい。耳が鳴っていた。運転しながらかじったサンドウィッチのせいか、吐き気がした。数秒間、渦巻きのなかでどこにいるのか分からなくなったが、意識が元にもどりはじめたので、GPSの指示を守ることにした。

シャトゥネ＝マラブリ町の手前のロータリーからヴェリエールの森に向かう細い道に入った。緑が周囲のコンクリートを圧倒してくると、ようやくマルクは落ち着いた気分になり、四方をクリの木やハシバミ、カエデに囲まれたなかで、窓ガラスを下ろした。道を砂が覆って行き止まりになるところで、目のまえに大きな建物が現れた。

砂利を敷いた駐車場にレンジローバーを停めた。両手を後ろに組んで、建物の呆れるばかりの折衷様式——古い石材が一方に、ガラスや金属、半透明コンクリートなどの新建材が他方に——にしばし見入った。二世紀のあいだ救済院だった建物が、屋根には太陽光発電パネル、側壁が緑のカーテンを想起させる形で修復（マルクは破壊だと思った）されていた。

マルクは入口に向かった。ホールに人影はなく、受付カウンターのなかも無人だった。カウンターにおかれたパンフレットを見ると、施設の紹介文があった。

サント＝バルブ医療院は、重複障害者あるいは自閉症の患者およそ五十名を受けいれていた。何らかの事故で自立性を失い、継続的なケアを必要とする人々もいる。

「面会ですか？」

マルクは驚いて、声がしたほうをふり向いた。白衣を着た若い女が自動販売機にお金を入れているところだった。

「国家警察ＢＲＢのマルク・カラデック警部です」マルクは言って、女のほうに近づいた。

「マリカ・フェルシーシ、臨床心理士です」

アラブ系の臨床心理士は自動販売機のボタンを押したが、何も起こらなかった。

「また故障！　この機械にはもう半月分の給料を盗られているの！」

マルクが自動販売機を両手でつかんで揺すると、数秒後、コカ・コーラ・ゼロの缶が出てきた。

「被害総額に足りないとは思うが、これでどうかね」マルクは缶を渡した。

「お礼をしないといけないわね」

「ちょうどいい、ちょっと聞きたいことがある。ある患者についての情報を得るために来たんでね」

マリカは缶を開け、コカ・コーラを飲みはじめた。

マルクは彼女の浅黒い肌とピンクの口紅を塗った唇、きつくひっつめたシニヨン、サファイア色のアイシャドー、その奥にある目を観察した。

「協力したいけれど、ご存じのように、それは許されてないんです。ですから、院長に……」

「待ってほしいな。ちょっとした確認だけだ、組織全体を動かすまでもないと思うんだ」

マリカはからかうような笑いを浮かべた。

「そうでしょう、そのほうがやりたい放題ができますものね」

彼女はまた一口飲んだ。

「わたしは警察の手口を知ってます。父があなたと同業なもんですから」

「お父さんはどこの所属かな?」

「麻薬取締班(ステップ)です」

マルクは記憶を探った。

「あんた、セリム・フェルシーシの娘さんか?」

マリカは頷いた。

「知っているのですか?」

「いや、評判だけだけど」

マリカは腕時計を見た。

「仕事にもどります。警部、お知り合いになれてよかったです」

缶を手に、マリカは明るい照明の廊下を遠ざかっていったが、すぐマルクに追いつかれた。

「さっき話そうとした患者はアンナ・ベッケルというんだ。彼女のいるところまで案内してくれないか?」

二人は観葉植物やタケ、サボテン、小型のヤシの木が植わったパティオを通りぬけた。

「もし尋問しようと思っているんなら、とんでもない見当違いですよ」

二人は森に面した陽当たりのいい裏庭に来ていた。患者と看護助手らが、カエデとヤナギの木陰で食事を終えるところだった。

「尋問などしないと約束する。わたしが知りたいのは、ただ……」

マリカが森のほうを指さした。

「あそこの車椅子に座っているのがアンナ・ベッケルです」

マルクは日をよけるため手をかざした。電動の車椅子に座りヘッドフォンを着けた二十歳前後の若い女が空を見つめていた。

タートルネックのセーターに身を包み、六角形の顔、赤っぽいブロンドの髪を少女のようにバレッタでとめている。色ガラスのメガネの奥で、不動の視線が虚空に消えていた。

マリカが口を開いた。

「ああしてオーディオブックを聴くのが好きなんです」

「逃避なのかな？」

「旅に出るため、学ぶため、夢を見るためね。毎日、最低一冊は必要なんで、わたしはインターネットでとんでもない量をダウンロードしました。あなたに逮捕されてしまうかも」

「彼女は何の病気なんだい？」

マルクは手帳を出してメモを読みかえした。

「フリードリヒ病と聞いてきたんだが、そうか？」

「フリードライヒ運動失調症ですね」マリカは訂正した。「脊髄小脳変性症のひとつで、遺伝性の疾患です」

「きみはアンナを以前から知っているのか？」

「ええ、彼女が十九歳まで入院していたパリのパラティーヌ通りにある医療教育センターに、代替派遣で行ってましたから」

マルク・カラデックは落ち着かない気分になり、ブルゾンのポケットを探ってタバコを出した。

「何歳のとき、彼女はその病気と診断されたんだ？」

「ずいぶん早い時期、八歳か九歳だったと思う」

「その病気は、どういう症状が出るんだ？」

「平衡感覚を失って、脊椎が曲がり、足にも変形が現れ、手足の連携がとれなくなってしまうの」

「アンナの場合、きみは病気がどのように進行すると思っているんだね？」

「タバコ、一本ください」

マルクはタバコを差しだし、火を点けてやるためにマリカのほうに屈んだ。彼女の体からレモンとスズラン、バジルの香りが漂った。緑の波長、心をざわつかせ、興奮させる。

マリカはタバコを吸いこみ、それから話を続けた。

「アンナは早くから歩行能力をなくした。そのあと、十三歳ごろには病気が小康状態に入ったみたいです。でもね、マルク、わたしたちが理解しなければいけないのは、フリードライヒ運動失調症が知的能力を麻痺させない点です。アンナはとっても優秀な女性なの。彼女はふつうの意味での学業はやってこなかったけれど、ごく最近まで無償オンライン教育サービスでソフトウェア開発の講座を受けていたんです」

「しかし、ふたたび病気の進行が始まったわけだな」マルクがあとを続けた。

マリカは頷いた。

「ある段階になると、とくに心臓を疲労させる心筋症と呼吸器不全の合併症の危険性が出てくるから」

マルクは唸るように何かつぶやき、深く息を吸った。怒りが湧きあがってきたのだ。意地の悪すぎる人生。カードが配られるとき、一部の者があまりに不利な手札を持たされる。その不公平に対する憤りで、彼の胸は燃えあがっていた。今初めてそれを発見したわけではなく、今朝からすでにマルクは感情的で、とても神経質になっていた。捜査にのめり込むと、そうなってしまう。感覚や欲望、激情が増幅されるのだ。噴火寸前の火山のように。

マリカは彼の動揺に気づいた。

「根本的な治療法は見つかってないけれど、わたしたちは患者さんが良質な生活を送れるように努力はしている。運動とか作業療法、言語聴覚療法、心理療法などはとても効果があるんですよ。わたしの仕事に意味があるとしたらそれね」

マルクは、手に持つタバコをくゆらせたまま身動きもせず、黙っていた。どのようにしてアンナ・ベッケルに成り代わったのだろう？　たしかに情報の安全管理に関し、社会保障局が巨大なザルも同然にスカスカだということ（数千万ユーロ規模の不正や、健康保険カードの信頼性崩壊……）は知りすぎるほど知っていたが、これほど周到な手口は見たことがなかった。

「わたし、ほんとにもう行かなくては」マリカが言った。

「わたしの携帯の番号を教えておこう、何かあったときのために」

マルクは番号を書きながら、最後の質問をした。

「アンナに会いに来る人間はいるのか？」

「主に叔母のクロティルド・ブロンデルという方、二日おきに来る。もう一人は若い混血（メティス）の女性、長い髪ですごくすてきな人」

マルクはスマートフォンの写真を見せた。

「そう、この人よ。この女性の名前、ご存じなんですか？」マリカは言った。

5　一人の少女とカウボーイたち

世界というのはね（……）ひとつの記憶とその反対側の記憶との果てしない闘いなんだよ。

村上春樹

1

わたしはエドガール・キネ通りとオデッサ通りの角でタクシーを降りた。腕時計を見ると、まもなく正午。十分もすれば、界隈の会社員たちが押しよせるだろうから、陽の当たる場所が貴重になる。しかし今のところあと数分間は、席を確保することが可能だった。そういうわけで、わたしは広場に面したカフェ〈コロンビーヌとアルルカン〉のテラスに落ち着いた。

鯛のセビチェを注文、水も頼んだ。簡単な食事をとったり執筆したりするためよくここに来るので、ギャルソンたちはみな顔見知りだった。どのテーブルにも歩道にも夏はそのまま続いており、人々はサングラスに半袖、薄地のスカートという格好だった。狭い広場の数少ない木々は、アスファルトに照りつける日差しには太刀打ちできないようだ。これが南仏ならばパラソルを出すところだが、夏が長続きしないことを怖れるあまり、パリジャン・パリジェンヌたちは日射病さえ厭わないつもりだ。

わたしも目を閉じ、顔に太陽が照りつける感覚を味わう。光と熱の照射により、ばらばらになった思考が整理されることを望みながら。

マルク・カラデックとは電話で長いこと話した。互いの情報を交換したあと、このカフェで打ち合わせをすることに決めたのだった。彼が着くのを待ちながら、わたしはノートパソコンを開いた。考えを整理するのに、メモをし、日付を入れ、自分のコメントを書いておく必要があった。

わたしの愛する女性がじつは彼女の自称する人物でないこと、もはやその事実に疑いの余地はなくなった。二つの異なる手がかりを追った結果、マルクとわたしはアンナの過去を遡ることに成功し、二〇〇七年秋以前、彼女がアンナという名でなかったことを突きとめた。

それらの発見を、わたしはテキストファイルにまとめておこうと思った。

二〇〇七年十月、十六歳前後の少女が（アメリカからか？）パリの街に現れたが、現金四十万ユーロを持っていた。少女は身を隠そうと思っており、現金払いを歓迎する家主が所有する屋根裏部屋をみつけて住みはじめた。少女は怖ろしい体験をしたばかりで、精神的打撃を受けていたものの、偽造書類を手に入れるというしたたかさも持ちあわせていた。最初の身分証明書は劣悪だったが、二枚目はかなり上質のものになった。

同年十二月、少女はカトリック系の女子学園サント＝セシルを訪れ、そこに編入学することに成功し、学園長クロティルド・ブロンデルの姪アンナ・ベッケルになりすましてバカロレアを取得することになる。

この他者への成り代わりは鮮やかというほかない。車椅子でしか動けない真のアンナ・ベッケルは、障害者用の施設にいて、旅行することも車の運転も、また勉学を続けることもできない。

二〇〇八年、紛失・盗難届を提出した〝偽の〟アンナは、市役所にて正真正銘のパスポートと身分証明書を発行してもらった。以来、身分詐称は完璧となり、〝アンナ〟は自分の写真の貼られた本物の証明書類を持ち、自分のものでない身分を存分に利用できた。社会保障番号も持っているが、慎重であることはもちろんのこと、一定の決まりを厳格に守ったに違いない。たとえば、医療費は自分で全額払うようにして、社会保障局の注意を引かぬようにしたとか。

パソコンの画面から目を上げると、ギャルソンが料理を運んでくるところだった。水を一口飲んでから、鯛のセビチェを口に入れた。二人の女が同一の身分を分けあうという、クロティルド・ブロンデルが仕組んだ目論見（もくろみ）は大胆で、十年近くも破綻しないだけの信憑性（しんぴょう）もあった。わたしたちの調査はむだに終わらなかったにせよ、現段階では解答なき疑問を提起したにすぎない。急いでそれを入力しておく。

〝アンナ〟はいったい何者なのか？

パリに来るまえ、彼女はどこで暮らしていたのか？

彼女のアパートにあった約四十万ユーロの出処はどこか？

写真に写っていた三人の焼死体はだれか？　どうして〝アンナ〟は三人の死が自分の仕業だと言ったのか？

わたしに真実の一部を打ち明けようとした直後、なぜ彼女は失踪してしまったのか？

彼女は今どこにいるのか？


反射的に彼女に電話せずにはいられなかった。奇跡は起こってくれない。聞こえてきたのは昨日から五十回は聞かされた留守電のメッセージだった。

その瞬間だった、ある考えが浮かんできたのは。

2

六年前の話だが、取材でニューヨークに滞在していたときタクシーに携帯電話を忘れてしまった。ホテルにもどったのは夕食のあとで、すぐに携帯の紛失には気づかなかった。気づいてタクシー会社に連絡したときにはもう遅かった。わたしのあとにタクシーに乗った客が運転手に言わず、持ち去ってしまったようだ。むだとは知りながら、わたしは同行していた編集者の電話を借りて自分の携帯にＳＭＳを送ってみた。一時間後、おぼつかない英語を話す人物から電話があり、百ドルと引き換えに携帯を返すと言ってきた。面倒を避けたい気持ちに負け、わたしは相手の言い分をのんだ。タイムズ・スクエアのカフェで待ち合わせることになり、わたしが出向くとまた電話がかかってきて、相手は値段が変わったと告げた。要求は五百ドルになり、クイーンズ区内の住所まで届けろと言う。それでわたしは、最初からそうすべきだった行動をとることに決め、近くにいた警官二人に経緯を説明すると、数分後、彼らは位置情報を得るシステムを利用して相手を逮捕、携帯は無事にもどってきた。

アンナの携帯についても同じ方法が可能ではないのか？

だが、電源を切ってあるか、バッテリーがなくなっているから通じないのだろう……。

ともかく、やってみて損はない。

わたしはギャルソンに店のＷｉ‐Ｆｉコードを教えてもらい、ノートパソコンですぐアンナの契約している事業者、〈クラウド・コンピューティング〉のサイトに行った。第一段階は、ユーザーＩＤ、つまりメールアドレスを入力しなければならないので、アンナのアドレスを入れたが、つぎのステップ、パスワードを入れるところでつまずいた。

行き当たりばったりで入力するような時間の浪費は避けることにした。それがうまくいくのは映画かテレビドラマのなかだけだから。〝パスワードを忘れた〟のボタンをクリックするとページが変わり、アンナが登録するときに設定した二つの質問が表示された。

あなたが最初に買った車のモデルは何ですか？
あなたが映画館で最初に観た映画は何ですか？

最初の質問は簡単だった。アンナは一台しか車を持ったことがなく、それは二年前に中古で買った〝マロングラッセ〟色のミニだった。ほとんど乗る機会はなかったけれど、彼女はそのカブリオレをとても気に入っていた。それが話題になるたび、彼女は「ミニ」とか「カブリオレ」とは言わず、「ミニ・クーパー」と呼んだ。したがって、そのとおりに答えると、当たりだった。

つぎに、二番目の質問。

映画に関し、わたしたちはいつも同じ意見ではなかった。わたしはタランティーノやコーエン兄弟、ブライアン・デ・パルマ、古いスリラー、B級映画を好んだ。彼女のほうはもっとインテリ向けの映画、たとえばミヒャエル・ハネケとかダルデンヌ兄弟、アブデラティフ・ケシシュ、ファティ・アキン、クシシュトフ・キェシロフスキなどを好んだ。

わたしは先へ進めなかった。『白いリボン』とか『ふたりのベロニカ』を最初の映画として観る子供は滅多にいないだろう。

わたしは考えだした。子供が何歳になったら映画館に連れて行くだろう？　自分のことならよく覚えている。一九八〇年の夏、カンヌのアンティーブ通りにある映画館〈オランピア〉で観た『バンビ』だった。わたしは六歳で、子鹿のお母さんが死んだとき、目にゴミが入ったと言い訳をしたらしい。ウォルト・ディズニーめ！

〝アンナ〟はいま二十五歳だ。もし六歳で映画を観たとしたら、一九九七年である。わたしはその年の話題作をウィキペディアで調べていくと、ある映画のタイトルが目に飛びこんできた。『タイタニック』、世界的なヒット作。当時、多くの少女がレオを見たくて、親にせがんだに違いない。正しい答えをみつけたものと確信し、わたしは電光石火の早技でタイトルを打ちこみ、確認ボタンを押す……。

入力された答えは、登録時に設定されたものと一致しません。もう一度お確かめのうえ、正しい答えを入力してください。

早く舞い上がりすぎた反動でがっかりしたわたしには、あと二回のチャンスしかなく、それでもだめならブロックされてしまう。

慌てずに、すべて根本から考えなおしてみる。アンナとわたしは同じ世代ではない。六歳より早い時期に映画を観に行ったかもしれないが、それなら何歳のときだったろう？

グーグル。わたしは〝子供が何歳なら、映画に連れて行くか？〟と入力して検索にかけた。数十の検索結果がヒットした。主に、家庭生活に関するフォーラムと女性向けの雑誌だった。最初のサイトをいくつか見ていった。おおよその一致をみた意見では、二歳は早すぎるが、

三、四歳なら試してもいいだろうと。

ウィキペディアにもどり、一九九四年を見る。アンナは三歳、親が連れて行くとしたら、その年の大ヒット作『ライオン・キング』。

二度目のトライ……またしても失敗。

参ったな！　怪しい雲行きになってきた。もう失敗は許されない。わたしは思い違いをしていた。たやすいことのように思われたが、可能性と考慮すべき要因が多すぎた。アンナの秘密の質問の答えをみつけることなどできるわけがない。

イチかバチか、最後のトライ。一九九五年、アンナは四歳。わたしは目を閉じ、四歳の彼女を想像してみる。褐色の肌、繊細な顔立ち、透きとおったエメラルドグリーンの瞳、かすかな笑みを浮かべた少女がまぶたに浮かんだ。映画館に行くのは初めてだ。両親が彼女に観せようとしている映画は……。わたしはそこでウィキペディアに目を向ける。その年、観客動員数でトップは『トイ・ストーリー』だった。わたしはタイトルを入力し確認ボタンを押そうとして、最後にまた目を閉じた。三つ編みにした黒い髪の少女がまだそこにいた。デニムのサロペットに鮮やかな色のスウェット、真っ白なソックスという格好、とても喜んでいるようだ。それは両親が『トイ・ストーリー』を観に連れて行ってくれるからだろうか？

いや、違う。わたしの知っているアンナの好みではなかった。わたしはもう少し時期を遅らせ、一九九五年のクリスマス期の映画を検索した。アンナはまもなく五歳、初めて映画館に出かけるけれど、どの映画にするかは彼女が決める。なぜならアンナは、すでに賢くて自立心も旺盛になっていた。自分が何を望んでいるか分かっている。ヒロインに自分が同化できて、ほかのことも学べるような美しいアニメーション映画。わたしは、少女の声を頭のなかで聞きながら、ふたたび映画のリストを探った。『ポカホンタス』！　ネイティヴ・アメリカンのポウハタン族の娘を主人公とする物語で、ディズニー・スタジオのスタッフは彼女にナオミ・キャンベルのような容貌を与えた。わたしはゾクッと震えを感じた。答えを送るまえから、わたしは正解を得たと感じていた。ページが変わり、パスワードを変更するか聞いてきた。もうだいじょうぶということだ。携帯電話の位置情報アプリを起動させると、数秒後、画面に水色のポイントが点滅しはじめた。

3

手が震えだし、心臓が破れんばかりにドキドキしはじめた。しつこく食いさがった甲斐があった。表示されたメッセージによると、アンナの携帯電話は電源が切られていたが、最後に確認された位置情報をシステムが二十四時間を限度に保存するということだった。

地球規模の監視システム、禁断の誘惑……。

わたしはセーヌ＝サン＝ドニ県のほぼ中心で点滅するポイントを見つめた。一見して、それはスタン町とオルネ＝スー＝ボワ町に挟まれた工業団地地区を示していると分かった。

わたしがマルクにＳＭＳで**「まだ遠くにいるのか？」**と聞くと、すぐさま**「サン＝ジェル**

マン通りにいるが、なぜだ？」と逆に聞いてきた。

「急げ！　重要な足取りをつかんだ」

待っているあいだに、わたしはスクリーンショットで画面を保存し、表示された住所、スタン町プラトー通りを控えた。それから画面を最大限まで拡大して、衛星写真に切り替えた。空から見ると、目的の建物は荒れ地におかれた一個の巨大なブロックのようだった。いくつか操作をくり返した結果、その建物を詳細に識別することに成功、トランクルーム、個人客向けの貸倉庫であることが分かった。わたしは唇を噛む。郊外はずれにあるトランクルーム、不吉な予感がした。

遠くから長いクラクションの音が聞こえた。警笛というより、むしろゾウの鳴き声のようで、テラス全体が震えた。

目を上げたわたしは、テーブルに紙幣を二枚おき、荷物を抱えると、ドランブル通りから飛びだしてきたマルクの古いレンジローバーに乗りこんだ。

6　ライディング・ウィズ・ザ・キング

人生が百八十度ひっくり返ると、そのとき、物事は全速力で進んでしまう。

スティーヴン・キング

1

際限なく続く道のりだった。

まずはアンヴァリッドからセーヌ川を渡り、シャンゼリゼ通りを上がってマイヨー門に向かう。そこで環状線に乗って高速に入り、スタッド・ド・フランス辺りで国道に移り、ラ・クルヌーヴとサン＝ドニ、スタンの町のあいだを縫うように走った。

太陽の下でさえ、郊外は寂しく感じられた。空の色が変わって徐々に雲が覆い、それまでの輝きは、かつて共産主義に賛歌を捧げたロマン・ロランやらアンリ・バルビュス、ポール・エリュアール、ジャン・フェラなどと命名された長い道路に建ちならぶ公営住宅、あるいは人気(ひとけ)のない建物の陰気な色に合わせて消えてしまう。

交通渋滞のせいでマルクはいらだっていた。中央に追い越し禁止の白線があるにもかかわらず、のろのろ運転のライトバンを追い越そうとした。運悪く、ばかでかい黒塗りのSUVが大きな口を開けて怒り狂い、口角泡を飛ばすように見えるクロームメッキのフロントグリルで威嚇しながら猛スピードでこちらに迫ってきた。巨大な怪獣はレンジローバーと衝突しそうになり、間一髪でハンドルを切ったマルクはしばらく罵倒をやめなかった。

今は何がなんでもアンナを捜しださねばならないとマルクは決意したようだった。二人の調査が思いがけない方向に枝を伸ばしていくことに、彼が焦っていらだち、怒りに震えつつ、わたしと同様にとまどっているのが見てとれた。移動時間を利用し、わたしたちは情報交換を行った。実り多い調査ではあったが、わたしたちは一人の若い女——マルクもわたしも、彼女が被害者なのか加害者なのか、もう分からなくなっていた——のおぼろげなプロフィールを描くことしかできなかった。

「刑事(デカ)連中でもそれ以上の成果は収められなかったろうな」と、マルクはわたしがアンナのスマートフォンの位置情報を得たことを褒めた。彼がこの新しい手がかりに期待しているのが分かった。彼は前方を見つめスピードを出していたが、〝古き良き時代〟のようにサイレンと回転灯を持っていないことを悔しがっているようだ。

ＧＰＳの画面では、目的地までの距離がどんどん減っていく。窓ガラスに額をくっつけ、わたしはコンクリートの敷石や仮設建物、崩れかけた外壁、どこからともなく出現したばかりなのに、すでにくたびれ、落書きだらけになった公共建築物を眺めていた。両親が離婚したあと、わたしはコートダジュールを離れ、母といっしょにパリ郊外にやってきて、これと同じような絶望が滲みでてくる風景のなかで思春期を過ごした。そして足を踏みいれるたび、ほんとうはそこから脱けだしていないという不快な気分になるのが常だった。

　青、黄色、そして赤。でもマルク・カラデックは赤信号を無視してロータリーに入り、巨大な四階建てコンクリートの立方体で行き止まりになっている道を選んで進んだ。それが“貸倉庫のエキスパート”〈ボックス・ポプリ〉社の倉庫だった。

　太陽に灼かれるシダの原っぱ沿いに果てしなく延びるパーキング、マルクはそこに車を停めた。

「どういう作戦でやるかな？」わたしは車から出ながら言った。

「作戦？　これでいこう」マルクは屈んでグローブボックスからポリマーフレームのグロック19をとり出した。

　マルクは警察手帳のみならず拳銃まで返却していなかった。わたしは生理的に銃器を嫌悪しているから、この特殊な状況においても原則を変えるつもりはなかった。

「マルク、まさか本気じゃないだろうな」

　彼はドアを閉め、陽に灼かれたアスファルトの上を歩きだした。

「おれの経験を信用するんだな。こういう状況での最良の作戦は、あらかじめ作戦を立てないことさ」

　彼はセミオートマチックをベルトに挟むと、コンクリートの立方体に向かってずんずん歩きだした。

2

台車とハンドリフトが行き交い、段ボールのにおいが漂うなかをフォークリフトと車輪付きコンテナが乱舞する。一階はこのように入荷と出荷の作業スペースであり、奥のプラットホームには無数のトラックが荷台のドアを開けて並んでいた。

上の階に向かうスロープの下にガラス張りの事務所があり、マルクはそのドアをノックした。

「警察だ！」彼は三色旗の入った手帳を見せながら大声をあげた。

「こんな迅速だとは驚いた！　電話してから十五分も経っていないですね！」金属製のデスクの向こうに座った小柄な男が驚きの声をあげた。

マルクはふり返ってわたしを見た。その目が「おれにもわけが分からんが、とにかく任せろ」と言っていた。

「わたしはパトリック・アヤシュっていいます」小柄な男は名乗りながら、わたしたちに近づいた。「ここの責任者です」

アヤシュはアルジェリアからの引揚者〝ピエ・ノワール〟に特有のきつい訛りで話した。ずんぐりした体に角張った顔、強そうな髪、底抜けに陽気な表情。〈ファソナブル〉のシャツは襟を大きく開け、金のチェーンを見せている。もしわたしが小説にそのまま描写したなら、戯画的すぎると非難されたことだろう。

わたしはどう対応するか、マルクに一任した。

「何が起こったか説明してもらおうか」マルクが言った。

アヤシュはわたしたちを手招きして従業員用の通路のほうに連れて行った。無数のエレベーターが並んでいる。その一台のまえで立ち止まるとわたしたちを乗せ、最上階のボタンを押した。

「あんなものを見るのは初めてでした！」

エレベーターがゴトゴト揺れだし、わたしは窓から、封印鉛をされた木製の箱やコンテナが見わたすかぎり並んでいる光景を眺めた。

「すごい音がしたんで、気づいたんですよ」アヤシュは続けた。「追突されたような感じでした。金属板を大ハンマーで叩くような音が何回か響いたんですが、頭のすぐ上を高速道路が走っているような感じだった、ほんと！」

エレベーターのドアが開くと、タイル張りの床が広がっていた。

「この階はセルフのトランクルームになってます」アヤシュはわたしたちを案内しながら言った。「大型ガレージくらいのスペースを個人のお客さんにレンタルしていて、お客さんはいつでも自由に出入りできます」

アヤシュは話す速さと同じペースで歩いた。タイル床の上をスタスタ歩くので、わたしたちはついて行くのに苦労するほどだった。通路をいくつもよこぎって進んだが、どこを見ても同じ景色だった。広大な駐車場のなかで迷ったような不安感。

「ほら、ここです」扉が押し破られ、大きく穴の開いたトランクルームを指さし、アヤシュは言った。

そのまえで、白髪頭の黒人が待っていた。白のポロシャツにカーキのジャンパー、〈カンゴール〉のハンチングを被っていた。

「パップです」アヤシュが男を紹介した。

わたしはまえに進んで被害の程度を見た。左右の扉はもうほとんど原形をとどめていないし、そもそも肘金からはずれかかっていた。二本の補強棒も、すさまじい襲撃のまえには無力だったようだ。亜鉛メッキした鋼板さえねじ切れているありさまだった。

「まるで戦車に襲われたみたいだな」

「ほんと、そのとおりなんです!」パップは叫ぶように言った。「二十分ほどまえになりますが、一台の四駆が倉庫の入口を押し開けました。車両用のスロープを上がってここまで来ると、この扉が破れるまで衝突をくり返したわけです。それこそ戦車のように」

「防犯カメラが映像を撮っているんで、お見せしましょう」アヤシュが言った。

わたしは壊れた扉をまたいでトランクルームのなかに入った。二十平方メートルほどのスペースが裸電球で照らされている。なかは空っぽで、あるのは床に固定された頑丈な鉄製の棚のほか、床に転がったスプレーの缶が二つで、ひとつは白、もうひとつは黒、〈サーモス〉のボトルに噴出口をとりつけたような格好だった。あとは鉄の支柱を巻くようにロープ、ガムテープの切れ端、切られた結束バンドが床に落ちていた。

だれかがここに監禁されていた。

アンナがここに監禁されていた。

「きみにも匂うだろう?」マルクがわたしに聞いた。

わたしは頷いた。じつは、最初に気がついたのがそれだった。強烈で捉えどころのないにおいがトランクルームのなかに漂っていた。あえて言うなら、焙煎したばかりのコーヒー豆、あるいは雨上がりの地面。

マルクはしゃがんで二つのスプレーを調べた。

「何だか分かるか?」わたしは聞いた。

「エボニーとアイボリーだな」マルクが不安げなようすで言った。

「ポール・マッカートニーとスティーヴィー・ワンダーの曲にそんなタイトルがあったが?」

マルクは頷いた。

「これは病院で使う洗剤をベースにした手製の混合液で、犯行現場に残されたDNAを消すためのブツ、プロの道具さ。犯人が幽霊になるための必需品というわけだ」

「二つある理由は?」

マルクは黒のスプレーを指した。

「エボニーには強力な洗剤が入っていて、DNAの九十九パーセントを破壊できる」そして、マルクは白い缶を示して続けた。「アイボリーのほうは、残りの一パーセントの構造を変えて隠してしまうんだ。大ざっぱに言うなら、きみの目のまえにあるスプレーは、世界中の科学警察をコケにする魔法の処方箋の産物だ」

わたしはトランクルームから出てアヤシュのそばに行った。

「ここを借りているのはだれかね？」

アヤシュは両手を広げ、まったく理解できないと言いたいようだった。

「実際の話、借り手はいません。八か月前から空いてるんですよ！」

「ほかには何がトランクルームのなかにあったんだ？」マルクが近寄ってきて聞いた。

「何にも」パップがすぐに答えた。

元刑事は深いため息をついた。うんざりしたようにも悩んでいるようにも見えた。彼はパトリック・アヤシュに近寄ると、警告を発するかのように口を開いたが、何か言う代わりに相手の肩に片手をおいた。数秒後、彼の手はピエ・ノワールの肩から首筋に向かった。親指が喉仏を押さえると同時に、人差し指は首の後ろにかかった。万力のような手に挟まれて窒息しそうなアヤシュは怯(おび)えきった。ふいの凶暴さに驚かされ、わたしは介入するのをためらった。マルクは脅しをかける作戦のようだが、相手の二人は事実を言っているようだった。少なくともわたしはそう思っていたのだが、それはアヤシュが降参の合図に手をあげるまでのことだった。彼が息だけつけるようにと、マルクは手をゆるめた。そして、なんとか面目を保ちたかったのだろう、アヤシュはつぎの言葉を吐いた。

「ほんと、誓ってもいい。保安センターに保管した二つの物をのぞけば、ほかには何もなかった。ほんとです」

3

アヤシュが言うところの〝保安センター〟というのは、十台ほどのモニターを備えた小部屋で、画面には防犯カメラからのモノクロームの映像が流れていた。

アヤシュはデスクのまえに座り、引き出しを開けた。

「これが棚の下に隠れてたんですよ」説明しながらデスクに二つの戦利品をおいた。

ひとつ目はアンナのスマートフォンだった。ケースに貼った赤十字のステッカーで、すぐにそれと分かった。アヤシュは自分の充電器を使ってくれと言うくらい恭順さを見せたが、どうすることもできなかった。画面が割れていた。というか、落としただけの壊れようではなく、何者かが踵（かかと）で踏み砕いたに違いない。

二つ目はもっと価値のあるもので、それは光沢のあるリザード革にローズクォーツの飾りがついたポシェットだった。アンナに出会ってすぐのころ、わたしがプレゼントしたもので、昨夜、レストランに出かけるときにも持っていた。すぐに中身を確かめると、財布とキーホルダー、ポケットティッシュ、マーカー、サングラスが入っていた。とくに注意すべきものはなかった。

「これがビデオです！　すごいですから、見てください」

アヤシュは元気をとりもどしており、椅子に座ってもじっとしていられないようだった。アメリカのテレビドラマに出演しているかのように、映像処理のエキスパートになりきり、複数のモニターを操っては、スローモーションを用いたり早送りにしたり、あるいは早戻しまで駆使するのだった。

「おまえの田舎芝居はいいから、ビデオを見せろ！」マルクが怒鳴りつけた。

最初の映像から、わたしたちは驚きで画面に釘付けになった。筋骨隆々の猛獣が飛びかかろうとしていた。筋肉を見せつけ、窓はすべてスモークガラス、二つ並んだクロームメッキのフロントグリル。

わたしとマルクは視線を交わした。わたしたちと正面衝突しそうになった四輪駆動車だった！

映像の初めの部分で、四駆が倉庫構内への入口ゲートのバーを壊し、そのまま上階へのスロープに向かうところが映っていた。

「止めろ！」マルクが叫んだ。

アヤシュはビデオを止めた。わたしは大型ＳＵＶをゆっくり見て、それがオフロードと豪華セダンの双方の特徴を持ったＢＭＷ・Ｘ６であると確認した。わたしの友人に警察小説（ポラール）の作家がいて、二人目の子が生まれたときに同じモデルを買って、その〝利点〟を散々聞かされたことがあった。重量が二トンはあり、長さ五メートル、高さが一・七メートル。画面の車は、グリルガードで補強されているうえ、フロントガラスにもスモークが入り、ナンバープレートが覆われているため、格別な脅威を感じさせた。

マルクは自分でビデオの早送りボタンを押した。

SUVを運転する者は、倉庫内で何をすべきかをはっきり承知していた。迷うことなく、倉庫の端まで行くとUターンをし、カメラの真下で停まった。映っているのは車のボンネットと数十のトランクルームだけだ。そして……何も見えなくなった。

「こいつら、カメラを動かしやがった！」マルクが歯ぎしりしながら言った。

悪党め。男は——女でないと、またほかの者が車に乗っていないという保証もないのだが——カメラのレンズを壁に向けてしまったのだ。画面は泥まじりの雪に見える灰色の壁だけを映しだした。

怒りまかせに、マルクは拳でデスクを叩いたが、アヤシュは手品師のようにつぎの手を用意してあった。

「パップ、あんたのスマホを見せなさい！」

年配の黒人はもうスマートフォンを出しており、顔じゅうで笑いながら言う。

「ちゃんとぜんぶ撮ってありますから！」パップは見かけよりずっと老獪（ろうかい）なのかもしれない。

「ちょっとよこせ！」マルクが携帯をひったくり、ファイルをみつけて再生した。

最初の落胆。映像は暗く、ひどく荒れていた。大胆だが勇ましくはないから、パップは遠くからズームで事件のなりゆきを撮ったのだろう。正確には、その光景を見るというより想像するほかないが、重要な点を知ることができた。それは荒々しく、見る者を動転させる。すさまじい音をたてながら、SUVが何度もトランクルームに襲いかかり、扉を押し破るまで続いた。それから、目出し帽を被った男が車から出てきてトランクルームのなかに入った。一分もしないで出てきたが、アンナを肩に担いでいた。

男が彼女を救うために登場した白馬の騎士でないことは、アンナが叫びながら手足をばたつかせていることで分かる。男は車のトランクを開け、そこにアンナを乱暴に放りこんだ。一度車のなかに入った男は、スプレー二つを手に出てくると、何かをするためトランクルームのなかにもどった。動画は車が急発進して出口に向かうところで終わっていた。

手がかりをみつけようと、マルクは動画をまた再生し、音量を最大にした。

アンナの受難がくり返される。獰猛(どうもう)なSUVの襲撃、トランクルームの破壊、そして覆面男の囚人になったアンナ。

車のトランクに放りこまれるまえの、アンナの叫びに耳を澄ました。彼女が叫んでいるのはわたしの名だった。

「ラファエル！　助けて！　ラファエル、助けて！」

4

ドアをバタンと閉めたマルクはバックしてから、こんどは急発進した。

タイヤの一部はアスファルトに削りとられたに違いない。助手席の背に押しつけられたまま、わたしはシートベルトを締め、バックミラーのなかでコンクリートの立方体が震えながら小さくなるのを見ていた。

　わたしは熱病に浮かされるようにアンナの身を案じた。わたしに救いを求めるアンナの姿を目にし、彼女がどんな気持ちでいるだろうと想像を巡らせた。わたしが彼女を救いだすつもりでいることを、恐怖のうちにあってもアンナが信じてくれるよう心から祈った。マルクが国道に向かってスピードを上げているあいだ、わたしは自分の頭のなかを整理した。ショックで、かなり頭が混乱していた。正直、何をしたらいいのか分からない。今朝、わたしたちはいろいろなことを知ったが、実際の出来事にどう結びつければいいのか、どう理解すればいいのか迷っていた。

　神経を集中させる。まず、わたしが絶対の確信を持てる事柄はどれだろう？　一見していくつかの事柄は疑いの余地がないように見えるが、じつは大したものでない。昨夜、言い争いのあと、アンナがニース空港からパリにもどるフライトに乗ったのはたしかである。パリのオルリー空港に着いたのが午前一時前後。アパートに旅行バッグがあったことからも分かるように、彼女は空港からモンルージュの自宅までタクシーに乗ったのだろう。そのあとは？　事実というより推測でしかないが、彼女は三人の焼死体の写真をわたしに見せたことをだれかに知らせたのではないだろうか。それはだれで、その理由は？　わたしに分かるはずがない。だがその時点で、すべてがひっくり返された。アンナの自宅に何者かが現れた。

話し合いがあり、それが口論となった。彼女は拉致され、パリの北郊外にある貸倉庫会社のトランクルーム内に数時間、監禁された。それは、もう一人の男が大馬力の車でトランクルームを押し破り、彼女を救うためではなく、またしても拉致するために現れるまで続いた。わたしはまぶたを揉み、外気を吸おうと窓を開けた。濁った水のなかを泳いでいるような気分だった。わたしが想定するシナリオはそれほど見当はずれでないはずだが、ジグソーパズルの足りないピースが多すぎた。

「きみはかなり急いで決断をしなければいかんだろうな」

マルクの声で、わたしは物思いから覚めた。彼はタバコに火を点けており、あいかわらずアクセルペダルを踏みつぶしていた。

「何の話かな?」わたしは聞いた。

「警察に通報するのか、あるいは知らせないつもりか?」

「さっき見たことを考えれば、知らせないわけにはいかないだろう。マルク、あなたはどう思う?」

彼はタバコを深く吸いこみ、目を細めた。

「決めるのはきみだ」

「あなたは反対なんだろうな?」

「そんなことはない。ただし、ひとつだけ頭に叩きこんでおくべきことがある。警察というものは『タンタンの冒険』のハドック船長の絆創膏(ばんそうこう)と同じで、一度くっついたら絶対に離れない。刑事たちは捜査を進める。きみとアンナの過去が徹底的に調べられる。ぜんぶが暴かれ、公になる。それを制御することなどできないし、元にもどすこともできない」

「具体的にどうなるんだ、もし警察に行ったとすると？」

マルクはポケットからパップのスマートフォンを出した。

「この動画のおかげで、警察の仕事の第一歩がすでに踏みだされたも同然だ。アンナに危険が迫っている具体的な証拠があるわけで、検事にしてみれば、憂慮すべき失踪、つまり拉致事件として扱うほか手がない」

「われわれにできなくて警察ができることといったら、何がある？」

マルクは吸い殻を窓から捨て、しばらく考えた。

「まず警察はアンナの携帯の通話記録から調べるだろうな」

「ほかには？」

「エボニーとアイボリーの手がかりを追うだろうが、大したことは分からんはずだ。つぎに、SUVの購入者リストをしらみつぶしに調べる。ナンバープレートは覆われていたが、大量に出まわるようなモデルではないから、すぐに分かる……」

「盗難車ってことか？」

マルクは頷いた。

「そのとおり」

「それだけか？」

「今のところはな。ほかには考えつかない」

わたしは大きく息を吸った。あることがわたしに警察へ行くことをためらわせた。それはこの十年間、自分の身元を隠そうとしてきたアンナの気持ちである。十六歳の少女がそれほどまでして身を隠さねばならなかった事実に、わたしは衝撃を受けていた。わたしは、彼女の偽装を暴くよりも、まず真の彼女が何者であるのかを知るべきだと思った。

「独自に調査を続けようと決めた場合、あなたの協力を得られると期待していいのかな?」

「それを心配する必要はないが、危険な目に遭うこともあるだろうと思う。きみはそういったすべてのリスクを考えたうえで決めなければいけない」

「アヤシュが通報したセーヌ＝サン＝ドニ県の警察はどう出るかな?」

マルクはわたしの心配を打ち消した。

「そもそも連中は通報を受けてもすぐに出動しなかった。熱心にとりかかるとは思えんね。トランクルームのひとつが押し破られた。新事実が出るまでは、それだけのことだろう。スマホで撮った動画がなけりゃあ、アヤシュとパップの証言に裏付けはない。現場に指紋とDNAが残されていないうえ、アンナに繋がる手がかりはスマホとポシェットしかないが、それはおれたちが持っている。ところで、ポシェットの中身で、手がかりになるような物はほかになかったか?」

念のため、わたしはもう一度、リザード革のポシェットの中身を調べてみた。財布にポケットティッシュ、キーホルダー、サングラス、マーカー。

いや、違う。その最後の品物をよく調べてみる。キャップのはまったプラスチック製の容器を、わたしはマーカーと思ったのだが……じつは、妊娠検査薬だった。結果が表示される場所に二本の青い平行線が見えた。

わたしは感動で喉が詰まった。全身に幾千の小さな氷の矢が刺さり、麻痺させられたように感じた。周囲の現実が消えてしまい、血液が耳にズンズン送りこまれる。唾を飲みこもうとするのに、どうしてもそれができない。

検査結果は陽性だった。

きみは妊娠していたのか。

わたしは目を閉じた。無数の瞬間という瞬間がまるで砲弾のように頭のなかで炸裂する。最後に二人で食事に出かけたときの光景、口論するまえだった。きみの表情、光を放つ顔の輝きを鮮明に覚えている。きみの笑い声を聞きながら、声の抑揚を勝手に解釈した。きみのまなざしや言葉、しぐさのひとつひとつがこれからは新しい意味を持つ。昨夜、きみはそれをわたしに告げようと思っていた。間違いない。わたしがぜんぶ台無しにしてしまうまえ、きみはわたしたちの子を宿していることを告げるつもりだった。

目を開けた。わたしの調査の性質が大転換した瞬間だった。わたしが捜そうとしているのは、愛する女性のみならず、今やわたしたちの子もいっしょなのだ！

耳のなかで吹き荒れていた風が治まった。マルクを見ると、電話中だった。わたしは動転していて、電話の鳴る音にも気づかなかった。環状高速が渋滞していたので、マルクはアニエール門で一般道に降りて、やはりマルゼルブ通りの渋滞を避けるため、トクヴィル通りを走っていた。

スマートフォンを肩に挟んだマルクも、かなり興奮しているようだった。

「クソ、冗談を言ってるんじゃないだろうな、ヴァッスール！　今おれに言ったこと、おまえ、たしかなんだな？」

相手がどう答えたのかは聞こえなかった。

「分かった」そうつぶやくように言って、マルクは電話を切った。

しばらく、マルクは無言だった。顔から血の気が失せ、げっそりした表情になっていた。そんなマルクの表情を見るのは初めてだった。

「だれだい？」わたしは聞いた。

「ジャン＝クリストフ・ヴァッスール、コマンド対策部隊（BAC）の刑事で、おれがアンナの指紋の写真を送った相手だ」

「それで？」

「指紋はヒットしたよ。アンナは指紋データ照合システム（FAED）にちゃんとファイルされていた」

わたしの腕に鳥肌が立った。

「彼女のほんとうの身元は？」

マルクはまたタバコに火を点けた。

「アンナのほんとうの名はクレア・カーライルという」

沈黙の一瞬。その名にかすかな覚えがあった。ずっと以前に、どこかで聞いたに違いないが、どういう状況で聞いたのか思いだせなかった。

「何の罪を彼女は負っているんだ？」

マルクは煙を吐きながら首を振った。

「正確に言うと、何の罪もない。クレア・カーライルは何年もまえに死んだものと思われていた」

マルクはわたしの顔に視線を向け、わたしのとまどった表情を見た。

「クレア・カーライルはハインツ・キーファーの被害者の一人だ」マルクは言った。

全身の血が凍りつき、わたしは恐怖の深淵に落ちていった。

二日目　クレア・カーライル事件

7　クレア・カーライル事件

それはある深い恐怖の夜のあいだにあったことだった。

ジャン・ラシーヌ

1

夜が明ける。

息子が応接間（サロン）中に散らかした玩具をピンクの光が染めていく。揺り木馬、ジグソーパズル、マジックツリー、積んだ絵本、木製の機関車……。

六時をちょっとすぎた時刻、闇に代わってコバルトブルーの澄んだ空が広がった。アンフェール小路に臨むバルコニーで小鳥がさえずりを始め、ローズゼラニウムが香りを増した。

電灯を消すため立ちあがろうとしてオモチャのカメを踏んでしまったところ童謡を歌いだしたのだが、それを黙らせるのに一分もかかった。幸い、テオは眠ってしまえば、そばで花火大会があっても夢から覚めようとしない。起きたらすぐ分かるようにドアを半開きにして、わたしはサロンのガラス戸からバルコニーに出ると、手すりに肘をつき、夜明けの光にいくらか癒やされるかもしれないと期待しつつ日の出を待った。

きみはどこにいるんだアンナ？　それとも、もうクレアと呼ばなくてはいけないかな……。

冷たい色合いが漉されて、紫がかった色から温かみを増して信じがたい明るさになり、サロンの寄木張りのオーク材をオレンジ色で覆った。けれども、待ちかねた癒やしはやってこなかった。

ガラス戸を閉め、小説執筆中に資料を分類するためのコルクボードに、プリンターで印刷したものを押しピンでとめていった。

一晩中、インターネットで情報を集めた。新聞の電子版やらオンライン書店など、数百の記事に目を通し、電子書籍も何冊か購入したほか、かなりの写真も印刷した。さらに、この事件を扱ったテレビ番組『犯行の時刻』、『被告の入廷を命ずる』、『ポーラ・ザーンのオン・ザ・ケース』なども視聴した。

今のぼくは、なぜきみが過去を隠したかったのか理解できる。

きみを捜しだすチャンスを確保するには、限られた時間のなか、きみの失踪に関する数百ページもの〝事件ファイル〟を頭に叩きこんでおく必要があった。

今さら警察に通報するつもりなどまったくない。きみが無実の被害者であろうと、悪賢い犯罪者であろうと、正直なところどうでもよいと思った。善悪の観念を云々する余裕などなかった。単純にきみはぼくの愛する女性で、ぼくらの子を宿している身であり、その意味で、きみの秘密をできるかぎり守ってあげたいと思う。この十年来、きみがそうしてきたとおりに。

パソコンの横においた〈サーモス〉をとり、カップに注いで空にした。一晩でサーモス三本分のコーヒーを空けたことになる。さてそれから、わたしはコルクボードに向きあうソファーに陣どった。

冷静な気持ちで、ボードにとめた数十枚の写真を見ていく。左上の一枚目は、きみが今から十一年前に行方不明になったその数時間後、警察が出した公開捜索協力願の写真だ。

特殊行方不明者の公開捜索協力願

クレア——十四歳

リブルヌ町内にて二〇〇五年五月二十八日から行方不明。

身長一六〇センチ、混血(メティス)、目の色は緑、髪は黒い直毛、英語を話す。

服装は白のシャツにデニムのズボン、持ち物は黄色のスポーツバッグ。

少しでも心当たりのある方は下記の憲兵隊詰所に連絡をしてください。

リブルヌ町憲兵隊詰所

ボルドー警察本部

この写真に当惑させられた。写真はきみであって、同時に他人に見えるからだ。十四歳ということだが、だれもが十六、七歳と思うだろう。琥珀(こはく)色の肌と、繊細な輪郭の輝くような表情。しかし、ほかの点──虚勢を張っているようす、生意気な少女の挑発的な目つき、髪は短いボブ、大人ぶったパールの口紅──はぼくの知らないきみだ。

クレア・カーライル、きみはいったいだれなんだ?

目を閉じる。疲れは限界を超えていたけれど、休む気分にはなれない、その反対だった。夜中に知ったことを、頭のなかで録画のように再生してみる。当時のメディアが〝クレア・カーライル事件〟と名づけた録画を。

2

二〇〇五年五月二十八日、フランス西部のアキテーヌ地方に語学留学で滞在していたニューヨーク出身の少女クレア・カーライルは、五人の同級生といっしょに午後をボルドーで過ごすことにした。少女たちはブルス広場で昼食にサラダを食べたあと河岸をぶらつき、〈バイヤルドラン〉のカヌレを味わい、サン＝ピエール区でショッピングを楽しんだ。

午後六時五分、クレアは市内サン＝ジャン駅から地域圏高速鉄道(TER)に乗り、ホームステイ先のラリヴィエール家のあるリブルヌ町に向かった。彼女は、同じ学校に留学中のアメリカ人の同級生オリヴィア・メンデルションといっしょだった。電車は六時三十四分にリブルヌ駅に着き、防犯カメラにも二人の少女が五分後に駅を出るところが鮮明に映っていた。

しばらくのあいだ、クレアとオリヴィアはガリエニ通りをいっしょに歩いた。そして、二人が別れた直後、悲鳴を聞いてふり返ったオリヴィアは、灰色のバンのトランクにクレアを押しこんでいる「三十歳ぐらいで、金髪の男」の姿をチラッと見た。バンは猛烈なスピードで走り去った。

　オリヴィア・メンデルションは機転を利かせてバンのナンバーを控え、すぐ憲兵隊に通報した。当時はまだ誘拐警報システムが制度化されていなかった（その六か月後、メーヌ＝エ＝ロワール県での六歳の幼女の捜索に試験運用された）にもかかわらず、時を移さず、ほぼすべての幹線道路に検問が設置された。目撃情報の提供を呼びかけるとともに、拉致容疑者の特徴——オリヴィアの証言に基づく、頬のこけた顔にマッシュルームカットの髪、眼窩（がんか）の奥で異様な光を放つ目の男のモンタージュ写真——も大急ぎで、それも大量に配布された。

　容疑者は検問に引っかからなかった。オリヴィアが控えたナンバーのバン、プジョー・エキスパートが、翌日、アングレームとペリグーのあいだに広がる森のなかで燃えつきた状態で発見された。車自体は前日に盗難届が出されていた。森の上をヘリコプター数機が旋回し、捜索範囲も広げられ、警察犬を使った大規模な捜索が行われた。科学警察研究所からも技官が車の発見現場に派遣され、いくつか指紋とＤＮＡの採取に成功した。燃えた車のすぐそばでタイヤの跡が発見された。おそらくクレアを乗せかえた車のものだろう。一応、石膏による型取りも行われたが、夜中に雨が降ったため、捜査の決め手にはならなかった。

3

クレアの拉致は計画されたものか、または変質者の衝動的行動によるものだったのか？

ボルドー警察の凶悪事件捜査班(クリム)が事件を担当することになったが、捜査は困難を極めるだろうと予想された。採取されたDNAおよび指紋のどちらも保存データとマッチしなかったのである。通訳を伴った捜査官らは、クレアの同級生や教師へのかなり突っこんだ事情聴取も行った。全員がマザー・オブ・マーシー・ハイスクールに属しており、ニューヨーク、アッパー・イーストサイドにあるカトリック系のその女子学園は、ボルドーのサン＝フランソワ＝ド＝サル女子学園の姉妹校だった。ホームステイ先のラリヴィエール夫妻にも事情聴取を行ったが、いかなる手がかりも得られなかった。近隣一帯に住む性的変質者の行動もチェック、犯行現場および駅近辺の携帯基地局が犯行時刻前後に中継した通話もふるいにかけた。メディアが大きく採りあげた事件の例にもれず、ボルドー警察には数十ものいい加減な電話による情報提供と、何の役にも立たない匿名の手紙が寄せられた。しかし一か月が経過した時点で、捜査に一ミリの進展も見られず、警察は捜査が開始されなかったも同然であるという冷酷な事実に向きあわねばならなかった。

4

事件の性質からいって、クレア・カーライルの拉致事件はメディアを色めき立たせる要素をすべて備えていた。ところが類似のほかの事件のときほど、メディアは大騒ぎをしなかった。わたしにも説明できないのだが、当然寄せられるべき同情が何らかの理由で妨げられた。クレアがアメリカ国籍だからなのか？　写真の彼女が実際よりも年上に見えたせいか？　それとも事件の当日、ほかに重要な出来事があったのだろうか？

わたしは当時の新聞記事を探しておいた。クレアが拉致された翌日のフランス全国紙は、大見出しを国内政治に譲っていた。欧州憲法条約の批准を問うた国民投票で「ノン」と出た結果、大統領シラクおよび野党双方の政治的立場を弱める激震となり、ラファラン内閣の総辞職、新内閣の組閣が待たれていたのである。

ＡＦＰ通信による〝カーライル事件〟関連の速報でさえ、ほとんどが未確認情報のくり返しにすぎなかった。なぜかクレアの家族はブルックリン在住となっているが、長年ハーレムに住んでいるというのが事実だった。第二報でその間違いは訂正されたものの、すでに遅すぎた。間違った情報がウイルスのように広まり、各社の関連記事はクレア・カーライルを〝ブルックリンの少女〟にしてしまっていた。

最初の数日間、事件の反響は、フランスよりもむしろアメリカで大きかった。『ニューヨーク・タイムズ』が事実に基づいたまじめな記事を載せていたが、わたしが新たに知る内容は何もなかった。タブロイド判の王『ニューヨーク・ポスト』はといえば、一週間というもの事件にかぶりついていた。定評の厳正さと仄（ほの）めかしを駆使し、とんでもない臆測記事によるフレンチ・バッシングをくり広げ、もしわが子を拉致され犯され、虐待されたりするような目に遭わせたくないのなら、フランスへ旅行してはならないと読者に訴える始末だった。そして突然ある日、同紙はカーライル事件に飽きてしまったのか、べつの話題（マイケル・ジャクソン裁判）、べつの噂話（トム・クルーズの婚約）、べつの悲劇（ニュージャージーで、車のトランクに閉じこめられて窒息死した三人の子供）に食らいつくのだった。

　フランス国内で最も読み応えがあると思ったのは、ある地方紙の記事だった。マルレーヌ・ドラトゥールという、日刊紙『スュッド・ウエスト』の女性記者による署名記事で、カーライル家について二ページも費やしていた。記者がなぞるクレアのプロフィールは、わたしが想像できる思春期の彼女にマッチするものだった。父親のいない家庭で育った少女は控えめで、読書と勉強が好き、将来どうしても弁護士になるつもりだった。つましい家庭で育ったにもかかわらず、この優秀な生徒は奨学金を得たほか、飛び級してニューヨークでも名門として知られる学校に入った。

　記事はクレアの母親がフランスにやって来た機会に書かれた。二〇〇五年六月十三日、捜査が行き詰まっているのを見て、ジョイス・カーライルはハーレムからボルドーまでやって来たのだった。わたしは国立視聴覚研究所（INA）のサイトで、母親がメディアを通じて流した訴えを見ることができた。それは公共放送局〈フランス2〉が夜八時のニュースで流したもので、彼女は自分の娘を拉致した者に向かって、娘に暴力をふるわぬよう、解放してくれるよう懇願していた。映像を見ると、母親ジョイスは編んだ髪をシニヨンにし、ほっそりした顔にツンと尖っていながら裾の広がっている鼻、真っ白な歯、漆黒の瞳で、往年の陸上競技選手マリオン・ジョーンズを思わせた。けれども、悲しみと睡眠不足で腫れたまぶたにやつれた顔のマリオン・ジョーンズだった。

見知らぬ国で悲嘆に暮れる母親は、いったい何の運命のいたずらで、あのイースト・ハーレムで十四年間も無事に生きぬいてきた娘が、フランスの片田舎で命を失うような危険な目に遭わねばならないのかと自問したに違いない。

5

その後二年あまりも膠着状態にあった捜査は世間の注目を浴びて再開され、この上なくおぞましい終わりを迎えることになった。

二〇〇七年十月二十六日の明け方、ロレーヌ地方とアルザス地方に挟まれたサヴェルヌの町に近い森のなか、人里離れた一軒家で火事が発生した。地元の憲兵フランク・ミュズリエは出勤する途中で、森から煙が上がっているのに気づき、消防署に通報をした。

消防隊が現場に到着したときはすでに手遅れで、家は炎に包まれていた。やっと火勢を抑えてから、救助班はまだ燃えつづける家のなかに入り、建物の独特な造りに驚かされた。一見するとふつうの家屋だが、じつは最近建てられたもので、半ば地中に埋まっていた。それはまるでスクリュー型の小さな要塞で、大きな螺旋階段が地中に潜るよう設計され、地下の各階に部屋があった。

独房。地下牢。

一階で、大量の睡眠薬と抗不安薬（レグゾミル）を飲みくだした男の焼死体がみつかった。その後の身元確認で、一軒家の所有者ハインツ・キーファーであると分かる。ドイツ人の建築士で三十七歳、四年前からそこに住んでいた。

〝部屋〟のうち三室のそれぞれでも、頑丈な配水パイプに手錠で繋がれた若い女の焼死体が発見された。歯形とＤＮＡによる身元の確認は、照合作業に数日を要した。

ルイーズ・ゴティエ――二〇〇四年十二月二十一日、コート＝ダルモール県サン＝ブリユーの祖父母の家にクリスマス休暇で滞在中、この十四歳の少女は行方不明となった。

カミーユ・マソン――二〇〇六年十一月二十九日、スポーツジムから自宅のあるサン＝シャモンとサン＝テティエンヌのあいだにある集落に帰る途中で行方不明、十六歳だった。

最後にクロエ・デシャネル――二〇〇七年四月六日、トゥール市郊外サン＝タヴェルタンの市立音楽学院に向かう途中で行方不明、十五歳だった。

二年半のあいだにフランス国内の三つの遠く離れた場所で、キーファーによって拉致された三人の少女だった。無防備の三人を餌食に選んだキーファーは、少女たちを中学生、高校生の生活から引き離し、死のハーレムに組み入れた。三人が行方不明になった当時、公式には拉致とさえ分類されなかった。ルイーズ・ゴティエは祖父母と言い争った。カミーユ・マソンは家出の常習犯だったし、クロエ・デシャネルの両親は娘の失踪を通報するのに遅れ、捜索を困難にさせた。さらに地理的なばらつきがあったため、捜査に関わった刑事らのただ一人として、三つの事件の関連性を考えた者はいなかった……。

以来十年近く、ハインツ・キーファーの心理を〝理解〟しようとする文書——もしも、人間の残虐性を頂点まで突きつめたその精神を理解する必要があればという前提だが——がいくつも発表された。〝ドイツのデュトルー（ベルギー人の男マルク・デュトルーは一九九五年から九六年にかけて少なくとも六人の少女を拉致し、地下室に監禁して性的暴行を加え、このうち四人を殺害した罪で終身刑を言い渡された）〟と呼ばれるようになったこの捕食者の行動はひとつの謎であり、警察や精神科医、ジャーナリストらの分析の試みを拒絶した。キーファーには前科がなかったし、警察のいかなるデータベースにも登録されず、また挙動不審者として通報されたこともなかった。

二〇〇一年末まで、彼はミュンヘンのある有名な建築事務所で働いていた。彼と面識のある人々は彼に対する悪い印象を持ったことがなかった。というより、ほとんどの人が彼のことを覚えてさえいなかった。ハインツ・キーファーは孤独を愛し、裏表がなさそうでいて、底の知れない人間だった。完璧なミスター・クリーン。

キーファーが餌食たちに〝していたこと〟を正確に知ることはできない。三人の焼死体がひどい状態だったため、司法解剖によって性的虐待あるいは拷問があったかを知ることは不可能だった。一方、火災の原因については疑問の余地がなかった。建物内全体にガソリンが撒かれていた。冷血犯本人の場合と同じく、少女たちの体からも大量の睡眠薬と抗不安薬が検出された。何らかの理由があって、キーファーは三人の囚われ人を道連れに自殺を選んだ。

彼のケースを研究した犯罪心理学者たちの一部は、建築士に意見を求めた。防音壁を用いた〝恐怖の宮殿〟を図面と実地で詳細に検証を行った建築士たちは、その構造により、どの少女もほかの二人の存在を知らなかった可能性が充分にありうるとの意見に至った。結論には慎重を期す必要もあるが、新聞は同意見を採用した。絶望的で、恐怖に身が凍るような結論ではあった。

6

焼死体の発見はメディアで大きな反響があった。警察と司法当局は微妙な立場におかれ、捜査官や予審判事たちも職務怠慢との批判にさらされた。三人ものフランス人の少女が殺され、それも一人の悪魔により何年にもわたって監禁され、確認できなかったが、おそらくは虐待を受けた後に殺されたのである。だれのせいか？　全員が悪い？　だれも悪くない？　関連当局は責任のなすり合いを始めた。

事件現場の検証には長い時間がかかった。建物内部の排水管とキーファーのピックアップトラックのなかから、キーファーとその犠牲者三人以外の毛髪および新鮮なＤＮＡが検出された。分析結果が出たのはおよそ十日後で、二種のDNAのうちひとつはデータベースのどれともマッチせず、二つ目があのクレア・カーライルのものと判明した。

その情報が明らかにされてまもなく、拉致事件のあったその時期、ハインツ・キーファーがリブルヌから六十キロしか離れていないドルドーニュ県リベラックにある療養施設にいる母親に会いに行っていたことが確認された。

一軒家の付近一帯の捜索が計画され、沼をさらい、パワーショベルで地面を掘りおこし、ヘリコプターによる森の上空からの観察、またボランティアを募っての大がかりな捜索も行われた。

そして時が過ぎた。遺体発見の可能性が薄れた。

少女の死体は結局発見されなかったものの、クレア・カーライルが死亡したことを疑う者はだれもいなかった。三人を殺してから自殺するという計画遂行の数日か数時間前、キーファーはクレアをどこか人里離れた場所に連れて行って殺害し、死体をどこかに隠したに違いない。

こうして捜査の書類は、捜査官による新事実の発見がないまま二年間も放置された。そして二〇〇九年末、事件担当の予審判事はクレア・カーライルが死亡したものとみなして書類に署名、捜査終了としたのである。

その後は、もはやだれも〝ブルックリンの少女〟を話題にしなかった。

8　幽霊たちのダンス

真実は太陽のようである。すべてを見せるが決して見られることがない。

ヴィクトール・ユゴー

1

「ラフ、起きろ！」

マルク・カラデックの声がし、わたしは跳びおきた。汗まみれになっていて、心臓が破裂しそうだったし、口のなかに灰のような味が広がった。

「どうやって入ってきたんだ、まったく！」

「ずっとまえから合い鍵は持たされているぞ」

パン・ド・カンパーニュを小脇に抱え、手に買い物バッグを提げているのを見ると、マルクは角のパン屋兼食料品店からの帰りらしい。わたしはまだ眠気が取れず、吐き気すら催しそうだった。眠れない夜が二晩も続き、わたしの体力は限界を超えていた。立てつづけに二回もあくびをしたあと、ソファーからやっと立ちあがり、マルクの待つキッチンに向かった。

壁の時計に目をやると、まもなく午前八時。クソッ。気づかぬうち睡魔に襲われ、一時間も眠ってしまった。

「悪いニュースがある」マルクはコーヒーメーカーを用意しながら言った。

彼が闖入してきてから初めて、わたしは彼の目を見つめた。その暗い表情から察するに、いい知らせのわけがない。

「もっと悪い話なんかまだあるのかね？」わたしは言った。

「クロティルド・ブロンデルのことなんだ」

「学園長のか？」

マルクは頷いた。

「おれはサント゠セシルからもどったところだ」

わたしは呆れてしまった。

「一人で行ったのか、ぼくに断らず？」

「一時間ほどまえ、きみを探しに来たんだ」彼はいらだったように言った。「だが、根を張ったように眠っていて動かなかったろうが。それで一人で行くことにした。というのも、一晩中考えていたんだが、ブロンデルはわれわれが持つ少ない手がかりのひとつだろう。きみの言ったことから察するに、彼女はきみに打ち明けた以上にかなりのことを知っているようだからな。トランクルームからアンナが連れ去られる動画を見せれば、ブロンデルも怖くなり、口を割るんじゃないかとおれは思った」

マルクは話を続けるまえに、コーヒーメーカーのフィルターにコーヒーを入れた。

「ところが、グルネル通りに着いてみると、学園の門のまえに大勢の警官がいたんだ。おれの知っている顔も何人かいた。パリ警視庁第三課のリュドヴィック・カッサーニュの部下たちだ。おれは、うろついているのを知られると面倒だから、やつらがいなくなるまで車のなかに引っこんでいた」

不吉な予感がした。

「サント＝セシルに警官がいったい何の用があるんだ？」

「警察を呼んだのは教頭で、校庭で倒れているクロティルド・ブロンデルを発見したんだそうだ」

わたしは寝ぼけた状態から一気に引っぱりだされ、自分の耳を疑った。

「おれは庭師から話を聞けたんだが、朝の六時に仕事を始めようとして、ブロンデルを発見したという」マルクはトースターにパンを入れながら言った。「何者かが学園長室のガラスのカーテンウォールを破って彼女を突き落とした。警察はそう考えているようだ。四階から落ちたわけだ」

「し……死んだのか？」

マルクは困惑した表情を見せた。

「庭師が言うには、学園長はまだ息をしていたようだが、かなりヤバいらしい」マルクはジーンズのポケットから手帳を出し、メガネをかけてメモを読みかえす。

「救急車でコシャン病院に搬送された」

わたしは自分のスマートフォンをとった。コシャン病院に知り合いはいないが、従兄のアレクサンドル・レークが近くのネッケル病院の心臓病センターの責任者だった。従兄の留守番電話に、伝手を頼ってクロティルド・ブロンデルの容態を調べ、わたしに知らせるようにとメッセージを残した。

そのあと、不安に襲われ、同時に罪悪感もあってカウチにへたり込んでしまった。全責任はわたしにあった。アンナを追いつめ、そうすべきでなかったのに、真実を明かすよう彼女に強要したのだった。望んだことではないが、わたしは過去の悲劇の亡霊たちを放ってしまい、今やその亡霊たちがすさまじい雪崩(なだれ)となって押しよせてきていた。

2

「ミウク、パパ！　ミウク！」

半ば眠ったまま、テオが部屋から出てきて、わたしのまえをよちよち歩きで応接間(サロン)に向かう。満面の笑みでわたしが温めておいた哺乳瓶をつかむと、ベビーシートに落ち着いた。

大きく開いた目を輝かせ、宙の一点を見つめながら、まさに命がけでシリコンの乳首を吸う。その顔の美しさに見とれる。金色の巻き毛、上向きの小さな鼻、そして澄みきったアクアマリンの瞳から力と希望を汲みとりたいと思いながら。

コーヒーカップを手に、マルクはコルクボードのまえを行き来していた。

「彼女がきみに見せた写真というのは、これだな？」マルクはボードに押しピンでとめたカラー写真を指さして言った。

わたしは頷いた。キーファーに拉致された三人の少女の焼死体を撮った写真。今、わたしはその犠牲者たちを名前で呼ぶことができる。ルイーズ・ゴティエにカミーユ・マソン、そしてクロエ・デシャネル。

「どこでみつけたんだ？」マルクは写真から目を離さずに聞いた。

「地方紙『ラ・ヴォワ・デュ・ノール』と『ル・レピュブリカン・ロラン』が二紙合同で出した臨時増刊の社会面特集号に載っていた。キーファーとその〝恐怖の宮殿〟を扱った見開き二ページに添えられた写真で、そんなものの掲載を許した編集長の良識を疑ったよ」

マルクはため息をつきながらコーヒーを飲んだ。それから目を細め、わたしがコルクボードに時系列にとめた記事などに五分ほど目を通した。

「マルク、あなたはこの事件をどう見ている？」

マルクは考えこみながら、タバコを吸うために窓を開けて窓枠に肘をつき、おもむろに彼なりの筋書きを述べはじめた。

「二〇〇五年五月、クレア・カーライルがリブルヌの駅を出てからキーファーに拉致された。そこにやつは彼女を車のトランクに放りこみ、東フランスにある隠れ家まで連れて行った。そこにはすでに、ブルターニュ地方で拉致された少女ルイーズが囚われていた。何年ものあいだ、二人の少女は地獄の苦しみを味わうことになる。キーファーは恐怖のハーレムの増員に努め、二〇〇六年末にカミーユ・マソンを、翌年の春にはクロエ・デシャネルを拉致した」

「そこまではぼくの推定と同じだ」

「二〇〇七年十月、クレアが囚われの身となってからすでに二年半が経った。監禁した少女たちを陵辱（りょうじょく）しやすいように、キーファーは少女たちに睡眠薬と抗不安薬を絶えず飲ませた。しかし彼自身もストレスをどんどん溜めていき、薬を飲むようになった。ある日、気をゆるめたキーファーの目を盗んで、クレアは脱出を敢行した。キーファーは焦った。今にも警察が踏みこんでくると覚悟し、捕まるよりも、家に火を放って少女たちを殺し、自分も死のうと決意し……」

「それはちょっと違うんじゃないか？」

「では、違うという理由を言ってもらおうか」

わたしは窓に近づき、テーブルに腰かけた。

「キーファーの家はまるで金庫のようだったんだろう。独房に鋼鉄の扉、オートロックシステム。クレアがそう簡単に脱出できたはずがないだろう！」

マルクはわたしの反論を無視した。

「どんな刑務所でも脱獄事件は起きるさ」

「それは認める」わたしは譲った。「クレアが家から出られたとしよう」

わたしは立ちあがり、コルクボードに張ったA3判の地図をボールペンで示す。

「その一軒家がどこにあるか見たろう？　プティット・ピエールの森のなかだ。徒歩だと、最寄りの民家まで数時間はかかるだろう。もしふいを突かれたにしても、キーファーが彼女に追いつくための時間は充分にあった」

「クレアが車を奪ったかもしれない」

「いや、それはない。彼のピックアップトラックとオートバイが焼け跡のそばで発見されたからだ。資料を読んだかぎり、キーファーはほかの車を持っていなかった」

マルクはなおも声を出しながら考え続けた。

「クレアは逃げだしたあと、街道のどこかでだれかの車に乗せてもらったのだろうか？」

「本気で言ってるのか？　あれだけ騒がれた拉致事件なんだ、そのだれかが警察に通報したはずだろうが。それに、もし脱出できたんなら、クレアはどうして通報しなかったんだ？　ほかの少女たちを救うためにも。クレアが決して名乗り出ようとしなかった理由を、あなたはどう解釈するんだね？　なぜ彼女は母親や友人たちの住むニューヨークでなしに、パリで暮らすことを選んだのかね？」

「まさにその点がおれも理解できないのさ」

「ほかの娘たちについては、クレアが彼女たちも監禁されていたことを知っていたとは限らないが、あの現金はどう思う？　元は四十万ユーロ以上、おそらく五十万ユーロは入っていたに違いないバッグのことだが」

「クレアがキーファーから奪った」マルクは当てずっぽうに言った。

それも推論として成りたたなかった。

「警察は銀行口座を徹底的に調べた。ハインツ・キーファーは一軒家を建てるのに大きなローンを組んだ。預金はゼロになっていた。母親に無心をする始末で、毎月五百ユーロの仕送りを頼んでいた」

マルクはゼラニウムの鉢でタバコをもみ消すと、気の滅入る考えを追いやり、気をとりなおして続けた。

「ラファエル、クレアを捜しだすには基本にもどる必要があるな。的確に疑問を出すようにしよう！　きみは徹夜で事件を研究したのだから、調査の枠組みを決めるのもきみだ！」

わたしは水性ペンをとると、メモをめくって白紙に疑問点を箇条書きにした。


だれがクレアをパリ郊外のトランクルームに監禁したのか？

だれがそこから連れ去ったのか？

なぜ彼女を今も監禁しておくのか？


元刑事は最後の疑問を選んで飛びついた。

「監禁しつづける理由は、彼女がきみに真実を告げるに違いないからさ。アンナは自分がクレア・カーライルであることをきみに打ち明けるつもりだった」

「犯罪捜査において価値ある唯一の問いは、動機についての問いである。そういつも言っていたのはあなただろう」

「もちろんそのとおりだ！　今回の例で言うなら、クレアがそれを打ち明けることで困るのはだれかという問いに繋がる。アンナ・ベッケルが、じつは今から十年前にハインツ・キーファーの手で拉致されたクレア・カーライルであると突然分かったとして、いったいだれが困るのか？」

疑問は宙ぶらりんになったまま、わたしたち二人のどちらも即答できなかった。二人で検討したおかげでいくらか前進できたという印象がもろくもかき消えてしまった。わたしたちは基本を押さえていなかったのだ。

3

ベビーチェアに座り、よだれかけを首にかけたテオは蜂蜜を塗ったバゲットを舐めている。そのそばに座り、マルクはもう何杯目か分からないコーヒーを飲みながら、さっきとまったく違うシナリオを描き、それを信じきっているかのように話しだす。

「ハインツ・キーファーに関する捜査から見直してみようか。事件の現場にもどるんだ。一軒家が焼けた日の前夜に起こったことを知る必要がある」

わたしにはそれが最良の方法とは思えなかった。そういえば数分前から明瞭な事実として、マルクは刑事の目で物事を見ようとし、このわたしは小説家の見方をとっていることがはっきりした。

「マルク、小説を書くことについて話をしたのを覚えているかな？　どうやって登場人物をつくりあげるのかと聞かれ、ぼくはその人物たちの過去を知り尽くすまでは、小説を書きはじめないと答えた」

「きみは各登場人物の経歴書をつくる、そういうことだったな？」

「そう。そのときだったと思うが、ぼくはゴーストについて説明したろう？」

「もう一度説明してくれるか？」

「ゴースト、つまり幽霊。戯曲論の教授たちが用いる言葉で、転換をもたらす出来事、登場人物に現在もとりついて離れない、過去に根ざした精神の動揺を指しているんだ」

「当人の弱点、アキレス腱というわけだな」

「ある意味でそうだ。登場人物の歴史におけるひとつの衝撃、抑圧、そのパーソナリティーの主要因となる秘密、精神状態、内面性、さらに多くの行動も含まれる」

マルクはわたしがテオのベトベトになった顔を拭くのを見つめていた。

「つまり、何を言いたいんだ？」

「ぼくはクレア・カーライルのゴーストをみつけなければならない」

「それはだな、火事の前夜にキーファーの一軒家で何があったのか知れば分かってくるのさ」

「そうとも限らない。ぼくはほかの要因があったと思う。もうひとつの真実、つまり、もしクレア・カーライルがほんとうに逃げられたのだとするなら、なぜ彼女は警察に通報もせず、自分の家族に会おうともしなかったのか、その理由だ」

「だとして、きみはその真実がどこでみつかると思っているんだ？」

「世界共通、万人の真実が生まれる場所、すなわち幼少時代を過ごしたところだ」

「ハーレムってわけか？」マルクはコーヒーを飲んで言った。

「そのとおり。というわけで、マルク、これが提案だ。あなたにはこのままフランスで調査を続けてもらい、ぼくはアメリカに行く！」

マルクはアニメの登場人物のようにむせてコーヒーを吐きだした。そして激しく咳き込んだあと、彼は疑わしそうな目でわたしを見た。

「参ったな、まさか本気じゃないだろう」

4

イタリー広場のロータリーから、わたしたちを乗せたタクシーはヴァンサン・オリオル通りに入った。

「ブーブー、パパ！　ブーブー！」

タクシーの座席でわたしの膝に座ったテオは、世界でいちばん幸せな子だった。両手を窓ガラスにつけ、パリ市内の混雑具合を興味深く観察している。わたしはといえば、夢中になっている息子の麦の穂の香りがする頭に自分の顔を寄せ、今わたしにいちばん必要なオプティミズムを分けてもらおうとした。

空港に向かっていた。マルクをなんとか説得できたのだ。そのあとは、何回かクリックをくり返してニューヨーク行きのフライトを予約、テオとわたしの着る物などをトランクに詰めた。

スマートフォンが鳴り、急いでポケットから出すと、ネッケル病院に勤める心臓病専門医の従兄からの電話だった。

「やあ、アレクサンドル、早速の電話、すまない」

「調子はどうだ？」

「いろいろ面倒なことがあって……。そっちはどうなんだ？　ソニアと子供たちは元気かい？」

「すくすく育っているよ。そばで騒いでいるのはテオだろう？」

「そうなんだ、タクシーのなかにいる」

「かわいいだろうな。さてと、きみの友だちのクロティルド・ブロンデルのことが分かったよ」

「どうなんだ？」

「気の毒だが、かなりの重傷だな。複数の肋骨（ろっこつ）と片方の大腿骨（だいたいこつ）、骨盤に骨折が見られ、腰部の脱臼、それに重度の脳震盪も起こしている。ぼくがコシャン病院の友だちに電話したとき、本人はまだ手術室にいた」

「生命に危険があるということなのか？」

「今の時点でそれを言うのは難しい。ああいった多発外傷では、リスクは無数にある。分かるだろう？」

「脳内血腫とか？」

「そうだ。それに、呼吸器官に起こりうる気胸あるいは血胸もある。また言うに及ばないが、脊椎損傷の可能性だってあるからな」

二度の連続音で会話が邪魔された。もう一本の電話がかかっていた。

「アレックス、申し訳ないが急ぎの電話が入っているんで、すぐにコールバックするから待っててくれないか」

「分かった」

わたしは礼を言って二本目の着信をとった。思っていたとおり、カーライル事件を取材した『スュッド・ウエスト』紙の記者マルレーヌ・ドラトゥールだった。昨夜、彼女の署名記事を読んだあと、ネット上でその消息を追った。元の新聞社を辞め、今は『ウエスト・フランス』紙の記者になっていた。彼女宛にメールを送り、わたしが二十一世紀の殺人事件簿のような著作を執筆中であり、例の事件について、彼女の印象および覚えていることを聞きたいと伝えてあった。

「電話をありがとう」

「数年前、お会いしてますね。二〇一一年の〈驚きの旅人〉ブックフェアで、あなたにインタビューをしましたから」

「もちろん覚えてます」わたしは嘘をついた。

「ということは、もう小説はやめて、ノンフィクションを書かれるんですか？」

「ある種の事件では、怖ろしさがフィクションを超えてますよね」

「ほんと、そのとおりです」

わたしはスマートフォンを肩に挟み、息子が動いても両手を使えるようにしておく。テオはシートの上に立ちあがり、メトロの車両が地上駅に停まるのを見とどけようとした。

「カーライル事件のこと、あなたはよく覚えているんでしょうね？」わたしはマルレーヌに聞いた。

「それはそうです。ほんとうのことを言うと、当時のわたしはクレアに自分をかなり投影していたところがあったんです。共通点がありましてね。二人とも父親を知らないし、未婚の母親に育てられた貧しい家庭の子、学問が社会の上の層に向かうための階段だった……。言ってみれば、わたしのアメリカの小さな妹だった」

「クレアが自分の父親を知らないということですが、それはたしかですか？」

「わたしが思ったのは、クレアの母親自身、あの子の父親がだれなのか分からなかったんだろうということです」

「それは、たしかかな?」

電話の向こうでマルレーヌの深いため息が聞こえた。

「間違いないでしょうね。いずれにしても、わたしの質問に対して、ジョイス・カーライルはそういう意味のことを言いましたね。あれはクレアが拉致された二週間後で、捜査が行き詰まっているなか、ジョイスがフランスにやって来たときの話です。わたしは記事のなかにそれを書きませんでしたが、クレアが生まれるまえ、ジョイスは麻薬漬けになっていた時期があったようです。クラックやらヘロイン、クリスタル・メスと、何にでも手を出したといいます。一九八〇年代終わりの二、三年間は麻薬を買うために、ジョイスは十ドルで体を売っていたと」

そう聞かされて、わたしは吐き気を覚えた。ためらった末、わたしはニューヨークへちょうど今から飛ぶと打ち明けたい気持ちを抑えた。マルレーヌ・ドラトゥールは優れたジャーナリストである。わたしがそこまで熱心なことを知れば、彼女はスクープを嗅ぎとるに違いなかった。せっかく私的な問題から警察を遠ざけようとしているのに、今さらこの女性記者に打ち明けるような愚を犯すことはないと思った。

そういうわけだから、わたしはできるだけ軽い調子で尋ねた。

「その後、ジョイスとは連絡をとりあっていますか?」

マルレーヌはそこで黙りこみ、それからおもむろに言った。

「それは無理ね。ジョイスはその二週間後に死んでしまったんです!」

わたしは呆気にとられた。

「それは知らなかった」

「わたしも同じで、それを知ったのはかなりあとの二〇一〇年の夏、バカンスでニューヨークに行ったときでした。ハーレムの観光をしているとき、わたしはクレアが少女時代を過ごした場所を見ておきたいと思いました。彼女の住所はかわいい名のビルベリー（ブルーベリーの一種）・ストリート六番地というので、わたしはよく覚えていた。その場所に行ってみて、近所のお店の人と話をしているうち、ジョイスが二〇〇五年六月末に亡くなっていたことを知ったんです。娘クレアが行方不明になったほんの四週間後ですね」

　もしその情報が正しいとすると、多くの事情が変わってくる。

「あなたは死因をご存じですか？」

「ご想像のとおり、ヘロインのオーバードースです、自宅で。十五年間も断っていたのに、事件のせいでまた始めてしまった。あれだけ長い断薬期間のあとだと、少ない量でも致命的になることがあるといいます」

　タクシーはベルシー橋を渡って反対側の河岸を進み、セーヌ川に浮かぶジョセフィン・ベーカー水泳場や国立フランソワ・ミッテラン図書館、のんびり進む平底船（ペニッシュ）、ゆるやかなアーチを描くトルビアック橋などを窓に映していた。

「あの事件についてほかに何か分かりましたか？」

「突然聞かれてもすぐには出てきませんが、メモ帳をみつけることはできます」

「それはありがたいな……」

「ちょっと待ってください」彼女がわたしの言葉を遮った。「ひとつ思いだしたことがあります。当時、捜査が進められているあいだ、妙な噂がたち、あちこちで囁かれていました。ジョイスが独自の捜査を行う人間を雇ったというのです」

「あなたはその情報をどこで入手したんです？」

「わたしはあの当時、ボルドー警察のリシャール・アンジェリという凶悪事件捜査班(クリム)の若い刑事と付き合っていたんです。ここだけの話ですけど、最低の男でした。野心満々でしたが、ときどきわたしに情報を流してもくれたんです」

わたしは体をひねってポケットからボールペンを出し、旅行用に持ってきた息子のお気に入りの絵本『チュピのいたずら』に刑事の名をメモした。

「そのリシャール・アンジェリという刑事は何の担当だったんだろう？」

「クレア・カーライル事件捜査の法手続きを担当してましたね。リシャールの同僚たちや予審判事は外部の者に捜査を邪魔されると言ってカンカンに怒っていたらしいです」

「だれを雇ったんだろう？　アメリカの私立探偵ですか？」

「まったく分かりません。調べてはみたんですが、具体的な情報はなかったですね」

しばしの沈黙。

「ラファエル、もし何か分かれば、わたしにも教えていただけるかしら？」

「もちろんだ」

彼女の声の響きから、この数分間の会話でマルレーヌ・ドラトゥールが〝クレア・カーライル事件〟のウイルスにふたたび侵されてしまったのではないかと感じた。

タクシーはすでにベルシー門を通りすぎて環状線に乗っていた。息子はやっと落ち着き、縫いぐるみの愛犬フィフィを抱きしめていた。

「この事件を取材しているあいだ、わたしはいつも何かを見落としているという印象を拭えなかったんです」彼女は話を続けた。「警察をはじめ、ジャーナリスト、予審判事のだれもが、あの事件では悔しい思いをしました。ハインツ・キーファーの家で彼女のＤＮＡが検出されたあとでさえ、あの事件が未解決であるという印象は消えてくれなかった」

正規の捜査結果と食いちがう意見を聞くのは、これが初めてだった。

「あなたは具体的に何を言いたいのかな？　キーファーはモンタージュ写真とも一致していたと聞いているが？」

「モンタージュ写真はたったひとつの証言に基づいたものでしたね」彼女は指摘した。

「同級生オリヴィア・メンデルションの証言だった」

「刑事たちがほんの数時間しか事情聴取しなかった少女ですね。両親がもう翌日にはニューヨークへ帰らせてしまいましたから」

「その点だが、どうも分からない。あなたは捜査結果に異論を……」

「いえいえ」彼女は否定した。「べつの仮説はないし、ほかに証拠があるというわけでもないけれど、わたしはずっと不思議に思っていたんです。拉致の現場に目撃者が一人しかいなかった。そのあと、DNAがみつかったけれど、死体はなかった。そのぜんぶがどこかおかしいと思いません？」

こんどため息をついたのはわたしのほうだった。

「あなた方ジャーナリストは、いつもどこかに不審な点をみつける」

「あなた方小説家は、いつも現実と折り合いがうまくつかないんですよね」

9　ビルベリー・ストリート

人が真実と呼ぶものは、いつでもその人の真実であり、
すなわち、当人にそう見える真実のことである。
プロタゴラス

1

タクシーがブルックリン橋を渡った瞬間、わたしはあらゆる意味で豊かで懐かしいマンハッタンを感じた。テオが生まれてからは足を踏みいれていなかったが、その金属的な印象を与える空、磁界になったような街の脈動を、自分がどれだけ恋しく思っていたのか分かった。わたしは十八歳のころからニューヨークを知っている。バカロレアに通った年の夏、わたしは恋していたデンマーク人の女性を追ってマンハッタンに来た。着いてから三週間後、アッパー・イーストサイドでベビーシッターのアルバイトをみつけていたキルスティーンが、突然二人の関係を解消すると決めた。まったく予期していなかったので傷ついたが、この都会を発見して抗しがたい魅力にとらわれていたわたしは、初めての失恋もまもなく忘れるこ

とができた。

そのあとの一年間をマンハッタンで過ごした。暮らしはじめて数週間も経つと、マディソン・アヴェニューの軽食堂（ダイナー）に仕事もみつかり、その後もアイスクリームの販売員やらフランス料理店のウェイター、レンタルビデオ店あるいはイーストサイドでの書店員などのアルバイトを転々とした。あれが今までの人生で最も豊かな日々だったと思う。ニューヨークでとても印象に残る人々と出会い、その後の人生を左右する出来事も体験した。それ以来、テオが生まれてくるまで、少なくとも年に二回は舞いもどったが、新鮮さが失われることは決してなかった。

機内のＷｉ‐Ｆｉを使い、トライベッカ地区にある〈ブリッジ・クラブ〉の受付とメールをやりとりして部屋をとった。それは十年前から定宿にしているホテルで、その名に反し、カードゲームのクラブがあるわけではなかった。コンシェルジュが最高のベビーシッターを手配できると請けあうので、わたしが調査で留守にするあいだ息子を見てくれるベビーシッターを頼んだ。ついでにベビーカーの手配も頼み、必要な物の買い物リストを送っておいた。体重十二～十五キロ用のおむつを二パックとおしり拭き、コットン、ボディローション、予備のベビーフードなど。

「ぼうや、ちっとも声がかれない。すごいですね！」降機するときの、チーフパーサーからの挨拶だった。婉曲（えんきょく）だが図星を突いていた。テオはどうしようもなく悪い子で、わたしは恥ずかしい思いをした。疲れたうえに興奮もしていて一瞬たりともじっとせず、飛行中ずっと騒ぎつづけ、客室乗務員とビジネスクラスのほかの客に迷惑をかけどおしだった。テオが眠ってくれたのは、ブリッジ・クラブに向かうタクシーに乗ってからだった。

　ホテルに着くなり、わたしはトランクの中身を出す時間も惜しんだ。テオのおむつを替え、着替えさせると、あとはベビーシッターのドイツ人マリーケ――ベビーシッターにしてはきれいすぎると、祖母なら言ったろう――に子守りを頼んだ。

　午後五時、ラッシュアワーの街に飛びこんでいった。タクシーをつかまえるための仁義なき闘い。チェンバーズ・ストリートまで歩き、地下鉄A系統で北に向かい、三十分も経たないうちに一二五丁目駅の階段を上っていた。

　ハーレム地区はよく知らなかった。一九九〇年代、最初のニューヨーク滞在のころは、旅行者にとってハーレムは寂れすぎて危険でもあった。どの観光客もそうするように、わたしもスリルを味わいながら、ゴスペル礼拝に参列して〈アポロ・シアター〉のネオンを写真に撮ったが、それ以上の冒険は試みなかった。

　歩道に出て歩きだしたとたん、地区の様変わりに目をみはった。機内誌で読んだのだが、地元の不動産開発業者がＳｏＨａ――サウス・ハーレムの略――と名づけ、地区に現代的な新しいイメージを与えたがっているそうだ。事実、辺りには、以前の悪の巣窟のような雰囲気から変わり、観光ガイドブックが紹介する街がほぼそのままの姿を見せていた。

　ウエスト一二五丁目通り、これはマーティン・ルーサー・キング・ジュニア・ストリートとも呼ばれるが、そこではわたしがマンハッタンで好むものが何でもみつかる。ピリピリした空気、サイレンの音、色とにおい、さまざまなアクセントの坩堝。プレッツェルやホットドッグを売るスタンド、オレンジ色と白の巨大な蒸気管からモクモクと吐かれる白い蒸気、壊れかけたパラソルの下に並べたアクセサリーを売りつけようと、際限なくくり返される客引きの声。要するによく組織化された大規模な乱雑さ、そのユニークさで人を酔わせてしまう雰囲気である。

その中心街から一歩遠ざかるなり、ハーレム地区はとても静かになる。自分の現在地を確かめてから、例のビルベリー・ストリートをみつけるまで数分を要した。ウエスト一三一丁目通りとウエスト一三二丁目通りに挟まれ、マルコム・X・ストリートと直角に交わる小道で、ほかの道路とはまるでようすが違っていた。

この晩夏の夕方、美しい光が歩道に差し、クリの木の木漏れ日が揺れて窓ガラスを赤く染める。道の両側に赤レンガ造りの家並みが続き、彩色された木彫りがある玄関と錬鉄製の手すりのあるベランダ、そこから階段が小さな庭につづいている。これもニューヨークの魔法のひとつ、「ニューヨークにいるとは思えない」とつい口にしてしまう。

この夕方、クレアの少女時代に向かって進みながら、わたしはもうハーレムではなく、アメリカ最南部のジョージアのサヴァンナに、あるいはサウスカロライナのチャールストンに足を踏みいれたように感じていた。

ブルックリンの少女の足跡を追って。

2

モゼル県、高速A四号線。

第四四番出口、ファルスブール／サールブール方面。

料金所のひとつしか開いていないゲートで順番を待ちながら、マルク・カラデックは古いオメガ・スピードマスターを見てからまぶたを揉んだ。喉はカラカラ、目は瞳孔が開いてしまっていた。パリを発ったのが十一時過ぎ、およそ四百キロを四時間半で走破、ヴェルダン辺りのサービスエリアで給油するため一度だけ停まった。

マルクは握った小銭で係員に高速料金を支払い、ファルスブールに向かう県道に乗った。ヴォージュ・デュ・ノール地方自然公園の外れに位置する古い城塞の町ファルスブールは、アルザス地方に入るまえの最後のロレーヌの町だった。陽の燦々(さんさん)と当たるアルム広場にレンジローバーを停めた。タバコに火を点け、反射光を避けて手をかざした。兵営は黄土色の砂岩の石造り、第一帝政期の元帥の記念像、それらの桁外れな待遇が、軍事拠点という特別な場所の伝統を感じさせた。それほど昔でない時代、ここで軍事パレードや閲兵式に加わらざるをえなかった二十歳前後の若者らは、そのあと肉弾兵として前線に送られた。一九一五年十二月にシャンパーニュ地方の戦場〝マシージュの手〟で戦死したという祖父に、マルクは思いを馳(は)せる。幸い、今は軍靴と軍歌、どちらの響きも聞こえず、笑顔の人々がマロニエの木陰のテラスでコーヒーを飲んでいた。

マルクはパリからの長いドライブのあいだ、情報収集に努めた。何本か電話をかけただけで、ハインツ・キーファーの一軒家の火事を最初に通報すると同時に、現場にも駆けつけたという憲兵(ジャンダルム)のフランク・ミュズリエについての情報を得た。当人は現在、ファルスブール一帯を管轄する憲兵隊詰所の責任者となっていた。マルクはミュズリエの秘書と話して、問題なく面会の約束をとりつけた。秘書の説明だと、詰所は町役場と同じ建物のなかにあるという。途中で、並木の枝打ち作業をしていた男に道を尋ね、灰色とピンクの石を敷き詰めたアルム広場をよこぎってきたのだった。

胸いっぱいに空気を吸いこんだ。パリから出るのは久しぶりで、調査が彼を首都から引っぱりだしてくれたのはありがたかった。しばらくのあいだその場の静けさに耳を澄まし、第二次大戦前の雰囲気を残したまま屋根に三色旗をひるがえす町役場や、午後四時半の鐘を鳴らしたばかりの教会の鐘楼を見あげ、小学校の校庭から沸きあがる歓声を聞いた。

広場を囲む家並みも、砂岩の切石を積んだ外壁、黒光りする木造の破風(はふ)、二つの勾配がある高い屋根には素焼きの瓦を葺(ふ)いてあり、町の〝秘めたる武力〟という印象を強調していた。

マルクが入っていった役場の建物はかつての衛兵詰所で、今はほかにも、歴史博物館と郵便局が同居していた。なかはひんやりとして気持ちがよかった。大きなアーチ門をくぐると一階は教会のような雰囲気で、板張りの内壁のなかに石像が並んでいた。受付で聞くと、彼が探している憲兵隊詰所は二階にあるとのことで、オーク材の急な階段を上り、突き当たりがガラス戸になっている廊下を進んだ。

よりモダンな内装の詰所は業務に追われているようなようすはなく、一人の若い女をのぞけば無人だった。

「どういうご用件ですか？」

「マルク・カラデックといいます。フランク・ミュズリエさんと会う予定になっている」

「わたしはソルヴェグ・マレシャルといいます」女は金色の髪を後ろに撫でつけながら言った。「先ほど電話に出たのはわたしです」

「ああ、そうだったのか。よろしく」

彼女は受話器をとった。

「伝えますので、お待ちください」

マルクはシャツのボタンをひとつはずした。階全体の横壁がマンサード屋根になっているため、地獄のような暑さだった。板張り壁の白木が熱でキャラメル色に変わっていくように見えた。

「二分だけお待ちくださいね。お水をお持ちします」

マルクは喜んだ。ソルヴェグは水を入れたコップと甘いシュー生地のプレッツェルに似た菓子を出してくれた。おいしくてマルクは貪るように食べた。

「あなたは刑事さんですよね？」

「おれが豚みたいに食うからかな？」

ソルヴェグは噴き出し、しばらく笑いつづけた。マルクが食べ終えるのを待ち、彼女は彼を中佐の部屋に案内した。

3

ニューヨーク。

ビルベリー・ストリート、クレアが生まれてからずっと住み、彼女の母親が死んだ六番地には、葡萄色に塗装された家があり、両開きの白い扉の上、妻壁は半分崩れていた。しばらく建物を見つめているうち、ベランダに一人の女が姿を現した。赤毛で、真っ白な肌にソバカスの目立つ顔。妊娠していた。

「あなた、不動産屋の人でしょう?」女は挑むような目でわたしをにらんだ。

「いいえ、まったく関係ないね。ラファエル・バルテレミといいます」

「わたしはエセル・ファラデイ、フランス語訛りがあるわね」女はヨーロッパ風に握手の手を伸ばしながら言った。「パリから来たの?」

「そう、今朝パリを発った」

「わたしはイギリス人だけど、両親が数年前からフランスに住んでるの」

「ほんとうに?」

「ええ。リュベロン山塊のルシヨンの近く、小さな村」

わたしたちはフランスについて、また妊娠についても当たり障りのない話を始めた。妊娠中なのでこの暑さが辛い、四十四歳で三人目の子を産もうと決めたけれど、いいことばかりではないというような話だった。

「だいたい、立っているだけでもたいへんなの。座っても構わないかしら？　さっきアイスティーを用意したところ。あなたもいかが？」

エセル・ファラデイは見るからに退屈しきっていて、話し相手はだれでもよかった。こうしてわたしは、ベランダでアイスティーのグラスをまえに、自分のやって来た目的を部分的に打ち明けることになった。

「ぼくは作家で、あなたのこの家で少女時代を過ごした若い女性についての取材調査をやろうと思っているんだ」

「それ、ほんとう？」彼女は驚いた。「いつごろの話？」

「九〇年代から二〇〇〇年代の初めにかけて」

エセルは眉をひそめた。

「ここだというのはたしか？」

「たしかだと思う。この家はジョイス・カーライルが持っていたんじゃないかな？」

エセルは頷いた。

「夫とわたしは彼女の母親名義の家をジョイスの姉妹から買いとったんです」

「姉妹？」

エセルは手を東の方に向けた。

「アンジェラとグラディス・カーライル姉妹。あの人たちは、この道のもっと向こうの二九九番地に住んでいる。わたしはよく知らない、というか、ぜんぜん知らないわね。個人的には、何か問題があるわけじゃないけれど、この近所のなかでとくに感じのいい人たちってわけではないわね」

「彼女たちから家を買ったのはいつでした？」

彼女は下唇を嚙んで記憶を探った。

「二〇〇七年ね、わたしたちがサンフランシスコからもどってきたときだから。わたしはいちばん上の子を妊娠していた」

「その時点で、この家のなかでだれかがオーバードースで亡くなったというのは知っていたと？」

エセルは肩をすくめた。

「そのことはあとで知ったんだけど、わたしはべつに何も感じなかった。だいたいわたしは、呪われた家だとかいう迷信はまるで信じていない。だってそうでしょう、人間はどこかで死ぬわけだから」

彼女はアイスティーを一口飲むと、周りの家並みを手で示した。

「それに、あなたも知っているように、ここはハーレムでしょう！　トレンディーで清潔、若い家族が住みたがるここのすてきな家並みを見たと思うけど？　でも、再開発されるまえの八〇年代、家のほとんどが廃屋で、麻薬の密売人グループに不法占拠されて密売所(クラック・ハウス)になっていた。賭けてもいいけど、この辺りで変死事件のなかった家なんか一軒もみつからないと思う」

「あなたはジョイス・カーライルに娘が一人いたのを知っていましたか?」

「いいえ、知らない」

「ほんとうに? それは信じられないな」

エセルはびっくりしたようだった。

「どうしてわたしが嘘を言わなければいけないんです?」

「まじめな話、二〇〇五年にこの通り出身の若い娘が西フランスで拉致されたというのに、それを聞いたこともないのかな?」

彼女は首を振った。

「二〇〇五年というと、わたしたちはまだカリフォルニアのシリコンバレーにいたわね」

暑いのか、彼女はアイスティーのグラスを額に当ててから続けた。

「あなたの話をちゃんと理解できたか確かめたいんだけど、この家の前所有者に娘がいて、その娘さんが拉致されたということね?」

「そう。ハインツ・キーファーという名の悪魔のような男に拉致された」

「その子は何という名前だった?」

「クレアだ。クレア・カーライル」

エセルからもう聞きだせることはないと思っていたが、ただでさえ白い彼女の顔がこわばり、石膏のような色に変わった。

「わたし……」

エセルは言いかけて口をつぐんだ。数秒間、落ち着きを失った目がぼんやりとして、彼女は遠い記憶を遡った。

「思いかえしてみると、あのとき何かが起こったのねえ」しばらくして、エセルは言った。

「変な電話がかかってきたの、ちょうど引っ越し祝いをやっている最中だった。ということは……二〇〇七年十月二十五日ね。その日を選んで友人たちを招待したのは、夫の三十歳の誕生日だったから」

記憶を蘇らせようと彼女は黙ったが、わたしにはそれがとてつもなく長い時間に感じられた。わたしは彼女を急かす。

「つまり、その日、あなたの家に電話がかかってきた、そういうことだね?」

「夜の八時前後だったと思う。パーティーは盛りあがっていた。音楽がかかっていたから、会話の声も大きくなっていたんでしょうね。わたしはキッチンにいて、バースデーケーキにローソクを立てていたんだけど、そのとき壁の電話が鳴った。わたしは受話器をとったけど、何か言うまえに、叫ぶように『ママ、わたし、クレアよ！　わたし逃げだせたよ、ママ！わたしは逃げだしたの』と言う声が聞こえた」

いま体に電気を流されたように硬直し震えているのはわたしのほうだった。フランスとアメリカ東海岸とのあいだには、六時間の時差があるから、クレアはフランスでは翌日の午前二時に電話をかけてきたことになる。つまり、一軒家が焼ける何時間もまえということだ。わたしがマルクといっしょに推定したように、クレアはキーファーの毒牙から逃げることに成功していたが、脱出は火事当日の早朝ではなく、深夜ということになる。それにより、すべてが変わってくるだろう……。

エセルがまた話しだした。

「わたしは電話の相手に、だれなのかと聞いた。そこで相手は、わたしの声が自分のママの声と違うことに気づいたようね」

わたしは何か引っかかるものを感じた。

「しかし、住人が変わっているのに、なぜクレアの電話があなたのところにかかってきたんだろう？　引っ越しのときは、ふつう前の住人の電話番号を続けて使うことはしないと思うんだが？」

「いいえ、するんです。電話回線が切られるのではなく、単に停止扱いとなるのね。うちが〈AT&T〉に問いあわせたところ、その方法を勧められた。当時はそれがふつうで、おまけに新規の回線を引くよりもずっと安くあがった。わたしたちも節約を強いられていましたからね……」

「その電話について、警察に知らせようとは思わなかった？」

エセルは目を大きく開けていらだった。

「あなたは何が言いたいわけ？　どうしてそうしなければならないの？　そんな事件があったとは知らなかったし、その子がだれだったのかも知りようがなかったでしょう」

「それで、クレアには何て答えたんです？」

「わたしは真実を伝えた。ジョイス・カーライルが亡くなったと」

4

背が高く、耳障りな声で脂肪分過剰の顔のフランク・ミュズリエは立ちあがってマルクを迎え、握手をした。

「時間を割いてもらい、礼を言います。マルク・カラデックです、よろしく。わたしは……」

「警部、あなたのことは知ってます！　組織犯罪取締班(BRB)のエース、エルサルヴァドル人犯罪集団、南郊外のギャング、強盗団〈ドリームチーム〉とかね、あなたの評判はよく聞いてますからな」

「それはどうも」

「いずれにせよ、あなたはわれわれに夢を見させてくれましたよ！　それに引きかえ、この田舎では興奮するような事件も起きません」

ミュズリエはポケットからハンカチを出すと、額の汗を拭った。

「おまけに、ここにはクーラーもないのです！」

中佐はソルヴェグに水を持ってきてくれるよう頼み、それから訪問客に向きなおり、穏やかな笑みを浮かべた。

「さて、ＢＲＢのご来訪とは、どういうことですかな？」

憲兵隊中佐をまえに、マルクはいい加減なことは言うまいと思った。

「先に誤解なきように言っておきますが、わたしはもう引退しており、自分のための調査をやっているんです」

ミュズリエは肩をすくめた。

「わたしにできることがあるなら、べつに問題はありません」

「こういうことです。わたしはカーライル事件に関心がある」

「ちょっと記憶にないですな」太鼓腹を目立たなくしようと、ミュズリエはライトブルーのシャツをまえに寄せて言った。

マルクは眉をひそめ、もっと厳しい口調を用いることにする。

「クレア・カーライル」マルクはくり返した。「ハインツ・キーファーの犠牲者の一人です。しかし、遺体がどうしてもみつからなかった」

ミュズリエはいくらか眉を開いたものの、困ったような表情のままだった。

「了解、少し事情が分かってきました。あの若いボワソーが絡んでいる、そうでしょう？あなたは彼の依頼でここに見えたんですな？」

「ぜんぜん違う。そのボワソーというのはだれです？」

「気にせんでください」中佐が話を打ち消そうとするあいだ、ソルヴェグはデスクにミネラルウォーターのペットボトルをおくと部屋から出ていってドアを閉めた。

ミユズリエはボトルに口をつけて飲んだ。

「キーファーについて、具体的には何を知りたいんです？」手の甲で口を拭いながら中佐は聞いた。「あの捜査はわたしがやったんでないことを、あなたはご存じですよね？」

「でも、火事の現場へ最初に行ったのはたしかあなただった。そのときの状況を知りたい」

中佐は神経質な笑い声をあげた。

「わたしの勘が働いたと言いたいところですが、実際はまったくの偶然でした。ここに来られる理由をあらかじめ言っていただければ、わたしの証言の調書を探しておいたんですがね。あとでファックスしましょうか？」

「それはありがたい。とりあえず、大まかなところを教えてください」

ミユズリエは耳の後ろを掻いてから、いかにも大儀そうに立ちあがり、背後の壁に貼られた地図に視線を向けた。

「さてと、多少ともこの近辺の土地勘はありますか？」

マルクの返事を待たずにミユズリエは続ける。

「ここファルスブールはロレーヌとアルザスのちょうど境にあります。いいですか？」

彼はデスクの上にあった物差しをとって地図のある範囲を示した。学校にあるような標高で色分けしたものだった。

「わたしはアルザス側に住んでいて、事件当時はモゼル県のサールブールの憲兵隊詰所まで通勤してました。毎日、三十キロも運転してました」

「パリの公共交通機関に比べればそうひどくはないですよ」マルクが口を挟んだが、中佐はそのまま続けた。

「あの日の朝、仕事に向かう途中で、森のなかから黒い煙が上がっているのを見たんです。変に思い、わたしは消防を呼んだ。それだけです」

「時刻は？」

「八時半ごろでした」

マルクも地図のそばまで行った。

「キーファーの家はどこになるんです？」

「この辺り」ミュズリエは森のほぼ中心部を指した。

「つまり、あなたはいつものように憲兵隊詰所に向かっていたんですね……」

マルクは胸ポケットからボールペンをとった。キャップをしたままのボールペンでミュズリエの通勤路をなぞっていった。

「……この辺りまで来た八時半ごろ、ここから立ちのぼる煙が目に入った」

「そのとおりです、警部」

マルクは行儀よくふるまった。

「わたしもサヴェルヌ峠を通ってきたんです。正直なところ、森のこの辺りから遠くまで見わたせるとは思えないんですがね」

「参りました」ミュズリエは言った。「じつは証言の調書に書いてあるようには幹線を通らなかった」

彼はまた物差しである一点を指した。

「わたしは抜け道になる県道一三三号を走っていました。この辺りです」

「失礼とは思いますが、中佐殿、あなたは朝のそんな時刻、人里離れた森のなかの街道でいったい何をしていたんですか？」

ミュズリエは笑みを絶やさずにいた。

「警部、あなたは猟はやりませんか？　わたしはですね、これが大好きで、夢中になっておるんです」

「この辺で狩るのは何です？」

「ノロジカとかイノシシ、野ウサギですか。運がよければ、山ウズラやキジにも当たります。要するに、あれは十月の金曜の朝だったわけで、数週間まえからすでに猟は解禁になっていたんですが、その間の週末がどれも悪天候だった」

彼はデスクにもどり、話を続けた。

「雨が一時もやまずに降りつづいたんです！　そして、ようやく二日続いて快晴という予報でした。わたしがメンバーになっていたモゼル狩猟サークルの仲間と、その週末は狩りに出ようと約束していました。そういうわけで、わたしは翌日の狩りの下見をするため県道を通ったんです。林道や囲いなどの状態を見ておく必要があった。それに雨上がりの森から昇る太陽を見たり、森の下草の香りをかいだりするのは、わたしにとって最高の楽しみなんです」

おい、おまえは憲兵だろう、森林監視員じゃないんだとマルクは思ったが、口に出さなかった。この脂ぎって丸っこい男はどことなくいかがわしい印象を与えるが、マルクにつけいる隙を与えなかった。

マルクはそっとため息をつくと、会話を本筋にもどそうとした。

「そうして、県道から黒い煙を見たと……」

「そう。公用車ルノー・メガーヌを支給されていたので、すぐに無線で同僚と消防とに連絡をとることができた」

「そして、あなたは現場に向かったんですね？」

「そう、必要とあらば消防隊を誘導し、近所にハイカーあるいはハンターがいないか確かめるためだった。当然の義務、分かりますか？」

「なるほど、あなたの職務なんでしょうな」

「そう思っていただければ、ありがたい」

ミュズリエは笑みを浮かべ、レイバンの〈アビエーター〉をシャツの裾で拭いた。マルクは相手を逃がすまいと決めていた。

「もう一、二点、質問があるんですが……」

「では、ちょっと急いでもらいましょうか」ミュズリエは腕時計を見ながら言った。「高速

A四号線のインターチェンジで待機してる部下たちに合流しないといけない。今朝から農協の連中が勝手に検問所を設けてしまってまして……」

　マルクは相手の言葉を遮った。

「当時の新聞記事を読んだのですが、キーファーの車についてはあまり触れていませんな。内部から、クレア・カーライルのDNAが検出されたという車です」

「あの娘のDNAだけではなかった」中佐は言った。「ほかの犠牲者全員のDNAもあったんです。なぜだか分かりますか？　その車を使い、あの異常者は自分の獲物を運んだからだ。犯罪鑑識技官（TIC）が作業するところに立ち会ったので、わたしはあの不気味な霊柩車（れいきゅうしゃ）を細かく見た。キーファーは内部に檻（おり）というか、防音加工をした大きな棺（ひつぎ）を設置していましたよ」

　マルクはラファエルのアパートから持ってきた新聞記事をポケットから出した。

「これはわたしがみつけた唯一の写真なんだが」と、マルクは言いながらミュズリエに見せた。

　憲兵隊中佐は白黒の粗い写真を見つめた。

「ニッサンのピックアップトラックのナバラ、これに間違いない」

「では、後ろにあるこれは何だろう？」

「キーファーのバイク。一二五CCのモトクロス・タイプですね。荷台にくくりつけてあった」

「それで何をしていたんだろう？」

「わたしに分かるわけがないです」

「憲兵隊中佐として、どういう結論を出したんですかね？」

ミュズリエは首を振った。

「考えたこともなかったな。最初に言ったように、わたしが捜査をやったんではないのでね。ところで、お互い同僚のような仲なんで、そういう言葉遣いにして構わんだろう？」

「そうしよう」マルクは賛同した。「キーファーだが、あんたは事件まえから彼を知っていたのかね？」

「会ったことも、聞いたこともなかった」

「だが、やつの家の近くで狩りをしていたんじゃないのか？」

「森はとんでもなく広いんだ」ミュズリエは言いながら立ちあがり、上着を手にとった。

「さて、ほんとにもう行かないといけない」

「もうひとつだけ頼む」マルクは座ったままで言った。「事件から十年も経ったのに、あんたはどうして車のモデルまで覚えているんだ？　だって、写真はぼやけていて、分からんだろう？」

憲兵隊中佐は慌てたそぶりを見せなかった。

「まさに、それはボワソー事件のせいだ！　だからわたしは、あんたがその件で質問をしに来たと思ったのさ」

「説明してくれないか？」

ためらったあと、ミュズリエは椅子に座った。この会話をなぜか気に入っているようだった。狐と狸の化かし合いのようなやりとりなら、彼はだれにも負けそうになかった。

「ボワソー＝デプレ家、聞いたことがないか？」

マルクは首を振った。

「まあいい、知らないのはあんただけじゃないんだ。この地方でさえ、知っている人間は多くない。しかし、この名前はフランスの最も裕福な百五十家族のなかに入っている。目立つのを異常なくらい嫌う家族で、ナンシーを本拠とする古くからの実業家の一族、現在は土木建築資材を供給する小さな帝国を築いている」

「それがおれの調査と関係があるのかね？」

ミュズリエは相手の焦れたようすが面白くてしようがないようだ。

「考えてみたまえ。というのも、ほんの六か月前のことだ、その一家の御曹司がここに現れたんだ。マキシム・ボワソー、十九歳で落ち着きがなく、精神的に不安定な青年だった。今あんたがいる場所に座って、支離滅裂な演説を打った。なんでも心理療法を受けている最中で、その心理療法士の勧めでわたしに会いに来た、それは彼を被害者として認めてほしいからで……」

マルクはいらだった。

「要点だけにしてくれないか？」

「あんた、いったい何を望んでいるんだね？　まあいい。わたしは本人の言い分を聞いてやったんで、要点だけ言うと、二〇〇七年十月二十四日、当時十歳だったマキシムは、ナンシー市の中心街である男に拉致された、そう言いはるんだ」

「十月二十四日？　火事の二日前じゃないか！」

「まさにその点さ！　電光石火の作戦。拉致から身代金の受け渡しまで、たったの二十四時間。マキシムが言うには、十歳の彼は機転を利かせて拉致犯の車のナンバーを控えた。九年後、そのナンバーを教えてくれたんで検索プログラムに入れたんだ。どういう結果だったか想像できるかね？」

「キーファーのピックアップトラックのナンバーと一致した」もちろんマルクは分かった。

「当たり！　信じられん話だろう、どう思う？　当初は、てっきり若いのがふざけていると思ったんだが、ところがどうだ、あんたの言った結果となった。おまけに、車のナンバーは公表されていなかったしな」

「ボワソーはほかに何をしゃべった？」

「本人は、父親がいっさい文句を言わずに身代金を払ったと言っている。交換は近辺の森のなかで行われ、黄色のスポーツバッグに入った現金五十万ユーロがキーファーに渡されたそうだ」

バッグのことを聞いたとたん、マルクはアドレナリンが湧きあがるのを感じたが、平静を装った。憲兵にプレゼントをする気は毛頭なかった。

「本人は監禁されていたときのことを話したのか？　たとえば、暴力をふるわれたとか？」

「いや、キーファーは少年に触れなかったそうだ。そのあとの話はこんがらがり、キーファーには共犯の女がいたとか、とにかく要領を得ない話になった」

共犯の女？


「どうしてマキシム・ボワソーはあんたに会いに来たんだろうな？」

「あんたと同じ理由さ。インターネットで調べたら、新聞記事のいくつかにわたしの名前があったというわけだ」

「それと、なぜマキシムの両親は通報しなかったんだろうな？」

「騒がれたくなかったからだ。息子が両親を非難しているのがその点なんだ！　ボワソー＝デプレ一族は問題を自分たちだけで解決したと考えていたし、五十万ユーロなど問題ではなかった。沈黙は黄金（きん）なり、その言葉を地でいったわけだ」

ソルヴェグがノックし、返事も待たずにドアを開けた。

「中佐殿、メイイエルが指示を待っています。トラクターが高速A四号線のロータリーにある銅像をはずそうとしているとのことです」

「クソッ、やりたい放題だな、農協の連中め！」憲兵隊中佐はキレてしまい、椅子から立ちあがった。

マルクも立った。

「マキシム・ボワソーの証言調書をもらえるかな？」

「作成しなかった。刑事訴訟の面でいうと、本人の証言は今日の時点ではすでに無意味だ。

被疑者死亡の場合は、あんたも知っているとおり、起訴根拠が失われる。それに今さら、だれを告訴すればいいんだ？」

　マルクはため息をついた。

「マキシムがどこに住んでいるかぐらいは分かるだろう？」

「そうでもないんだ。当人は家族と紛争状態にある。最新の情報では、ナンシー市内の大型書店〈本市場書店（アル・デュ・リーヴル）〉で働いているらしい」

「その本屋なら知っている」

　ミュズリエが上着を着ているあいだ、ソルヴェグがマルクに明かした。

「わたしは定期刊行の雑誌『国家憲兵隊』に著名な警察官についての記事を書いているんですけれど、インタビューをさせてもらえませんか？」

「悪いが、ほんとうにそんな時間を割けないくらい急いでいる」

「では、ひとつだけ質問、名刑事と言われるようになる秘訣は？」

「多分、自分のなかの嘘発見器の機能向上に努めることだろう。それが結局、おれが率いた捜査において最も役立ったし、人に嘘をつかれていれば気づくようになった」

「わたしが嘘をついたと？」ミュズリエが聞いた。

「そうですね、一度あなたは嘘をついた」マルクは丁寧な言葉遣いにもどって言った。

　ふいに緊張感が漂った。

「そうかな？　あんた、ずいぶん厚かましいじゃないか！　いつわたしが真実を言わなかったかはっきりしてもらいたいな？」

「それが何かをみつけるのがわたしの調査だ」

「そうだろうとも、みつかったらまた会いに来るといい！」

「そうするつもりです」

10　姉妹は平和に暮らしていた

無実の人間などいない。その一方で、負うべき責任にはピンからキリまで段階があるのだ。

スティーグ・ラーソン

1

ファルスブールからナンシーに向かう街道は走る車などなく、どこか非現実的で、気分が落ち着いた。

古い四駆のハンドルを握るマルク・カラデックは、心を和ませてくれるこの単調さが気に入った。放牧場、牛などの群れ、肥やしのにおい、畑に続く畑、街道のアスファルトをのろのろ進むトラクター、でもマルクは決して追いぬこうと焦ったりはしない。

メーター類の窓が太陽の光を万華鏡のように反射する。CDデッキからはケニー・ホイーラーの洗練されたミニマルなトランペットが響いている。遠出するたび、そのCDは十年前から回転しつづけてきた。彼の許から消えた妻からの最後のプレゼントだった。

彼女が死んでしまうまえの。

運転をしながらずっと、マルクは憲兵隊中佐の言ったことを考えていた。録画したかのように、会話の場面を頭のなかでくり返した。二人のやりとりを明確にして、それを消化する。彼は直感を信じてよかったと思っている。すぐにマルクは、初動捜査を担当した憲兵たちが証人としてのミュズリエの重要度を過小評価していたと直感で分かった。ミュズリエが嘘をついていることに感づいたものの、当人を追いつめる作業はまだ手つかずだった。

ナンシー郊外に入った時点で、ラファエルの携帯にメッセージを残そうかと迷った。いや、まだ早すぎる。より具体的な結果が出てくるのを待つべきだと思い直した。

中心街にやって来て、書店のまえでハザードランプを点けて駐車しようとして思いとどまった。レッカー車に持っていかれるリスクを負うことはなかった。駅近くの重々しいコンクリートの塊のような、一九七〇年代に建てられたショッピングセンターの駐車場にスペースをみつけた。

殺風景な再開発地区を徒歩であとにした。ナンシーについては、灰色だらけで陰気、味も素っ気もないという印象を抱いていた。だが一九七八年、この街でマルクは妻となる女性と出会った。

当時、カンヌ＝エクリューズの国立高等警察学校を出たばかりの若き捜査官（当時はたしかにそうだった）マルク・カラデックは、気が進まぬまま、国立ナンシー大学人文科学部で行われる一週間の講習に参加した。

教室移動のとき、彼は大教室でエリーズとすれ違った。古典文学専攻の彼女はちょうど二十歳で、ノートルダム＝ド＝ルルド通りの学生寮に住んでいた。

マルクの勤務地はパリなので、エリーズが修士課程を修了するまでの二年間、彼はパリとナンシーの往復をくり返した。ときには勤務を終えたあと、何のためらいもなく衝動的にパリからナンシーへとルノー・8・ゴルディーニを走らせた。今、マルクは目がかすむのを感じた。ああいうのは人生で一時期しかありえないが、当人がその時点でその価値に気づくことは滅多にない。人生の難しさのひとつだ。

チクショウメ。追憶の蛇口を開いてはいけなかった。追憶は、たとえ肉弾戦になるにしても堰きとめねば。一ミリでも譲ってしまえば、おまえは終わりなのだから。

目を瞬いたが、エリーズのイメージがまぶたに焼きついて離れない。典型的な東フランスの女だった。はっきりとした顔立ちにメランコリーが浮かんでいて、髪は銀白色、水晶のような瞳。最初の印象は、冷ややかな美しさ、とても手が届かないように見えた。けれども親しくなると、まるで反対、面白くて愛らしく、情熱的な面も持ちあわせていることが分かった。

彼に文学や絵画、クラシック音楽を手ほどきしてくれたのはエリーズだった。完璧主義者だが、気取ったところがなく、いつでも小説や詩集、展覧会の図録といった本を手にしていた。芸術、創造と夢想は彼女の生きている世界の構成要素だった。感性の次元へと彼を導くことで、エリーズはマルクを変えてしまった。彼女のおかげで、マルク・カラデックは世界が犯罪捜査のおぞましい現実だけで構成されたものでないというひとつの啓示を得た。世界はもっと広大で、もっとつかみどころがなく、目がくらむようなものであることを。

　街を歩いているうち、マルクは闘いに負けつつあるという気分に襲われた。財布の小銭入れを開いて抗不安薬を出すと二つに割った。最後の手段。それを舌の下に潜りこませる。沈んでしまわぬための化学的な解決方法だった。もっと強くエリーズを愛する能力がなかったことの苦しみを封じるために。彼女を引き止められなかったことの苦しみを封じるために。

　薬の効果がほぼ瞬間的に感じられた。映像の攻撃性が薄れ、緊張感が一気にゆるんだ。妻のイメージが弱まってくると、彼女が好きだったフローベールの「わたしたちそれぞれが胸のなかに王の部屋を持っている。わたしはその出入口を塞いだけれど、部屋は壊されていない」という言葉が記憶に蘇ってきた。

2

　この夏の終わりの午後、ビルベリー・ストリートにはあの忌まわしい過去が場違いのようで、だれかの作り話にしか思えなかった。通行人の耳に優しい歌を囁くそよ風、そよぐ木の葉。印象派の絵画のように、太陽が垣根に黄金のかけらを撒くとメランコリーと温かみが感じられ、ノーマン・ロックウェルかエドワード・ホッパーの情景が浮かびあがる。

　二九九番地。玄関ポーチの階段の上で二人の黒人女性が涼をとっていて、庭のテーブルで宿題をやっている小さな女の子と男の子の二人を見守っていた。

「何か探しているの？」

わたしに聞いてきたのは年長の女性のほうで、おそらくジョイス・カーライルの姉アンジェラのはずだ。

「やあ。ぼくはラファエル・バルテレミというんですが、ちょっとあなた方にお聞きしたいことがあって、それは……」

女はすぐに反応した。

「あなた、新聞記者じゃないでしょうね？」

「違う、ぼくは作家だ」

以前から気づいている現象だが、多くの人はジャーナリストを警戒していて、小説家のほうはむしろ好まれているのだった。

「どういう質問かしらね？」

「あなた方の姉妹ジョイスについて」

荒々しいしぐさ、ハチを追いはらうように女は手のひらを振った。

「ジョイスが亡くなってからもう十年も経っているのよ！　妹の思い出をほじくり返してもいいなんて思っているあんたはいったい何様なのさ？」

アンジェラは断固とした低い声で話した。七〇年代の〈アフリカ系アメリカ人向け映画（ブラックスプロイテーション）〉に出てくる女優のようだった。縮れ毛を膨らませたアフロヘアで、カラフルなTシャツに革の袖なしブルゾンを着たパム・グリアといったところだ。

「辛い記憶を呼びもどしてしまって申し訳ないけれど、ぼくはあなた方が関心のありそうな知らせも持ってきたんだ」

「どういう知らせ？」

「あなたの姪に関する知らせだ。クレアの」

目のなかに赤い炎が燃え、アンジェラはロッキングチェアから跳びあがり、わたしを罵倒しはじめた。

「ゆすりをするなんて許さないよ、鼻ったらしが！　もしわたしらに知らせることがあるんだったら、すぐに言ったらどうなの。そうでなきゃ、とっとと消えて！」

若いほうのグラディスがわたしを庇おうとしてくれる。

「アンジー、しゃべらせてあげなさいよ！　悪い人に見えないじゃない」

「悪そうじゃないなら、寄生虫だよ！」アンジェラは怒鳴り、子供二人を匿うかのように、家のなかに連れて入ってしまった。

わたしはしばらくグラディスと話を続けた。彼女は姉よりもふつうで、もっとクレアに近かった。髪を長く伸ばしていて繊細な顔立ち、ほとんど分からないくらいの薄い化粧をしていた。シルエットを強調する白のワンピースから、脚線美は想像に難くない。わたしは両親のレコード棚を飾っていたドナ・サマーのディスコアルバム『フォー・シーズンズ・オブ・ラブ』のレコードジャケットを思いだした。ほんの子供だったわたしは大はしゃぎをしたらしい。

愛想がよくて好奇心も旺盛なグラディスは、自分の死んだ姉について話をするのを受けいれた。わたしから頼む必要もなく、彼女は『ウエスト・フランス』紙の記者マルレーヌ・ドラトゥールが語ってくれた話をくり返した。ジョイス・カーライルはたしかにオーバードースで亡くなっており、それはクレアが拉致されて一か月も経っていないころに起きた。

「あれだけ長い断薬期間があったのに。ジョイスの依存症が再発したということかな?」

「姉を責められると思います? 最愛の娘がいなくなり、絶望してしまったのよ」

「しかし、ジョイスがオーバードースをやったとき、クレアを無事みつけだす希望はまだ残されていたはずなんですが」

「重度のストレスと混乱で姉はもう消耗しきっていました。バルテレミさん、あなたにはお子さんがいるの?」

わたしはスマートフォンでテオの写真を見せた。

「まあ、元気いっぱいって感じ! あなたにそっくりね」

ばかみたいだが、わたしはそう言われるとそのたびに嬉しく思った。わたしが礼を言うと、玄関のドアが開いた。アルバムを抱えたアンジェラが現れ、わたしたちのそばに来た。もう落ち着いていて、自分からわたしたち二人の会話に加わった。どうも窓の内側で聞いていたようだ。

「もしジョイスを理解したいと思うなら、ひとつのことを頭に叩きこんでおくべきね。姉のジョイスは熱狂的だった、情熱的に恋する女だった。わたしとは違った性格、気骨のある女、でもわたしはそれを尊重していたの」

　わたしの頭のなかに、文学者アナトール・フランスの「わたしはいつでも、情熱の狂気を無関心の賢明さよりも好んだ」という言葉が響いた。

　物思いに沈んだアンジェラが、持ってきたアルバムで顔をあおいだ。

「若いころのジョイスは自分の評判を落とすようなことばかりしていた。でもクレアが生まれたら、すっかり落ち着いた。妹は教養があったし良い母親だったけれど、黒い火花と言ったらいいのかしら、ある種の人が持っている自己破壊の衝動を内に秘めていたんだね。人の内部に潜む一種の野獣、ときには何年ものあいだそれを飼い慣らし、完全に退治したと思っているのね。ところが、野獣は決して死んだりしないし、再び放たれる機会を窺っているんだ」

「あなた方はその危険をまったく予期していなかったわけだね？　推測するに、あの時期、ジョイスのことを多くの人が見守ってあげていたんだろう」

　アンジェラがたとえようのない悲しい目つきでわたしを見た。

「腕に注射器を刺したままバスルームの床に倒れているジョイスをみつけたのはわたしだった。それに、妹の死について、わたしにはきっと部分的な責任があるんだろうと思う」

3

ナンシー。

歩道から歩道へとよこぎりながら、マルク・カラデックは歩行者に交じって歩いた。陽光の下で見ると、かつてのロレーヌ公時代の首府は、彼の記憶よりもずっと活気に満ちているようだった。良い天気はすべてを変えてしまい、雨の日に不足していたビタミンを街に与える。今日は、クロディヨン通りのちっぽけな建物までが南仏のそれを連想させる。今では歩行者専用となり、トラムも通るサン＝ジャン通りからは、力強い活気が伝わってきた。サン＝ディジエ通りの〈本市場書店(アル・デュ・リーヴル)〉。その大型書店はマルクの記憶どおりだった。一階の石畳の床と各階に通じる通路はよく覚えており、まるで大型船に乗っているような錯覚に陥ったものだ。

マルクは店内に入るなり、ケバケバしい陳列台に小型辞典を並べている店員の一人に聞いた。

「店員のマキシム・ボワソーを探しているんだが?」

「三階の警察小説(ポラール)売場ですね」

マルクが階段を一段とばしで上がってスリラーとノワールの売場に着くと、客にハーバート・リーバーマンの代表作『死者の都会(まち)』を熱心に売りこんでいる最中の若い女性店員しか見えなかった。

「マキシムですか？　新学期セールなんで、文具売場へ応援に行ってます」

マルクは引き返しながらブツブツ言った。新学期か……まったく。運が悪かった。おまけに金曜の午後ときている。学校が終わった時刻だから、文具売場は子供と親たちで大混雑だった。

二人の店員が必死に応対していた。赤いチョッキの胸に名札があり、若いほうの店員の名が見えた。

「マキシム・ボワソーだね？　国家警察組織犯罪取締班（BRB）のカラデック警部だが、いくつか聞きたいことがある」

「はい。だけど、今は……。いいです、こちらへどうぞ」青年はおどおどしながら答えた。

マキシム・ボワソーはマルクが想像していたよりもかなり年下に見えた。整った顔立ちだが、苦痛にゆがんだような表情から、自信のなさと傷つきやすさが見てとれた。すぐにマルクは、『赤い河』と『陽のあたる場所』に出演した若いころのモンゴメリー・クリフトを思いうかべた。

「休憩をとっていいぞ」もう一人の店員、おそらく売場主任が告げた。「メラニーを呼ぶからだいじょうぶだ」

マキシムは赤のチョッキを脱いでたたみ、混雑を押しのけて進むマルクのあとを追った。

「この混みようなんで、ぼくは昼食の時間がとれなかったんです」マキシム・ボワソーは店の外に出ると言った。「もうちょっと行くと寿司バーがあるんです。そこでいいですか？」

「旨いステーキのほうがいいが、そこでいい」

五分後、二人はカウンターに並んで腰かけていた。回転寿司になっており、小皿に載せられた寿司が小さなベルトコンベアで運ばれてくる。しかし時刻が早すぎ、開いたばかりのようでほぼ無人だった。

「ぼくはミュズリエ中佐にもうぜんぶ話しましたけれど」ボワソーはミント水をストローでかき混ぜながら言った。

マルクは最初から立場を鮮明にする。

「あのまぬけのことは忘れていい。きみも分かっただろうが、あいつはきみの助けにはならん」

本音を話すやり方が若者に気に入られないわけはない。だが一応マキシムは憲兵の弁護を試みる。

「そうは言っても、ミュズリエにも一理あるでしょう。だって、九年前のことですから、ぼくの話は意味がないっていえばないですよね」

マルクは首を振った。

「意味があるだけでなく、きみの話はわれわれのもうひとつの捜査を助けてくれる」

「ほんとですか？」

「まずおれから質問をさせてくれ。そのあとで説明しよう、いいかな？」

若者は頷いた。マルクは憲兵が語った話の要点を述べた。

「ということで、当時、きみは十歳だった。間違いないか？」

「十歳半ですね。中学（コレージュ）の第六級に入ったところでした」

「どこに住んでいたんだ？」

「両親の家、キャリエール広場にある館です」

「旧市街、スタニスラス広場の近くだな？」

ボワソーは頷き、説明を始めた。

「毎週水曜日の午後は、家の運転手がぼくを公教要理（カテキズム）のクラスに連れて行くことになっていました」

「その場所はどこかな？」

「サン＝テーヴル大聖堂です。ぼくは時間の余裕が欲しかったので、父親には嘘の時間を言ってありました。運転手がぼくをギーズ通りで降ろしてくれ、二回に一回は司祭のところへ行く代わりに、オルリー公園に駆けつけたんです。青少年情報センター（BIJ）の指導員が子供たちに演劇の指導をしていた。自由に参加できて無料でした。登録もないから父親にもばれない。とても楽しかった」

マルクはビールの小瓶に口をつけて飲み、寿司の皿をとった。マキシムは震えるような声で話を続ける。

「あの男に捕まったのは、そこからの帰りでした。いつも地方大学病院（CHRU）をよこぎる近道を通っていたんです。あいつが近づいてくるのに気づかなかったし、ほんの数秒でぼくはピックアップトラックの後部座席に閉じこめられてしまった」

「やつはきみがだれか知っていたのか？」

「それは明らかです。だいたい、あいつが最初に言ったのが『何もかもうまくいく。お父さんがすぐにきみをここから出してくれる』でした。数週間前から、ぼくを尾行していたんでしょうね」

「どのくらいの時間、車で走ったか覚えているか？」

「二時間くらい。森のなかのあいつの家に着いたとき、雨が降っていて、もうほとんど夜になってました。最初、あいつは家のそばの道具置場にぼくを閉じこめた。ぼくはショックで熱を出していたんだと思う。ぼくは泣いたり喚(わめ)いたりして、それを止められなかった。ほんと言うと、大便まで洩らしてしまい、文字どおりクソまみれですよ、分かります？　あいつは二度か三度ぼくにビンタを食らわせ、そのあと家のなかに入れようと決めた。まずぼくの目を覆い、つぎに地下につづく長い階段を歩かされた。ドアを開け、そしてもうひとつのドアも開けた。最後に、あいつはぼくを若い女に預けた。とても優しい声の人で、いいにおいがした。すみれの香りだった。女はぼくに、目隠しをはずさないよう、それから心配しないように言った。濡れタオルでぼくをきれいにしたあと、ぼくを寝かせようと揺すってもくれた」

「その若い女だが、名前は聞いたか？」

ボワソーが頷いた。

「ルイーズという名だと教えてくれた」

マルクは目を瞬いた。

ルイーズ・ゴティエ、キーファーの最初の被害者で二〇〇四年末に行方不明となったときの年齢は十四歳、ブルターニュ地方の祖父母の家にクリスマス休暇で滞在していた。

マキシムの話す声は、今はもう半分、嗚咽になっていた。

「この何年ものあいだ、ぼくはあの若い女性のことをキーファーの共犯だと思っていたんだ！　それを考えると、ぼくは……。つい最近になって、あいつ、ハインツ・キーファーについての記事を読み、それで彼女がだれだったのか分かった！　あれは……」

「だれだったのか、おれも知っている。きみは監禁されているあいだ、ほかの女性たちにも接触できたのか？」

「いいえ、ルイーズだけでした。あの家にほかの女性がいたと思わせるものはいっさいなかった」

身動きせず虚空を見つめるマキシムは、そのまま一分近くも黙っていた。

「きみの両親は身代金を集めるのに、どのくらい時間をかけたんだ？」マルクは知りたがった。

「ほんの数時間でしょう。キーファーはひどくばかげた金額を要求するというミスを犯さなかった。目印が入っていなくて高額でない紙幣で五十万ユーロ。警部はご存じでしょうが、うちの一族は莫大な資産を持っています。その程度の金額なら、父は苦労することなく集められるんです」

「身代金の受け渡しはどこで行われたんだ？」

「ラヌーヴヴィル＝オ＝ボワ、リュネヴィルに近い森のなかでした」

「きみはどうしてそういった細部までぜんぶ覚えていられるんだ？」

　ボワソーは説明をつづけた。

「翌日になって、家を出るまえ、キーファーはぼくを縛ったけれど、目隠しはしないで、ぼくを助手席に座らせた。途中、あいつは街道脇の公衆電話の横で車を停め、父に電話をして待ち合わせ場所を伝えた」

「やつ、キーファーだが、どんなようすだった？」

「ひどく興奮していた、ほんとうにすごかった。支離滅裂で、パラノイア。ぼくを助手席に座らせること自体、正気とは思えないですよね。いくら枝道しか通ってないからといって、ぼくを見て、あとで思いだす人間がいないとも限らない。一方、あいつは目出し帽を被り、独り言を口に出し、とにかく狂騒状態だった。何か飲んだのではないかな」

「薬？　覚醒剤とか？」

「はい、そうでしょう」

「それで、きみはいつ車のナンバープレートを見たんだ？」

「ナンバーがヘッドライトに照らされた瞬間。ちょうどぼくが父のほうに近づいていったときでした」

「つまり、森のなかだったと。二台の車は向きあっていたんだな？」

「そうです、映画『シシリアン』のシーンのようでした。父がお金の詰まったアタッシュケースを放り投げ、キーファーが中身を確かめたあとぼくを放した。それで事件がおしまいになった」

「ちょっと待てよ、アタッシュケースというのは何だ？　身代金はスポーツバッグに入っていたんじゃないのか？」

「いいえ。ビジネスマンが持っているようなアタッシュケースでした」

「きみが黄色のスポーツバッグの話をしたと、ミュズリエはおれに言ったんだが」

ボワソーはいらだった。

「そんなこと言った覚えはない！　頑丈なアタッシュケースだった。〈サムソナイト〉社製とかのもので、父はいくつか持っていた。あとでキーファーがスポーツバッグに移したんじゃないかな。そうしても不自然じゃない、あいつは何から何まで疑っていたから。発信器とかが仕掛けてあると思いこんだ可能性はありますね」

マルクはカウンターにおいたマキシムの手を見た。血が出るまで爪をかじったようだ。若者は極限まで神経をピリピリさせ、何にでも警戒の目を向けずにいられないのだろう。天使のような顔がストレスと恐怖で歪（ゆが）んでいた。

「その後、両親とはどうなったんだね？」

「それがまったく何も起きなかった。話し合いとかは何もなかった。両親にとって、悪いことはぜんぶぼくのせいだった。二日後、ぼくは学校の寄宿舎に入れられました。まずはスイスへ、そのあとアメリカです。あの事件が話題になることはまったくなかったし、時間が経つにつれ、ぼくも胸の奥底に抑えこんでしまった」

マルクは片方の眉を上げた。

「ということは、きみは自分が拉致された件と、キーファーの犠牲者たちの話を一度も関連づけたことがなかったと?」

「なかったです。ぼくはシカゴで暮らしていて、完全に事件から遠ざけられていたんです。今から六か月前まで、ぼくはキーファーのことなんか聞いたこともなかった」

「では、きっかけは何だったんだ? ミュズリエはきみが心理療法を受けていると話していたが」

「ええ、ぼくはアメリカに残って、ブロードウェイで演劇学校に行きたかったんですが、バカロレアのあとフランスに帰らなければいけなくなった。理由は健康です。ほんとうに具合が悪くなっていた。以前から何でも怖がる傾向はあったんですが、パニック発作を頻繁に起こすようになった。自殺衝動と偏執性妄想に悩まされたんです。ほとんど心神喪失の入口まで行っていたんだと思います。そういうわけで六か月ほどサルグミーヌにある専門の医療センターに入院させられ、最初は薬で、そのあとは心理療法士の協力を得て徐々に精神的な安定をとりもどしたんです」

「心理療法に関しては、拉致されたときの記憶が主な対象となるんだろうな……」

「そうですね。最悪の状態になったのは、ぼくの拉致犯がキーファーで、ぼくを隠れ家から解放した数時間後、そこに放火したというのを意識しはじめたときでした。ぼくはあの女の人たちを助けられたかもしれないじゃないですか、分かります!?」

「それは議論の余地があるぞ」マルクは判断を留保した。

マキシムが興奮しはじめた。

「ぼくはあいつの車のナンバーを知ってたんだ、分かりますか！　もしぼくが警察に通報していれば、殺戮(さつりく)が行われるまえに、あいつの居場所が突きとめられたかもしれないじゃないですか」

マルクはなだめようと、若者の肩に手をおいた。

「責任があるのはきみの両親であって、きみ自身じゃない」

「あのばかどもが！　自分らの名前が三面記事に載らないようにするため、あの殺戮者を野放しにした。それを思うと、ぼくはおかしくなりそうだ！」

「両親とは話したのか？」

「両親がしたことを知って以来、ぼくは彼らと話すのをやめたんだ。遺産相続だって拒否する。あいつらに恩を売られるのは断る。ぼくの病気の治療費は、祖父母に払ってもらっている」

マルクはため息をついた。

「きみはこのとんでもない事件において何の責任もない。十歳の子供だったんだ！」

「それでも、許されません」

「許されるとも、ぜんぶ許される！　この事件では、かなり重大な事柄について非難されるべき人間が少なからずいるが、おれの言うことを信じろ、きみはその連中の一人ではない」

マキシムは両手で頭を抱えた。寿司に手をつけていない。マルクはまたため息をつく。彼はこの若者に好感を持った。感受性に富み、正直で一徹、そして傷つきやすい。心底、この若者を助けてやりたいと思った。

「ちょっと聞いてくれ。言うのはたやすい、それはおれも知っているが、きみはこの話すべてを過去のものにしなければいけないんだ。オッケー？　だいたいここで何をやっている？」

「えっ、どこで？」

「ここだ、ナンシーだよ。ここから消えるんだ。この地方、この街にまつわる悪い記憶が多すぎる。両親の金を受けいれてニューヨークへ行き、演劇学校に入ればいいじゃないか。人生は一回限り、あっという間だぞ」

「それはできない」

「なぜ？」

「さっきも言ったけど、ぼくは病気だ。精神的な問題を抱えているんです。ぼくを診てくれる精神科の医師はここにいて……」

「ちょっと待った！」マルクは手を上げて言った。

カウンターの端にあった店のカードを一枚とると、マルクはそこにひとつの名前と電話番号を書いて、マキシムに渡した。

「エステル・ヘーゼル」マキシムは読んだ。「だれですか？」

「以前、パリのサン＝タンヌ精神科病院にいたフランス系米国人の精神科医だ。今はマンハッタンで開業していて、診療を続けている。もしあちらで問題があったら、おれからの紹介ということで会いに行くといい」

「どういう知り合いなんですか？」

「助けが要るのはおれも同じさ。鬱症状に幻覚、不安発作、対人恐怖症、要するに極限の苦しみ、おれもそれを体験してきた」

マキシムは呆気にとられた。

「あなたを見ただけでは分からなかった。それで、今はもう完治したんですか？」

マルクは首を振った。

「いや。この病気に完治はないようだな。その点に関しては、バッドニュースだ」

「じゃあ、グッドニュースは何です？」

「グッドニュースか……。病気との付き合い方は学習できるということかな」

4

ビルベリー・ストリート。

アンジェラ・カーライルは玄関ポーチのテーブルに布張りの表紙のアルバムをおいた。昔の人は、何百という写真を携帯電話のなかに溜めこんだまま忘れてしまう代わりに、こういう思い出のアルバムに貼っていた。

グラディスとアンジェラは慎重な手つきでアルバムを扱い、わたしの目のまえでページをめくった。追憶の扉が今は開かれていた。写真をとおし、ジョイスが少しだけ生き返っていた。それは姉妹にとって苦しみであると同時に、また癒やしでもあるようだ。

年月のページがめくられる。一九八八年、一九八九年、一九九〇年……そして、それらの写真はわたしが想像していたものと違った。その時期のジョイスは、マルレーヌ・ドラトゥールが語った重度の薬物依存症患者ではなかった。喜びに溢れて、さっそうとした美しい女だった。元『スュッド・ウエスト』紙記者は何を間違えたのか？　それとも、彼女の同業者がたまにやるパターン化、クリシェに頼ってしまった結果か？　ジョイスの姉妹たちをまえに、わたしは今のところ売春について話すことは避け、慎重に先へと進んだ。

「フランスのある女性ジャーナリストから聞いたのだが、クレアが生まれたとき、ジョイスはクラックとヘロインの依存症になっていたそうだが？」

「そんなの嘘っぱち！」アンジェラがいきり立った。「ジョイスはクラックに手を出したことはない。ヘロインの問題はあった、それは事実ね。でも、それはずーっと昔の話！　クレアが生まれたのは一九九〇年で、ジョイスにとって麻薬は遠い昔の話になっていた。妹は両親が住んでいるフィラデルフィアにもどり、図書館での仕事がみつかって、奉仕活動にも参加していたくらいなんだから」

わたしは次々と写真を見ながら、頭のなかに情報を溜めていった。クレアの写真、母親と二人のおば、祖母もいっしょの少女の姿。わたしは泣きそうになった。愛する女性の六歳か七歳くらいの姿を見れば感動する。その女性の胎内に息づきはじめた生命のことを思った。彼女に似た女の子かもしれない。もしわたしが彼女をみつけだせればという条件はあるが。

またしても、メディアが好みそうなハーレムの貧困家庭育ちというクリシェとは大違いで、カーライル姉妹は教養のある、むしろ経済的にも余裕のある女性たちだった。三人姉妹の母親イヴォンヌは法律家で、ずっとフィラデルフィア市の市長官房で働いていた。

「お父さんの写真がないんだね」わたしは驚いてみせた。

「幽霊の写真を撮るのは難しいでしょ」グラディスが言った。

「というか、隙間風ね」アンジェラが言いなおす。「おちんちんを肩に斜め掛けした隙間風ってとこね」

姉妹はいっしょになって笑いころげ、わたしもつられて笑うほかなかった。

「では、クレアの話に移るけれど、父親はだれなんだろう？」わたしは聞いた。

「わたしたちには分からない」グラディスが肩をすくめて言った。

「ジョイスは決して話そうとしなかったし、わたしたちもそれを詮索しようなんて考えもしなかった」

「あなたたちの話はちょっと信じられないな。だって、子供のころ、クレアが何度も聞いたとぼくは思うんだ！」

アンジェラは顔をしかめ、わたしに顔を近づけながら言った。

「ちょっと、このアルバムの全体を見て、男はいた？」

「いなかった」

「あなたはこの家で男を見た？」

「見なかったね、たしかに」

「いないんだもの。いたこともないし、これからもいないでしょう。それがわたしたちカーライル家の女の生き方よ。男なしで生活する。言ってみればアマゾネスね」

「たとえがちょっと問題じゃないかな」

「ああそう、どうして？」

「ギリシア神話によれば、アマゾネス族は男の子が生まれてくると手足を折った。あるいは目を潰して、奴隷にしたと伝えられる」

「わたしが言いたいこと、あなたよく分かってくれたはずでしょう。わたしたちは男なんか当てにしていないってこと、とくに青二才は。あなたのお気に召そうと召すまいと、それがわたしたちの哲学」

「ぜんぶの男をいっしょくたにするのはどうだろう」

「ずばりそのことなんだけど、男はどれも同じよ。不真面目で移り気、卑怯者(ひきょうもの)、嘘つき、格好つけている。あなたたちは信用できないのよね。自分を戦士のように思っているけど、ほんとは衝動に支配される哀れな操り人形にすぎない。雄々しさを自慢しているけれど、ほんとは偽の狩人でしかない」

わたしもそんな会話に乗せられ、わたしとの子供を産んで一か月も経たずにわたしたちを捨てたナタリーの話をした。しかしそれでも、彼女たちから同情を寄せられることはなかった。

「例外のあることは規則があることの証明。その一例にすぎないわね」アンジェラが断定した。

日が傾きかけ、暑さは和らいでいた。人の良さそうに見えるわたしの顔つきは今回もまた有利に作用したようで、それが証拠に、わたしが何者であるか知りもしないのに、ジョイスの姉妹二人は打ち明け話を始めた。アンジェラは警戒心を解いた。正反対の反応を見せたにもかかわらず、彼女はわたしの話に心を動かされたようだった。

彼女はアルバムを閉じた。ちょうどそのとき、太陽を隠すように雲が集まり、またすぐにちぎれた。

「どうしてあなたはジョイスの死にいくらか責任を感じていると言ったのかな？」わたしは

聞いた。

「わたしたち二人ともにそれぞれ責任があるわね」グラディスが言いきった。

アンジェラはため息をついた。

「じつはね、あのことがあった週末、わたしたちは留守にしていたの。フィラデルフィアの母の家に行っていた。ジョイスはいっしょに来たがらなかった。わたしはあの子がまた落ちこむんじゃないかと不安だった。本人は否定したんだけどね」

グラディスがアンジェラを庇おうとする。

「わたしたちはとんぼ返りするつもりだった。母が腰の手術を受けて、動けない状態だったの。母もクレアが拉致されたことで死ぬほど心配していたから、行かなくてはならなかった。もしここに残っていたとしても、何も変えられなかったと思うの」

「何が実際に起きたのか教えてくれないか？」

アンジェラが言葉を継ぐ。

「ジョイスがバスルームで倒れているのをみつけたのはわたしで、翌朝もどってきたときだった。腕に注射器が刺さったままだった。見たところ、あの子は倒れて、その拍子に頭を洗面台で強く打ったんでしょう」

「警察による捜査はあったんだね？」

「ええ、もちろん」グラディスが言った。「要するに変死なわけで、監察医は司法解剖を要求したんです」

アンジェラが補足する。

「それを警察が支持したのは、ある驚くべき事実があった、つまり、事件当日にジョイスが危害を加えられているという内容の匿名による通報があったからららしいの」

わたしの足から頭のてっぺんまで、波のように鳥肌が広がった。その感覚を、わたしは知っていた。小説を執筆していると、登場人物が著者自身を驚かせる瞬間がかならず訪れる。それは、そもそもわたしが考えてさえいなかったのに、彼らがある行為にとりかかろうとするか、あるいは、わたしがキーボードで入力しつつある会話のなかで、彼らによる決定的事実の啓示があるときだ。そのような場合、わたしは〈削除(Delete)〉ボタンを押して、そんなことが起きなかったかのようにすることもできる。しかし多くの場合、わたしは消してしまったりしない。というのは、その予期していなかったものこそ、執筆の醍醐味(だいごみ)だからだ。それがわたしの作品を未知の領域に投げこんでくれる。そして、アンジェラが告げた新事実は、そんな啓示と同じようにわたしを揺さぶった。

「捜査官はジョイスの携帯の通話記録を調べ、この界隈を縄張りにしていた麻薬の密売人を逮捕した。その男は、ジョイスに週末用としてかなりの量のヘロインを届けたことは認めたけれど、当日の午後にはちゃんとしたアリバイがあって確認もできたので釈放されたのね」

「ジョイスを殺害する動機をわずかでも持つ人物はいたのかな?」わたしは聞いた。

グラディスが寂しそうな笑みを浮かべた。

「いたとは思わないけれど、麻薬に手を出せば、その気がなくても裏社会の人間たちと繋がりができてしまうでしょうね」

　代わってアンジェラが続ける。

「とにかく検視の結果、オーバードースが死因というのは確認されたわ。頭の傷は、倒れたときに自分で洗面台にぶつけたものだったしね」

「では、警察への匿名電話はどうなった？」

「当時、この界隈では頻繁にあったことらしい。若者が警官を挑発するためにやっていた」

「それにしても、あなた方は偶然がちょっと多すぎると思わないのかな？」

「もちろん思う。だからこそ、わたしたちは弁護士を雇って捜査書類の一部閲覧ができるようにしてもらったの」

「その結果は？」

　とたんにアンジェラの目が宙を泳いだ。言いすぎてしまったときのように。話し相手のわたしのことをほとんど知らぬことに気づいたように。ほんの三十分前、わたしが「ぼくはあなた方が関心のありそうな知らせも持ってきた……。あなたの姪に関する知らせだ。クレアの」と彼女に告げたのをふいに思いだしたかのように。

「最初にあなたが匂わせていた情報というのは何なの？　わたしたちの知らないことで、クレアについていったい何の情報を持っているわけ？」

　その瞬間が訪れることは分かっていたし、簡単にはすまないという覚悟もあった。わたしのスマートフォンはまだテーブルにおいたままだ。写真のなかから特別に一枚だけ選んだ。

クレアがわたしといっしょにいる写真、一昨日の夕方、レストランに向かうまえ、カレ砦を背景に急いで撮ったセルフィーだった。

スマートフォンをアンジェラに渡した。

彼女はしばらくのあいだ写真を見ると、わたしのスマートフォンを力いっぱい歩道に投げつけた。

「出ていけ！　おまえはペテン師だ！」そう喚くと、大声をあげて泣きだしてしまった。

11　男を愛さぬ女たち

雪を染める血、このうえない清潔さ、赤と白、とてもきれいだった。

ジャン・ジオノ

1

「だめ、パパ！　テオする！　テオする！」

ベビーチェアに座ったテオは、わたしの手からプラスチックのスプーンをもぎとり、ハム入りマッシュポテトを自分で食べたがった。よだれかけがちゃんととまっているのを確かめ、激甚災害を覚悟したわたしは、パニック映画の鑑賞よろしくポップコーンではなしに、カイピリーニャのグラスを手に見守ることにした。テオは自分の手の動きをまだ制御しきれない。鼻や顎、髪の毛、床、椅子にマッシュポテトがついていくが、口だけには入らない。しかし、それでいてたいへんに満足なようすで、わたしもつられて笑うほかなかった。

わたしたちは、どこかイタリアの雰囲気が漂っている〈ブリッジ・クラブ〉のアーケードにいた。ニューヨークの真ん中に出現した平穏な緑の隠れ家。現実から離れて田園風景に浸るひととき、しかしそのためだけに法外な宿泊料を受けいれねばならない。

「いっぱい……」テオが言った。

「ほんとだな、おまえ、よくまあ塗りたくったもんだ。だが、自慢することじゃないぞ。ヨーグルトが欲しいか？」

「いらない。おりる」

「おねがい（シルトゥプレ）が聞こえなかったぞ」

「パパ、おりたい、シルトゥプレ」

仕方ないのでヨーグルトはあとにする。ナプキンで拭おうとするがうまくいかない。テオがナプキンを避けて頭を動かすからだ。よだれかけをはずして椅子から降ろし、ヤシの木や熱帯植物、壁を這うツタに囲まれた中庭で自由にさせた。中央にはちょっと疲れたような大理石の天使像と、花壇と塀に囲まれた立派な二段の噴水があり、幾何学模様に配置され、きれいに刈りこまれた迷路のような繁みのあいだをテオは動きまわり、わたしはそれを見守る。キューブリック監督の『シャイニング』のシーンが頭をよぎり、わたしは身震いをした。

「遠くに行かないで、テオ、いいな？」

テオはふり返り、かわいい笑みを浮かべて手を振った。

わたしはスマートフォンを手にし、アンジェラの怒りの犠牲となったそれの破損程度を調べてみる。ガラス部分にひびが入ってはいたが、本体はケースのおかげで保護されており、まだ機能するようだった。ホテルのWｉ－Fｉに繋ぎ、十分間ほど、クレアの友だちで拉致の唯一の目撃者オリヴィア・メンデルションをみつけようと検索したが徒労に終わった。十年を経たあと、彼女が決定的な新事実を提供してくれるとは思えなかったが、わたしに残された乏しい手がかりのひとつではあった。精神的に、わたしは意気軒昂とは言えなかった。クレアのことが頭を離れない。彼女は、人生で二度も拉致の犠牲となった。

ウェイトレスがそばに来て身を屈めた。

「バルテレミさまをお探しの方がお見えです」

ホールへ続くカクテルラウンジのほうをふり返ると、カーライル姉妹の妹グラディスが来ていた。白のワンピースに替わって、レザーのライダースジャケットの下はサイケデリックな柄のオーバーオール、目がくらみそうなハイヒールを履いていた。彼女がこちらに歩いてくるのを観察した。芝生の上、モロッコ製ランタンのあいだを縫って延びるテラコッタの通路を、女豹のしなやかさですりぬけるように近づいてきた。

わたしは彼女の姿を見て安堵した。姉妹の家を離れるまえ、わたしは大急ぎで自分の名刺にホテルの住所を書きなぐり、テーブルのガラス板の下に挟んだのだった。

「やあ、グラディス。よく来てくれた。ありがとう」

彼女はわたしと向きあう籐椅子に座ったが、黙っていた。

「あなたのお姉さんの反応はよく理解できる」

「アンジェラはあなたがペテン師で、わたしたちからお金をゆすり取ろうとしていると思ったのね」

「ぼくはお金なんか望んでない」

「知っています。あなたの名前をインターネットで調べたけど、あなたは充分に稼いでいるようですものね」

ウェイトレスが来て、グラディスはミントティーを注文した。

「もう一度写真を見せてくださる？」彼女が言った。

わたしはスマートフォンを出し、クレアの写真を何枚かスクロールして見せた。彼女は魅入られたように見つめていたが、その目に涙が浮かんできた。

「お金でなかったら、あなたは何を望んでいるんです？」

「あなたたちの協力です。ぼくの恋人をみつけだすための」

ホテルのトラ猫に夢中のテオから目を離さないようにしながら、わたしの頼みを詳細にわたって説明するのに十五分では足りないくらいだった。クレアとの出会いから始め、南仏アンティーブで言い争いになったこと、それでわたしがニューヨークにやって来ることになった状況の進展を述べた。ただし、クレアが妊娠している話は避けた。話をより深刻にしたくないと思った。

わたしの話を一言も聞きもらすまいと、グラディスは半ば信じられぬように、半ば魅惑されたように聞きいった。しばらく考えこみ、それからわたしに尋ねた。

「その話が事実なら、あなたが警察に通報しなかった理由がわたしには分からない」

「クレアがそれを望まなかっただろうと、ぼくは思った」

「なぜそんなに確信を持てるんです？」

「考えてみてください。ほぼ十年前から、彼女は警察との接触を極力避けていたんだ！　彼女がそれほど隠しておきたい秘密なら、ぼくはそれを尊重したいんです」

「クレアの命を危険にさらしても？」グラディスは声を上げた。

　わたしはその答えを持たない。最悪の選択を避けたものと思っている。だから今、わたしはその方針を貫くつもりだった。

「彼女をみつけるためには何でもするつもりだ」

「このアメリカで？　ハーレムで？」

「彼女が拉致された理由の一部は、ここでみつかるだろうね。彼女の過去のなかに」

「でも、あなたは小説家であって、捜査官ではないわ」

　わたしの頭のなかで両者にそれほど違いがないというのは黙っておこうと思った。むしろ逆に、わたしはグラディスを安心させようと努めた。

「マルク・カラデックという男、これはぼくの友人で有名な刑事だが、彼もフランスでの捜査を進めている」

　わたしは息子を目で追った。自分の背の二倍はありそうな素焼きの壺によじ登ろうとしていた。

「テオ、気をつけろ！」

聞こえないもんね、パパ……。

グラディスは目を閉じて考えていた。噴水の水音が、わたしがパリで行く鍼灸院の待合室のヒーリング音楽を連想させた。

「心の奥底で、わたしは、クレアが生きているというかすかな望みをずっと持っていた」グラディスは打ち明けた。「あの子が拉致されたとき、わたしは二十四歳で、思いだすのは、そのあと何週間も……」グラディスは言葉を探した。

「……しょっちゅう監視されているように感じた。具体的な根拠があったわけではないのだけど、それを実感したわ」

わたしは目で彼女に続けるよう促した。

「クレアのDNAがあの少女虐待犯の車からみつかったときでさえ、わたしは欠けているパズルピースが多すぎると思っていた」

驚くことに、それと同じ印象を持ったと、あの事件と密接に関わった者たち全員が述べる。

「あなたはほんとうにクレアの父親がだれか知らないんだね？」

「知らないし、わたしはそれが重要だとは思っていない。ジョイスは複数の恋人を持ったけれど、相手の男に執着はしなかった。あなたも理解したと思うけれど、うちの一族の女たちは自由なんです、いい意味でね」

「その、男への憎悪なんだが、どこから来ているのかな？」

「憎悪ではないわ。単に、被害者になりたくないという意志ね」

「被害者って、いったい何の？」

「ラファエル、あなたは教養のある人でしょう。わたしが説明することはないけれど、どんな人間社会、どんな時代でも、男による女の支配が実践されてきた。いわゆる優越性が精神のなかに深く根を下ろしていたから、それが自然なこと、明らかなことのようになってしまったのね。それに加えて、わたしたちが黒人女性となると、それは……」

「しかし、男が全員そうではないだろう」

グラディスは、わたしがまるで何も理解できない人間であるかのように見つめた。

「個人的な問題とは違うの」いらだたしげに彼女は言った。「これは社会的再生産の問題で、その問題とは……。まあ、いい、やめときます。あなたが社会学者であることよりも優秀な捜査官であることを祈りましょう」

彼女はミントティーを一口飲んで、それから鮮やかな赤のシックなパイソンレザーバッグを開いた。

「あなたがここで何を探しているのか知らないけど、これはわたしがコピーしたもの」と言って、彼女は厚紙製のフォルダーを出した。

わたしは書類の数枚をめくってみた。当時、アンジェラが弁護士を雇って入手した捜査書類の一部だった。

「警察の捜査ファイルすべてというわけじゃないけれど、あなたが新しい目で見れば、わたしたちが見落としていたことを発見できるかもね」

グラディスは値踏みするようにわたしを観察したあと、決心がついたようだった。何かわたしに告げることがあるのだ。

「調査をするんでしょうから、ここに寄ってみるといいかもしれない」彼女はキーホルダーについた鍵を渡しながら勧めた。

「何だろう?」

「貸倉庫で、ジョイスとクレアの持ち物の一部を保管しているの。行ってごらんなさい。何かみつかるかもしれない」

「グラディス、どうしてそう思うんだ?」

「ジョイスが死んでしまった数週間後、わたしたちはそこを借りて、ジョイスの遺品を入れておくことにした。でも実際に行ってみると、わたしたちが予約してあったスペースは借りられなかった。まえの借り手がスペースを空けるのにグズグズしたのが原因で、わたしたちは値引きをしてもらい、暫定的にほかの場所にあるスペースを使うことになったの」

グラディスが猛烈な早口でしゃべるので、わたしはついていくのに苦労したが、その話のオチは興味深いものだった。

「何があったと思います? 翌日、わたしたちが予約していたほうのトランクルームが全焼してしまったの。偶然が多すぎません?」

「いったい何を消そうと思ったんだろう?」

「それを調べるのがあなたのお仕事でしょう、小説家先生」

わたしは黙ったままグラディスの顔をじっと見つめた。そうしていると気分が良くなる。というのは、いくつかの表情がクレアを思わせたからだ。

このグラディスは、ぼくがどれだけきみに会いたいのかを再認識させる。

「ぼくを信用してくれてありがたい」

グラディスはいぶかしげな表情をつくり、わたしに視線を合わせた。

「あなたを信用するのはほかに手立てがないからで、あなたが話してくれた女性だって、ほんとうにクレアなのかわたしには分からない。でも、言っておきますけれど、アンジェラとわたしはジョイスのことを諦めるのに何年もかかったの。今のわたしたち姉妹は、どちらも子供を持っている。だから、希望を売りこむ人間なんかにわたしたちの家庭をめちゃくちゃにされることは許さないつもり」

「ぼくは何も売りやしない」わたしは抵抗した。

「あなたは小説家だから、美しい話を売っているんでしょう」

「ぼくの本を読んでいないからそう言うんだ」

「もしクレアが生きているなら、みつけてください。それだけ、あなたにお願いします」

2

ナンシーの街を出てからはずっと雨だった。振り出しにもどる。ふたたび東に向かって一時間半、しかし昼過ぎに比べ、たくさんの大型トラックと滑りやすい路面のせいで、骨の折れる道のりだった。

マルクはまたファルスブールの憲兵隊詰所に顔を出した。危惧していたとおりミュズリエは不在で、しかしソルヴェグが残業で席におり、コンピュータに向かいフェイスブックで交流しているところだった。

「まあ、警部、わたしたちの美しい町に泊まることに決めたんですか？」

マルクは冗談を交わしている気分ではなかった。

「ミュズリエはどこにいるかね？」

「帰宅したんだと思いますけど」

「どこに住んでいるのか教えてくれないか」

ソルヴェグはプリンターの紙を一枚とり、手早く地図を描いた。

「中佐はここに住んでます」彼女はボールペンで×印をつけた。キルシャットという小さな集落で、ステンブールとアットマットのあいだに位置する辺鄙な場所だった。

カウンターに肘をついたマルクは、始まったばかりの頭痛を追いやろうとこめかみを揉んだ。どれもこれも双子のようにそっくりなアルザスの地名が癇に障りはじめていた。

地図をポケットに突っこむと、ソルヴェグに礼を言って、雨のなか、また車を走らせた。三十分の道のりを進むあいだに、ほとんど夜を迎えていた。暗がりのなか、エンジンオイルのアラームランプが点いた。**クソ、ついてないな！**　数か月前からレンジローバーはオイル漏れをしていて、パリを発つまえに〝自前の整備〟をやってあった。中指を人差し指に重ねてクロスさせ、事態が悪化せぬよう祈った。数キロほど走ったところで、アラームが消えた。接触不良。車は彼とそっくりだった。疲れてガタピシしており、くたばりそうになりながら、結局、不死身でいる。

ソルヴェグの地図にしたがい、県道六号線を離れて森に向かう未舗装の狭い道に入った。間違ったと思ったそのとき、細道は突然空地に出て、その中央に木造と塗り壁が特徴的なアルザスの民家が現れた。古い農家の造りで、建築雑誌に載る古民家の写真というより、むしろ廃屋といった風情だった。

雨は上がっていた。マルクは車を停め、ぬかるむ地面を数歩進んだ。玄関ポーチの低い椅子に座ったフランク・ミュズリエは、ビールのパックを開いているところだった。

「警部、あんたを待っていたよ。来るだろうってことは分かっていた」ミュズリエはマルクに缶ビールを投げながら言った。

マルクは缶ビールを宙でつかんだ。

「こっちに来て座ったらどうかね」ミュズリエはそばのヒマラヤ杉製のデッキチェアを示して勧めた。

マルクは立っているほうを選び、タバコに火を点けた。憲兵隊中佐は大声で笑いだした。

「黄色いスポーツバッグ、もちろんそれさ！　それでおれはしくじった、青二才のようにな」

マルクは身じろぎひとつしなかった。警察の監視下におかれた容疑者についてよく言われるように、ミュズリエはもう覚悟を決めていた。もはや質問を重ねるまでもない、当人の話を聞いていればいいのだ。憲兵隊中佐はおもむろに陳述を始める。

「当時のことを、あんたも想像しなきゃいかんぞ。あんたの目のまえにいる酒袋とは大違いだった。結婚していて、息子も一人いた。おれは野心もある立派な憲兵（ジャンダルム）だった。悪いが、タバコをもらえないか？」

マルクはタバコとライターを渡した。ミュズリエはタバコを出して火を点けると、深く吸いこみ、充分に味わってから煙を吐きだした。

「問題の晩、ほんとうは何が起こったのかをあんたは知りたいんだ、そうだろう？　あのおかしな木曜日、二〇〇七年十月二十五日、おれはメスに住む愛人ジュリー、〈ギャルリー・ラファイエット〉の店員だが、彼女の家で夜を過ごした。男女は『いっしょにいてと言われたら逃げる。近寄るなと言われると追いかける』という関係だとよく言うだろう。それがずばりおれたちだった。その晩も言い争いになった。しかもあのときは、酒とコカインが度を越していた。午前零時ごろ、おれは帰宅しようと車に乗った。酔っぱらっていたうえ、ハイになっていた。あれが転落の始まりだった」

ミュズリエはまた深くタバコを吸い、ビールも飲んでから続けた。

「それが起きたのは、もう一時間も走ったときだった。完全にイカれてたから道を間違い、なんとか県道にもどろうと焦っていた。彼女が車のまえに現れたのはそのときで、どこから飛びだしてきたのか知らないが、ヘッドライトに照らされた子鹿のようにその場で凍りついてしまった」

「クレア・カーライルだったんだな」マルクは見抜いた。

「あの娘がそういう名前だというのはあとで知った。抜けるように影が薄く、パジャマのズボンに、上はTシャツだけだった。怖ろしいと感じたのと同時に、じつに美しいと思った。思いっきりブレーキを踏んだが撥ねてしまい、彼女は地面に倒れた」

ミュズリエは言葉を切り、涙と鼻水を子供のように袖で拭った。

「おれはどうしていいか分からなかった。車から出て、彼女のそばに屈んだ。きれいな混血の少女で、ひどく痩せていた。十五歳か十六歳だろうと思った。倒れた彼女のそばに、黄色の布製バッグが転がっていた。当初は彼女を殺してしまったと思ったんだが、顔をよく見ると、まだ息をしていた。何か所かかすり傷があるのをべつにすれば、傷は負っていないように見えた」

「おまえ、それでどうしたんだ?」

「逃げようとしなかったと言えば嘘になる。救急車を呼べば、憲兵隊が出動してくるだろう。アルコール検査と唾液検査もやらされるに決まっている。憲兵隊員が血液一リットルあたり二グラムのアルコールと鼻腔からコカインを検出されてみろ、たいへんなことになる。そのうえ、夜遅くまで仕事だと言ってある妻に、どういう言い訳ができるんだ」

「で、どうした?」

「おれは動転してしまって、少女を抱きかかえ、車の後部シートに寝かせた。彼女のバッグも拾い、どうするつもりか決めぬままサヴェルヌ市に向けて車を走らせた。途中、少女の身元の分かるようなものがないかと思い、好奇心もあってスポーツバッグを開けてみたら……びっくりした、おれはあんな大金みたこともなかった！　札束が何十とあった。数十万ユーロだ」

「マキシム・ボワソーの身代金だな……」

ミュズリエは頷いた。

「おれは啞然とさせられた。とにかく、わけが分からなかった。そんな大金を持っている少女をどうすればいいのか？　もう考えるのが嫌だった。もっと至急に対応すべき問題を抱えていた。そして、おかしなことだが、そのうちに何か希望のようなものが湧いてきたんだ。状況を変えられるかもしれないとも思った。義理の妹がサヴェルヌの総合病院で看護師をやっていた。おれは電話をしようかとも思った。結局、おれはべつの方法をみつけた。つまり、おれがやったと知られぬように少女を病院の裏口、洗濯場のそばに寝かせ、スポーツバッグもそこに残したんだ。そして、おれはそこから立ち去り、車を数キロ走らせたところで、病院に非通知モードで電話を入れ、裏口に怪我人がいることだけ伝えて電話を切った」

ミュズリエは燃料補給のようにまた缶ビールを飲んだ。むくんだ顔に汗が浮かんでいる。制服のライトブルーのシャツは臍（へそ）のあたりまでボタンをはずしてあり、白髪交じりの体毛が見えている。

「翌朝いちばんで、おれは病院に駆けつけた。この地方の薬局の何軒かが窃盗に遭い、薬剤いが盗まれた事件にかこつけ、職員たちから話を聞きだすと、あの少女が病院に収容されていないことが分かった。義理の妹にも内密で質問をした。昨晩、たしかに受付が電話を受けていたが、看護師たちは言われた場所に怪我人などみつけなかった。おれは信じたくなかったが、きっと少女は意識をとりもどして逃げてしまったんだろうと思った。幸いなことに、病院の関係者たちは、ときどきあるいたずら電話だろうと思い、日誌にも書かず、警察にも知らせなかった」

また降りだした雨が木の葉を叩く。暗がりのなかに広がる森は重苦しく、不安を感じさせた。帯状になった植物は密だが、この家まで潜りこんでくるかもしれない敵を押しかえせない不実な防壁である。大きな雫(しずく)がマルクの顔と肩を叩きはじめたが、告白の続きを聞くのに夢中なあまり気づかなかった。

「おれは事態の進展についていけなかった。不安になり、あの少女を撥ねた現場までもどり、そこで森のなかから煙が上がっているのを発見したんだ」

憲兵隊中佐はそのときのことを思いだし、熱に浮かされたように興奮していた。

「あの一軒家のなかで何が起こっていたか知った時点で、おれはあの少女がキーファーの被害者の一人であり、脱出に成功したところだったのだとすぐに分かったんだ！　検出されたDNA分析に時間がかかり、該当者の名がクレア・カーライルであると分かるまで二週間近くかかった。だれもがカーライルは死んだと思いはじめたが、おれだけは違った！　あの娘がどうなったか、どうやって捜査網をくぐり抜けたんだろうかといつも気にしていた。キーファーが家に隠し持っていて、明らかにあの娘が盗(と)ったあのとんでもない額の現金について、おれはだれも話題にしないのが不思議でならなかった。結局、その答えはマキシム・ボワソーがわざわざおれのところまで知らせに来てくれた……事件から九年も経ってはいたがね」

平然としたままのマルクは、厳しい表情でミュズリエに質問する。

「現金のほかに、バッグには何が入っていたんだ？」

「えっ？」

「思いだすんだ」

ミュズリエはなかなか考えをまとめられないようだった。

「えーと……そうだった。テレフォンカードが一枚と、それから……青い表紙の分厚いノートがあった」

「何が書いてあるか中身を見たか？」

「見なかった。ほかに心配することがあったのでね、分かるだろう？」

雨が激しくなってきた。知りたかったことは充分に聞いたと判断し、マルクはその場できびすを返した。

ミュズリエが車までマルクを見送ろうと泥のなかで足を引きずりながら、哀願するように言う。

「まだ生きているのか？　あの娘のことだよ！　警部、おれはあんたが知っていると思ってる。言ってくれてもいいだろう、えっ？　刑事(デカ)同士じゃないか」

マルクはその同僚に一瞥も向けることなくレンジローバーに乗りこんだ。

「この件でおれはズタズタにされたんだ！」マルクがエンジンをかけた瞬間、ミュズリエは叫んだ。「あの子を撥ねた時点で通報していれば、彼女の事情聴取が行われ、そうすればほかの娘たちも助けられたかもしれなかったんだ、ほんとの話！　でも、おれにそんなことが分かるはずなかったろう！」

すでにレンジローバーは遠くにいたが、憲兵隊中佐はマルクに訴えつづける。

「おれに分かるはずなかったろう！」

彼の充血した目に大粒の涙が溢れる。

3

夕闇と蚊に追われるようにして中庭を退却したが、後悔するにはあたらなかった。というのもブリッジ・クラブのラウンジが、やわらかな明かりに包まれた居心地のいい場所、凝った木の装飾とアンティークの絨毯（じゅうたん）のなか、ゆったりとしたカウチに腰を沈めるよう招いていたからだった。わたしはラウンジに来るたび、飾りの置物の奇異さと多様さに、探検帰りの英国人冒険家の家に招かれたような気分になった。『ブレイクとモーティマーの冒険』に出てくる〈セントア・クラブ〉と、『マイ・フェア・レディ』のヘンリー・ヒギンズ教授の図書室、そのほぼ中間の雰囲気だ。

テオは暖炉に近づき、火掻き棒を手にした。それは子供のオモチャじゃないよ」
「テオ！　だめ、だめ、放しなさい！　それは子供のオモチャじゃないよ」

テオがけがをするまえに止め、抱きあげてわたしの横に座らせると、わたしはグラディスから渡された書類をまじめに読みはじめた。すでに目を通してあったが、警察特有の文章にうんざりさせられた。コピーからまたコピーしたもので、ひどく読みにくいし、頻繁に専門用語が出てきた。

だから、とくに関心を引く箇所に進んだ。警察の緊急番号九一一にかかった通話の音声記録だった。二〇〇五年六月二十五日の午後三時、女の声でビルベリー・ストリート六番地、つまりジョイスの家で「たいへんな暴力事件」が起きているとの通報があった。「彼女が殺されそうなんです！　早くなんとかして！」と声の主は懇願していた。わたしは書類のなかからジョイスの司法解剖の報告書を探した。彼女の死亡推定時刻は午後四時で、最大二時間の誤差を考慮に入れるべきとあった。

「パパ、おりたい！　おねがい（シルトゥプレ）」

テオは約二分半の静けさ――ということは、ほぼ永遠だ！――を与えてくれた。わたしはテオを降ろして読み続けた。

ジョイスの家にパトカーが向かった。午後三時十分、パトロール隊員のパウエルとゴメスが現場に到着、見たところ家は留守のようで、付近も調べたが異常はなかった。窓ガラスを透（とお）し、リビングとキッチン、バスルーム、一階の寝室を見たが、怪しい点は何ら見うけられなかった。同様に、押し入りや争った痕跡、また血痕等もなかった。両警察官は、いたずら電話だろうと結論した。当時の警察は毎日何十もの悪質ないたずら電話を受けていた。ことにハーレム地区が顕著だった。ルドルフ・ジュリアーニ市長が採りいれ、後任市長も引きつづき推し進めた〝ゼロ・トレランス政策〟は、予想されていた逸脱を引き起こした。外見を基準にした職務質問や行き過ぎた熱意、成果主義の偏重により犠牲を強いられたのは黒人とラテン系だった。後にファーガソンで起きたマイケル・ブラウン射殺事件の萌芽がすでにあったといえる。公権力の執拗な干渉にいらだち、一部の住民はいたずら電話などで警官を困らせようとした。それは長続きこそしなかったものの、その夏は激しさを増していた。

そういうなかでも、通報はきちんと対応手続きの対象となった。それはイースト・ヴィレッジのバワリーとボンド・ストリートの角の公衆電話からかけられたもので、ということは、ハーレムから十キロは離れた地点だった……。

何を意味するのか？　いたずら電話だろうか？　そうでないとしても、電話をしてきた女はジョイスが危害を加えられた現場の目撃者では絶対にありえない。なぜその女は事件のことを知ったのだろう？　おそらくジョイスが電話でその女に連絡したのだろう。でもそうなら、なぜジョイスは自分で九一一にかけなかったのか？　そして、なぜ現場に急行した警官らは何も異常をみつけなかったのだろう？　問いは空回りするだけだった。だれかが真実を言っていないのは明らかだ。というか、大嘘をついていた。

顔を上げると、息子は暖炉のそばでマティーニを味わっているきれいな赤毛の女性の気を引こうとしていた。女性は魅力的な笑みを浮かべてわたしに手を振り、わたしのほうは遠慮がちに笑い返しながら、友人の作家Tのことを思いだした。今は離婚しているマッチョの彼は、もし誘惑したい女がいると、自分の二歳になる「女を引きつける磁石」である息子が、かならず彼のところまで連れてきてくれるのだと自慢していた。

ふたたびわたしは書類に没頭する。当時、ジョイスの死亡事件捜査を担当していたのは韓国系の女性捜査官で、名はメ・スヨンといった。メ捜査官は、ジョイスの固定電話および携帯電話両方の通話記録の詳細を調べた。それによると、死ぬ前日、ジョイスは麻薬売買と強盗の前科を持つ二十七歳のマーヴィン・トーマスという男に連絡をとった。死ぬまえの二週間、ジョイスの通話記録に彼の名が三回現れた。メ・スヨンは、ジョイス死亡後の月曜日にトーマスの逮捕を指示していた。

書類上、トーマスは複数の前科、ことに暴力をふるった前歴があることからうってつけの犯人とみなされた。身柄を拘束されたトーマスは、ジョイス・カーライルに多量のヘロインを売ったことを認めたが、凶行に及んだ容疑については無関係と判断された。ジョイスが死亡した時刻、彼には確固としたアリバイがあった。二人の仲間と、ニュージャージーのアトランティック・シティにいたのだ。彼の特徴ある挑発的な歩き方が、ホテルをはじめ、ヘルスクラブ、カジノの防犯カメラに映っていた。こうして、彼は釈放された。

その後、検視の最終報告書はほかに反証がないことで、当初推定された死因、オーバードースを有効とし、メ・スヨン警部補は捜査終了を提起した。

わたしは眠気に襲われまぶたを揉んだ。欲求不満の状態にあった。いろんなことが分かったけれど、調査の進展は見られなかった。では、何をすればいいか？　麻薬の売人トーマスを捜しだす？　ジョイスの家に急行した警官パウエルとゴメスからより細かな証言を聞くか？　メ・スヨン警部補に会うか？　どれも有効な手段のようには思えなかった。なにしろ十一年前の事件なのだ。しかも、短期間で捜査打ち切りになっていた。当時の関係者が正確に思いだせる可能性は少ない。おまけに、わたしにはそれほどの時間的余裕はないし、またニューヨーク市警(NYPD)の迷宮にだれも知り合いがいないのだ。

「パパ、おしゃぶり！」

大人ゴッコはもうおしまいにしたテオは、目をこすりながらパパのそばにもどってきた。わたしはおしゃぶりをみつけようとポケットのなかを探り、グラディスから預かったトランクルームの鍵に触った。もう遅いと思ったが、わたしは決して眠らぬ街に来ていて、キーホルダーにはご丁寧にも〝クーガンズ・ブラッフ・トランクルーム——年中無休二十四時間営業〟と書いてあるではないか。

問題は、きれいなマリーケをもう帰してしまったので、明日の朝までベビーシッターがいないことだった。仕方なく、わたしはテオに顔を近づけ囁いた。

「おい、テオくん、パパといっしょにお出かけしないか？」

12　夜のハーレム

死がやって来て、おまえの目をとるだろう。

チェーザレ・パヴェーゼ

1

ふいに寒さを感じ、フランク・ミュズリエはテラコッタ敷きの床に缶ビールをおいて家のなかに入った。

居間(サロン)は彼自身と同じ状態を見せている。すり切れ、漆喰(しっくい)壁は剝がれかかり、衰退を感じさせる。天井の低いその部屋は散らかり放題、内装の無垢材にもひび割れが走り、壁を飾る獲物――剝製のイノシシの頭、アカシカの角、剝製のライチョウにもほこりが目立った。

暖炉の火を焚(た)き、リースリングのワインを飲んでみたが、それだけでは、体を温めてクレア・カーライルの話を忘れるには不充分だった。手持ちは、ハシシュが少々と薬が二錠か三錠だけ。それも、いま彼が必要とするものではなかった。だからいつもの売人にＳＭＳを送った。ローラン・エスコーという高校生相手のチンピラで、エスコバルと名乗っている。

テレビニュースで頻繁に採りあげられる話題ではないが、地方にも麻薬は浸透していた。ミュズリエ自身が関わった押し込み強盗やら暴力沙汰の事件に、麻薬はほぼつきものだった。人口三百人の花が咲きみだれる絵はがきのような村々でも、バラの花陰に白い粉末が隠れている。

「ニグラムOK」と売人はすぐに返信をよこした。配達を待って、ミュズリエはカウチに座りこんだ。惨めな気分だった。だからといって、自分の生き方を少しでも変えようという動機には繋がらなかった。彼の内で意志と無為無策との葛藤があったとしても、勝つのはいつも後者に決まっていたのだ。はだけたシャツの首筋に手を回し、揉みはじめた。息苦しいし、寒気も感じた。〝悲惨(ミストウツフル)〟の体温とにおいを感じたいと思ったが、去年の春、愛犬は死んでしまった。

有罪か無罪かの分かれ目。自らの運命をどうしても決定できないので、彼は想像上の法廷に立ち、自己弁護を試みる。事実を、事実のみを述べよ。九年前、彼は何の用事もない真夜中の森をよこぎる道で、一人の少女を車で撥ねた。少女を病院まで連れて行き、自分は帰宅した。たしかに酔っぱらっていたし、骨の髄までコカイン漬けになってはいたが、必要最低限のことはやった。あのあと、もしあの娘が逃げることを選んだのだったら、娘も自分と同じ程度に罪があるんじゃないのか！

車の近づく音が聞こえた。

エスコバルはもたもたしていなかった。

コカインの奴隷になっているミュズリエはすっくと立ちあがった。

玄関のドアを開けてポーチに出ると、雨を透して人影が見え、近づいてきたが、それはエスコバルではなかった。

人影がもっとはっきり見えたとき、憲兵隊中佐は自分に銃口が向けられているのが分かった。

驚愕のあまり口を開いたが、何の言葉も出せなかった。

有罪か無罪かの分かれ目。彼に代わって目の前の人物が決めてくれたようだ。ミュズリエは恭順を示すように頭を垂れた。

結局のところ、こうなるのがいちばんいい、フランク・ミュズリエは頭蓋骨が破裂するまえにそう思った。

2

ハーレム、午後九時。

わたしたちはエッジコーム・アヴェニューの辺りでタクシーを降りた。〈クーガンズ・ブラッフ〉社の倉庫はレンガ造りの公団住宅ポロ・グラウンド・タワーズの一角にあった。十字形の高層住宅が、ハーレムリバーとその自動車道、そしてウエスト一五五丁目通りに囲まれた広大な三角形の土地に無数に建ちならんでいた。

蒸し暑い夜で、界隈の外灯は暗かった。それでも、住人が大勢外に出ていて、低い石垣や芝生にグループをつくってたむろしている。

今にもスパークが飛びそうな緊張感はあるが、それはわたしが思春期を過ごしたパリ郊外エソンヌ県の一部の地域と大差はなかった。違うのは、ここの住民がほぼ全員アフリカ系米国人であるという点だ。まるでスパイク・リー監督の映画を観ているような感じだった。もちろん彼がまだ優れた作品をつくっていた時期のものである。

生暖かい闇のなかで、ベビーカーを広げてテオを座らせた。息子を喜ばせるため、わたしはF1のエンジン音を口でまねた。わたしたちは好奇の目を向けられたが、どうのこうの言う者はいなかった。

数分そうやって進み、目的の建物のまえに着いたとき、わたしは汗だくになっていた。なかに入って受付をみつけた。この時刻、受付はちょっと生意気な学生アルバイトで、ＭａｃＢｏｏｋを叩いていた。ひょろっとしてぎこちないシルエットがコロンビア大学のロゴ入りのスウェットのなかで泳いでいるように見える。厳しい表情の顔にはニキビ、アフロヘアの頭、大きすぎるメガネの太いフレームでも濃い眉毛が隠れずに見えている。

「ここは赤んぼを連れてくるような場所じゃないすよね」わたしのパスポートをコピーしながら若者は言った。「ほんとはもう寝てないといけないんじゃないすか？」

「今は休暇なんだ。明日の朝、保育園に行く必要もない」

わたしに向けた学生の非難がましい目が、「おっさん、おれをばかにしてるんじゃねえか？」と言っているようだった。たしかにそのとおりだった。

言葉にしない敵意は互いにあったものの、学生はわたしにトランクルームの場所を教えてくれた。

わたしは礼を言い、倉庫のなかをF1の音をまねながら進んだ。

「パパ、ブーブー！　はやく、はやく！」テオはわたしに声援を送ってくれた。

トランクルームのまえに到着する直前、わたしは急ブレーキをかけ、スリップしながら停まった。息子を降ろし、トランクルームの鉄製シャッターを上げた。

当然ながらほこりを被っていたが、予想していたほどひどくはなかった。わたしはテオを抱きあげ、そのテオも縫いぐるみのフィフィを抱えてなかに入り、電灯のスイッチを入れた。


過去の記憶。


わたしは、それらの物がどういう状況の下でここに集められたのかをしっかり頭に叩きこんでおく必要を感じた。アンジェラとグラディスは、ジョイスが死んだ二〇〇五年、彼女の持ち物をここに保管した。クレアのDNAがキーファーの家と車から検出される二年前のことである。当時、残された姉妹二人は姪のクレアがまだ生きているという淡い希望を抱き、その母親ジョイスの持ち物をいつか渡そうと考えたに違いない。

内部はかなりのスペースがあったが、整頓されていなかった。乱雑さのなかを、わたしはアリ・ババの話に出てくる洞窟を探検するようにテオといっしょに進んだ。冒険なら何でもやってみたがるテオは、ありとあらゆるガラクタを目にし、うっとりしていた。カラフルな木製家具、自転車、ローラースケート、衣服、台所器具……。

「おりる、パパ、シルトゥプレ！」

わたしはテオを遊ばせるため降ろした。ホテルにもどったらよく洗ってあげればすむことだ。

わたしは真剣になった。このなかには、放火するという危険を冒すほど何者かを巻き添えにするか窮地に陥れる物が隠されている可能性があった。

DVDやCD、新聞、本など。エッセーと小説は無数にあり、それもありきたりのものではなかった。ハワード・ジンの『民衆のアメリカ史』、ノーム・チョムスキーとエドワード・S・ハーマン共著の『マニュファクチャリング・コンセント』、アプトン・シンクレアの『ジャングル』、ジャック・ロンドンの『どん底の人びと』、ナオミ・クラインの『ブランドなんか、いらない――搾取で巨大化する大企業の非情』、ルーシー・ストーンをはじめ、アン・ブラッデンやビル・クリントン、マルコム・X、リトル・ロックの九人、セザール・チャベスの伝記もあった。わたしはフランスの現代哲学者ピエール・ブルデューの『男性支配』の英語版までみつけた。ジョイスは姉妹と同じようにフェミニズムおよび左翼系の教養人であり、それはこのアメリカにおいてありふれたことではない。

女児の衣服や教科書もみつかったが、それはクレアのものだったに違いない。わたしは少し感動して学習帳をめくってみると、丁寧に書かれた文字でページが埋まっていた。そんな学習帳のなかに、「なぜわたしは弁護士になりたいか」と題する作文があった。思いやりのある考えを述べており、ラルフ・ネーダーとアティカス・フィンチ――『アラバマ物語』の正義感溢れる弁護士。まだ二〇〇五年なので、フィンチが恥ずべき人種差別主義者だとは分かっていない――の言葉も引用している。それを読みながら、わたしはあることを思いだした。ボルドーの女性記者マルレーヌ・ドラトゥールは、クレアが弁護士になりたがっていたと書いていた。拉致された時期、クレアはすでに自分の将来の職業として考えており、そのための計画も立ててあった。しかし、彼女が最終的に医師になろうと決めた理由は何だろう？　監禁されたことが理由であるに違いない。他者を助けることのより具体的なかたち。少なくとも今はそのことを頭のなかに刻んでおいて、調査を進めなければならない。

四十五分が経ったころ、テオはもう疲れきっていた。そこいら中を歩きまわったから、ひどい汚れようだった。ベビーカーのシートをリクライニングして調整し、非情な父親は息子を眠らせるため、ひびの入ったｉＰｈｏｎｅでアニメを流すという罪を重ねる。

徹夜になるかもしれないが、わたしとしては収穫なしの手ぶらで引き下がるわけにいかない。やるべきことがまだあった。どっさりある紙類、請求書やら銀行口座の取引明細、給与明細など。幸いにもジョイスは几帳面(きちょうめん)のようで、それら書類は仕分けのうえ、ファイルされてあった。

息子が静かに眠っているのを確かめ、わたしは床にあぐらをかいて書類を調べはじめたが、注意を引くものはなかった。何年もまえから、ジョイスは近所の中学校で資料整理係をしていた。彼女が住む家の実際の所有者は母親で、ただ同然の家賃で借りていた。給与以外の収入はないから、出費も少なかった。書類をいろいろ見ていくうち、わたしはあることに注意を向けた。ジョイスは『ニューヨーク・ジャーナル』紙の記事を切りぬき、それをクリアファイルに保存していた。記事「中間層の累積債務」とか「記録的に拡大されたアメリカ社会の不平等」、「さらに困難になった人工中絶」、「下院議員の半数が大金持ち」、「金　融（ウォールストリート） vs. 実　業（メインストリート）」などを見ていく。それら記事の〝進歩主義的〟な視点をのぞけば、ほかに何の共通点があるだろう？　さっと目を通したけれど、何の共通点もみつからないのだ。

立ちあがって体を伸ばした。気持ちが挫（くじ）けそうになった。ところで、マルクは何かみつけたかもしれない。電話をかけようとしたが、地下なので電波が届かない。

ふたたびジョイスの書類を見ていく。〈イケア〉の戸棚を組み立てる説明書、オーブンや携帯電話、洗濯機、コーヒーメーカーなどの使用説明書や保証書……。ストップ、わたしは後戻りをする。気になったのは、プリペイド携帯電話の使用説明書だった。ホチキスでとめた領収書を見ると、二〇〇五年六月二十三日付けだった。ジョイスが死ぬ二日前！

わたしは興奮して立ちあがった。グラディスが見せてくれた捜査書類の一部のなかで、警察が彼女の自宅の固定電話と〝正式〟な携帯電話の通話履歴を調べたことは、わたしもちゃんと記憶していた。しかしジョイスは、明らかにもう一台の携帯電話を持っていたようだ。契約なしのプリペイドカードで通話できるので、追跡は難しい。そういう電話機があったことへの驚きより、ジョイスがそれを自分が死ぬ二日前に購入した事実がより気になる点だった。さまざまな推測が頭のなかでせめぎ合い、しかしわたしは喜んではいけないと自分をたしなめた。元気づけられ、わたしはまた作業にもどった。チャンスはチャンスを呼ぶというではないか。

衣類だ。

わたしの思春期の重要なエピソードは、一着のスーツが原因で始まった。父の浮気を疑っていた母は、かなり高度の監視体制——インターネットやフェイスブック、監視アプリ、出会い系サイトなどが生まれるまえの先史時代の話である——を敷いた。父は非常に慎重だったが、一度ばれてしまえばそれでおしまいになる。たった一度、それで充分なのだ。スーツのポケットに入れたホテルの領収書。母は父のスーツをクリーニング屋に持っていこうとして、その領収書をみつけた。嘘のなかで暮らせないと言う母は、父と別れ、アンティーブでの心地よい生活を断念した。母はパリ——というか、その郊外——へもどった。

わたしは母を追うことを余儀なくされ、強制され、わたしは友だちはもちろんのこと、毎日のように海が眺められ、松林あるいは城壁の上を散歩できたアンティーブの古めかしいルスタン中学校での平穏な学校生活とも別れたのだった。わたしはエソンヌ県の灰色のコンクリートのなかまで母についていった。わたしのある部分は母の選択に感嘆していたが、同時にべつの部分ではそんな母を嫌悪した。

わたしはジョイスの服に同じことをした。ワンピースからブルゾン、ベスト、ブラウス、ズボンすべてのポケットを探った。みつかったのは一枚の地下鉄の切符と小銭、買い物のレシート、割引券、タンポン、アスピリン、名刺……だった。
名刺には氏名と電話番号しか印刷されていない。わたしは注意深くそれを見た。

フローレンス・ガロ
(二一二) 一三二一‐五二七八

その名に覚えがあった。間違いなく、最近会っているか、だれかから聞いた名である。わたしはもう疲労困憊していた。手足に蟻が這っているようなしびれを感じ、ほこりで目が痛むのに、心臓だけが大きく鳴っていた。妙に心地よい気分だった。ある重要なものに指が触れ、それが何なのか分かるという予感が確実にあったのだ。今のわたしは、マルク・カラデックがかつて仕事に寄せていた情熱を理解できる。
空気が冷えてきた。わたしはテオに上着を着せてトランクルームを出たが、ホテルで目を通せるようできるだけ多くのファイルフォルダーを抱えた。受付のあいかわらず無愛想なニキビ面の学生の視線を感じながら、スマートフォンで〈ウーバー〉を呼び、車が迎えに来るのを待った。そして、またマルクにかけてみたが応答はなかった。ついでに、こんどは名刺のフローレンス・ガロに電話をしてみると、「おかけになった電話番号は現在使われておりません」というメッセージが流れた。そのときSMSで、車が到着したという連絡があった。わたしはグラウンド・タワーズを出て車のそばまで行った。愛想のいい運転手はわたしがべビーカーを折りたたむのを手伝ってくれただけでなく、ファイルフォルダーもトランクに入れてくれた。

わたしはテオを起こさないようにそっと抱いてシートに座った。ゴージャスな革シートにクラシック音楽、ペットボトルもあった。車が闇のなかを滑っていった。スパニッシュ・ハーレム、アッパー・イーストサイド、セントラルパーク。わたしも、首筋に息子の息を感じながら、目を閉じた。うつらうつらと眠りに落ちようとするその瞬間、あるイメージが頭をよぎり、思わずわたしは運転手に向かって叫んでいた。

「停めてくれ！　すまないが車を停めてもらえませんか？　頼みます」

運転手はウィンカーを点けて二重駐車すると、ハザードランプも点けた。

「トランクを開けてもらえますか？」

わたしが体をねじって外に出ると、テオが心配そうに片目を開けた。

「フィフィ、どこ？」

「ちゃんといるぞ。抱いてあげなさい」わたしは応じながら縫いぐるみを渡した。

トランクのなかを空いているほうの手で探り、新聞記事の入ったフォルダーをとった。今はフローレンス・ガロがだれなのか分かっていた。ジョイスが切り抜いていた『ニューヨーク・ジャーナル』紙の記事すべてに署名している記者だった。記事の日付を見ると、どれも二〇〇五年六月十四日から同月二十日までのあいだに掲載されていた。それはジョイスがフランスに行った直後にあたる。わたしは打ちひしがれた彼女をテレビのニュース番組で見たのを思いだした。ひとつの狂ったような仮説がわたしの頭のなかをよぎった。クレアが拉致されたのは、ひょっとしてジョイス・カーライル事件の悲劇的な続きでないのか？　カーライル家の不幸は、一昔前の少女クレアの拉致事件がすべての発端ではなく、もっと古い出来事、彼女の母親の過去に直接繋がっているのではないか？　いずれにせよ、たしかなことがひとつある。あたかもマトリョーシカ人形のように、わたしの調査対象は入れ子構造になっている事件なのだ。

わたしはテオを抱いたまま、車のなかにもどった。この晩の収穫は少なくなかった。まずは、ジョイスがフランスのボルドーから帰国した翌週、調査報道をするジャーナリストと連絡をとったが、おそらく何か重要なことを伝えるためだった。その直後、ジョイスは追跡不可の携帯電話を入手した。

そして二日後、ジョイスは死んだ。

車は動きだしていた。わたしの全身に震えが走った。

証拠など何もないのにもかかわらず、今、わたしはジョイス・カーライルが殺されたとの確信を持った。

3

高速道路は退屈な映画と同じように催眠効果を持っているので、マルク・カラデックはパリに帰るには裏街道をたどっていこうと決めた。

　ヴィトリ＝ル＝フランソワの町を出たところで、ガソリンスタンドに入った。数キロまえから、またエンジンオイルのアラームランプが点いていた。スタンドは閉店するところだったが、ポンプを締めようとしていた若い従業員が満タンにしてくれた。マルクは若者に札を握らせて頼んだ。

「すまんがオイルを足して、缶の残りはトランクに入れといてもらいたい」

　店に入り、売れ残りのサンドウィッチを買った。工場生産の北欧風パンに養殖のスモークサーモン。それを食べながら外に出て、スマートフォンを確認した。マリカ・フェルシーシ、サント＝バルブ医療院で働く臨床心理士からＳＭＳが入っていた。簡潔だが突飛な内容だった。


もし夕食に招待していただけるなら……

週末の時間は空いてます。ＭＦ

たちまち、若いマリカの香りに頭をくらくらさせられたことを思いだした。レモンとスズラン、バジルの香り。彼の心の闇にひとつの明かり。

　生命の衝動が自分の内に湧きつつあるのを感じて動揺したマルクは、返事を保留してラファエルの番号にかけた。留守番電話に繋がったが、彼からのメッセージも入っていた。「知らせたいことがある。きわめて重要だ！　あなたのほうでも何かみつかったかな？　折りかえし、電話を頼む」

コーヒーを飲んでタバコを吸い、さっきの従業員と話をしているとまた雨が降りだした。マルクはレンジローバーのなかに逃げ、キーを回してダッシュボードのアラームランプ類を確かめた。発進させて、スタンドの出口近くで車を停め、タバコに火を点けた。そこでまたマリカのメッセージに思いを馳せたところに、奇怪な光景に不意打ちされた。

クソッ、これはどういうことだ！

目のまえを猛烈なスピードで走りぬけたのは黒塗りのBMW・X6だった。スモークフィルムを貼ったガラスと二つ並んだクロームメッキのフロントグリルを認めた。あれはクレアを拉致した車に間違いない！　マルクは自分の一物を賭けてもいいと思った。

道路をよこぎり、逆方向に向かったBMWの追跡を開始した。偶然であるはずがない。あのSUVがこんなど田舎で自分を捜しまわるほかにいったい何の用があるというのか？　ようやく追いついたが車間距離は大きくとり、有用な情報の得られることを期待した。感づかれては元も子もない。

エアコンをつけ、曇るフロントガラスを袖で拭った。しのつく雨が強風に吹かれて叩きつける。

危ないカーブを曲がりきったところで、X6はウィンカーも点けずに田舎道に入った。標識などないが、マルクはためらわずあとを追った。

先に行けば行くほど、道の状態が悪くなった。十メートル先も見えない。道は狭く、両脇は低木の繁みと岩だった。先行のX６が道を開いてくれるにせよ、マルクは苦労して前進する。Uターンするのが不可能と感づいた時点でやっと、マルクは罠にはめられたと分かった。

実際、X６は前方に停止していた。

ポンプアクション・ライフルを持つ黒っぽいコートの男が車から飛びだし、マルクのほうに近づいてきた。ヘッドライトの明かりで男の顔が見えた。

どうなってるんだ！

彼は呼吸を止める。頭のなかに四人の女の顔がゴチャ混ぜになった。妻エリーズ、娘、マリカ、クレア。

正面で襲撃者は銃床を肩に当て、マルクに狙いをつける。

だめだ、あまりにもばかげている。今、ここで死ぬわけにはいかない。

あと一歩なんだ。

クレア・カーライル事件を解決するまではだめだ。

銃声が響きわたり、レンジローバーのフロントガラスが真っ白になった。

13　他人の視線のなかで

不幸（……）それは凍りついた泥水、黒いぬかるみ、わたしたちに服従するか克服するかの選択を強いる苦痛のかさぶたである。

ボリス・シリュルニク

1

わたしの名はクレア・カーライル。

わたしは十五歳か十六歳のはず。結局、わたしがこの監獄のなかに何日間閉じこめられているかによるのだ。二百日、三百日、それとも六百日？　知りようがない。

わたしの独房から、陽の光は見えない。時計はないし、新聞もテレビもない。ほとんどの時間、わたしは抗不安薬による霧のなかに生きている。さっきもだが、出ていくまえ、というのも、あいつは厚手の大きな上着とマフラーという格好だったから出かけるのだと思うけれど、わたしの腕に注射を打ちに来た。以前は、あいつから錠剤を渡されていたが、わたしが二回に一回は飲まなかったことを見破られてしまった。

注射は痛い。あいつが神経質で落ち着いていないからだ。びっしょり汗をかき、罵り、絶えず瞬きしている。あいつの顔はやつれて目つきがおかしい。痛かったので叫んだら、すぐに平手打ちされ、拳で胸を突かれた。疲れきっているのか、わたしを「薄汚い淫売娘」と罵って注射針を抜くと、部屋から出て行き扉を荒々しく閉めた。鎖をかけられなかったので、わたしは独房の隅に行き、汚れた毛布を被ってうずくまった。

めちゃくちゃに寒い。骨が痛み、鼻水が垂れるし、頭から火が出そうだ。防音処置がしてあるはずなのに雨の音が聞こえるように感じるけれど、それはありえない。きっとわたしの頭のなかだけに雨が降るのだ。床に寝転がり、眠りが来るのを待っていても、そう簡単には訪れてくれない。頭のなかでくり返し流れる歌のせいだ。〝フリーダム〟、アレサ・フランクリンの曲の歌詞だ。それを黙らせようと真剣にやってみた、でもだめだった。何かが気になる、自分でも分からない何か、でもそれが分かるまで信じられないほどの時間がかかるに決まっている……。いや、分かる。あいつ、扉の鍵をかけ忘れた！

わたしは跳びおきた。わたしが囚人になってから、あいつがこういう忘れ方をしたのはこれで二度目。最初のときは、何もできなかった。ひとつはわたしが手錠をかけられていたからで、それとあいつがすぐに気づいたから。今回は廊下に出られて、コンクリートの階段を上ると自動ロックのドアにぶつかった。彼がまだ家のなかにいると分かり、わたしは自分のたてる音で気づかれてはいけないと思って、すぐ部屋にもどった。でも、あいつは出かけようとしていた！

ドアをまた開け、廊下を進んでから階段を駆けあがった。ドアに耳を当てた。あいつはいなくなっていた。それはたしかだった。暗闇のなかに光る解除コード入力用のパッドを見つめた。心臓がうるさいくらい音をたてた。コードをみつけないと！　横長の表示窓の大きさと、数字キーを触って表示された数字のサイズからみると、解除コードは四桁を超えないだろうと思った。携帯のPINコードと同じように、００００、６６６６、９９９９などを入れ、入力確認の#を押してみた。それから、四桁なら日付が最も適していると思った。あいつがわたしに言ったこと「おまえに出会ったのがわたしにとって最も美しい日だった」を思いだす。それだけで吐き気がする。あいつにとって出会いの日とは、わたしをさらった日、二〇〇五年五月二十八日だ。あまり期待することなく０５２８と入れ、それからヨーロッパ大陸諸国では日を先に書くことを思いだし、２８０５と入力し直した。

はずれ。

意外ではなかった。このレベルの異常者になれば、最良の日とは自分だけに関わる日付に違いない。自分に捧げられた日。もしかして、小さな男の子のように、単に自分の誕生日を選んだのかも？　あることを思いだした。拉致されてから数週間後のある晩、彼はケーキを持ってわたしの部屋に現れた。焼きすぎで乾いたガトー・フォレノワール、まずい生クリームに覆われていた。無理に食べさせられ、最後には吐いてしまった。それから、あいつはズボンのまえを開け、わたしからの〝誕生日プレゼント〟を要求した。わたしはひざまずかされているあいだに、彼の腕時計の日付を見た。七月十三日。そのとき、また吐き気に襲われた。

四つの数字1307を入れ、#を押した。するとドアは開いた。こんどこそ心臓がもうもたないと思った。信じられなかった。電灯を点けるのは危険だと思い、暗い部屋のなかに入っていった。鎧戸がぜんぶ閉めてあり、窓自体どれも閉まっていた。屋根を打つ雨の音をのぞけば、物音ひとつ聞こえなかった。わたしは歓声あるいは悲鳴をあげるのさえ忘れていた。だいたいどこにいるのか見当もつかなかった。もちろん人里離れた家（滅多になかったけれど、彼は建物の裏にある小さな原っぱで、わたしを少し歩かせることがあった）であることは知っていたが、フランスのどの辺りにいるのだろう？　近くにある町は？

家のなかを調べる時間さえなかったのに、もうエンジンの音が近づいていた。不思議なことにわたしは、もう二度とこういう機会は訪れないと意識しながら、その時点でとても落ち着いていた。薬のせいで体も頭も痺（しび）れていたけれど、ここで倒れてしまうわけにはいかない。少なくとも今は。アドレナリン作用と恐怖が、抗不安薬の影響を相殺してくれる。周囲にどういう物がおいてあるか確認してあった。部屋に入っていちばん先に目についたのが、ブロンズ製の重そうな卓上ランプ。笠をはずし、プラグも引き抜いた。わたしはドアの後ろに立ち、足音が近づくのに耳を澄ませた。感覚がひどく鋭敏になっていたので、彼が走っていると見抜きながら、同時に車のエンジンが止まっていないことにも気づいた。なぜだろう？　あいつが焦っているからだ。わたしの独房のドアを施錠し忘れたことに気づいたに違いない。おまけに、わたしは彼が怖がりだというのを知っている。心配性。小心者なのだ。

ドアが開いた。わたしは落ち着いたものだ。もう怖くなかった。この瞬間をどれだけ待ったことか。一発でしとめなければならないことは分かっていた。イチかバチか。手が汗で濡れたが、肩の上に構えたランプの脚をしっかり握っていた。わたしは彼が入ってきた瞬間を狙い、全身の力をこめ、その頭めがけてランプを振りおろした。目のまえで、その動きがスローモーションのようにコマ送りになった。まず彼の顔が驚いてこわばり、ランプの鋭角部分がその鼻の上部を裂くと、顔全体が苦痛の悲鳴とともに変形した。彼はふらつき、足を滑らせバランスを失った。わたしは、ふいにもとの一トンもの重さをとりもどした武器をその場で落とし、倒れた彼の体をまたいだ。

2

わたしは外にいた。

夜、雨、興奮、恐怖。

何も考えず、わたしはまえに向かって走った。裸足のわたしは——全期間を通じ、あいつは決してわたしに靴を与えようとはしなかった——小さすぎるジャージのパンツに、上は古い長袖のTシャツだけだった。

地面、ぬかるみ。道の中央に停められたヘッドライトを点けたままのピックアップトラックのシルエット。わたしはふり返るというミスを犯した。あいつが追いかけてきていた。わたしの血が凍りついた。トラックのドアを開け、なかに入って閉めたが、ドアロックのボタンをみつけるのに永遠の時間をむだにした。滝のような雨がフロントガラスを流れる。ドン！　ドン！　ガラスを叩きはじめたキーファーの顔は憎悪に歪み、目は異常な光を放っている。その脅威を無視するように努め、わたしはダッシュボードやシフトレバーを見つめた。車の運転などしたことがなくとも、オートマチックの車であることは予想がついた。ニューヨークで、〈ジミーチュウ〉の十二センチのハイヒールを履き、完璧なマニキュアをした女性たちが巨大なポルシェ・カイエンを運転するのを見た。それと比べて、わたしが桁外れにおばかさんだとは思わなかった……。

衝撃で、わたしは悲鳴をあげた。横の窓ガラスが飛び散ったのだ。わたしの心臓は止まる。キーファーはバールを持ってきていた。彼はバールをまた振りあげた。わたしは運転席に移動し、ペダルを踏んだ。ピックアップトラックは動きだした。ワイパーを動かすと、林道を走っているのが分かった。周りは暗黒。不気味な繁み、汚れた空、不吉な木々の黒いシルエット。わたしは慎重だった。とりわけ今は、失敗など許されない。百メートルほど進むと、ぬかるみの林道がいくらか広くなった。右、それとも左？　わたしは下るほうの道を選び、若干スピードを上げた。いくつか難しいカーブを過ぎると自信が湧いた。室内灯を点けたら、助手席に黄色のスポーツバッグがある。**これ、わたしのバッグだ！**　わたしが拉致された日に持っていたバッグ。それがどうしてそこにあるのか問う時間はなかった。後ろからの明かり。バックミラーの角度を調整すると、バイクに乗ったキーファーがわたしを追っていた。

わたしはアクセルペダルを踏みこみスピードを上げ、キーファーとの距離を広げようとしたが、彼はしっかりと距離を縮めていた。路面は滑りやすかった。わたしはもっとスピードを上げる。またしてもカーブ。だが、こんどは車が道から飛びだし岩にぶつかった。バックで出ようとするが、ぬかるみにはまってしまった。

血管のなかで恐怖が渦巻く。わたしはバッグをつかむと、車の外に飛びだした。こんどは、ぬかるみに足をとられた。バイクがほんの数メートルまで迫っているので、捕まってしまうだろう。道に沿って逃げていてはだめだ。森を突っ切ろうと思い、走りに走った。小枝に顔を切られ、イバラに肌を裂かれ、小石に足の皮をむかれつつ、でもわたしはいい気分になっていた。走る。たとえ数秒間でも、わたしは自由だった。わたしは生きていた。それよりもいいことなどあるはずがない。走る。わたしをとりまく自然と一体になった。わたしは自分を濡らす雨であり、自分を護り、飲みこんでくれる森であり、心臓から送りだされる血だった。走る。わたしは自分を疲弊させる森であり、追いつめられても抵抗する傷ついた獲物だった。

ふいに地面がなくなり、数メートルほど転げ落ちたが、バッグはしっかり抱えていた。舗装された道路まで転落したのだが、外灯などまったくなかった。息つく暇もなく、わたしを嗅ぎつけたバイクの音を耳にした。その場で反対側に向きなおり、走ろうと思った。カーブ。そして突然、二つのヘッドライトに目がくらみ、同時にけたたましく警笛が鳴った。衝突。

黒い大きな穴。

わたしはもう走っていなかった。

3

タイヤがスピンする音。

遠ざかるエンジン音。

わたしは目を開けた。

まだ夜で、外灯の周りに明かりの輪がいくつか見えた。わたしは野外駐車場の隅に横たわっていた。完全に力が抜けてしまった背中、何もかもぼんやりさせる頭痛、腰のあたりの痛み。頭から血が出ていた。スポーツバッグはそばにあった。

わたし、こんなところで何をしているんだろう？

涙が頬を伝う。きっと夢を見ているんだ。わたしは死んだのかもしれない。立ちあがろうと、地面に両腕をついた。いいえ、死んでいるのならこんなことはしないはず。

わたしは〝わたしの〟バッグを開けてなかを調べた。幻覚だと思った。というのも、中身は札束だったのだ。数千ユーロ、いいえ、何万ユーロもあるに違いない。ひどく頭が混乱していたので、いったい何の理由で、あの異常な男がピックアップトラックにそんな大金をおいていたのだろうかと、わたしは考えようともしなかった。バッグのサイドポケットのひとつからは、青い表紙の分厚いノートとテレフォンカードがみつかり、とたんにわたしは、そのカードが数千ユーロなんかより遥かに価値あるものと思った。アスファルトの上を数歩歩いてみた。わたしはU型の建物のちょうど中心の部分にいた。片方の建物はかなり古く、茶色のレンガ造りで屋根は天然スレートだった。その向かいの建物はモダンで、コンクリートとガラスの完璧な平行六面体のように見えた。

エンジンの音がして、青の回転灯を点けた救急車が駐車場に突っこんできた。わたしはとても怖ろしかった。いつキーファーが姿を見せてもおかしくなかった。この駐車場にとどまっていてはいけない。でもどこへ行けばいい？　車のあいだを通りぬけようとしていたら電光標識が見え、〈サヴェルヌ総合病院〉とあった。おそらく、わたしは病院のまえにいるのだろう。だれがわたしをここまで連れてきたの？　なぜ病院の裏口に？　わたしが気を失ってから、どのくらいの時間が経ったのか？

一瞬、病院の玄関ホールに入っていこうかと迷ったけれど、結局は諦めた。母に電話をしないと。わたしは母しか信用しない。母はわたしを導いてくれるだろうし、何をすべきか教えてくれる。

病院構内から出て、両側に住宅の並ぶ二車線の道路を進んでいった。道路標識によると、町の中心部はもう遠くないはず。わたしは歩く。すでに雨は上がり、ほとんど快適な気温と言ってもよかった。あいかわらず、今が何月何日の何時なのか、わたしにはまったく見当がつかなかった。ある家のまえを通ったとき、玄関ポーチに家族全員のレインコートやら泥だらけの靴やらが干してあるのが見えた。わたしは垣根を乗り越え、ウインドブレーカーとスニーカー――おそらく主婦のものだろう――をとった。ほとんど同じサイズ、と身につけながら思い、それからバッグから出した五十ユーロ札二枚を玄関マットの下に挟んだ。

わたしは歩く。めまいがした。自分が自由になったとはまだ実感できずにいる。いつ夢から覚めてしまうかと覚悟していた。わたしは歩く、夢遊病者のように。薬のせいで、今は足がもつれ、頭にも霞(かすみ)がかかっていた。わたしは歩く。そしてまもなく、サヴェルヌの駅前広場に着いた。時計が午前一時五十五分を示していた。その向こう、標識に〝ストラスブール五十四キロ〟とあった。つまり、わたしは東フランスにいるわけだ。何も分からなかった。もしローザンヌあるいはブレストにいると告げられても、わたしには同じだったと思う。何もかも、すべてがあまりに非現実的だった。

広場は、店のウインドーのまえで眠っている二人のホームレスをのぞけば無人だった。駅の入口に公衆電話ボックスがあった。そのなかに入ったが、ドアは閉めない。べとつくような小便のにおいで、〝ガラス張りの棺〟のなかにいると、ほとんど窒息しそうになる。電話機にカードを差しこむわたしの手は震えていた。充分に残り度数のあることを確かめてから、ボックスのパネルに貼られた外国への電話の掛け方をなんとか読みとろうとする。でも理解不能、というのは落書きだらけ――〈それがフランスだ！〉、〈ネリーは年寄りのチンポを舐めたがる〉、〈勝つぞ、ゲヴルツトラミネール！〉、〈アンヌ＝マリーは日付(ダット)を選択(ショワ)できる。アンヌ＝マリーはあそこに指を入れる〉、〈おれは詩人だ〉――で、どれも優劣つけがたいばかばかしさだった。

五分後、いろいろやってみたあと、やっと接続音が聞こえた。絶望的なのろさで呼び出し音が六回鳴ったあと、母が出た。それがわたしのほんとうの解放だった。

「ママ、わたし、クレアよ！　わたし逃げだせたよ、ママ！　わたしは逃げだしたの」

けれども電話の向こう、出てきたのは母ではなかった。それは女性で、すごく落ち着いた声で母は二年前に死んだと説明した。

最初は、その情報がわたしには届かない、わたしの脳が拒絶しているように感じられた。耳鳴りが始まり、とても痛く感じ、まるで鼓膜に釘を刺されたかのように思った。そのとき、小便のにおいが頭を襲った。そして、わたしは大きな黒い穴のなかに沈んだ。

4

わたしが意識をとりもどしたのは午前六時だった。まるでゾンビのように駅に入り、パリ行きの列車に乗った。

ぐったりして座席のガラス窓に顔をくっつけているうちにまた睡魔に襲われ、車掌に起こされるまで眠ってしまった。切符を持っていなかったから、運賃のほかに罰金も現金で払った。車掌は何もなかったかのように切符をくれた。きっとあの車掌、まだ寝ぼけているんだと、わたしは思った。そしてまた、わたしは眠りに落ちた。意味不明の夢が邪魔をする悪い眠りだった。思いだせることといったら、ランスを少し過ぎた何もないところで列車が停まってしまい、そのまま一時間半も動かずにいたことくらい。車内で乗客が文句を言いはじめた。人々の罵詈雑言が電話ボックス内の落書きを連想させた。「腐った国」、「何が起きたか説明に来るやつが一人もいない」、「またあいつらのくだらない遵法ストに決まってる」、「早く民営化せんと」……。

　列車は結局動きだし、遅れのため、パリ到着は午前十時三十分となった。

　で、**これからどうしよう……？**

　列車に乗っていた半分の時間、わたしはキャンディス・チェンバレンのことばかり考えていた。

　キャンディスはとても優しくきれいな子で、ハーレムのうちから百メートルのところに住んでいた。わたしより年上で、でも学校からの帰りによく話すことがあった。優秀な生徒で、自力で何かをしようとするすてきな子だった。わたしに本を貸してくれたり、役に立つことを教えてくれたり、あるいは数多くある幻想には警戒するよう忠告もしてくれた。

　ところがある日、キャンディスが十六歳の誕生日を迎えてすぐのころ、ウエスト一五〇丁目通りの向こう側にある公団住宅敷地内のボウマー・アパートメントに住む男子集団についていった。ふだんはとても控えめで慎重な彼女が、なぜそんな目に遭うようなことをしたのか、また何が実際に起こったのか、わたしには分からなかった。知っていることといえば、あの若者たちが彼女をある建物の人気のないゴミ置場に監禁したことと、彼らが何日ものあいだ順番に彼女を犯し、警察が彼女を発見して救出するまで二週間もかかったという事実だけだった。

何日か入院させられたあと、キャンディスはウエスト一三四丁目通りの聖公会の教会に近い両親の家に帰ってきた。それを待っていたかのように、マスコミが大騒ぎを始めた。昼夜ぶっ通しで、リポーターやらカメラマン、パパラッチがチェンバレン家に押しかけた。毎朝、わたしは通学路でリポーターやカメラマンがローカルチャンネルはもちろんのこと、全国放送のための中継を行っているのを見た。

何度もキャンディスの父親は、メディアに対して娘の苦しみを考慮してほしい、立ち去ってもらいたいと訴えていたが、聞く者など一人もいなかった。キャンディスは黒人で、犯人の一人は白人だった。黒人コミュニティーと政治家たちは、わたしに言わせれば、人種差別とかの問題というより凶悪犯罪の性格の強いひとつの悲劇を、政治的に利用したにすぎない。

当時のわたしは十一歳か十二歳で、あの事件に衝撃を受けた。彼女の家のまえで、あの大人たちはいったい何をしているのか？　あの人たちはちゃんと学校を出たのか、と。家の垣根のまえに迫って、猟犬の群れのように何を待っているのか？　過去のゴミ箱のなかをあさり、近所に住む男あるいは女、子供時代の友人をみつけようとし、それらの人々を切りきざんで関係のない話をさせ、徹底的に絞りあげ、その汚れた油を火に注いで、あの人たちはいったい何を待っているのか？　「これが報道の自由の原則なのよ」と、ある日、わたしが学校から帰る途中に質問してきた女性記者は答えた。でも、何の報道か？　一人の少女が名状しがたいことを経験し、家族がその苦しみを分かちあっていた。その危害に加えて、さらにのぞき趣味の犠牲になることも強いられるのか？　飲み屋での話題を提供し、センセーショナルな話題で視聴率を上げるためだけに、あれらの映像をほんとうに撮らなければならないのか？

そして事件は起こるべくして起こった。ある朝、チェンバレン夫人は血色に染まった湯の溜まったバスタブに横たわる娘の死体を発見したのだ。夜のうちにキャンディスは手首を切った。わたしの知るかぎりキャンディスは理由を明かす遺書を残さなかったけれど、通常の生活をもう送れないと分かった時点で諦めてしまったのだと、わたしは今でも思っている。人々にとって彼女は、いつまで経ってもボウマー・アパートメントのゴミ置場で強姦された娘なのだ。

悲嘆に暮れた父親ダライアス・チェンバレンはライフル銃をつかんでバルコニーに出た。きわめて冷静に弾丸を装塡すると、ゆっくり時間をとりながら下で群れる集団に向けて何度か撃ちこみ、わたしに「これが報道の自由の原則なのよ」と講釈した女性記者に重傷を負わせ、二人の子供の父親であるカメラマンを殺した。

あの日から、わたしはどんな幻想も抱かないことに決めた。あのゴミ人間キーファーの家には本があり、わたしに許された気晴らしといえばそれだけで、あいつがわたしの独房に小さな図書室を作ってくれた。哲学や心理学の古い本は彼の母親のものだったそうだ。何年かのあいだ、全ページがいっぱいになると彼が没収するノートに何かを書くことをのぞけば、わたしには読書という暇つぶししかなかった。本のいくつかは何度もくり返し読んだので、ある箇所は暗記してしまったほどだ。「人間は、愛を渇望するというあの善人などでは決してない」と、フロイトは『文化への不満』のなかで述べた。たしかに、人は人の最悪の捕食者だ。人は人に対して戦争をする。人は自身の奥底に、暴力と攻撃性、死の衝動、同類を支配し屈従させたいという意志を潜ませている。

5

パリの東駅。エスカレーターは故障していた。階段を上がりながら、わたしを踏みつぶし、波になって押し流そうとする人の群れに逆らうのは難しかった。気絶しそうになり、わたしは味も素っ気もないチェーン店のカフェ・レストランに逃げこんだ。そこも混雑していたので、仕方なくカウンターのスツールに座った。お腹(なか)がグーグー鳴っていた。ココアを頼み、クロワッサンを二つも食べた。涙が頬を濡らしそうだけれど、ギャルソンに気づかれてはならないので我慢する。それでなくとも、おかしな服装なのだ。

これからどうしたらいいの?

キャンディスのように死にたくはなかったが、わたし自身もふつうの生活は決してもう送れないだろうと分かっていた。ほかの人たちの目には、わたしは二年以上も異常者によって監禁され犯されつづけた娘なのだ。それがわたしに貼られたレッテル、どうしても剝がれてくれないレッテルだ。自分についての問いに答えることを強制される見世物になってしまう。

あの怪物は何をあなたにしたのか？　その頻度は？　どのように？　警察は知りたがるだろう。裁判所も知りたがるだろう。わたしは答えるだろうが、こんどは違う疑問を提供してしまう。より知りたがるのが彼らの常である。さらに、何から何までさらけ出さなければいけない。もっと、もっと。

もしかしたら、ある日、わたしは恋をするかもしれない。わたしを愛し、わたしを笑わせ、またわたしを護ると同時に、自立も尊重してくれる男性に出会うかもしれない。そう考えてみるのは楽しい。映画のなかのような出会いを想像するのも。それはいちばんありそうもないときに起こるだろう。というか、わたしは頭のなかで勝手に想像する。そして、わたしが何者なのか彼に知られる瞬間が訪れる。キーファーに拉致された少女。そのレッテルはほかのすべてを覆ってしまう。それでも、きっと彼はわたしを愛しつづけてくれるだろう。しかし、それまでの愛し方とは違っている。同情心と哀れみが加わっているからだ。でもその哀れみを、わたしは受けたくない。人々の注視の的になったキャンディスのようにはなりたくない。

わたしは震える。寒い。すでにあの脱出を、勝利とも解放とも思わなかった。わたしは強い女。何があっても、わたしは立ち直れる。何しろ二年も苦しんできたのだ。怯えた獲物なんかにもどらない。異常者の獲物にされたあとに、別の地獄に乗り換えるなんてまっぴらだ。

目が閉じてしまう。疲れすぎていた。この数時間の出来事の反動が肉体的にも精神的にも現れていた。スツールに座ったままくずおれてしまわぬように努力する。母のイメージが浮かび、また涙が溢れそうになる。母がどういう状況で死んだのか知らないけれど、すでに分かっていること、それはある意味でわたしが死なせてしまったということ。

時間が膨らむ。わたしにはもう基準がない。頭のなかで、あるものははっきりしていて、あるものは混乱している。

突然、壁のテレビ画面にとても信じられない映像が映った。わたしの幻想かもしれない。目をこすり、耳を澄ましてキャスターの声を聞いた。

「アルザス地方、サヴェルヌ市に近いプティット・ピエールの森で今朝、火事がありました。本日の早朝、森のなかの民家で火災があり、遺体が発見された模様です。

憲兵(ジャンダルム)からの通報を受けて、ただちに現場に出動した消防隊が森に延焼した火災を鎮火しました。火災の原因を捜査中ですが、少なくとも四人の遺体がドイツ人建築士ハインツ・キーファーさん宅の焼け跡からみつかったようです……」

わたしは胸を裂かれるように感じた。喉にこみあげるものがあって、息が止まりそうになった。逃げなければ。

カウンターに紙幣をおき、おつりももらわずに立ちあがり、バッグをつかむとカフェをあとにした。

クレア・カーライルはもう存在しない。

たった今から、わたしは別人になる。

三日目、午前　ジョイス・カーライル事件

14 墜落

水を怖れる者よ、岸辺を離れるな。
ピエール・ド・マルブフ

1

短い夜だった。
胸騒ぎと不安で細切れにされた眠りは、朝の六時になるともう続けていられなくなった。起床し、シャワーを浴びたら元気が出てきたので、息子が寝ている寝室と、まだ暗いハドソン川に臨む張出し窓のある小さなリビングとを仕切るドアを閉めた。エスプレッソをいれ、ノートパソコンを起動させてからスマートフォンを確かめた。マルク・カラデックからの着信履歴があり、メッセージが残されていた。彼の携帯にかけたが、留守電になっていた。**ク**
ソ。どうしてマルクは電話に出ないのか？　心配というより、少しばかり腹が立った。彼が電話をあまり好まないのは知っている。わたしの知っている彼ならば、フランス東部の調査に出かけるのに、充電器をパリに忘れるくらいのことはやりかねない。

エスプレッソの最後の一口で頭痛薬（ドリプラーヌ）を飲みくだす。耳鳴りがしているように感じた。眠りながら数十もの問いに悩まされ、それが頭蓋骨にぶつかっては反響をくり返した。

朝の薄明かりのなかでコンピュータをまえにして、インターネットがわたしを導いてくれることを願った。グーグルで最初に検索したのは、ジョイスの不審死の捜査を担当したニューヨーク市警（NYPD）の刑事メ・スヨン。何度かクリックを重ねた結果、彼女が二〇一〇年初頭に警察を退職していたことが判明。現在は、冤罪（えんざい）の被害者に法的援助を行う活動で有名な非営利組織〈トランスペアレンシー・プロジェクト〉の広報担当をやっていた。

トランスペアレンシーのホームページでメールアドレスが分かったので、彼女宛に面会を申し込むメールを送った。当時のことを思いだしてもらうため、わたしはジョイス・カーライル事件のあらましをつけ加えておいた。すぐ返事をもらえるとは思っていなかったし、返事をくれないことさえ覚悟していたが、一応そこから始めるべきだと思った。

つぎの検索は『ニューヨーク・ジャーナル』紙で、クレアが拉致された数日後、ジョイスに連絡をとったと思われる女性記者フローレンス・ガロの勤務先だった。驚いたことに新聞社はもう存在していなかった。二〇〇九年の新聞不況でニューヨーク・ジャーナル社は倒産した。一九七〇年代の黄金期のあと、負債が雪だるま式に増えていった。数度にわたる再建計画にもかかわらず、宣伝広告市場の不況および金融危機でついに息の根を止められた。

さらに調べると、新聞社のホームページはまだ閉められておらず、新規の記事はもちろんないが、過去の記事のデータベースは閲覧できた。元の編集主幹アラン・ブリッジスと一部の記者たちは、その後、インターネットでニュースを配信するサイトを立ちあげていた。購読料を収入源とするその〈#ウィンターサン〉は、主に政治関連の調査報道を提供していた。よく考えてみると、アラン・ブリッジスの名とそのニュースサイトはスノーデン事件がらみでわたしの記憶にあった。アメリカ国家安全保障局（NSA）による一般国民の通信監視を内部告発者らが暴露する文書があり、彼らはたしかそれを記事にしていたはずだ。

わたしは『ニューヨーク・ジャーナル』と〝フローレンス・ガロ〟の名を入力し、ジョイスが切り抜いた記事以降、記者がどのような仕事をしているのか知ろうと検索にかけた。

最も新しい日付の記事を読んで、わたしは寒気を覚えた。

記者フローレンス・ガロは死亡していた。

2

信じられない……。

わたしは意味なく椅子の上で体をよじった。『ニューヨーク・ジャーナル』アーカイブの電子記事は二〇〇五年六月二十七日付で、フローレンスの死を簡潔に伝えていた。

わたしたち編集部一同は深い悲しみをもって、わたしたちの仲間フローレンス・ガロのべースジャンプ中の事故死をお伝えしなければなりません。

フローレンスは二十九歳、ジャーナリズムによって、またジャーナリズムのために生きていました。フローレンスの情熱と明るい性格、傑出した女性ジャーナリストとしての不屈の意志、直感を決して忘れることはできません。

わたしたちはあまりの悲しみに動転しています。彼女の家族、彼女を愛する方々に心からお悔やみを申しあげます。

これには故人の写真が添えてあった。陽の光のようなブロンド、若さ溢れる彼女は腿までのブーツにショートパンツという格好だった。六〇年代後半の、〈ロジェ・ヴィヴィエ〉のロングブーツを履いてハーレーダビッドソンにまたがるブリジット・バルドーそのままだった。

わたしも動転させられた。調査の結果を左右しそうな重要人物をようやくみつけたと思ったら、その当人は死んでいた。

コーヒーをいれているあいだも、頭のなかでいくつもの疑問がぶつかり合った。コンピュータに向かい、検索エンジンのページをいくつか開き、併行して複数の調査を進めた。情報が鼻の先にあるのは分かっており、クリックひとつで手に入る予感があった。

第一段階として、フローレンス・ガロの経歴を知るための充分な情報を集めた。彼女はスイス国籍で、早い時期から報道の世界に足を踏みいれた。父親はスイスの『ル・マタン』紙のスポーツ面のリポーター、母親も長いあいだスイス放送協会にて教養番組のキャスターを務めていた。フローレンスは十九歳までジュネーヴの学校に行き、その後は数々のメディア、ことにヴォー州の『二十四時間』紙の編集局で研修を続けながらロマンド・ジャーナリスト養成センターで学んだ。二〇〇二年から一年間はロンドンの〈ブルームバーグTV〉にて、それから大西洋を渡ってニューヨークに落ち着き、アメリカのフランス語新聞『フランス・アメリック』に記事を書くようになり、二〇〇四年、ニューヨーク・ジャーナル社の社員となった。

　グーグル画像検索でネット上にあるフローレンスの写真を見ると、若くてきれい、健康でスポーツ好き、どの写真でも笑みを浮かべていた。お高くとまっていない美しさ、親しみやすさが伝わってくる。彼女が書く記事から得られる印象どおりの人物。わたしはかなりの数の顔写真と、彼女のメインテーマである政治および社会問題関連の調査記事をダウンロードした。むだのない的確な言葉で書かれているので読みやすく、バランス感覚もあった。相手に媚びているのではないが、取材相手に共感する態度が伝わってくる。譲歩なし、皮肉もなしという立ち位置。それらぜんぶを合わせると、彼女の記事は結果として、多様で複雑、万華鏡のようなニューヨークのポートレートになっている。ときにより途方に暮れて決断できないアメリカ社会、しかしエネルギーという芯が通っていて、その視線は未来に向いている。フローレンスが他人に関わることを志向していたのはたしかなようだ。取材対象に感情移入をするところは、ある種の小説家が作中人物に感じるものと似ていた。

彼女の書いたものを読みながら、わたしはジョイスとの繋がりの正体を知ろうと努めた。二人の女はどうやって知りあったのだろう？　近づいたのはフローレンスか、あるいはジョイスだったのか？　わたしはジョイスだろうと直感で思った。娘が拉致され、無事に発見できる可能性が少なくなるのを感じて、ジョイスはメディアに助けを求めたのだろう。何か具体策を考えていたのだろうか？　まだわたしには分からないが、ジョイスがフローレンスの署名記事に感銘を受けていたため、単にその筆者に近づいたのだと断定して構わないと思った。

また検索サイトに行く。最初にわたしの注意が向けられた点、これを最後にとっておいた。いちばん胸に引っかかった事実、フローレンスの死んだ日付がジョイスのそれにあまりに近すぎて、それが偶然とはとても思えなかった。自分が発見するものを半ば怖れながら、わたしは詳しい情報を調べはじめた。今やこの調査は、愛する女性が行方不明になり拉致されたことを調べるだけではなくなった。もしかしたら、これまで何ら追究もされなかった一連の殺害事件——ジョイスにフローレンス、まだほかにいてもおかしくない——の真実を暴くことになるだろう。

ネットの奥深くに入りこみ、わたしはフローレンス・ガロの死亡に関するもう少し詳しい記事をみつけだした。ウエストヴァージニア州の地方紙『ラファイエット・トリビューン』に載った記事である。

昨日、六月二十六日の朝、シルバー・リバー・ブリッジ公園（ウエストヴァージニア）内にて、若い女性の遺体が発見された。

公園管理事務所によると、女性はニューヨークに住む新聞記者フローレンス・ガロさんで、ベースジャンプに失敗した模様。このスポーツは、飛行機からではなく、ある固定された高所から飛び降りるパラシュート降下の一種で、エクストリームスポーツと考えられている。現場を通りかかったトレッキングのチームの通報で、川沿いの地面に倒れている遺体が発見された。ガロさんは現場近くの地形に詳しく、ベースジャンプにも熟練していたという。これまでにも、とくにブリッジ・デーに催されたベースジャンプ実演会などで、橋の鉄骨主塔から飛び降りていた。

今回は仲間を伴わない単独降下であり、ベースジャンプ愛好家らが定めるジャンプ規程に違反したものだという。捜査はラファイエット郡の保安官事務所が行う。現在のところ、事故死との見方が強い。これまでの調査では、パラシュートが開かなかったことが確認されているが、その原因は今後の捜査を待たなければならない。

わたしは橋の写真数枚を見た。シルバー・リバー・ブリッジは、エクストリームスポーツの世界では名高いスポットだという。アパラチア山脈のなかに位置し、目のくらむような鉄骨構造が三百メートル下の川をまたぐ。そんな場所からパラシュートで飛び降りるとは、考えただけで震えがくる。

長いあいだ、この橋は地域住民の自慢の種だったが、幾度か安全上の警告が出された末、一九九〇年代半ばに車両の交通が禁止された。そのあとも、保存のための整備は続けられ、公園を訪れる歩行者には開放されていた。橋の床板からのベースジャンプは、厳しい規制と徹底した安全策の遵守を条件に許可されていたが、フローレンス・ガロはそれを守らなかったものとみられる。

ニューヨーク・ジャーナル社のデータベースに捜査の結果が保存されているか調べたが、何もみつからなかった。さて、こんどは〈#ウィンターサン〉のホームページを開いた。〝お問い合わせ〟ボタンを押して必要事項を記入すれば、編集主幹のアラン・ブリッジス宛にメールを送れるようになっていた。とくに何かを期待したのではないが、フローレンスについての話を聞きたいと書き、面会を申しこんだ。

メールを送信したちょうどそのとき、スマートフォンが鳴った。従兄の医師アレクサンドルで、ここニューヨークが午前九時半だから、パリは午後三時半である。

「やあ、アレックス！」

「元気か、ラファエル？　いま休憩時間なんで電話した」

「ありがたい。いいニュースか？」

電話の向こうからため息が聞こえてきた。

「違うね、残念ながら。心配していたことが確認された。昨夜遅い時刻に、クロティルド・ブロンデルに脳内出血のあることが分かったんだ」

「ただちに手術をやったらしい。かなりの溢血で、場所も良くないということだ。手術自体はうまくいったようだが、本人は呼吸不全に陥った。今のところ昏睡状態のままのようだな」

「そうか……」

「また何かあれば教えてもらいたい」

「分かってる」

電話を切るなり、ほぼ同時に二通のメールが届いた。意外にも、メ・スヨンとアラン・ブリッジスがまるで打ち合わせたかのように同じ返答をくれた。わたしの依頼に応じるつもりであり、こちらの都合に合わせると言ってきた。今日のうちにも二つの面会を続けて申しこみながら、わたしは二人の回答の早さと真剣さを慮った。基本的には、メディアに直接関わる両人がわたしに協力すべき理由はない。理由があるとすれば、それはあの事件についてわたしが知っていることを知りたがっているということだ……。

午前九時半過ぎ。朝寝坊をしていた息子も目を覚ましたようだ。ドア越しに、笑いながら片言をしゃべるテオのごきげんな声が聞こえた。テオは二週間前からお気に入りのビートルズの「ゲット・バック」をかなり達者なスキャット唱法で歌っていた。わたしは両開きのドアを開けはなってテオの笑いを誘いながら、コンシェルジュにベビーシッターの出動を依頼した。見るからに上機嫌のテオは、つぎに自作の新曲「パパどこ?」を披露する。こうして三十分間というもの、風呂に入れ、全身くまなくマルセイユ石鹸で洗い、おむつ、肌着、ラベンダーの香りがする清潔な服を着せ、とわたしはテオにかかりきりとなった。

「ビスケット！　ビスケット！」

立ちあがるなり、この二本の脚を生やした胃袋は、ミニバーの上においてある〈オレオ〉の箱にもう目をとめていた。

「ビスケットはまだだろう。今はミルクだ。さあ、行くぞ！　下に行って食べよう」

「しゃーいくぞ！」テオがくり返した。

荷物を大きな袋に入れると、わたしは部屋のドアを閉め、頭のなかで忘れてはいけない物の確認をする。フィフィ、オッケー。哺乳瓶、オッケー。『チュピのいたずら』、オッケー。自動車、オッケー。交換用のおむつ、オッケー。おしり拭き、オッケー。ティッシュペーパー、オッケー。クレヨン、オッケー。塗り絵、オッケー！

ほっとして廊下を歩きだし、エレベーターに乗ろうとしたとき、「パパ、おしゃぶり」。また忘れた！　いつもおしゃぶりを忘れる。

「どうして部屋を出るまえに言ってくれないんだ？」

自尊心を傷つけられたテオは、今にも泣きそうな顔になる。わたしもいつも悪役ばかりではたまらない。

「おい、テオくん、下手なお芝居はよせ！」

部屋にもどり、五分かけてベッドの下からほこりだらけのおしゃぶりをみつけ、丁寧に洗ったところで怪しいにおい。調べるまでもなく、また大災害。ため息をついたあとにおむつ交換、空腹で胃が鳴った。感情の行き違い、罪の意識、なだめるための術策。怖ろしくなるほどの時間の浪費。ふたたびエレベーターへ。鏡を見て、髪の毛を整える。わたしが先に、それからテオも。笑みを交わし、万事オッケー。テオもわたしも。

一階ホールに着いたとき、ちょうど十時になった。ホールの反対側、玄関の重そうな扉が開いて大きなシルエットが現れた。たちまちテオの顔が輝いた。

「マック！　マック！」テオがホールの中央に進んできた男を指さし叫んだ。

わたしは目を細めた。自分の目を疑ったけれど、同時に信じられないほど安心した。マルク・カラデックがわたしに会いにニューヨークまで来てくれた！

3

「土砂降りだった。その林道の背の高い草に囲まれた車のなかで一人だった。ポンプアクションライフルを持ったやつがまえの四駆から降りると、こちらに向かってきたんだ」

ホテル中庭のテーブルに落ち着いたマルクとわたしは、三十分前から話していた。すべての情報を交換したのだ。こんども、また、情報には齟齬（そご）がないうえ、クレアとその母親の過去をさらに劇的に浮かびあがらせた。わたしたちの調査は予想以上に実り多いものになった。

「相手はおれに照準を合わせた」マルクは続けた。「ヘッドライトの明かりで、おれは相手がどんなやつかはっきり確かめた。変わった体形で、小太りだが引きしまった体に赤毛の長髪、ひげの濃いやつだった。おれから三メートルほど離れ、引き金に指をかけていた」

わたしは聞き入っていたが、マルクは話を中断してテオの口を拭いた。ベビーチェアに座った息子は、リコッタチーズを塗ったパンを食べながら、わたしたち二人の会話を熱心に聞いているようだった。

「やつが撃ち、フロントガラスが粉々になった。こめかみからほんの数ミリのところを弾丸がかすった」

「ふむ、それで？」

椅子に深く座りこんだわたしは、二人の調査がとんでもない領域に踏みこんでしまったことに衝撃を受けた。

マルクは肩をすくめ、カップのカプチーノに口をつけた。

「何だと思ってる、おれが二発目を撃たせるわけがないだろう？　恐怖で、ハンドルの下に頭を隠したが、その弾みでグローブボックスが開き、おれの拳銃が床に滑り落ちた。おれはそれをつかみ、撃ったよ。やつかおれかの瀬戸際で、チャンスはおれのほうにあった」

わたしは背骨を電流が走って全身を震わせているというのに、マルクときたら、その凶暴な体験をそれほど重く捉えていないようだ。とはいうものの、何にも動じないような彼の態度の裏には、人間のか弱さを充分に理解する繊細かつ悩み多き男が隠されているのをわたしは知っていた。

「ツーピー！　ツーピー！」

顔じゅうリコッタチーズだらけのテオは『チュピのいたずら』を要求した。わたしは袋のなかから絵本を出して息子に渡した。そのあと、マルクが言ったことで、わたしは呆気にとられる。

「おれはやつを知らないわけではなかった」マルクは言った。「やつは刑事さ。ずっと昔、会ったことがある。当時、やつは未成年保護班(BPM)の所属で、〈木こり〉というあだ名で呼ばれていたが、本名はステファン・ラコストだ」

　喉が締めつけられるようにわたしは感じた。マルクが一人の人間を殺したということが信じられなかった。自分が始めたことの重大さに茫然とし、そのすべてのきっかけがわたしとクレアの口論だと思うと怖ろしくなった。それもわたしが始めた言い争いだった。単にわたしの嫉妬心のせい、単にわたしが結婚予定の女性の過去を詮索したいと思ったからだ。

　マルクがわたしを現実に引きもどす。

「やつの車のなかを調べたんだが、何もなかった。クレアが乗せられた形跡とか、とにかく何もない。ラコストは相当に警戒していたんだろう、携帯さえ持っていなかったからな」

「たいへんなことになるぞ！　マルク、警察はあなただと突きとめるに決まっている」

　マルクは首を振った。

「いや、それはないだろう。だいたい連中は、おれが撃った弾丸を発見できない。おまけに、ラコストの死体を運転席に座らせて、車ごと見事なバーベキューにしてやったよ。あれが盗難車であることは、まず間違いない。つまり、警察が発見するのはステファン・ラコストの黒こげの骨だけさ。身元確認をするには歯の鑑定が必要だが、とんでもない時間がかかるだろう」

「自分の車はどうした？」

「きみの言うとおり、そこが微妙な点だな。フロントガラスが割れた状態で、そう長くは運転できなかった。十キロほどゆっくり運転したらシャロン＝アン＝シャンパーニュに着いた。そこで、昔風にワイヤーをショートさせてポンコツ車を拝借した。ほとんど残骸のような状態の一九九四年型のルノー・シュペール５、まだ走っているんだ、知ってたか？　中古車市場で二百ユーロってところだろうが……」

「レンジローバーはどうしたんだ？」

「心配いらん。知り合いの修理工場に頼んでとりに行ってもらった。そのうちパリで新車同様になっているのを見られる」

　わたしは目をつぶって神経を集中させようとした。いくつかの情報を繋ぎ合わせなければならなかった。

「その刑事ステファン・ラコストだが、クレアの拉致とどう繋がってくるのかな。マルク、あなたはどう思うんだ？」

　マルクはポケットから出した手帳をめくった。

「その点は、正直なところ、おれにも見当がつかない。出発するまえ、空港からいろいろ電話をかけてラコストの経歴について調べた。この男は最初にオルレアンの捜査介入部（BRI）、その後は未青年保護班へ、それからヴェルサイユ司法警察へ行った。リシャール・アンジェリという警部が目をかけ、いつも身近においていたようだが、おれの同僚の話によれば、アンジェリがパリ警視庁のBRIに移った際に引っぱろうとしたが、本人は昇任試験に滑ったという」

わたしはマルクの話に反応した。

「ちょっと待った！　そのリシャール・アンジェリという名は知ってるぞ！　ごく最近に聞いた名だ」

わたしは記憶のなかを探ったが、その努力は空転するしかなかった。

「どういう機会に聞いたか覚えているか？」

「それがはっきりしない。そのうちに思いだすだろう。あなたはどうなんだ、聞いたことがないか？」

「ないな、一度も会っていない。ただし、おれが調べたかぎり、この男はとんとん拍子で出世している。四十そこそこで立派な経歴だ。優秀な刑事(デカ)なんだろう。偶然でパリ警視庁のBRI、いわゆるギャング対策本部の警部にはなれない。しかもそんな年齢で……」

ガバッと椅子から立ちあがったわたしは、興奮のあまり息子テオの手から絵本をとりあげた。

驚いて、大きな声で泣きだしたテオを、マルクが腕に抱きあげた。わたしは震える手でページをめくり、パリの空港に向かうタクシーのなかで絵本に書きつけたメモを探した。

「リシャール・アンジェリが何者か分かった！」わたしは絵本をマルクに見せながら言った。「マルレーヌ・ドラトゥールの彼氏だった男だ。当時、ボルドーの凶悪事件捜査班にいた駆け出しの刑事で、二〇〇五年のクレア・カーライル事件の捜査に加わっていた男」

マルクはその情報を咀嚼し、それから仮説を述べはじめる。

「雇われた男というのがアンジェリかもしれんな」

「雇われた男？」

「ジョイスに雇われ、独自に調査を進める人物がいたと、きみが言ったんだろ。当の捜査に関わるフランス人の刑事より適任者はいるか？　ぜんぶの情報に通じているから、補足の捜査だってやりやすいだろうが」

そのシナリオは不合理でなかった。わたしはジョイスがその将来有望な刑事をごく内密に雇う光景を想像してみた。でも、だれの口利きがあったのか？　それに、当時は捜査が行き詰まって結果を出せなかったのに、なぜ今日になって、アンジェリとその手下ステファン・ラコストの影が浮かびあがるのか？

「ハロー、テオ！　ハウアーユ、ラブリ・ヤンボーイ？」

目を上げると、ベビーシッターのマリーケが来てくれたところだった。いつものように気取っていて、ワックスプリント地とレース編みで体の線を強調するワンピースという格好は、ファッションウィークで賑わうニューヨークのどこかのランウェイから急いで直行してくれたように見えた。

テオの機嫌がなおるのにそれほど時間はかからなかった。いたずらっ子の笑みを浮かべ、美しいドイツ人女性の気を引こうとする。

わたしは腕時計を見てから立ちあがった。アラン・ブリッジスとの待ち合わせに向かう時刻だった。

15　ジョイス・カーライル事件

まえよりも愛して、わたしは苦しんでいるのですから。
ジョルジュ・サンド

1

〈#ウィンターサン〉の本社は、アイロンに似た三角形であることからフラットアイアンと呼ばれるニューヨークの名高いビルの最上階ぜんぶを占めていた。正午に近い日差しのなか、白い石の円柱で飾られた建物正面はギリシアの神殿を思わせた。

なかに入ると、〈#ウィンターサン〉の社内は充分な資金調達のおかげでデザイナーに内装を任せ、ベンチャー企業らしい雰囲気が漂っていた。仕切りをいっさいなくしたオープンスペースで、いくつかの無定型なミーティングスペースで構成されている。木目を露わにした床はほとんど白で、スツールやカウチ、色とりどりのチャールズ・イームズの椅子が散らばっていた。

中央にあるカウンターの後ろで、バリスタが泡立つカプチーノを作っているところだった。スタッフたちがピンポンやテーブルサッカーの台を囲んで競っている。彼らの平均年齢は二十五歳を超えないだろう。一部は大学にもまだ行っていない歳のように見えた。格好をいうなら何でもありのようで、男子はひげを生やしたヒップスターからザッカーバーグのクローンたち、女子を見るとウィリアムズバーグの古着屋でみつけたような薄手のワンピースに〈パーフェクト〉のライダース、あるいはもっと都会風の、たとえばファッションブロガーが載せるポラロイド写真のような格好をしていた。

手のひらに移植されたかのようなスマートフォン、膝においたノートパソコン、これら一風変わった集団はテーブルの上の大きなサラダボウルからスプラウトやケールのチップをつまみながらキーボードを叩いている。わたしは驚かされっぱなしだったが、事実は戯画よりも奇なりの光景が眼前にあった。

「お待たせして申し訳ない。この三日間、ずっと駆けずり回っているんで……」

わたしたちを迎えたアラン・ブリッジスのフランス語はほぼ完璧だった。

わたしも挨拶をし、マルク・カラデックが元はエリート警察官であり、わたしの調査を手伝ってくれているのだと紹介した。

「わたしはフランスが好きなんです」ブリッジスはそう言って、わたしたちと握手をした。

「二十歳のとき、一年ほどエクス＝アン＝プロヴァンスの大学に行きました。ずいぶん昔のことだ。ジスカール・デスタンが大統領になったばかりでした。それほど昔です」

溌剌とした六十歳そこそこの〈#ウィンターサン〉の編集長は、白いシャツに淡色のパンツ、薄いツイードのジャケットに革製スニーカーという格好だった。カリスマ性を否応なく感じさせるブリッジスは、長身で温かい声、同姓の俳優ジェフ・ブリッジスを思わせた。ネットによると彼の本名はアラン・コワルコフスキーで、十七歳のとき学校新聞にブリッジスの名で記事を書いていたというから、偶然ではないかもしれない。

「こちらへどうぞ」ブリッジスは言って、その階にひとつしかない仕切りのあるスペースにわたしたちを招きいれた。

ニューヨークに来るようになって、フラットアイアン・ビルのそばを通るたび、わたしはこの風変わりな摩天楼のなかがどうなっているのかと好奇心を募らせたものだが、その期待は裏切られなかった。細長い二等辺三角形のブリッジスのオフィスは、ブロードウェイと五番街、マディソン・スクエア・パークを見下ろす絶景を用意しておいてくれた。

「どうぞ、お座りください」ブリッジスは言った。「電話を一本だけかけさせてください。党大会で報道が過熱しているもんで」

それに気づかぬわけにはいかなかった。当初、ミネアポリスで予定されていた共和党の全国大会が、ミネソタを襲うと予報されたハリケーンのせいで、急遽ニューヨークに会場が変更されたのだった。二日前からマディソン・スクエア・ガーデンで開催されているコンベンションは、党の公認を勝ちとったタッド・コープランドの指名受諾演説で幕を閉じる。

壁の三つのテレビ画面は無音でニュース番組を流しており、それぞれ有力議員、ジェブ・

ブッシュ、カーリー・フィオリーナ、テッド・クルーズ、クリス・クリスティー、タッド・コープランドの顔を映していた。

ブリッジスの作業テーブルは、二つの架台に木製無垢の古いドアを渡しただけのもので、その上には、手書きで書き込みのあるわたし自身に関するウィキペディアの記事が広げてあった。

ブリッジスが共和党指名候補への独占インタビューを申しこんでいるあいだ、わたしは少しだけ室内を歩いてみた。

仏教と道教から着想を得たかのような内装は独創的だった。簡素、未完成と風化を際立たせるスタイルは、わびとさびを基調とするデザイナーの意図が感じられた。

ひなびた感じの棚におかれた質素な額のなか、バッテリー・パークを背景に手を繋ぐブリッジスとフローレンス・ガロの写真があった。室内にたった一枚だけある写真だった。ふいに明らかになった事実にガンと頭を殴られたように思った。フローレンス・ガロとアラン・ブリッジスは恋人同士だった！　それが唯一の理由で、彼はわたしとの面会を受けいれたのだ。あの写真が物語るように、フローレンスは彼の奪われてしまった愛、彼は今でも毎日のようにその不在を感じているのだろう。

胸を刺すようなイメージ、わたしは長いことそのせいでカメラが好きになれなかった。ノスタルジーを掻きたてる冷酷なメカニズム。幾千回もの目眩（めくら）ましのシャッターが、すでに蒸発してしまった瞬間を凝固させる。もっと悪いことに、引き金が二段階になった銃であるかのように、弾丸は数年後にしか的に当たらず、しかも的をはずすことがないのだ。というのも、さまざまな出来事のなかで、失われた純真さや沈黙させられた愛など、過去にまつわるものほど強靭なものはない。つかめなかったチャンスの思い出、見逃してしまった幸運の記憶ほど辛いことはない。

父親になることをわたしが熱望したのもそれが理由だった。子供を持つことは、面倒なノスタルジーと干からびた新鮮さに対する解毒剤である。子供を持つことは、重すぎる過去を切りすて、己を明日に向かわせるためにあるひとつの方便かもしれない。子供を持てば、過去よりも未来がより重要になるということだ。子供を持つのは、もはや過去が未来に打ち勝つことなどありえないと確信することでもある。

2

「お待たせした」電話を切って、ブリッジスが言った。「バルテレミさん、あなたのメールを非常に興味を持って読みました。しかしどうしてあなたがフローレンス・ガロに関心をお持ちなのか分からないんですが」

時間をむだにしたくなかったので、わたしはすぐ要点を述べた。

「フローレンスの事故死が偽装かもしれないと、あなたは一度も考えたことがありませんか？」

ブリッジスは眉をひそめたが、マルク・カラデックが追い打ちをかける。

「フローレンスが殺害されたかもしれないと、一度も考えたことがないですか?」

びっくりしたように、ブリッジスはゆっくり首を横に振った。

「一瞬でもそんな考えが頭のなかをよぎったことはないな」ブリッジスは断定的に言った。

「わたしの知るかぎり、捜査は事故という見方をはっきりと裏づけた。フローレンスは気が滅入ったときとか、気分転換が必要なとき、よくあそこにジャンプをしに行っていた。彼女の車も公園のなか、橋から数メートルのあたりでみつかった」

「パラシュートが開かなかったのは運が悪かったと?」

「いい加減なことは言わないでもらいたい。わたしはベースジャンプに特別詳しいわけじゃないが、ああいったスポーツにはありうる事故ではないのかな。それに、もしだれかを殺したいのだったら、ウエストヴァージニアの人里離れた場所にある橋から投げ落とすより、ずっとたしかな方法があると思うんだが?」

「彼女を恨んでいた人物に心当たりは?」

「殺すほど恨む?　わたしの知っているかぎり、それはない」

「その時期、フローレンスが何に関する取材をしていたか分かりますか?」

「はっきりと覚えてないが、危険と思われるものではなかった」

「彼女はスクープを追うタイプの記者ではなかったんですか?」

「厳密には違う。いわば、スクープのほうが近づいてきてたんじゃないかな。彼女が説得力と理解力を武器にしていたからだ。フローレンスはたぐいまれな人物、ほんとうにすばらしい女性だった。教養があって自立心に富み、豊かな感受性の持ち主で、彼女にとっては倫理という言葉が大きな意味を持っていた。ジャーナリストの仕事において慎みを心得ていた。それはじつに珍しいことで、いささか古い流儀であり、若干時代遅れではあったがね」

ブリッジスはしばらく黙り、それから写真に目を向けた。目が光っていた。自分の動揺がわたしたちに気づかれたと知った後も、ブリッジスはそれを隠そうとしなかった。

「はっきりさせておくべきだと思うし、べつに秘密でもないから言いますが、当時、フローレンスとわたしは付き合っていた、愛しあっていたんです」

彼は深いため息をつき、がっくり肩を落とした。その十秒で十年も老けたように見えた。

「わたしには、あれは辛い時期だった」ブリッジスは続ける。「キャリーとのあいだに——わたしの妻だが——四歳の子がいたうえ、妻は妊娠八か月の身だった。人でなし、悪党、どうわたしを呼んでもらっても構わないが、そういう状況になってしまった。そう、わたしはフローレンスを愛してしまった。彼女のために、わたしは妊娠している妻と別れるつもりでいた。なぜなら、フローレンスはわたしがずっと待っていた女性だったからだ。やっとその人とめぐり逢ったということだ。残念ながら、それが好ましい時期ではなかった……」

ブリッジスが話すのを聞いていて、わたしはただちに彼に好感を抱いた。気力を失ったかに見えたが、ブリッジスの目にまた輝きがもどった。フローレンスへの思いがいまだに強く、わざわざ記憶を呼びもどす必要もなかったのだろう。

「バルテレミさん、どうしてフローレンスに関心があるんです？」ブリッジスがまた聞いた。わたしは答えようとしたが、マルクが警戒しろとの視線を向けたので、そのまま押しだまった。マルクの正しい判断だった。ブリッジスは調査チームを抱えるジャーナリズムの古強者だった。一言でもしゃべりすぎれば、クレアの秘密は暴かれてしまうだろう。だからわたしは答えるまえに考え、言葉を選ぶようにした。

「フローレンス・ガロの死が仕組まれたものと考えるに充分な理由、わたしたちはそれを知っているんです」

アラン・ブリッジスがまたため息をついた。

「いいですか、ゲームはもう充分でしょう。ジャーナリズムの世界では、情報に対抗できるのは情報しかないんです。わたしは自分の情報を提供した。こんどはあなたの番です。あなた方の網には何が入っているんです？」

「わたしはフローレンスが亡くなった時点で何を調査していたのかお伝えできますが」

自分でも気づかないのだろう、ブリッジスは拳を握りしめ、爪が肉に食いこんでいた。彼はその情報に興味があることを隠せない。マルクは攻守逆転のチャンスと感じたようだ。

「アラン、あんたも分かっているだろうが、われわれは同じ側にいる」マルクが言った。

「真実をみつけようとする側だ」

「だが、いったいどの真実のことを話しているんだ？」

「分かった。だがそのまえに、もうひとつだけ質問させてくれ。さっきあんたは言ったが、フローレンスは気分が落ちこんだりすると、ベースジャンプをやりに行っていたんですな？」

「そのとおり」

「では聞くが、あの週末、彼女が落ちこんでいたと考えたのは、どういう理由かな？」

ふたたびため息。こんどはそれを思いだしたくないだけでなく、真の苦痛のようだった。

「フローレンスが死ぬ前々日、あれは金曜日だったが、妻がわたしたちの関係を知った。身重の体なのに、キャリーはひどく逆上して新聞社まで乗りこんできた。全スタッフのまえで、わたしを怒鳴りつけた。妻はわたしに恥をかかされたので、その場で手首を切ると言った。そしてフローレンスがいるのを見て飛びかかり、フローレンスのデスクにあった物ぜんぶを投げすて、ＭａｃＢｏｏｋを壁に叩きつけた。そんな暴れ方をしたものだから気分が悪くなって、病院に連れて行かざるをえなくなり、結局その病院で早産することになった」

わたしはその話に唖然とさせられた。だれの人生も、ある日このような激震に見舞われる。そのようなとき、感情はカラカラに乾いた松林のなかで擦られるマッチ棒のようになる。築いてきたすべてを呑みこむ火災の火付け役であり、わたしたちを地獄へと引きずりおろす。あるいは、再生へと。

「あんたがフローレンスと最後に話したのはいつだったんです？」

マルクは話を元の筋道にもどす。やはり尋問には慣れており、警部時代のテンポで話を進めた。

「話はしていないが、彼女はわたしの携帯にメッセージを残した。あの翌日だった。わたしがメッセージに気づいたときはもう夜になっていた」

「どういう内容でした？」

ブリッジスは少し考えた。

「『アラン、今あなたにメールを送ったところ。その添付ファイルをコピーして。とても信じられない内容だから、きっとあなたは自分の耳を疑うでしょうね。電話してちょうだい』というメッセージだった」

マルクがわたしを見た。何かをつかんだ感覚があり、わたしたちは目を見合わせた。ブリッジスは続ける。

「先ほど言ったように、その土曜日、わたしは妻が出産をした病院にいた。わたしたちがどんな状態にあったかは、想像してもらえると思う。それはともかく、メールボックスを覗いたが、フローレンスからのメールは届いていなかった。個人のメールボックスと社のメールボックスの両方を調べた。スパムメールのなかも確かめた。フローレンスのメッセージ自体が曖昧だった。わたしたち二人のことなのか、あるいは仕事のことなのか」

「でも、気にはなったんですな？」

「もちろんだ。夜になり、わたしは病院を抜けだし、イースト・ヴィレッジにある彼女のアパートまで出かけてみたが、留守だった。建物の裏に袋小路があって、そこに彼女は車を停めるんだが、彼女の小型のレクサスはなかった」

ふいに赤毛の女性記者がガラスドアをノックして入ってきた。

「タッド・コープランドがインタビューを受けるって言ってきました！」女性は叫びながら、持っていたノートパソコンの画面をブリッジスに見せた。「最初の独占インタビュー、あなたと彼だけで、場所はコロンバス・パークのバスケットボールのコートです。でも、わが社がコープランドに媚びているという印象を与えないでしょうか？」

「クロス、わたしがいい質問をするから心配するな」編集長は答えた。

ブリッジスは女性記者が出ていくのを待ち、ふたたび過去へともどっていった。

「フローレンスの死の知らせは、わたしにとってはまさに津波だった。妻とは最終的に離婚したが、妻は辣腕弁護士を雇い、シャツ一枚も残さずわたしから搾りとり、子供にも滅多に会えないようにした。それに仕事面でも、まるで地獄だった。二〇〇九年の倒産をまえに、わたしはもうジャーナリストではなくなり、人を解雇するのが仕事だった。わたしの人生の暗黒の季節だった」

マルクは自分の頭にある筋書きを追いつづける。

「フローレンスからのメールを違う方法でみつけようとは思わなかった、そういうことですか？」

「しばらくのあいだ、彼女の残したメッセージのことは考えなかった。そのあと、フローレンスの仕事用メールボックスを調べてみたのだが、やはり何もみつからなかった。あの当時、ニューヨーク・ジャーナル社は大規模なハッキングの餌食となっていた。わたし自身のメールボックスも侵入されており、大混乱にあったことはたしかだが」

「それでもおかしいとは感じなかったと？」

「正直なところ、脅迫とかハッキングとかはしょっちゅうあるんだ。『ニューヨーク・ジャーナル』は進歩派と言われており、あれはジョージ・W・ブッシュが大統領任期をあと二年残している時期だった。わたしたちはタカ派をやっつけるのと、ブッシュ政権の虚偽を追及するのに血道を上げていた。それで……」

「そのハッキングだが、政治的な背景だと考えているわけですか？」

「とは限らない。敵なら銃所有の擁護団体から人工中絶反対派、同性婚反対派、移民排斥主義者、リバタリアンといろいろあるのでね。つまり、アメリカ合衆国の人口の半分が該当する」

「では、フローレンスのコンピュータからは何も得られなかったんですか？」

「まさにそれが問題で、彼女がほかにどのコンピュータを使っていたのかが分からない。常用のＭａｃＢｏｏｋは妻が壊してしまったのでね」

「ふだんフローレンスがあなたに送るメールはどのアドレスに？」

「そういう関係だったので、ふだん彼女はわたしの個人アドレスにメールするようにしていた。そのアドレスは今も使っているがね」

　ブリッジスはジャケットのポケットから名刺を出すと、会社の住所などが印刷された横にalan.kowalkowski@att.net とボールペンで書きくわえた。

「ブリッジスはわたしの実名ではない。いろいろ書きはじめた当時は、こっちのほうが響きがいいかと思った。そのあとも、この名のほうが女性たちに受けたということもある……」

一瞬、目を宙に泳がせ、彼は失われた青春時代の追憶にとらわれたようだが、すぐ現実にもどった。

「さて、こんどはあなたたちの番だ。フローレンスが死ぬ直前、何について調査をしていたか知っていると言ったね？」

わたしが答えることにした。

「事故の起こる数日前、フローレンスは一人の女性、ジョイス・カーライルと連絡をとった」

ブリッジスはその名を目のまえのメモ帳に書きとめた。

わたしは続ける。

「その女性の娘がフランスで性的変質者により拉致されたのですが、あなたの記憶にありませんか？」

ブリッジスは首を振り、いくらかがっかりしたような表情を見せた。

「わたしの記憶にはないな。しかし、そのような卑劣な事件とどういう繋がりがあるのか、よく分からんのだが……」

「ジョイス・カーライルはフローレンスが亡くなったその数時間前に死んでいるんです」わたしは相手の言葉を遮って言った。

ブリッジスの顔に活気がもどった。

「死因は？」

「公式にはオーバードース、しかしわたしは殺されたんだと考えています」

「何を根拠に？」

「もうちょっとはっきりしてから言いましょう」

ブリッジスは手を組み、親指でまぶたを揉んだ。

「そのジョイス・カーライルだが、わたしのほうでも調査をしましょう」ブリッジスはそう言うと立ちあがり、ガラス仕切りの向こうでガヤガヤ騒いでいる集団を指さした。

「あの若い連中ですが、仕事をしているようには見えないでしょう。ところが、彼らほど優れた醜聞を暴く者（マックレイカー）はほかにいません。その女性について何か隠蔽されたことがあるとすれば、彼らがみつけてくれます」

わたしはグラディスから預かったキーホルダーを出した。

「時間があれば、ここに行ってみるといいでしょう」

「どこの鍵です？」ブリッジスは鍵を受けとりながら聞いた。

「貸倉庫の鍵で、ジョイス・カーライルの遺品を姉妹たちがそこに運びこんだ」

「行ってみるべきでしょうね」ブリッジスは言った。

彼がわたしたちをエレベーターまで見送ってくれるあいだ、わたしは何かやり残したような感覚を覚えた。小説のある章を書き終えたはずなのに、何か書き忘れたような漠然とした感覚と同じだった。よい章とは、序盤、中盤、終盤の三部からなる。ところがブリッジスとの話で、わたしは脇道にそれてしまったようだ。本質からはずれたのだ。何を見るべきだったのか？　何を聞き忘れたのだろう？

ブリッジスと握手をし、エレベーターのドアが閉まりかけたとき、わたしはドアを押さえた。

「フローレンスはどこに住んでいたんですか？」わたしはブリッジスに聞いた。

去りかけていた彼がふり返った。

「もう言ったと思うが、イースト・ヴィレッジ地区です」

「正確な住所を知りたい」

「小さな建物で、バワリー・ストリートとボンド・ストリートの角です」

わたしはマルクに視線を合わせた。ジョイスが危害を加えられているとの通報は、まさにその住所にある公衆電話からだった！

3

フラットアイアン・ビルを出て、わたしたちは南に向かい、陽の当たるブロードウェイとユニバーシティ・プレイスの歩道をグリニッチ・ヴィレッジまで歩いた。マンハッタンはどこも混雑していた。共和党のコンベンションで、ジャーナリストや代議員、活動家、支援者などが押しよせていた。そこはまだましだったが、マディソン・スクエア・ガーデンに近いいくつかの道路は、コンベンション参加者を宿泊ホテルから会場まで運ぶバスをのぞき、全面的に交通規制されていた。

もともとニューヨークは共和党の根城だったことがない。わたしは二〇〇四年秋、小説の取材でマンハッタンにいた。あのときニューヨークに漂っていた不機嫌な雰囲気を思いだす。ジョージ・W・ブッシュの支援者たちが九・一一同時多発テロ事件時の一体感を蘇らせようとコンベンションの会場にニューヨークを選んだのだった。当時のニューヨークは共和党を嫌悪していた。ことにマイケル・ムーアの呼びかけで数十万人が、ブッシュ大統領の嘘と正当性のない対イラク戦争に抗議するデモでマンハッタンを埋めつくした。まるで戒厳令下のようだった。あちこちでデモは暴徒化し、そのうち数百人が検挙された。マディソン・スクエア・ガーデンのなかに押しこめられた共和党員たちがコンクリートブロックのバリケードに囲まれ、数千名の警官に護られる映像が世界を駆けめぐった。それでもブッシュは再選されたが、共和党のイメージが傷ついたのは否めない。

あれから十二年、いろいろな出来事があった。この土曜日の午後、大勢の警官隊が動員されているにもかかわらず、驚くほど穏やかな雰囲気だった。それは共和党員が珍しく若くて穏健派、ションダ・ライムズのテレビドラマシリーズからそのまま抜けだしたような候補者を指名したからだろう。ペンシルヴェニア州知事のタッド・コープランドは、世論調査によるとヒラリー・クリントンと五分五分の支持率を得ている。

中絶権利擁護派で環境保護の立場、銃規制にも同性愛者の権利確立にも賛成なので、コープランドは自党の多くの人々をとまどわせるというか、いらだたせる。しかし、予備選挙に向けての熾烈な闘いの末、彼は共和党守旧派の過激主義者ドナルド・トランプとテッド・クルーズを僅差で破って周りを驚かせた。

現在のところ、選挙運動が展開されるなか、メディアが「白いバラク・オバマ」と名づけたコープランドのほうにより勢いがあるように感じられる。現職大統領と同じように、コープランドも最初の仕事はソーシャルワーカーで、その後、ペンシルヴェニア大学の憲法学教授となった。庶民階級の出身、五十歳そこそこの若々しく優雅な容姿で、自分より年上で政治家一家のエリート臭の強い民主党女性候補に時代遅れの印象を植えつけ、その票を吸いとっているようだった。

わたしは腕時計を見た。つぎの待ち合わせまで時間がかなりあって、少しまえから、マルクが重そうに足を引きずっていることにも気づいていた。

「生ガキを食べたくないか？」

「悪くない考えだ」マルクは応じた。「少しばかり疲れたところだ。時差のせいだな……」

「……それと、ラコストをばらした精神的ショックもきっとあるんだろうな」

マルクは眉ひとつ動かさずわたしに視線を合わせた。

「あの男のためにおれが涙を流すなんて期待しないでくれよ」

わたしは現在地を確かめようと顔を上げた。

「こっちだ！」

近くにそのレストランがあるのを知っていた。コーネリア・ストリートとブリーカー・ストリートの角にあり、ニューヨークに住むわたしの友人、フランスではわたしと同じ出版社から本を出している作家に何度か連れて行かれたオイスター・バーだった。

マルクはわたしを追うように歩き、窓枠が色とりどりで赤レンガの建物が並ぶ細い道までたどり着いた。

「いらっしゃい！　お好きな場所にどうぞ！」

このオイスター・バーのドアを開けるたび、わたしは地元の常連しかいない雰囲気にほっとさせられた。

「いい雰囲気だ」マルクはカウンターのスツールに腰かけながら褒めた。

「気に入ってもらえると思ったよ」

オイスター・バーでは、時が一九六〇年代初頭で止まっていた。ニューイングランドの漁港にあるようなレストラン、そこではウェイトレスが客に「ダーリン」と呼びかけながら、アペタイザーのクラッカーを出してくれる。またそこでは、ラジオがリッチー・ヴァレンスやジョニー・マティス、チャビー・チェッカーの歌を流し、店主が鉛筆を耳に挟んでおり、イチゴがちゃんとイチゴの味をしていて、人はインターネットやキム・カーダシアンの存在さえ忘れてしまえる。

わたしは〈スペシャル〉の盛り合わせとサンセールの白を注文した。深刻な問題を抱えてこそいたが、乾杯をすることにして杯を上げたとき、わたしの胸に強い感謝の気持ちが湧きあがった。彼を知ってからというもの、マルク・カラデックはいつでもわたしのため、息子のため、そばにいてくれた。今日だって、わたしを追ってニューヨークまで飛んでくることを厭わなかった。わたしのために、彼は殺される寸前までいき、一人の男を殺さざるをえない状況に追いこまれた。

ついでに認めてしまうなら、クレアと彼をのぞくと、わたしにはだれもいなかった。わたしは姉と何の共通点もなかったし、今はスペインに住む母は孫テオが生まれてから二回だけ会いに来た。父はというと、ずっと南仏に住んでおり、二十五歳の女と新しい生活を始めていた。正確に言うなら、だれとも喧嘩をしているわけではないが、わたしたちは疎遠というか、繋がりというものがほとんどなかった。寂しい家族である。

「マルク、ここまで来てくれて感謝する。このとんでもない話に巻きこんでしまい、ほんとうにすまないと思っている」

わたしたちは目を合わせる。仲間同士の控えめな目配せ。

「心配するなって。きみの大事なクレア・カーライルを助けだそうじゃないか」

「慰めで言っているんだろう」

「いや、本気だ。おれたちの調査は進展を見せている。おれたち二人は最高のコンビさ」

「ほんとにそう思うか？」

「ほんとだよ。捜査官として、きみは悪くない」

二人でアラン・ブリッジスに会いに行き、そこでわれわれのガソリンが満タンになったように感じていた。ただ、新事実を拾いあつめたものの、あいかわらず目の前に解きほぐさなければならない巨大な糸玉があるような気がしてならなかった。

マルクはメガネをかけ、ホテルから持ってきた地図をポケットから出して広げた。

「さて、ジョイスが死んだ日に起こった出来事がどこであったのか教えてくれ」

わたしが指で示す箇所、まずハーレムのジョイスの自宅に、つぎに十五キロほど南のイースト・ヴィレッジにあったフローレンス・ガロの家にマルクはボールペンで×印をつけた。

「きみのシナリオを聞こう」マルクはワインを注ぎながら言った。

わたしは声に出して考える。

「フローレンスはメールを送ったすぐあと、『とても信じられない内容、きっとあなたは自分の耳を疑うでしょうね』と、アラン・ブリッジスの電話にメッセージを残した。彼はそのメールを受けとらなかったと言っている」

「そうだな」

「彼女は『きっとあなたは信じないでしょう』、あるいは『きっとあなたは自分の目を疑うでしょう』とは言わずに、『自分の耳を』と言った。ということは、すでに明らかなことだが、彼女がメールで送ったのは音声ファイルだった」

「それには同意するが、いったい何のファイルだ？」

「フローレンスが録音したばかりの会話だ」

マルクは疑るような目つきをした。あるいはそうかもしれない、あるいは違うかも……。

わたしはそんなマルクの半信半疑の視線にもめげず、先を続ける。

「ぼくのシナリオを知りたいんだろう。それを話そう。まずフローレンスは、ジョイスの承諾を得ずに録音などしなかった」

「なぜきみはそこまで断定できるんだね？」

「なぜなら、彼女がそんなことをする人物ではなかったから。加えて、最初はジョイスがフローレンスに会いに行き、自分の話を聞かせたんだと、ぼくは当初から思っていたからだ」

「つまり、きみは二人の女が合意のうえで、第三者との会話を録音したと思っているんだな？」

「そうだ。ジョイスが自宅で待ち合わせた第三の人物との会話だよ。筋書きはこうなる。ジョイスはその相手にしゃべらせるために呼びだし、同時に、プリペイドの携帯電話を通話状態にした。電話の向こう側ではフローレンスが会話を聞いており、同時に録音もしていた。そして突然……」

「……話し合いが軌道を外れ、言い争いになってしまった」マルクが話に乗り、あとを続ける。「もしかしたら、その第三者が録音されていることに気づいたのかもしれない。いずれにせよ、その人物は凶暴になり、ジョイスを殴りだしたので、彼女は悲鳴をあげた」

「フローレンスはパニック状態になり、外に出て、下の道路の電話ボックスから暴力行為の通報をする。それはグラディスがぼくに預けた警察の書類に書いてある」

注文してあった〈スペシャル〉のトレーがカウンターにおかれるまでのあいだ、わたしは書類のコピーをマルクに見せた。緊急番号九一一へ通報された内容を文字に起こしたもので、マルクはまたメガネをかけねばならなかった。

「たいへんな暴力事件がビルベリー・ストリート六番地、ジョイス・カーライルの家で起きているので通報します。彼女が殺されそうなんです！　早くなんとかして！」

日時――二〇〇五年六月二十五日午後三時。

そこまでは、すべての情報が一致する。ただし警察官は、実際に十分後、現場に駆けつけたのに、何ら異常を発見しなかった。わたしはマルクの肩越しにコピーを見て、二人の警官が窓からバスルームも含め一階全体を見わたせる場所をみつけたが、外から押し入った形跡も、争った跡や血痕も発見しなかったと記述してある箇所をボールペンで囲った。

「しかし、ジョイスの死体が発見されたのはここなんだろう……」マルクはつぶやいた。

「そうだ。翌朝、洗面台のまえで倒れているのを姉のアンジェラが発見した。彼女自身から聞いたんだが、バスルーム内に血痕があったという」

「それはおかしいな」マルクも同意した。「せっかくおれたちが積みあげたシナリオなのに、ぜんぶ崩れちまう」

わたしもため息をついて歯を食いしばり、両手でカウンターを叩いた。

16　コールド・ケース

万物は他者のもの、時間のみ自分のものである。(オムニア・アリエーナ・スント　テンプス・タントウム・ノストルム・エスト)

セネカ

1

大きな音を出すようなことはこのオイスター・バーではご法度(はっと)であり、常連の何人かがわたしに非難の目を向けた。わたしは苛立(いらだ)ちを鎮めようと努めた。

「二人の警官、パウエルとゴメスは絶対に嘘をついている！」

「おれはそうとも限らないと思う」マルクは黒パンにバターを塗りながら言った。

「その理由は？」

彼は肩をすくめた。

「どうして警官が嘘をつかなければならないんだ？　何の目的で？」

「連中は現場になんか行かなかったのかもしれない。当時、いたずら電話がしょっちゅうあって……」

マルクが手を上げ、わたしの言葉を遮った。

「フローレンスの通報は、無視できないくらいの緊迫感に溢れていた。凶悪事件の際、出動手続き規則というのは非常に厳密で、援助要請の通報を無視できないようになっているはずだ。たとえ確認に手抜きがあったとしても、この二人の警官は家のカーテンが閉まっていたと報告すればすむことじゃないか。こんな踏みこんだ証言でリスクを負うことはないだろうが」

半分納得させられ、わたしは彼の言い分を吟味しながら質問をする。

「では、あなたのシナリオを聞かせてもらおうか」

「残念だが、おれは何の仮説も考えてない」マルクは言って、パンを食べ終えた。

それから彼は、生ガキを味わいながらグラディスからの書類の抜粋を読みつづけた。充分な英語読解力はあったが、専門用語や曖昧な言い回しにぶつかるたびわたしに質問をした。

二度ほど、わたしの気づかなかった点というか、重要と思わなかったことを聞いてきた。

ウエスト一三二丁目通り二番地で酒屋を営むアイザック・ランディスは、例の六月二十五日土曜の午後二時四十五分、ジョイス・カーライルにウォッカのボトルを売ったと証言した。

「したがって、ジョイスが自宅付近にいて、その時刻にはまだ生きていたと確認されたわけだが、それ以外はどうなんだ？」と、マルクは言った。

それから、酒屋の位置を地図上で示すよう、わたしに頼んだ。ジョイスの家から、およそ七百メートルの距離だった。

「どうも場所の雰囲気がつかめないな」マルクがつぶやいた。「おれはハーレムに足を踏みいれたことがないのでね、分かるだろう？」

「そうか。最後にニューヨークへ来たのはいつだった？」

マルクは歯のあいだから音をたてて息を吐いた。

「エリーズと娘もいっしょだったから、二〇〇一年の復活祭の休暇のあいだ、九・一一テロ事件の半年前だった」

わたしは前日の午後にエセル・ファラデイとカーライル姉妹を訪ねた際に撮った写真をスマートフォンの画面に表示させ、マルクに渡した。彼は一枚一枚を、ときにズームを使って見ていき、わたしにいくつか質問をした。

「これはどこだろう？」

彼はある店の看板〝ワインとリキュールのディスカウント――創業一九七一年〟を指さした。

「マルコム・X・ストリートとビルベリー・ストリートの角にある」

「ジョイスの家のすぐそばというわけだな？」

「そう、二十メートルあるかないか」

マルクの目が光りだした。わたしには見当がつかなかったが、彼は何かをつかんだ。彼はわたしの腕に手をおいた。

「もしジョイスが気晴らしにアルコールが欲しくなったら、なぜ一キロ近くもある場所まで買いに行くのかな、すぐ近所に酒屋があるというのに?」

それはわたしには些末(さまつ)なことのように思われた。

「近くの店が閉まっていたんじゃないかな」わたしは考えずに応じた。

彼は天を仰いだ。

「土曜の午後にか? 冗談言うな! ここはアメリカであって、フランスじゃない。商店の日曜営業を拡大するマクロン法を待つまでもなく、ニューヨークの商人は土日営業をするに決まっているだろう!」

「まあ、そうだな」

わたしはまだ納得していなかったが、マルクはまるで気にしなかった。

カウンターに広げられた地図を見ているうち、わたしの頭にアンジェラ・カーライルから打ち明けられた話が浮かんできた。あの週末、アンジェラはグラディスといっしょにフィラデルフィアに住む母親に会いに行った。したがって、姉妹の家は留守になっていた。わたしの背筋に震えが走った。

「分かったぞ!」わたしはマルクに宣言した。

驚いているマルクに向かい、わたしは説明を試みた。今のところ理由は不明だが、ジョイスは訪問者を姉妹たちの家で迎えることを選んだ。しかし、そのことをフローレンスに伝える必要はないと判断した。それで、すべての説明がつく。あんな遠くまでウォッカを買いに行ったことのほか、とりわけ警官たちがジョイス宅で何の異常も発見できなかった理由である。単純にフローレンスは、警察に事件とは無関係の場所を通報している意識がなかっただけのことだ！

わたしは興奮して、ワイングラスをカウンターの上に倒してしまった。

「ぼくは不器用でどうしようもないな、ほんと情けなくなる！」

グラスの脚が衝撃で折れていた。ワインが服を濡らし、シャツに大きな染みをつけた。テーブルナプキンを湿らせて服に当てたが、わたしはサンセールのにおいを放つことになった。

「すぐもどる」わたしはスツールを降りた。

フロアをよこぎりトイレに向かったが、使用中だったので待つことにした。そのとき電話が鳴った。マリーケからで、かなり焦っていた。テオが転んで、額にこぶができてしまったという。

「お知らせしておいたほうがよいと思ったんです」厄介な判断をわたしにさせたいのだろうと思った。

後ろでテオがぐずっているのが聞こえた。息子と話したいと告げ、実際に話してみると、ほんの数秒で心配するようなことでないと分かった。

「おい、テオくん、お芝居がうまいな！」

この赤ん坊マキャヴェッリは、同情を買ってベビーシッターに慰めてもらいたかっただけなのだ。もう痛みは忘れてしまい、自分が何を食べたか詳しく教えてくれるのを聞きながら、わたしは離れた場所からマルクを見ていた。この元警部独特の才能を認めなければいけない。会う人に信頼感を与えるのだ。たとえば今も、昔からの友だち同士のように、隣に座って食事のあいだずっとクロッキー帳に色鉛筆を走らせていたべっ甲フレームのメガネをかけた画学生と愉快そうにしゃべっている。わたしは目を細めた。マルクが学生のスマートフォンを借りたところだ。彼は自分の古いノキアがアメリカで使えないとこぼしていた。彼は電話をかけるのではなく、インターネットをサーフしているようだった。**何を調べているのだろう？**

トイレのドアが開いた。わたしはなかに入り、石鹸と温水、つぎに冷水でシャツを洗い、そして温風で乾かした。トイレから出たときは、石鹸のにおいはしても、先ほどの酒臭さは消えていた。

ところが、マルクはカウンターから姿を消していた。

「さっきまでいっしょだった客だけど、どこに行ったか分かるかな？」わたしは画学生に聞いた。

「あなたたちがカップルだったなんて、ぼくは知らなかった」

あほったれ！

「どこに行った？」

「出ていったばかりですよ」メガネの学生は答えた。

字でわたし宛の書き置きがあった。
青年はファスナーを閉めながら、わたしにニューヨークの地図を渡す。その裏に、細かな
「これをあなたに渡すように頼まれました」若者はブルゾンを着ながら言った。
られた。
画学生はオイスター・バーの大きなガラス窓の外を指さした。正直、わたしは啞然とさせ
「出ていった？」

ラフ
別行動をするが、許せ。あることを確かめたいんだ。もしかしたら、ばかげているかもしれない。無駄足ならば、一人のほうがましだろう。

きみはきみで調査を続けろ、せっかく調査方法を考えだしたんだ。小説を書くのと同じさ。

幽霊、カーライル一家のお化けを暴きだせ。

きみの言ったことは当たっていると思う。つまり、世界の真実はかならず子供時代を過ごした土地にあるという点だ。

おれのほうで何かつかみ次第、きみに連絡する。おれの親友テオによろしく。

マルク

ちょっと考えられない行動ではあった。画学生が出ていってしまうまえ、わたしは彼の袖

をつかんで呼びとめた。

「ぼくの相棒だが、どうしてきみのスマートフォンを借りたのか分かるかな？」

若者はポケットからスマートフォンを出した。

「どうぞ、自分で見たらどうです」

検索画面を開くと〈ホワイトページ〉、すなわちアメリカの電話帳だった。

マルクは電話番号もしくは住所を調べようとした。しかし、そのサイトは検索した履歴を記録していなかった。

わたしはスマートフォンを返し、しばらくのあいだ、まるで親とはぐれた子のように茫然としていた。

わたしの人生で重きをなす人たちは、なぜわたしを見捨てようとするのか？

2

元刑事のメ・スヨンとは、ワシントン・スクエアのマンハッタン大学ロー・スクール内にあるという〈トランスペアレンシー・プロジェクト〉の事務所で会うことになっていた。

事務所はガラス張りのスペースで大学図書館の閲覧室を見下ろす場所にあり、アシスタントから待つように言われた。昼すぎの時刻、図書館は学生たちでいっぱいだった。一週間前に新学期が始まったところで、学生は本やノートパソコンに向かい、リラックスした雰囲気ながら、まじめに勉強をしている。

　恵まれたこの学習環境を目にし、わたしは自分が修士課程を過ごしたオンボロのキャンパスを思いだした。席の足りない大教室、退屈極まる講義、政治化した教授連中の無気力な態度、漆喰の剝がれた七〇年代建築の醜悪さ、健全な競争意識の欠如、失業問題と展望なき将来という重苦しい社会情勢。たしかに比較できるものではないし、このロー・スクールに在学中の学生は高額の学費を払っているのだろう。が、少なくとも相応の勉学環境を与えられていた。フランスでいちばん腹が立つのはその問題だった。数十年もまえから、あれだけ硬直し活力のない教育システム、うわべだけの言辞の裏、あれほどの不平等に、どうしてフランス社会は我慢しているのだろう？

　憂鬱な思い――マルクの離脱のせいなのは分かっていた――を追いやり、わたしは待つ時間を利用して、午前中にダウンロードしてあった資料をスマートフォンで見ていった。

　一九九〇年代初頭に死刑制度反対の熱烈な活動家イーサンとジョーン・ディクソン夫妻によって創立されたトランスペアレンシー・プロジェクトは、冤罪の犠牲となった可能性のある人々への援助活動を目的とする組織である。

　独自の調査を行うため、この組織は創設期から国内の法科大学院とのパートナーシップを結んできた。熟練した弁護士の指導のもと、法学生らは昔の刑事事件――ずさんな捜査もしくは、処理能力を超える量の業務を抱えた裁判所によるやっつけ裁判で人生を破壊された人は、えてして恵まれない境遇にある個人である――を再調査する。

この数年来、DNA検査の普及は、すでに判決の下された事件も含めて、それまでいかに誤審が多かったかを明らかにした。アメリカ国民は、合衆国の裁判機構が不公平であるのみならず、無実の者を数多く有罪にするメカニズムであったことに気づいた。こうして、数十人ではなしに数百人、あるいは数千人の市民が、たとえばたった一人の証言のせいで終身刑に処され、あるいは死刑囚となっていた。

DNAが万能ではないにしろ、トランスペアレンシーなどの活動家たちの尽力で、今では不当に有罪とされた人々が、四方が壁の独房ではない、自分の家で眠れるようになった。

「バルテレミさん、こんにちは」

メ・スヨンは後ろ手でドアを閉めた。四十歳前後だろうか、身のこなしは硬く、高慢そうに見えるので、薄い色のジーンズとベルベットの青緑地にロー・スクールの紋章を刺繍したジャケット、履き古したアディダスの〈スーパースター〉、そんなカジュアルな装いがあまりマッチしていなかった。輝くような黒髪、そこにまずだれもが注目するに違いない。ターコイズブルーのかんざしでとめたシニヨンが、一種、貴族的な気品を与えている。

「すぐに会っていただき、感謝しています」わたしは言った。

彼女はわたしに向きあって座り、腕に抱えていた書類とわたしの小説の韓国語版をテーブルにおいた。

「義理の妹の本なんです」わたしに本を差しだしながら言った。「あなたの小説は韓国でとても人気があるので、これにサインをいただければすごく喜びます。名前はイ・ヒョジョンといいます」

　わたしがサインを入れているあいだ、メ・スヨンは打ち明ける。

「カーライル事件はよく覚えています。理由は、わたしが警察を退職するまえに担当した最後の捜査のひとつだったからです」

「まさにその点ですが、どうしてあなたは境界線の反対側に移ったんです？」本を返しながら、わたしは聞いた。

　完璧に化粧した美しい顔の眉が震えた。

「境界線の反対側？　その言い方は一面で当たっているけれど、ある意味で間違ってます。根本的には、同じ仕事ですよね、捜査をし、尋問調書を分析して、犯行現場にも出かけ、証人を探しだすわけですから」

「違うのは、あなたが人々を刑務所に収容するのではなく、そこから出させる点だ」

「公正さが尊重されること、それをわたしは求めているだけです」

　わたしはメ・スヨンが用心しており、予防線を張って、決まり文句しか口にしないことに気づいた。用件に入るまえ、わたしは当たり障りのない話題を選び、彼女の仕事に関する質問をしたが、彼女はわたしにそんな時間がないことを分からせた。

「カーライル事件の何について知りたいんですか？」

　わたしは彼女にグラディスの書類を見せた。

「どうやってこれを手に入れたんです？」彼女は書類をめくり、驚いたようすだった。

「最も合法的な方法です。被害者ジョイス・カーライルの家族が、捜査の混乱を見て、請求したものです」

「捜査に混乱はありませんでしたよ」自尊心が傷ついたのか、彼女は言い返した。

「そのとおりかもしれない。では、こう言いましょう。九一一番に通報された情報と現場に向かった警察官の現場検証のあいだに齟齬があった」

「そうですね。それは覚えています」

彼女の目が鋭くなった。書類のなかを探っても、目的の文書がみつからないようだった。

「遺族に渡されたのは抜粋だけなんです」わたしは説明した。

「そのようですね」

わたしは十分ほどかけて、今までに発見したことを伝えようと決めた。ジョイスが死の数日前に買ったプリペイドの携帯電話のこと、緊急通報のかけられた電話ボックスのすぐそばにジャーナリストのフローレンス・ガロは住んでいて、当人がジョイスと連絡をとりあっていたこと、そしてジョイスが殺害されたのは彼女の姉妹の家であり、死体は死後に自宅のバスルームに運ばれたというわたしの仮説を述べた。

メ・スヨンは黙って話を聞いていたが、わたしが駒を進めるたび、彼女は顔を引きつらせ、かなり動転させられたようだった。

「あなたのお話が事実ならば、捜査の終了が早すぎたことになるのでしょうが、当時、わたしたちがその情報のすべてを持っていなかったことは、お分かりでしょう」わたしが話を終えると、彼女は認めた。顔をしかめ、わたしに同意を求めた。

「検視官(コロナー)も、緊急通報があったにもかかわらず、ありふれたオーバードースと鑑定しましたよね？」

　メ・スヨンの顔は蒼白になっていた。それからまた下を向き、書類を読みはじめた。そこで、わたしは勘を働かせようと思った。

「メさん、捜査ファイルのなかには、それ以外にも重要なことがありましたか？　その書類のなかにないもので」

　メ・スヨンは窓の外に目を向け、視線を宙に泳がせながら自問を始める。

「何の理由があって、あなたはこの十年前の古い事件を調べようと思ったんでしょうか？」

「それは、ちょっとお伝えするわけにはいかないんだ」

「そういうことでしたら、わたしもご協力できません」

　わたしは突然の怒りにとらわれ、相手の顔まで数センチのところに顔を近づけて声を荒らげた。

「今この場で、あなたには協力していただくつもりだ！　なぜなら、あなたは十年前に重大な過失を犯したからだ！　それと、あなたの正義に関する立派な演説、それは単なるおまじないとは違うはずだからです！」

3

わたしの剣幕に驚いたメ・スヨンは後ずさりして、わたしを異常者であるかのように見つめた。少なくともこれで、硬直したままの均衡は崩れた。数秒間、彼女は目を閉じていたが、そのあとどうなるか、わたしには見当がつかなかった。バッグから韓国刀を出してわたしの頭を切りおとすだろうか？　そんなことをする代わりに、彼女は自分の意見を述べる。

「あなたの分析は、ジョイスを殺害したのがだれなのか触れていませんね」

「だからこそ、あなたの協力が必要なんだ」

「あなたにとっての容疑者はだれですか？　ジョイスの姉妹たちの一人ですか？」

「まったく分からない。ぼくはその書類のなかに何か手がかりがあるのか知りたいだけだ」

「裁判で使えるようなものはないですね」彼女は言いきった。

「わたしの質問に答えていないね」

「バルテレミさん、ひとつ話をしましょう。あなたは作家だから、きっと興味を持たれると思います」

室内には自動販売機があって、メ・スヨンはジーンズのポケットから小銭を出し緑茶の缶を買った。

「もともとわたしは理工系なんです」自動販売機にもたれかかったまま、彼女は話しだした。

「でも、わたしは現場に出かけ、人の生活という具体的なものとの関わり合いを持ちたかった。生物学の博士号をとったあと、ニューヨーク市警（NYPD）に入る試験を受けました。当初はその仕事が気に入っていたし、順調だったけれど、二〇〇四年にぜんぶがおかしくなってしまった」

彼女は茶を飲んで、また続ける。

「その当時、わたしはブロンクスのベッドフォード・パークにある五二分署に配属されていました。たまたま数日の間隔をおいて、二滴の水のように似かよった二つの事件を捜査することになりました。一人の男が被害者の若い女性宅に忍びこみ、暴行し拷問を加えてから殺害するという事件です。どちらも残忍で卑劣極まりない事件でしたが、一見したところ簡単に解決できそうに思えたんです。というのは、犯人が多くのDNA、つまりチューインガムや吸い殻、体毛、爪を残していた。おまけに、その男はFBIの統合DNAインデックス・システム、CODISのデータベースにファイルされていたんです」

「だから、その男を逮捕したんですね？」

メ・スヨンは頷いた。

「ええ、最初の分析結果が出た時点で。男の名はユージン・ジャクソン、二十二歳の黒人青年でデザイン学校に通う学生でした。ゲイで引っ込み思案、頭はよさそうだった。CODISにファイルされたのは、その三年前に露出癖、つまり公然わいせつ罪で有罪となっていたからです。学生仲間と賭けをやっていて羽目をはずした、それが本人の言い分です。悪質な事件でもなかったんですが、精神科診療を受けなければならないとの判決が下りました。さて、逮捕されたユージンは尋問で、レイプと殺人の容疑を否認したのですが、犯行時のアリバイが曖昧だったのと、何よりＤＮＡによって追いつめられる結果となった。情緒不安定なところもある青年でした。ライカーズ刑務所に収監された翌週、彼は同房の受刑者たちから虐待を受けた。所内の病棟に収容されたけれど、裁判も待たずに首を吊ってしまった」

長い沈黙。メ・スヨンは深いため息をついたあと、わたしの向かいに腰を下ろした。彼女の引きつった表情から、より辛い瞬間はまだこれからなのだと分かった。ある種の記憶はがんに似て、小康状態から治癒に向かうとは限らない。

「その一年後、わたしはブロンクスの五二分署から異動していましたが、同地区では引きつづき同じような事件が起こっていた。若い女たちがレイプされ、虐待されたあとで殺されるというような。そして、毎回ＣＯＤＩＳにその実行犯がファイルされているという幸運に恵まれた。わたしの後任の捜査官はそれが都合よすぎると感じ、まさにその指摘は核心を突いていたんです。恐るべきその事件を企んだ悪魔は、アンドレ・ド・ヴァラットという男でした」

「わたしは聞いたことがないな」

「犯罪学者やメディアは〝ＤＮＡを盗む男〟と名づけました。カナダ人看護師で、性犯罪者が治療を受ける医療施設で働いていました。彼はそういった該当者のＤＮＡを含む残留物を採取し、自分が凶行に及んだ犯行現場にそれを残した。その意味で、アンドレ・ド・ヴァラットはほかに類を見ない連続殺人犯ということになります。彼がなぶり殺した若い女性のみならず、彼が罪を被せ、その一生を破壊した容疑者たちも彼の犠牲者でした。それが彼をいちばん興奮させることだったんです」

わたしはメ・スヨンの話に聞き入った。まるで警察小説（ポラール）だったが、それがジョイス殺害と何の関係があるのか見当がつかなかった。

「わたしのせいでユージンは自殺してしまった」メ・スヨンは嘆いた。「十二年間、彼の死がわたしの心を押しつぶし、自分がヴァラットの罠にはまってしまったことに耐えられない気持ちでいるんです」

「メさん、あなたは何をわたしに伝えようとしているんです？」

「DNA鑑定はすばらしい技術の進歩であり、最悪のものでもあるということね。それと、人々が思いこんでいるのとは違い、それ自体が証拠にはならないということです」

「どうしてそれがジョイスに関係するんだろう？」

「あの現場からはDNAが検出されたんです」彼女はわたしに目を合わせながら打ち明けた。

一瞬、時が止まった。わたしたちはやっとゴールに近づいた。

「ジョイスあるいは彼女の姉妹のものとは異なるものだったんだね？」

「そう」

「だれのものだった？」

「分からない」

「分からない？　そんなばかな！　その時点で、なぜ照合にかけなかった？」

「それは、わたしがヴァラット事件の捜査を終えたところだったから。わたしの立場は微妙で、あの唯一の手がかりをまともに採りあげてくれそうな検察などいなかった」

「それはまたどういうわけで？」

何かがしっくりいかなかった。メ・スヨンの話は回りくどく、まだ言っていないことがあるようだ。

「理解しようとするなら、捜査書類すべてを読まなければならないでしょうね」

「どうすれば手に入れられる？」

「それは無理です。いずれにしても、決着のついた捜査に関する証拠品は十年ですべて廃棄されます」

「証拠品はそうだろうが、書類はＮＹＰＤのどこかに保存してあるはずじゃないか？」

彼女は頷いた。

「それを入手するのに協力してほしい。トランスペアレンシーについての記事を読んだことがある。警察内部、それも幹部のなかにさえ、あなたたちはある種の職権濫用をしてくれる匿名の情報提供者を抱えているという話じゃないか」

メ・スヨンは首を振った。

「あなたは自分の言っていることを分かっていないんです」

わたしはちょっとはったりをかませることにした。

「警察官があなたたちに協力するのは、市民からの信頼を得られない機構の一員であることが恥ずかしくなったからだと思う。弱者に対しては、容赦なく厳しい組織。成果主義に偏り、いつも同じカテゴリーの人々を標的にする組織。血で汚れた手を持つ機構、にもかかわらず、いかなる処罰も受けることのない機構。それは……」

彼女はわたしの話を遮った。

「分かりました！　もう、やめて！　捜査書類をみつけてくれそうな人物に、わたしから連絡します」

「ありがとう」

「お礼なんかいらない。というか、甘い期待はしないことですね。どうして当時のわたしが何もできなかったのか分かったとき、あなたは時間を浪費したことを悟り、残るのは挫折感だけでしょうね」

17 フローレンス・ガロ

おい、おまえ、ぼくの心臓よ、なぜ脈打つのか？

憂鬱な見張り役のように、ぼくは夜と死を観察する。

ギヨーム・アポリネール

1

二〇〇五年六月二十五日、土曜日
わたしの名はフローレンス・ガロ。

二十九歳のジャーナリストだ。

八時間後に死んでいるけれど、わたしはそれをまだ知らない。

いま現在、わたしはトイレの便座に座り、尿による妊娠テストをやろうとしている。ほんの数滴でいいのに、わたしが神経質なものだからなかなか出てくれない。

ようやく終えて立ちあがり、小さな棒状のプラスチックを洗面台の端においた。三分後、わたしは検査結果を知っているだろう。

わたしはバスルームを出て、冷蔵庫からミネラルウォーターのボトルをとり、待ちきれない思いをごまかした。リビングに行ってみたり、落ち着こうと深呼吸をやってみたりと。窓際まで行き、顔に陽の光を浴びる。初夏の気持ちいい土曜日だった。鮮やかな青空の下、そよ風の吹く街並みは心地よい活気に満ちていた。せわしげに歩道を行き来するニューヨーク市民たちを眺める。とりわけ耳まで届いてくるのは遊びまわる子供たちの声で、下から響くそれを、わたしはモーツァルトの調べのように聴いた。

わたしは妊娠したかった。子供が欲しかった、アランがどういう反応をするかは分からなかったけれど。わたしの一部は幸せで有頂天になっていた。わたしは恋をしていた。ようやく！　わたしがずっと待っていた男性にめぐり逢ったのだ。二人が分かちあえる時間の一瞬一瞬を濃密に味わい、二人の恋を続けるためなら、わたしは何でもするつもりだ。けれども、この陶酔感には後ろめたい陰があり、わたしが翼を広げようとするのを妨げる。わたしは自分の〝愛人〟という立場を嫌悪する。一女性の夫の周囲を、既婚と知りながらうろつきだした女。自分を辛い生い立ちに引きもどす役回りを演じるなんて、わたしはほんとうに考えてもみなかった。父が同僚の女性と人生をやり直すと言って家を出たのは、わたしが六歳のときだった。母より若く、母より新鮮な相手だった。わたしはその女を憎んだ。今日、わたし自身が一人の女性の幸せを奪うことを憎悪するように。

携帯電話が鳴り、わたしを追憶から呼びもどす。その快い調べが何の音か、すぐには思いだせなかった。当然といえば当然で、それはジョイス・カーライルのプリペイド携帯電話に設定した呼び出し音だったが、予定の時刻より一時間以上も早すぎた。

　通話を受けたが、わたしが何か言うまえにジョイスの声が響いた。

「フローレンス？　ジョイスよ。彼が待ち合わせ時間を変えてしまったの！」

「えっ、何で？　でも……」

「もう着くころ！　あなたに説明してる時間なんかない！」

　電話の向こうでジョイスが動転しているのが分かったので、わたしは落ち着かせようとした。

「ジョイス、わたしたちがいっしょに決めたことをそのとおりに実行すること。ダイニングのテーブルの裏に粘着テープで携帯を固定する、分かった？」

「わたし……なんとかやってみる」

「違うでしょ、ジョイス！　やってみるんじゃなくて、やるの！」

　パニックの実況だった。わたしだって、まだ何の準備もできていなかった。わたしは道路からの騒音を遮断するため窓を閉め、携帯電話のスピーカーをオンにした。キッチンのカウンターにおいたパソコンを開いた。そのパソコンは、三週間前からニューヨークに来ている弟エドガーのもので、パリのフェランディ料理学校で三年コースを修了した弟は、アッパー・イーストサイドの〈カフェ・ブールー〉に就職が決まり、最初の給与が支給されるまで、わたしのアパートに居座っていた。

　以前からわたしはパソコンが苦手で、操作するのにも時間がかかるけど、わたしのＭａｃ

は昨日の昼すぎ、アランの奥さんキャリーがオフィスの壁に投げつけて、使い物にならなくしてしまっていた。音声処理ソフトの画面を開いてマイクをオンにし、携帯電話から聞こえる会話を録音するようにセットした。

最初の一分間は何も聞こえなかった。通話が切れてしまったのかと思ったくらいで、つぎに断定的でいらだっている男の声が聞こえた。そのあとの数分は一触即発のピリピリした雰囲気で、次第に会話がまるでかみ合わなくなった。話し合いは、威嚇と怒鳴り声、泣き声に変わった。そして突然、わたしは取り返しのつかないことが起きつつあると理解した。脱線してしまう人生、すべてを巻きこんでしまう死。胸を裂かれるようなジョイスの悲鳴が聞こえ、それから彼女は救いを求めた。ジョイスがわたしに救いを求めていた。

わたしの握りしめた手は汗に濡れ、喉が締めつけられるように感じた。

一瞬のあいだ、わたしはその場に釘付けになり、足から力が抜けてしまったが、すぐ気をとりなおし、アパートを飛びだし、階段を駆けおりた。歩道。人混み。血管をドクドクと震わせる血。スターバックスの向かいの電話ボックス。横断歩道。人にぶつかった。九一一にかける手が震え、受話器に向かって一気に吐きだす自分の声が聞こえた。「たいへんな暴力事件がビルベリー・ストリート六番地、ジョイス・カーライルの家で起きているので通報します。彼女が殺されそうなんです！　早くなんとかして！」

2

自分の心臓をもうコントロールできない。胸を突きやぶって出て行きたいとでもいうように、心臓が突きあげる。

エレベーターは故障中。階段だ。アパートにもどり、携帯電話を耳に当てたが、向こう側にはだれもいないようだった。ジョイスのメインの携帯電話にかけても、呼び出し音が虚しく鳴るだけだった。

参った。どうなってしまったんだろう?

わたしは震えた。どうしたらいいのか分からなかった。彼女の家に行ってみようか? だめ、まだ今のところは。ふいに、わたしが怖ろしがっているのはジョイスのためだけでなく、自分のためでもあると気づいた。いたるところに危険が潜んでいるような印象。わたしはその感覚をよく知っていた。直感、わたしの職業でライバルに差をつけるために必要な第六感だった。わたしはパソコンをつかむと、バワリー・ストリートにまた駆けおりた。一人でいてはいけない。人混みを楯にするのだ。

スターバックスに入って席をみつけ、コーヒーを注文した。iPod用のヘッドフォンで録音を聞いた。すさまじい恐怖。パニック。いくつかの操作を行い、録音データを圧縮してmp3形式のファイルにした。

カフェ・マキアートを一口飲んで、レシートにあるＷｉ－Ｆｉコードを入力する。メールソフトを開く。**ほんとに、使いにくいな。**当然ながら弟エドガーのメールボックスなので、わたしの連絡先ファイルはない。仕方ない。わたしはキーボードに指を走らせる。先ほどの音声ファイルを添付して、大急ぎでアランのメールアドレスalan.kowalkowsky@att.netを叩いた。これでオッケー。メールは送信された。

わたしは一息ついて、こんどはアランに電話をかけた。呼び出し音が三回。**お願い、出て！**　留守番電話だった。メッセージを残した。「アラン、今あなたにメールを送ったところ。その添付ファイルをコピーして。とても信じられない内容だから、きっとあなたは自分の耳を疑うでしょうね。電話してちょうだい。愛してる」

ここにはいられない。車をとりに行く。昔のライブハウス〈ＣＢＧＢ〉の裏の袋小路に停めてあり、そこからハーレムまで行って、自分の目で何が起こったのか確かめるつもりだった。車のキーをとりにアパートへもどると、ドアのまえに一人の少女がいた。小柄な体にゆったりした濃紺のジーンズ、ギンガムチェックのブラウス、わたしが高校時代に着ていたようなスリムなリーバイスのブルゾン、布製のバックパック、そしてピンクのコンバースという格好だった。少女が顔を上げたとき、じつはそれがわたしと同い年くらいの大人だと分かった。なめらかな肌の美しい顔のほとんどが、黒い前髪と度入りらしき〈レイバン・ウェイファーラー〉で見えなくなっていた。

わたしはその女性を知っていたし、感嘆させられてもいた。彼女はゾラー・ゾアキンという名だ。彼女の本を読んだことがあったし、講演も聴いた。十回はインタビューを申し込んでいたが、毎回断られている。そして今日、わたしは彼女が何を話すためにここに来ているのか分かっていた。

というか、分かっていると少なくとも思っていた。けれども、間違っていた。ゾアキンは話すために来たのではなかった。ゆっくり彼女が接近してくるあいだ、わたしはその緑なのか茶色なのか分からないヘビの目に魅入られていた。彼女がすぐそばに来ているというのに、わたしの口からはつぎの言葉しか出てこなかった。

「ずいぶん迅速だこと」と。

ゾアキンはブルゾンのポケットからスタンガンを出し、わたしに狙いを定めてから言った。

「あなたはほんとうにきれいね」

そんな情景がひどく現実離れしているので、唖然とするほかなかった。すべてが現実であることを、わたしの脳は認めようとしなかった。けれども、ゾラー・ゾアキンは引き金を引き、発射された二本のワイヤー針がわたしの首に刺さって、怖ろしい衝撃が襲い、わたしの目のまえに暗い大きな深淵が広がった。

3

気がついたとき、わたしの頭は朦朧(もうろう)とし、催眠性の皮膚のなかに閉じこめられているように思った。体は熱っぽく、震えと吐き気に襲われた。口のなかがネバネバし、舌が倍に膨れたかと思った。体を動かそうとすると、背骨が音をたて粉々になってしまうように感じた。両腕は背中に回され手錠をはめられ、両足にも結束バンドがかけられている。口には食いこむほど何重にも布製の粘着テープが巻いてあった。なんとか唾を飲みこもうとし、ひどいパニックに襲われた。

わたしはまるでマンモスのような車——濃いスモークのかかった窓ガラスのキャデラック・エスカレード——の後部席にいて、周囲を見下ろす二メートルもある高みで道路を飛んでいるような錯覚に陥った。後部席は前方の運転席とはアクリルガラスで仕切られていた。その時点では理由が分からなかったけれど、わたしはベースジャンプ用のジャンプスーツを着ていた。ヘルメットのほか、腿と肩を絞めるハーネス、パラシュートを収納してあるザックと完全装備だった。

アクリルガラスの向こうに、灰色の髪を短く刈りあげた運転手の大柄なシルエットと、助手席に座って携帯電話を注視しているゾラー・ゾアキンが見えた。わたしはヘルメットを被った頭を仕切りに打ちつける。ゾアキンは目を合わせることもなくわたしのほうを見たが、すぐにまた携帯電話に視線をもどした。目を細めてダッシュボードの時計を見たら、まもなく夜の十時になるところだった。

どういう状況なのかまったく見当がつかなかった。これはいったい何を意味するのか？物事がこうもバタバタと進んでしまったのはなぜか？

外の景色を見ようと、わたしは這うようにしてリアウインドーを覗いた。夜、人里離れた道だった。見わたすかぎりモミの木の森で、尖った梢がインクを流したような空に突き刺さっている。

数キロ走っていくうち、わたしはやっとそれがどこなのか分かってきた。もし六、七時間もすでに走ったとするなら、ペンシルヴェニアからメリーランド、ウエストヴァージニア各州をよこぎって、今はアパラチア山脈のなか、シルバー・リバー・ブリッジの近くまで来ているはずだった。

キャデラック・エスカレードのすぐあとを追う車がいるのに気づき、わたしは一瞬だけ希望をとりもどした。気づいてもらおうとリアウインドーを叩きはじめたが、接近したときに見たら、それはわたしの赤いレクサスで、キャデラックについてきているのだと分かった。

ふいにそのときゾアキンらの意図が分かり、わたしは泣きだした。

4

予想は的中し、およそ二十分前からわたしのレクサスを従えた大型ＳＵＶはシルバー・リバー・ブリッジ公園の険しい山道を登りはじめていた。まもなく二台の車は、渓谷を見下ろす峠の頂上、古い橋へと下る坂道の脇に並んで停車した。

車のエンジンが止まってからはテキパキと事が進められた。ゾラーがブラントと呼ぶいかにも軍人っぽい男がＳＵＶの後部席のドアを開け、わたしの腰をつかみ、人間業とは思えない力でわたしを肩に担ぐと橋に向かって歩きだした。見張り役のゾラー・ゾアキンはその数メートルあとからついてきた。わたしは叫ぼうとしたが、口を開いたとたん、粘着テープが唇を裂くように入ってきた。どうせ何の役にも立たないだろう。**宇宙では、だれもあなたの悲鳴なんか聞こえない**。この時刻のシルバー・リバー・ブリッジ公園は、いわば宇宙と同じようなものなのだ。

最後の一瞬まで、わたしは逃れられぬことを信じまいとする。ゾラーたちはわたしを怖がらせるだけなのかもしれない。しかし、人を怖がらせるためだけに、だれが六百キロも運転するだろう。

いったいどうやって、彼らはこんなことをしようと思いついたのか？　どうして知ったのか？　このスポーツといい、この場所といい？　簡単なことだ。わたしのアパートを探り、装備類や写真、書き込み入りの地図を調べるだけで充分だった。

橋の中央まで来てブラントがわたしを下に転がしたので、わたしは立ちあがって逃げようとしたけれど、手錠と結束バンドのせいですぐに転んでしまった。

わたしは上体だけ起こした。三百メートル下を流れる銀色の川の音が聞こえた。明るい美しい夜だった。晴れわたった夜空、空気は乾いて冷たく、巨大で重そうな月が出ていた。

ゾラー・ゾアキンは橋の上でわたしと向きあった。両手をオイル防水のしてある〈バブアー〉のジャケットのポケットに入れ、彼女の出た大学の愛称ＰＥＮＮのマーク入り野球帽を被っていた。

その目に、わたしは揺るぎない決意を読みとった。この瞬間、彼女にとってわたしは人間でさえない、急いで片づけなければならない懸案事項でしかなかった。

わたしは息を詰まらせ、汗びっしょりになって尿を洩らした。恐るべき光景がわたしの意識を蝕んでいた。血が凍りついた。目のまえで起こりつつあることは思考など及ばないものであり、パニックの限度さえ超えている。全身が硬直し、ほとんど麻痺の状態にあった。そのとき粘着テープが剝がされたので、わたしは全力を振りしぼって彼女の足下まで這いすすんだ。わたしは叫んだ。ひざまずいて彼女に訴え、哀願した。

しかし、ゾラーの無感動な表情にわたしは慄いた。

「始めるか」ブラントが言って、わたしのほうに屈みこみ、パラシュートの展開コードを切った。

わたしは何もできない。相手は岩のような男なのだ。しかも早く片づけたがっている。

そして、思いもよらないことが起きたのはそのときだった。死刑執行人が仕事にとりかかるまえ、ゾラーの目に炎が燃えあがったように見えた。

「あなたがすでに知っているのか、わたしには分からない」ゾラーが言った。「もしそうでないなら、あなたが知りたがるのではないかなと思ったの」

わたしは何を仄めかされているのか分からなかったけれど、彼女はポケットから何かを出した。わたしの妊娠検査薬だった。

「結果は陽性、フローレンス、あなたは妊娠しています。おめでとう」

数秒間、わたしは反応できず硬直したままでいた。もうこの世界にわたしは属していない。すでにあの世にいた。

それから、一瞬の動きでブラントがわたしの手錠をはずして足の結束バンドを切ると、わたしの腰を抱えて欄干越しに放った。

5

わたしは落ちる。

悲鳴をあげることとさえ考えなかった。

まず恐怖で何も考えられなかった。

それから、墜落の数秒間が引きのばされる。

次第にわたしは軽くなった。

恐怖がノスタルジーに変わった。走馬灯のように人生を思いだすこともなかった。わたしが好きだったことすべてについて考えた。空の明るみ、光の心地よさ、風の力。

わたしがいちばん考えたのは赤ちゃんのことだ。

わたしのお腹のなかにいて、わたしといっしょに死ぬ赤ちゃん。

泣きたくないなら、赤ちゃんの名前を考えなくてはと、わたしは自分に言い聞かせた。

地面が近づき、これからわたしは空と山と、モミの木といっしょになるだろう。神を信じたことがないのに、今この瞬間、神があらゆるところに存在しているように感じる。あるいは、自然が神だということかな。

激突する半秒前、わたしは啓示を受けた。

赤ちゃんは女の子だった。

だからレベッカという名にしよう。

これからどこへ向かうのか知らないけれど、レベッカといっしょに行く。

そう思ったら、怖さが薄れてくれた。

三日目、午後　夜中のドラゴン

18 西への道

人は幽霊しか愛さない。

ポール・ヴァレリー

1

太陽。ほこり。アスファルト。

晩夏の暑さ。車のラジオから流れるジョン・コルトレーン。

開けっぱなしの窓に腕をおき、顔に風を受けながら、マルク・カラデックは黙々と車を走らせていた。

サングラスを透して景色が後ろに流れていく。畜産農園、放牧場、トラクター、穀物サイロ……。時が止まったようなアメリカの田舎。見わたすかぎりの畑。麦やトウモロコシ、大豆、タバコの色、まるで変化のない単色の景色。

アメリカ中西部(ミッドウェスト)に足を踏みいれるのは初めてだった。すぐに彼は、中学生だった娘の地理の宿題を手伝ってやっていたときのことを思いだした。色鉛筆で範囲を色分けしていくアメリカの広大な農業分布図、トウモロコシに果物、小麦、酪農地帯（ベルト）など。面白みのない宿題、アメリカに行ったことのない十四歳の子には現実味のないテーマかと思ったが、その現実離れした実体を彼はいま目撃していた。

マルクは引きつりそうになった腕を伸ばし、時刻を見た。午後五時を過ぎたところ。オイスター・バーにラファエルを置き去りにしてから、すでに四時間が経っていた。一種の勘を働かせ、マルクはラガーディア空港まで直行、そこでオハイオ行きのチケットを買った。二時間弱のフライトでコロンバス空港に着き、空港でダッジをレンタルした。最初の数キロを走りながらGPSを使おうと試みたが、結局は諦めた。とにかく北西に進路をとり、道路標識を頼りにフォート・ウェイン方面に向かった。

昨夜は眠らなかったし、そのまえ二晩もほとんど寝ていなかった。

時差と抗不安薬のせいで、いつ眠ってしまってもおかしくないにもかかわらず、まったくその逆のことが起きており、彼は持てあますくらい元気だった。臓器のなかを流れるアドレナリンが彼を一種の興奮状態におき、あらゆる感覚も鋭敏さを増していた。吉と出るか、凶と出るか……。

吉と出れば頭が怖ろしく研ぎ澄まされる。いくつもの思考が融解して流れ、スピードを上げながら頭のなかに豊穣な混乱を巻き起こしてくれるので、今日までのところ、それは彼が的確な判断をするための支えとなってきた。マイナス面を見ると、それは感受性過剰になる点である。追憶が待ち伏せしていた。妻のエリーズ、わが娘、無情で取り返しのつかないいくつかの出来事がそれだった。

ときに生暖かい涙の奇襲を受け、頬を濡らすこともある。幽霊たちが彷徨(ほうこう)し、そうなると薬で遠ざけるほかない。アラゴンの言葉「人間でいること、それは際限なく落ちることだ」を思いだす。マルク自身は、もう十二年前から落ちつづけている。ここ数日、その苦悩が目を覚ましていた。自分はいずれ負けるに決まっており、それは分かっていた。あの苦悩が何から何まで貪りつくす犬どもを放つ日はかならずやって来る。その日は近い、だがまだ今日ではない。

マルクは長いため息をついた。その瞬間、この寂しい道を進みながら、マルクは自分に先見の明が備わっていると感じた。水面を歩いている気分にさえなった。あの刑事――まぬけなステファン・ラコスト――を殺してからというもの、マルクは自分を超越する何かに支えられていた。弾丸がかすめたとき、恐怖がかき消えてしまった。そのあとの光景を、スローモーションで目に浮かべる。自分の武器をつかむと上体を起こし、引き金を引いた。人の命を、一種の澄明(ちょうめい)さと恩恵を感じながら奪った。あたかも殺人を犯すのが彼自身ではないかのように。

あまりの明瞭さに目がくらむ。

クレアをみつけるだろう、それが彼の使命だから。

クレアをみつけるだろう、それが摂理だから。

警察の捜査における摂理とは、刑事が真理を探すのではなく、真理が刑事を追ってくるという特別な瞬間のことである。

　捜査が開始されてから十年以上も経った今、カーライル事件のありとあらゆる方向に伸びた思いがけない分枝が明らかになりつつあった。大西洋をまたいだ巨大なドミノ現象。マルクの頭のなかで長方形のドミノの牌が次々に倒れていく音が聞こえた。クロティルド・ブロンデル、フランク・ミュズリエ、マキシム・ボワソー、フローレンス・ガロ、アラン・ブリッジス……。

　一人の子供が行方不明になるか死亡するという事件は、その家族だけを破滅させるのではない。すべてを根こそぎにし、すべてを焼きはらい、人々を破壊し、責任のありかを混乱させ、各人の落ち度を責めて悪夢に追いたてる。

　マルクは分かれ道まで来たが、ブレーキペダルを踏むことさえしなかった。地図も標識も調べずに右の道をとった。それがどこへ向かうのか知らなかったけれど、ひとつだけたしかなのは何かが動きだしていることだった。惑星が一列に並んでいくなか、真理が勢いをとりもどすだろう。表面に現れ、噴出し、何者かが隠そうとしたものをすさまじい勢いで撥ねとばすだろう。その営みは不可逆であり、破壊的である。

　そして彼、マルク・カラデックは単に真理の道具でしかないのだ。

2

メ・スヨンと会ったあと、わたしは息子のようすを見にホテルへもどった。テオを昼寝させるのに、あらゆる手段を駆使しなければならなかった。だが、お手上げだった。その場合よくあるように、ルイ・ド・フュネスの古い映画をノートパソコンで観ることになった。午後三時に、息子は『パリ大混戦』を観ながらようやく眠り、わたしもいつの間にか眠りの女神に抱かれていた。

SMS着信を告げる鐘の音で目を覚ました。目を開けると、わたしは汗をかいており、ベッドの反対側では仰向けになったテオが、何かつぶやきながら、両足で縫いぐるみのフィフィ相手に遊んでいた。腕時計を見ると、もう六時を過ぎていた。

「クソッ、参った！」わたしは跳びおきた。

「クソマイタ！」テオが笑いながらくり返した。

わたしは笑ってしまわないよう、深呼吸をした。

「だめだぞ、テオくん。これはものすごく汚い言葉だから、もう言っちゃだめ。いいか？」

はしゃぐ息子が、もう一度言おうかと思案しているあいだ、わたしはスマートフォンを見た。メ・スヨンからのSMSが届いたのだ。「二十分後に待ち合わせ。場所は〈パールマンズ・クニッシュ・ベーカリー〉」とあった。

コンシェルジュを介さず、部屋の電話を使ってマリーケを呼んだ。彼女はソーホーのビストロ〈ラウルズ〉に友だちといっしょにいるところだった。スマートフォンで〈ウーバー〉の車を手配しながら、マリーケにその晩のベビーシッターを頼む。十五分後に来られるということだが、しっかりした資本主義者のマリーケは法外な値段をふっかけてきて、わたしはそれを呑まざるをえなかった。

こうして三十分後、わたしは指定の場所に着いた。〈パールマンズ・クニッシュ・ベーカリー〉は、ロウアー・イーストサイドにある市警の七分署のそば、エセックス・ストリートにある小さな店だった。

カウンターの前で写真を撮っている日本人二人のほか、店内に客の姿は見えなかった。ユダヤ料理を並べたガラスのショーケースの後ろに、年配の男がいた。店の奥に化粧板のテーブルがいくつかあり、赤い合成皮革のボックス席もあったが客はいなかった。

メ・スヨンが来ていないことに驚きながらも、わたしは入口にいちばん近い席に座り、ミネラルウォーターを頼んだ。テーブルには、先客の残した『ニューヨーク・タイムズ』がおいてあった。わたしは寝入ってしまった自分が恨めしく、いくらか神経質になっていた。読むともなく新聞をめくりながら、入口を見張る。蒸し暑かった。旧式の扇風機が、ニンニクやらパセリ、フライドオニオンのにおいのする生暖かい空気を掻きまぜる。わたしのスマートフォンが震えた。こんどはアラン・ブリッジスからのSMSだった。

「すぐに来られるか？　ＡＢ」

「何か分かったのか？」わたしはすぐに返信する。

「ジョイス・カーライルに関するニュースがある」

「アラン、どういうことか教えてくれないか？」

「携帯ではだめだ」

「体が空き次第、そちらへ向かう」わたしは約束した。

スマートフォンに指を滑らせていると、ベーカリーに男が入ってきた。わたしと同じくらいの年齢、小柄で引きしまった体、漆黒の髪に無精ひげ。疲れた表情、ネクタイをゆるめ、ワイシャツの袖をまくっていた。わたしに目をとめると、まっすぐこちらに歩いてきて向かいに座った。

「刑事（ディテクティブ）バレージだ」男は自己紹介した。「メ・スヨンとは以前いっしょにチームを組んでいた。ジョイス・カーライルの死亡についてては、おれがスヨンと組んで捜査を進めた」

「ラファエル・バルテレミだ」

刑事は紙ナプキンで額を拭った。

「スヨンからあんたに会うよう頼まれた。最初に言っておくが、悪いけれどあんまり時間がないんだ。共和党大会のせいで、この三日間は狂ったように働いている」

バレージはこの店の常連のようで、注文などしないのに店主がすぐ軽食を持ってきた。

「クニッシュはオーブンから出したところなんだ、イグナツィオ」店主は言って、刑事のまえにマッシュポテトのクニッシュとコールスロー、ピクルスを載せたトレーをおいた。

わたしはある質問をしたくてうずうずしていた。

「捜査の関係書類はみつかりましたか？」

バレージはコップに水を注ぎながら首を振った。

「十年前のことだから、もしまだとってあるなら、五二分署の保存文書のなかにあるはずだ。具体的に言うと、ブルックリンかクイーンズの倉庫ということになる。スヨンがあんたに何を約束したのか知らんが、昔の捜査書類は指を鳴らしただけじゃ出てこないね。まず許可をとらないと」

わたしはがっかりした。

「メ・スヨンは現場からDNAが採取されたと言っていたが？」

バレージは口を尖らせた。

「ちょっと彼女はしゃべりすぎたんじゃないかな。まさにその点だが、現場には不審な点がまるでなかった。唯一われわれが発見したものといえば、カが一匹、それだけだった」

「カ？」

わたしはバレージが警察の隠語を使ったのかと思ったが、文字どおり昆虫のことのようだった。

「ああ……現場アパートのバスルームのタイルに、蚊、血を吸った蚊が押しつぶされ、こびりついていた。いつものように、スヨンは推理を働かせようとした。つまりこう思ったわけだ。ホシが蚊に刺されたかもしれないから、そうであれば、ホシのDNAは蚊の体内に残っているはずだとね。そういうわけで、スヨンはその分析をさせようと考えた」

「あなたは反対だったわけかな?」

バレージはマッシュポテトをくるんだクニッシュを口に運んだ。

「もちろん反対したさ。というのも、もしめちゃくちゃに運がよかったとしても、それで犯罪のあったことの証明にはなるまいとね。なるわけないんだ。それに、裁判所に持ちこもうとしても立件すらできないに決まっていた。したがって、それは何の足しにもならないというわけだ。当時のスヨンは一人で突っ走るところがあり、桁外れに異常な野心家だった。自分が話題の中心になることを期待し、それまでニューヨーク市警(NYPD)でやっていなかった何かをやってやろうという魂胆があった」

バレージはクニッシュを何口か食べる時間をとってから、また話を続けた。

「そんなことがあったにせよ、鑑識の連中は蚊の分析をやった。人血の採取に成功し、それを研究所に送った。つぎに研究所の技官はDNAを検出、その鑑定を行った」

「なるほど。それから?」

バレージは肩をすくめた。

「それからは、テレビの連続ドラマと同じように手続きは進められ、鑑定結果をデータベースに入れて既存のものと照合させた」

「ヒットしたのかな?」

「ぜんぜんだめだった」バレージは言いながら、わたしに一枚の紙を見せた。「これが検索結果の報告だ。技官からのメールがまだサーバーに残っていた。見たら分かるように、どの既存データとも一致しなかった」

ピクルスをかじってから、バレージは話を続けた。

「いずれにせよ、研究所が報告書を送ってくるのにとてつもない時間をかけたんで、その間にわれわれのほうは事件の捜査を終了してしまっていた」

わたしは報告のメールを読んだ。遺伝子型は一種のバーコードというか、DNAの十三種のセグメントを合成したようなヒストグラム、個人を識別するに充分な十三の遺伝子座で表されていた。ひどく腹立たしいと思った。というのも、殺人犯のDNA鑑定の結果が眼前にあるのに、わたしはその持ち主を特定できずにいる。

「当時、データベースにはどのくらいの人数分が入っていたんだろうか？」

バレージはまた肩をすくめる。

「統合DNAインデックス・システム（CODIS）にか？　二〇〇〇年代半ばということだと、おれもよくは知らないが、二百万人ってところじゃないかな」

「現在はどうだろう？」

「一千万人以上だろう。しかし、おれはあんたが何を言おうとしているか分かっている。もう一度、検索にかけるというのはできないね」

「その理由は？」

答えるのに疲れたのか、刑事はわたしを追及するかのように指さして言った。

「おれの思っていることを言おうか。警察っていうところは、いつだって人手不足なんだ。おれたちの商売というのは、犯罪が起きたその時点で捜査を行う。十年後じゃないんだ。あとを引く事件というのは異常なんだ。おれにとってコールド・ケースというのはインテリ向けのキザな趣味で、それで悦に入っている同僚にはこれっぽっちの敬意も払わない」

　わたしは呆気にとられた。

「わたしは多くの刑事を知っているが、あなたのように考える警察官はほとんどいないな」わたしは言った。

　バレージはため息をつくと、大声をあげ、それまでよりももっと横柄な態度になった。

「あんたの事件だが、糞(くそ)のような汚臭がするんだよ、オッケー？　だから、諦めるんだな！ジャンキーの女が一人死んだからって、嘆く以外にあんたにはやることがないんだよ」

　わたしも腹を立てようと思ったけれど、あることを理解した。この刑事は自分の言っていることを微塵(みじん)も信じていないのだ。わたしに調査をやめさせようとするのは、彼が殺人者の正体を知っているからにほかならない。

3

アメリカ中西部(ミッドウェスト)の農場地帯では日が傾きはじめていた。黄金色の光がトウモロコシの茎に注がれ、大豆畑のあいだを縫ってから、酪農農家の巨大な穀物倉庫と母屋のシルエットを逆光のなかに浮かびあがらせる。

ワンボックスカーのハンドルを握るマルク・カラデックは休むことなく西へと向かっていた。

オハイオの景色を単調だと人は言うだろうが、彼は反対に、燃えるような色のなかへ流れこんでいく快感を覚え、光の幾千ものバリエーションと先に進むにしたがい変わっていく細部を味わっていた。錆びかかった刈入れ・脱穀用のコンバインの超現実的なシルエット、単調に反芻を続ける雌牛たち、サフラン色に燃える空で回転する風力発電機の列。

次から次へと標識が見え、どれも西部劇で聞いたような名だった。ワパコネタ、ロックフォード、ハンティントン、コールドウォーター……。彼がたどり着こうとしているのはオハイオとインディアナの州境に位置するフォート・ウェインのすぐ手前のはずだった。あと数キロで、彼が天才的な閃きを持っているか、もしくは貴重すぎる時間を単に浪費しただけなのかが判明する。

雑貨屋が地平線に見えてきた。ガソリンメーターを見ると、まだ充分に走れそうだが、ガス欠で苦労するのは避けたいので寄ることにした。

ウィンカー。エンジンブレーキ。砂ぼこり。一台しかない給油ポンプのまえ、ジム・ハリソンの小説に出てきそうな古いピックアップトラックの横に停めた。

「満タンですね？」

マルクの後ろから少年が現れた。大きすぎるオーバーオールにシンシナティ・レッズの野球帽、笑みを浮かべている。どう見ても十三歳以下、でもここでは児童労働が問題にはならないようだ。

「ああ、頼む」マルクは言いながらキーを渡した。

マルクはジェネラル・ストアの隣の軽食堂（ダイナー）のドアを押し、おがくずを撒いてある今にも抜けそうな木張りの床を進んだ。日差しのなかに漂うほこりが進むにつれて消えていった。なかを見まわすと、まだ宵の口なので、プレハブのダイナーは眠りから覚めていない雰囲気だった。カウンターには幾人か常連がいて、パイントグラスのビールに、ベーコンバーガーやBBQリブ、あるいは油に浸ったフィッシュ・アンド・チップス、つまりコレステロールの静脈注射のような食事をしていた。奥の天井の古びたテレビが共和党大会の実況中継を映しており、だが音声を切ってあるのでだれも観ていなかった。棚のひとつにおかれたラジオがヴァン・モリソンの昔のヒット曲を流している。

マルクはスツールに腰かけるとバドワイザーを注文し、メモ帳を読みかえしながらビールを味わった。紙の上では、彼が追っている仮説は何の価値もなさそうに見えるが、どうあってもマルクはそれにしがみつこうと思った。かつて習ったラテン語によるなら、直感という言葉は〝鏡に映ったイメージ〟を意味する言葉からの派生語だったという。

イメージ。映像の数々。彼が注意を向けたのはそれだった。フローレンス・ガロの身になって頭のなかで映した映画である。仕事に就いたばかりのころ、ヨガとソフロロジー、催眠術に凝っていた組織犯罪取締班（BRB）の年配の刑事が教えてくれた方法だった。文字どおり被害者に感情移入しようとする試み、直感的に被害者になり代わり、同じことを感じるというものだった。

　被害者との精神的繋がりを築くという点に関しては懐疑的だったが、推論と合理性が本領を発揮できるのは、心理的な要素が加味されて初めて可能だというふうに思っていた。その観点からいえば、アラン・ブリッジス、本名アラン・コワルコフスキーとの会話がとくにそれを肉づけするものと思われた。フローレンスの〝頭のなかに侵入する〟ための材料を与えてくれたからだ。

　ラファエルの言ったことは正しい。フローレンスはメールでアランに音声ファイルを送ったのだ。自分の携帯電話経由で録音したばかりのジョイス・カーライルとその殺害犯との会話である。クレアの母親への凶行を、フローレンスは警察へ緊急通報したすぐあと、それをアランに送った。精神的に動揺した状態、ストレスも最高潮に達している状況下での操作だった。しかも彼女は、その送信を自分の持ち物でないノートパソコンでやらざるをえなかった。なぜなら、その前日、アランの妻がオフィスに現れ、彼女のＭａｃＢｏｏｋを壊してしまっていたから。したがって、それは慣れないパソコンであり、自分の連絡先ファイル、つまりアドレス帳もない環境だった。

　目を閉じれば、マルクはフローレンスを目のまえにしているようにさえ感じられる。彼女は慌てていて恐怖もあり、汗をかいた指がキーボードの上を走り、アランのメールアドレスを入力する。マルクはメモ帳に挟んであった〈＃ウィンターサン〉の編集長アラン・ブリッジスの名刺をみつけ、アランがそこに書きこんだ個人用メールアドレスを見る。
alan.kowalkowski@att.net
ただし、フローレンスが慌てて入力したメールアドレスはそれと違っていた。それがマルクの推定したことである。フローレンスは alan.kowalkowsky@att.net と入力したに違いない、と。
〝i〟の代わりに〝y〟。kowalkowski の代わりに kowalkowsky。なぜか？　それが彼女の頭にまず浮かんだ綴りだったからだろう。そもそもこの種の誤りはきわめて頻繁に起こる。加えて、フローレンスはニューヨークに住みはじめてから年月も経っており、アメリカ人がロシア系の名の〝i〟を〝y〟にする傾向のあることを知っていた。アメリカ人はチャイコフスキーやドストイェフスキー、スタニスラフスキーの語尾を〝y〟で表記するが、フランス語圏の人は〝i〟で表記する。ところがコワルコフスキーの名は、おそらくポーランド起源であり、ロシア名ではない。したがって、〝i〟で終わる。

4

「バレージ刑事、あなたはジョイス殺害犯を知っているね？」わたしは言った。

〈パールマンズ・クニッシュ・ベーカリー〉店内の空気は湿気と沈黙、フライドオニオン、ミント、青ネギのにおいでよどんでいた。

「いや」表情も変えずにバレージ刑事は答えた。

　わたしは言い方を変えて聞く。

「バレージ刑事、わたしが頼むのを待たずに、あなたは統合ＤＮＡインデックス・システム（CODIS）でもう調べたのだろう？」

　バレージはため息をついた。

「そのせいでここへ来るのが遅れた」刑事は認めた。「スヨンからあんたの話を聞いて不安になった。それは事実だ」

　彼はわたしから目をそらすと、一瞬黙った。わたしはもうじっとしていられなかった。ようやく何かが明らかになる。

「すでに十年前、すべての分析作業は研究所がすませていた」バレージはＤＮＡ鑑定の内容を示す紙を指でつまんで振りながら言った。「コンピュータでＣＯＤＩＳのサーバーに接続し、おれは必要事項を入力するだけでよかった」

「そうしたら、こんどはヒットした！」わたしは言い当てた。

　アランからまたＳＭＳが届いたが、わたしは無視した。バレージはシャツのポケットから四つ折りにした紙を出した。

「これが容疑者だ」

　わたしが紙を開くと、それは角張ったいかつい顔の男の写真だった。ブルドッグの顔、ブラシのように短く刈りこんだ髪。わたしは『特攻大作戦』のアーネスト・ボーグナインを思いだした。

「この男はブラント・リーボウィッツという」バレージは説明を始める。「一九六四年四月十三日にクイーンズ区のアストリアで生まれた。一九八六年に陸軍に入隊、二〇〇二年までいたが中尉で終わった。第一次イラク戦争とソマリアでの作戦に参加している」

「除隊後は何を？」

「まだ調べてないが、四年前に検挙された時点では、小さな警備会社を経営していた」

「彼の名がジョイス・カーライル事件で出てくることはなかったと？」

「ない、直接的にも間接的にも」

「CODISのデータベースに入れられた理由は？」

「微罪だ。二〇一二年にロサンゼルスで逮捕されたが、飲酒運転が原因だった。警官と口論となり、警官を威嚇したようだ。一晩だけ留置されたが、翌朝釈放された」

「ほかに前科はないんだな？」

「おれの知るかぎりない」

バレージはテーブルに紙幣をおき、口を拭いてから立ちあがり、わたしに警告した。

「よく頭に叩きこんでおいてくれ。あんたにはこんな古い事件を掘りかえしたい理由があるんだろうが、おれはそんなこと知りたくもない。あんたに情報を渡した、それはおれがメ・スヨンに借りがあるからだ。しかし今現在、おれはもうこの事件には関係ない。あんたは自分で勝手にやればいいし、もうおれには連絡しないでくれ、いいな？」

わたしの返事も待たず、バレージはくるりときびすを返し出口に向かった。わたしは呼びかけた。

「真実を知りたいとは思わないのか？」

彼はふり返りもせずに答える。

「真実？　おれは知っている。あんたも、もし目が見えるんだったら、真実が目のまえにあることが分かるさ！」

刑事が出ていくあいだ、わたしは彼の言葉を考えた。「真実が目のまえにある」とは具体的にどういう意味だろう？

わたしは視線を紙片に落とし、ブラント・リーボウィッツについて刑事がわたしにくれた情報すべてを読み返した。あの感じの悪い尊大な刑事にばかにされたかもしれない自分が恨めしかった。

そのとき突然、目がテーブルにおかれた新聞に向かい、わたしは理解した。

ほかの新聞と同じように、『ニューヨーク・タイムズ』も一面を共和党全国大会に割いていた。第一面の大部分は、党の指名を受けたタッド・コープランドが妻とともに支援者の人波を割って進んでいるところを撮った写真だった。夫妻の後方に、イヤホンをしたコープランドのボディーガードと思われる男が写っている。

ブラント・リーボウィッツ。

19　伝記映画（バイオピック）

ウィキペディア［抜粋］

タッド・コープランド

その他の用法については［コープランド（曖昧さ回避）］をご覧ください。

サディアス・デイヴィッド〈タッド〉・コープランドは一九六〇年三月二十日にペンシルヴェニア州ランカスターに生まれたアメリカ合衆国の政治家で、共和党に所属。二〇〇〇年から二〇〇四年まではフィラデルフィア市長、二〇〇五年一月よりペンシルヴェニア州知事。

来歴（学歴、職歴、その他の活動）

タッド・コープランドは質素な家庭（父親は自動車整備工、母親は民生委員）で育ち、一九八五年、フィラデルフィアのテンプル大学ロー・スクールを卒業、名高い法律事務所ワイズ&アイボリーに入所。そこで妻となるキャロライン・アイボリー（事務所創設メンバーの娘）と知りあう。一九八八年に結婚の後、コープランドは義父の法律事務所を辞めてイサカのコーネル大学ロー・スクールの憲法学教授に、そのあとフィラデルフィアの名門ペンシルヴェニア大学の教授となる。

教授の本業と併行して、コープランドはフィラデルフィア市ノースイースト区に住むマイノリティーの社会参画を進める非営利団体テイク・バック・ユア（ＴＢＹ）を創設した。

コープランドは教育ならびに住居問題、麻薬撲滅運動におけるめざましい活動でも知られる。ことに十代女子の妊娠防止と若者の投票を促すための広報活動に関し、自治体の積極的な関与に力を注いだ。

フィラデルフィア市長

一九九五年、コープランドはフィラデルフィア市のノースイースト区を代表する市議会議員に選出され、古くから民主党の地盤だった選挙区から当選した共和党員として注目された。

いくつかの区での圧倒的な支持層をバックに巧みな連携を広げた結果、コープランドは二〇〇〇年の市長選で大方の予想を裏切り市長の座を手に入れた。

最初の任期では、市の財政赤字を解消したこと、市民税を引き下げ、市立学校の組織を刷新したことが特記される。

またコープランドは、市街地の再開発に関する大規模計画を自治体と民間企業とのパートナーシップで推進させることを決めた。さらに、ニューヨークにて実施された〝ゼロ・トレランス政策〟をモデルに、徹底した犯罪撲滅に向けて警察組織の再編を図った。

コープランドは、レールパーク計画の発案者でもある。これは、鉄道の廃線跡五キロメートル以上を環境保護の緑地帯にする計画である。

暗殺未遂事件

二〇〇三年、二期目の再選を目指し選挙運動中だったコープランドは、選挙事務所内で暗殺未遂事件の被害者となった。五十三歳のハミッド・クマーが彼に向けて複数回の銃撃を行った。うち二発が現職市長に命中、一発は肺を貫通、二発目は腸に達し、重態に陥ったまま病院に運ばれた。その傷から回復するまで数か月を要したため、コープランドは立候補を断念したものの、世論の大きな支持を得ることとなった。以前から銃規制の強化を訴えていたコープランドは、その事件でさらに信念を強くしたと言われる。

ペンシルヴェニア州知事

二〇〇四年十一月、圧倒的な支持に推され、コープランドは再選を狙う民主党の現職候補を破ってペンシルヴェニア州知事に選出された。二〇〇五年一月の就任と同時に、彼は税収入の安定化という立場をとった。一部の支出は削減され、教育および老人介護施設、とくに健康保険制度の見直しに回された。この保険制度は、アメリカで数少ない最も効率のいい市民皆保険のひとつをペンシルヴェニアの住民に享受させようというものである。

こうして二〇〇八年と二〇一二年の知事選挙において、何の問題もなく再選された。

数期にわたる任期のあいだ、コープランドは自身の改革主義および現実主義の実践者としてのイメージを築きあげた。また州内の自然遺産保護を促進するために、一連の施策を州議会にて可決させ、環境保護主義の立場を鮮明にした。

二〇一四年十二月、コープランドは全国で六番目に支持率の高い州知事となり、それは六十五パーセントを超えた。

大統領選への野心

地元での高い支持率にもかかわらず、これまでのところコープランドが大統領選の共和党の指名候補として名前が挙がったことは一度もない。

人工中絶賛成派であり、同性婚も認め、そして銃規制の強化と、彼の政治路線は、共和党の末端の支持層の目には穏健すぎると映る。

一部の政治アナリストは、歴史的に共和党を忌避していたラテン系や女性、若者層が次期大統領選では最終的にコープランドを選ぶ可能性もあるとの見方をとっている。

共和党の次期予備選挙に関する二〇一四年と二〇一五年に実施された党員調査で、コープランドに投票すると答えた人は全党員の三パーセントにも満たない。

この結果によりコープランドの野心が挫けたと見るのは早計である。というのも、二〇一五年九月一日、彼は二〇一六年の大統領選に出馬すると正式に発表したからである。（……）

私生活

夫人のキャロライン・アイボリーはペンシルヴェニアの民主党を支援する有力な一族の出で、弁護士として活動した後に、ペンシルヴェニア州西部地区の連邦検察官の筆頭補佐官を務めた。

結婚は一九八八年五月三日で、子供はピーターという名の息子が一人、現在はジョンズ・ホプキンス大学医学部の学生。ほかにナターシャという名の娘が一人おり、ロンドンのロイヤル・カレッジ・オブ・アートに留学中である。

20　アランと醜聞を暴く者たち

人はだれも三つの人生を持っている。ひとつは公的、もうひとつは私的、そして三番目は秘密だ。

ガブリエル・ガルシア＝マルケス

1

アメリカ中西部

軽食堂を出て、またドライブを続けるまえ、マルク・カラデックは満タンの料金を支払い、ついでにバドワイザーをもう一本頼んだ。ラジオではヴァン・モリソンに代わり、ボブ・ディランが「サラ」、マルクの好きな曲のひとつを歌っていた。一九七〇年代半ば、ディランが最初の妻サラと離婚するちょっとまえ、自分が三十三回転のアルバム『欲望』を買ったことを思いだした。この曲のなかで、ディランは追憶に浸り、ノスタルジックな瞬間の数々を詩にしていった。砂丘、空、砂浜で戯れる子供たち、愛されている女、その女を彼は〝まばゆい宝石〟にたとえた。歌のおしまいはもっと暗いイメージで、和解の試みは失敗する。

人影のない砂浜には錆に蝕まれた一艘の船しか見えない。

まるで彼の人生だった。

すべての人生がそうなのだ。

「今日の定食はいかが？」ウェイトレスがバドワイザーのボトルをおきながら言った。

常連たちは彼女をジンジャーと呼んでいた。短めの髪を赤く染め、腕にはバイカーのようなタトゥーを彫ってある。

「定食は何かね？」マルクは挨拶のつもりで聞いた。

「鶏胸肉のハーブ炒めにニンニク入りマッシュポテトだけど」

「やめとこう。ありがとう」

「きれいなアクセントね、どこから来たの？」ジンジャーが聞いた。

「パリだ」

「あたしの友だちがハネムーンで行ってたんだけど、ちょうどテロ事件があったときだった。おっかないわねえ……」

マルクはその話には付き合わないことにしていた。テロを話題にされるたび、彼は「パリはいつだってそれだけの価値がある。きみが与えただけのものをかならず返してくれるからだ」というヘミングウェイの言葉を思いだす。

「こんなインディアナのフォート・ウェインでも、何か用事があったから来たんでしょ？」

マルクの反応がないのを見て、ジンジャーは続けた。

「古い事件の捜査さ。おれは刑事だ」

「それって何の捜査？」

「ある男を捜しているんだ。アラン・コワルコフスキーという名で、ここからもう少し行った農場に住んでいるはずだ」

ジンジャーは大きく頷いた。

「ああ、知ってる。あのドジなアランなら、あたしと学校がいっしょだったもの。彼をどうしたいわけ？」

「いくつか聞きたいことがあるだけさ」

「それはちょっと難しいわね」

「どういうわけで？」

「だってアランはちょうど十年前に死んだから」ジンジャーはぼそりと言った。

マルクはショックに耐えた。ジンジャーにもっとしゃべらせようとしたが、ほかの客に呼ばれてそっちへ行ってしまった。

参ったな……。

その情報は彼の仮説を困難な状況に追いこむだろうが、その否定とはならない。マルクはフローレンス・ガロの送ったメールがどこかの実在するメールアドレスに届いているはずだと最初から思っていた。情報システムに詳しくない反面、マルクには売るほどの経験知があった。あのオイスター・バーにいたとき、インターネットで電話帳を調べるアイデアを思いつき、ある事実にハッとさせられた。非公表の番号をのぞくと全米で、数百の〝i〟で終わるコワルコフスキー姓がいて、〝y〟で終わるコワルコフスキー姓は四つの番号しかなかった。しかも四名のなかのアランという名の持ち主がここオハイオ州とインディアナ州の境に住んでいた！

それを発見してからというもの、マルクの頭のなかでは〝y〟で終わるもう一人のアラン・コワルコフスキーがフローレンスのメールを受信したのではないかという問い、それが幾度となくくり返されていたのだ。同じ間違いを、マルク自身も二年前に経験していた。ある朝、写真を共有するSNSを開いたら淫らな文章を添えたエロチックな写真がマリーという名の若い女から届いていたが、それはマルクとほぼ同姓同名、カラデックのイニシャルが〝C〟ではなく〝K〟で始まるトゥールーズ在住の同じプロバイダを使う男に宛てたものだった。

冷えたビールを飲んで、こんがらがった頭をすっきりさせる。すると、新たにもうひとつの問いが浮かんできた。〝y〟で終わるアラン・コワルコフスキーが死んでいるなら、なぜ当人の電話番号がネット上でまだ検索可能なのか？

マルクはジンジャーに合図を送ったが、彼女の胸に見とれている若い男の客から離れようとしなかった。マルクはため息をついてポケットから二十ドル札を出し、彼女を見ながらちらつかせた。

「あなた、ひょっとしてお金であたしを釣れると思ってるんじゃないでしょうね」と言いながら、ジンジャーが駆けよってきて、二十ドルをポケットに入れた。

マルクはめまいを起こしそうになった。目を瞬き、深呼吸をする。ふいに、辺りのすべてに嫌悪感を覚えた。揚げ油のにおい、下卑た雰囲気、カウンターに貼りついて離れない品のない連中、彼らにとっては世界とはこのダイナー以外にないのだ。

「アランのことを話してもらいたい。農家の人間だったのか？」

「そう。小さな農園をヘレン、奥さんと二人でやっていた」

「何で死んだのか、知ってるかい？」

「自殺、とんでもなく怖ろしいこと。わたしはその話はしたくない」

マルクは目を細め、ジンジャーの首の付け根にもあるタトゥーを読もうとする。〝人は自分で選んだ傷痕を抱えて生きる〟と読めた。完全に間違ってはいないが、物事はそれほど単純でもない。マルクがもう一枚紙幣を出すと、ジンジャーはまたすぐジーンズのポケットのなかに滑らせた。

「アランには夢中になることがひとつだけあったわ。それは鹿狩りで、時間さえあれば出かけてた。たいていは息子といっしょだったけれど、息子のティムはそれが好きじゃなかった。ティムはほんとにいい子だった。あんな子なら、だれでも欲しくなるような」

ジンジャーはどこか遠くを見つめ、それから話にもどった。

「十年前のある朝、ティムはいっしょに行くのを嫌がった。けれどもアランはいっしょに行こうと言いはった。ハンティングが男になるための近道だとか、そういった類いの与太話ね、分かるでしょ……」

マルクは相槌(あいづち)を打った。

「親子の言い合いは森に入ってからも続き、ついに取り返しのつかないところまでいった。というのは、そのときティムは本音を洩らし、家に帰ると言いだした。息子が家に向かって歩きだすと、アランは数時間前から追っていた獲物をまた追いはじめた。そしてしばらくすると、繁みのなかに牡鹿の動く気配を感じ、クロスボウを射(う)ちこんだ。これで、あんたにも想像がつくでしょ」

怖ろしい光景を頭に浮かべ、マルクは肩を震わせた。

「アランは……息子を射ってしまったと?」

「そう。クロスボウの矢で息子の胸の辺りを射ぬいていたという話。ティムはほとんど即死だったらしい。十四歳だった。アランは耐えられなくて、息子を埋葬した翌日、ライフル銃で自殺した」

マルクは音をたてて息を吐いた。

「なんて話だ、救いがない。で、奥さんはどうした？」

「ヘレン？　今も農園に住んでる。事故のまえから、ちょっと変わった人だったわね、いつも一人で、インテリだし。あれ以来、完全におかしくなっちゃった。農場もひどい状態だし、家もまるでゴミ屋敷、朝から晩まで酔っぱらって……」

「しかし、稼がなきゃいかんだろう？」

ジンジャーはチューインガムをゴミ入れのなかに吐きだした。

「どうしても真実を知りたいのよね?」

「どうせだ、言ってくれ……」

「何年かのあいだ、ヘレンは客をとっていた。この辺りの一発やりたい男たちにとってコワルコフスキーの奥さんは都合がよかったわけね」

マルクは出口のほうを見た。もう充分だと、その場を出ていくべきだと思った。

「ついでに言わせてもらうけど……」ジンジャーは続ける。「あの女、もうそんなに商売になってないと思う。いくら欲求不満の男だって、半分死にかけた女とはその気にならないでしょうからね」

2

ニューヨーク

アラン・ブリッジスは不機嫌だった。

「いったい何をやっていた、ラファエル?　わたしは一時間も待っているんだ!」

「申し訳なかった。説明する」

フラットアイアン・ビル最上階のアランの編集長室は緊急司令室に様変わりしていた。コルクボードには古い写真が何枚も貼られ、ホワイトボードには日付表、床には溢れんばかりの本を入れたカートンボックスがおいてある。壁にはＷｉ－Ｆｉ接続の薄型モニターが三つかけられ、〈＃ウィンターサン〉の若い記者らがノートパソコンで操作する画面を同時に表示していた。アランは、今朝すでにわたしが目にした若い二人を正式に紹介する。

「クリストファー・ハリスとエリカ・クロスだ。わたしたちはクリス＆クロスと呼んでいる」

クロスは肩まで赤毛を伸ばしたきれいな娘、クリスは痩せた両性具有者（アンドロジナス）を思わせる無口な青年で、人と目を合わせない。ガラス仕切りの向こうにいた醜聞を暴く者（マックレイカー）らは姿を消していた。多くはマディソン・スクエア・ガーデンで行われる共和党全国大会の閉会式に行っているのだ。

アランが重々しい声で言う。

「わたしはあなたが話してくれたことに懐疑的だったが、それは間違いだった」

彼は床におかれたカートンボックスを指さした。

「あなたに言われたとおり、わたしたちはジョイス・カーライルのトランクルームを調べたんだ。たいへんに奇妙な物がみつかり、わたしたちは関心を寄せている」

彼はデスクのうえにおいてあった本をとり、わたしに見せた。『非凡な候補』というタイトルで、タッド・コープランドの伝記だった。

「一九九九年末に刊行され、ということはコープランドが初めてフィラデルフィア市長選に出馬したときの選挙運動中だな。自費出版で、ごく少数、五百部しか印刷されなかった。政治家の美辞麗句を並べた本で、選挙運動中の集会で売れるだけの代物だ」

　わたしは著者の名に目をとめた。

「ペペ・ロンバーディ？」

「かなりまえに『フィラデルフィア・インヴェスティゲーター』誌――ローカルのちょっと怪しい雑誌だが――で記者兼カメラマンをやっていた人物だ。コープランドが政治に首を突っ込んだ時期、つまりただの市議会議員時代からずっと彼を追っていたようだ」

　わたしは本をめくり、付箋のついたページを開くと写真があった。

「この女性がだれだか分かるかね？」アランは言った。

　二枚の写真は一九九〇年初頭（との説明がある）に撮られたものだった。政治活動に入るまえのコープランドが創設した福祉運動の組織〈テイク・バック・ユア〉のフィラデルフィア事務所内で、ジョイスとタッドがいっしょにいるところの写真。その時期、クレアの母親は輝くように美しく、若さと活気に溢れていた。すらりとした肢体、繊細な顔立ち、真っ白な歯に緑の瞳。クレアとそっくりなことは驚くばかりだった。

　二枚の写真は二人の親密な関係を明らかにしているが、わたしはだいたい写真というものを信用しない。

「わたしたちは調査をした。ジョイスはＴＢＹに一年近く勤めた、最初はボランティア、そのあとは正規の職員として」

「アラン、あなたはどういう結論を出したんです？」

「ほんとにまだ分からないんですか？　彼はこれと決めた女にはすぐに手を出す男ってこと」クロスがかなり荒っぽい口調でわたしに言った。「わたしはクリントンとルインスキーの写真を思いだしたくらい。この抱きあっている写真、十キロ離れて見ても、セックスって感じがすると思うけど」

「ただの写真じゃないか、どうにだって説明できるのではないかな？」わたしは反論した。

「もうちょっと聞いてからにしてくれませんか？」赤毛のクロスは言った。「ペペ・ロンバーディがメイン州にある老人ホームにいることが分かりました。今は九十歳になるけど、頭はしっかりしています。わたしは一時間前に電話をしたんです。彼の話によると、一九九九年に本が出版されると、コープランドの選挙参謀ゾラー・ゾアキンが本の在庫ぜんぶと写真のネガまで買いとったということです」

「どういう理由で？」

アランが説明を始める。

「公には、候補者本人が伝記を非常に気に入ったので、本人による序文を入れた改訂版を出したいということだった」

「しかし、改訂版など決して出なかったわけだ」わたしがあとを引き受けた。

「ところが出たんだ！　それも何度か重版さえされたんだが、改訂版からジョイスといっしょの写真は消えていた」

わたしはあえて反論する。

「それにはいくらでも理由が考えられる。あなたも言っていたが、もし写真が問題になりそうなら、政治家が伝記からはずそうとするのは異常なことではない。ましてや彼は妻帯者だったのだからね」

「問題は、それだけではすまなかったことなんだ」アランは言って、クリスとクロスをふり返った。

燃えるような髪のクロスがあとを続ける。

「インターネット、とくに古本の売買のサイトに入っていろいろ調べてみたら、初版が売りに出るたび、たとえばアマゾンやｅＢａｙだと、すぐに高額で買いとられてます」

「買い手はだれかな？」

クロスは肩をすくめた。

「断定することは難しいけど、推定するのは簡単ね」

引っ込み思案の青年クリスが初めて発言をした。

「ほかにもあるんです。当時、ペンシルヴェニア州内にある図書館が伝記を購入しました。図書館のいくつかと連絡をとったところ、どこでもネット上の蔵書目録にはちゃんとあるのに、実物が書架にはないんです。紛失したか貸し出したのに返却されなかったか、あるいは……」

アランは目で合図を送り、スタッフにわたしたちを二人だけにするよう指示した。二人きりになるのを待ち、アランは要点を切りだした。

「さて、ラファエル、回りくどい話はよそう。コープランドがあの写真を隠すためにあれだけ骨折っているのを見れば、彼がジョイス・カーライルと愛人関係にあっただけでなく、とりわけクレアの父親だったことを示しているね。すべてが合致するだろう、ジョイスと愛人関係にあったと思われる時期、クレアが白人と黒人の混血（メティス）であること……」

「もちろんわたしも考えた。ひとつの可能性ではある」

「ただ、わたしが腑（ふ）に落ちないのは、フローレンスが死ぬ直前にジョイスについて調査をしていたとあなたは言ったね、その点なんだが」

「何が問題なんだ？」

「フローレンスとわたしは、政治家たちの私生活に関しては同じ考えを持っていた、つまり、まったく興味がないとね。今のジャーナリズムが偽善的なのぞき趣味のせいでまさに滅びつつあると、わたしたちは思っていた。アメリカの次期大統領が二十年以上も前に不倫を犯していたとしても、わたしにはどうでもいいことだ。国を統治することにおいて、何ら不都合はないと思うんだ」

「ちょっと待ってくれ、アラン、それは違う。当時、ペンシルヴェニア州知事が自分の娘の父親だというのを暴露しようとしたのはジョイスだった。それがわたしの言った意味だ」

「ジョイスがそれを言いふらしたかったとするなら、なぜ長いあいだずっと待っていたのかね？」

「それは自分の娘が拉致され、捜査が行き詰まっていたからだ。もしジョイスの立場だったら、わたしもそうしたろうね。わが娘をみつけるため、マスコミを利用して徹底的に騒ぎたてる」

室内に静寂がもどった。

「ラファエル、あなたはわたしに何を伝えようとしているんだ?」

「おそらくタッド・コープランドが自分の昔の愛人を殺したか、あるいは殺させたということだ」

21　悲しみの季節

今夜、わたしの衣装にはあの香りがすっかり染みついた……。わたしのかぐわしい思い出をかいで。

マルスリーヌ・デボルド＝ヴァルモール

1

アメリカ中西部（ミッドウエスト）

太陽が最後の光を射たそのとき、マルク・カラデックはヘレン・コワルコフスキーの家に着いた。

母屋はずんぐりした二階建て、ミッドウエストに典型の農家の造りで、彼はコロンバスからフォート・ウェインまでの街道で数百軒も見てきた。しかし、この農園の変わっていてほかでは見ることがなかったのは納屋だった。それは赤っぽい壁に白い屋根、砲弾の形をした穀物倉庫で、燃えるような空に向かいその重々しいシルエットを浮かびあがらせていた。

マルクは家のほうに向かいながら、ペンキが半分剝がれかけた正面の壁に沿ったベランダに目をこらした。入口の階段四段を上った。暑さのせいだろう、ドアは開け放しになっていて、虫除（むしょ）けのストリングカーテンが生暖かい風に音をたてていた。マルクはカーテンを開け、声をかける。

「コワルコフスキーさん！」

一分ほど待ってから、こんどはドアのガラスを叩き、なかに入ろうと決めた。

なかはそのままリビングになっており、漆喰が剝がれたり、壁紙が破れていたり、すり減ったカーペットや古びた家具などのようすから、今はほとんど使われていないように見えた。だが、アーモンドグリーンのカウチでうずくまるように居眠りしている女がいた。足下にはジンのハーフボトルが空になって転がっている。

マルクはため息をついてから、ヘレン・コワルコフスキーに近づいた。眠っている姿勢のせいで、マルクには顔が見えなかった。だが、顔はともあれ、その女は彼自身だった。姿の異なる彼自身、悲しみに破壊されてしまい、夜の闇の底から浮かびあがれずにいる人間だった。

「コワルコフスキーさん」女の肩を優しく揺すりながら囁いた。

この農園の女主人が目を覚ますまで数分が必要だった。驚いたり怖がったりもせずに、彼女はだるそうに目を開けた。ほかの世界にいた。だれをも寄せつけない領域のなかにいた。

「奥さん、邪魔をして申し訳ない」

「あなたはだれ？」立ちあがろうとしながら彼女は聞いた。「言っておくけど、ここには盗む物なんてないし、わたしの命を盗ってもねえ」

「泥棒の反対、おれは警察官だよ」

「わたしを逮捕しに来たんでしょ?」

「違うね。逮捕する理由なんかないだろう」

ヘレン・コワルコフスキーはふらつき、またカウチに座りこんだ。彼女がふつうの状態にないという表現は婉曲にすぎる。酔っぱらっているのはたしかで、半ば無意識状態にあると言うべきかもしれない。今の容貌——骨と皮だけで、肉のそげ落ちた顔、灰色の隈(くま)が目立つ——にもかかわらず、かつてはすらりとしてプラチナに近い髪、澄んだ瞳のきれいな娘だったことを窺わせた。

「おれがお茶をいれてあげるかな? 少しは気分がよくなるだろう。どうだ?」マルクは聞いた。

返事はなかった。彼はこの幽霊との対面に面食らっていた。いつ幽霊が怪物になるかもしれないし、ふいを襲われても困るので、リビングに武器のないことを確かめてからキッチンに向かった。

汚れた窓は、伸び放題の草の生えた畑に向いており、流しには汚れた食器が重なり、冷蔵庫には卵の入った箱とジンのボトルが並んでいるほか、何もなかった。テーブルには、薬の容器、抗不安薬やら睡眠薬、その他……。マルクはまたため息をつく。知った領域だった。かなりまえから、彼もそのノーマンズランド——地上の地獄、もう人生に耐えることのできない者たち、しかし種々の理由により、すぐにはぜんぶを断ちきれない男女が行き交う領域――をよこぎってきた。

湯を沸かし、手もとにあるもの、レモンと蜂蜜、シナモンでホットティーを用意する。リビングにもどると、ヘレンはカウチに座りこんだままだった。マルクは熱いシナモンティーを渡した。しゃべろうとして思いなおす。自分が彼女の家で何をしているか理解させることなど到底不可能だと思った。ヘレンはシナモンティーに唇をつけ、ほんの少しずつ飲みはじめた。虚ろな目で背中を丸め、意気消沈と諦めのあいだをさまようヘレンはしおれたまま硬直し、この家の干からびたようなイメージそのままだった。マルクはエゴン・シーレのねじ曲げられたようなモデルを描いた絵を思った。病的な表情と黄ばんだ皮膚が、生者よりも死者を思わせる。

暗くなった屋内がうっとうしくなり、マルクは日よけを上げて空気を入れ替えた。それから本棚を見ると、自分も読んで気に入った本――パット・コンロイ、ジェイムズ・リー・バーク、ジョン・アーヴィング、イーディス・ウォートン、ルイーズ・アードリック――も幾冊かあって、オハイオの奥深い田舎の農家で出会うとは意外だった。さらに、カリフォルニア大学出版局が刊行したギヨーム・アポリネールのグラフィックな詩を収録する『カリグラム』さえあった！

「おれのいちばん好きな詩人だ！」マルクは本を手にとりながら言った。

その言葉にヘレンが反応したように見えた。おぼつかない英語ながら、彼女の信用を得ようとマルクはアポリネールのことやその詩集『ルーへの詩』、第一次世界大戦、それで戦死した自分の祖父のこと、猛威を振るったスペイン風邪、その時代をとくに研究していた妻エリーズのこと、そのエリーズに自分が芸術の手ほどきを受けたことを話した。

彼が語り終えたとき、とっくに日は暮れ、屋内は闇に沈んでいた。すると奇跡が起こり、こんどはヘレンが自分のことを語りはじめた。優等生だったが、両親の手伝いのためにしょっちゅう授業をさぼらなければならなかった。将来を嘱望された学生だったのに、悪い相手と早すぎる結婚をしてしまった。それから、辛い毎日だった結婚生活、けれども息子ティムの誕生と書物だけがそんな陰気な日々の光だったこと。そして、ティムの死で深淵が開いてしまい、闇のなかの年月が続いているのだと。

人は墓地に埋められるまで、完全に死んでしまうことはないのだと、彼女を見ながらマルクは思った。もちろん打ち明け話は赤の他人にするほうが易しいのは当然だが、どうもヘレンはずっと長いあいだ人を相手に話さなくなっていたようだ。静寂がまたもどったとき、ヘレンは二日酔いから醒めたどこかのプリンセスのように、長い指で髪を整えた。それを機会に、マルクはまた口を開いた。

「ここにおれがやって来たのは、ある調査のためなんだ」

「わたしの目がいくらきれいだからといって、そのためにあなたがパリからわざわざ来たとは思ったりしないわ」ヘレンは言った。

「用件はひどく簡単なんだが、こんがらがってもいる」マルクは始めた。「じつは十年前から、あることのせいで複数の人間の人生がめちゃくちゃにされてきたんだが、ヘレン、あんたが間接的にその鍵を握っているかもしれないんだ」

「どういうこと？」彼女は知りたがった。

彼は、クレアが拉致され、それ以来、自分とラファエルが進めてきた調査について語った。ヘレンはゆっくりと、しかし着実に変身していた。目に輝きがもどり、肩に力が入るのが見えた。それが長続きしないことは二人にも分かっていた。明日になれば、またヘレンはジンやウォッカを浴びるように飲み、アルコールの霧のなかに沈んでしまうだろう。だが今晩、彼女の精神はふたたび澄明さと鋭さをとりもどす。ともかくマルクが〝ブルックリンの少女〟の話を終え、すべてを聞きとった彼女の問いが、若干呆れたようなニュアンスで発されるくらい、その渦巻きのような展開を理解するだけの力は蘇っていた。

「ということは、わたしの理解が正しければの話だけど、あなたはニューヨークから千キロも離れたここへ、それも十一年前、うちの夫のメールアドレスに間違って届いたメッセージを探しに来たってわけ？」

「そのとおり。正確には二〇〇五年六月二十五日だった」マルクは言った。「しかしそうはいっても、話がひどくばかげたように思えるのは当然だと思っている」

ヘレン・コワルコフスキーはまた茫然自失のなかにもどってしまったかのように見えたが、やがて自分をとりもどし考えをまとめたようだ。

「わたしたちがここに住みはじめた一九九〇年からアラン名義で電話回線は持っていた。夫が亡くなったあともそのままにしておいたから、あなたは電話帳を調べてここまで来られたのね。それはインターネットについても同じこと。夫名義で契約をしたんだけど、それは息子を喜ばせるためだった。だいたいアランはそっちのほうは分からなかったし、メールやその他の通信はティムがもっぱら使っていたわね」

マルクはまた期待する気になった。真実がすぐそこにあった。この家のなかに。マルクはそれを感じたし、分かっていた。

「もしティムがおかしなメールを受けとったら、あんたに話しただろうか？」

「それはない、わたしが不安になるだろうし、それをあの子は避けようとしていたから」

「では、父親のアランには話しただろうか？」

重苦しい沈黙。

「だいたいにおいて、あの子は父親と話すのを避けていたわね」

「そのインターネットの契約はまだ続けているんですか？」

ヘレンは首を振った。

「息子を亡くしたあとは、もうインターネットをやっていません。だから十年前からそのメールアドレスは使っていない」

マルクはそれを聞いてがっくりした。胸に不安が広がっていった。

彼は自分の直感にだまされてしまったのか……。ふたたび直感のラテン語の語源について考える。単なる〝鏡に映ったイメージ〟でしかない。でっち上げ、夢想、頭が創りだしたものにすぎない。

　立ち直れるまで数秒を要した。

「ヘレン、息子さんのパソコンを捨ててないだろうな？」

2

ニューヨーク

　厳しい顔つきでアランは黙考している。

「直接的にせよ間接的にせよ、ジョイス・カーライルを殺害したのはタッド・コープランドなんだ」わたしはくり返した。

「ばかげている」〈#ウィンターサン〉編集長は吐きすてるように言った。「証拠もなしに尋常でない疑惑を掲載するわけにはいかない。無責任というもんだろう！　コープランドは共和党員かもしれないが、しかしケネディ以来の最も優秀な候補なんだ。わが社がデタラメ記事で彼を窮地に追いこむことなどできないね」

　議論が深まれば深まるほど、わたしはアランが得体のしれぬ魅惑を当の政治家に感じていることを察知した。コープランドとは同じ世代であり、思想的にも近いのだろう。権力の座に近づきながらも、コープランドは過度のネオリベラリズムをこき下ろし、銃規制を推進、さらに宗教とも距離をおく共和党で初めての大統領候補だった。このペンシルヴェニア州知事はアメリカにおける政治境界線を粉砕した。ほとんど奇跡に近いことの積み重ねで、彼は共和党内のポピュリズム政治家たちをことごとく撃破した。

正直なところ、わたし自身もコープランドの演説に無関心ではいられなかった。彼が演説のなかでスタインベックやマーク・トウェインをよく引用するのがとても気に入っていた。予備選挙中の討論で、彼はトランプをコーナーに追いつめ、ベン・カーソンをやりこめた。彼の政策行程表は野心的だし、言うことも賢く、それはわたしも同意する内容だった。たとえば、政治的決断を長期的な展望で下している点や、中間層を代表する候補者であること、アメリカの経済成長をごく少数の超富裕層（スーパーリッチ）しか享受できないのは許せないと思っている点などである。

コープランドはおそらく良い人物——少なくともこの国の政治家のなかで最もましな部類に入る人間——なのだろうが、わたしは彼がクレアの拉致事件に関わっているものと確信していた。それでも、わたしはアランの協力を得るためにべつの角度からのアプローチを試みる。

「もっと言おうか？」わたしは返事も待たずに続ける。「コープランドもしくはその側近がフローレンス・ガロの死についての責任も負っているんだ」

「もういい！」アランはついに怒鳴った。

彼を納得させるため、わたしは順番に手持ちの切り札を示していった。警察の緊急番号九一にかかった通話の発信元がフローレンスの自宅至近の場所であり、またジョイス宅からブラント・リーボウィッツのDNAが検出されたことだ。その二つの証拠を結びつけて、アランは当惑してしまった。だがフローレンスの面影が浮かんでくるなり、彼は変身する。厳しい表情になり、燃えるような目つき、顔のしわがいっそう深みを増したようだ。

「アラン、あなたはリーボウィッツを知っているのか？」わたしは聞いた。

「もちろんだ」アランは腹立たしげに言った。「コープランドに接近したことのあるジャーナリストなら、ブラント・リーボウィッツを知らぬ者はいない。個人的なボディーガードだからね。ずっとまえからコープランドの身辺にいる男。ゾラー・ゾアキンの叔父だという話だ」

わたしがその女性の名を聞くのは二度目だった。アランが注釈を入れてくれた。

「ゾラー・ゾアキンはコープランドの影と言ってもいい。選挙参謀であり、筆頭補佐役でもある。彼の出かける場所、どこにでもついていく。知事官房で働く以前にも、彼女がコープランドをフィラデルフィアの市長に当選させたようなものだな。わたしはコープランドがマリオネットだとは言わないが、ゾラーがいなければ、彼は今でもペンシルヴェニア大法学教授のままだったろうと思う」

「だれなのかさっぱり分からないが、なぜかな？」

「彼女が目立たぬようにしているのと、陰の助言者なので一般には知られていないというのがその理由だ。だが徐々にそれは変わりつつあり、たとえば三か月前の『ニューヨーク・タイムズ』の別冊に〈アメリカで最も セクシーな頭脳〉というタイトルで、彼女についての特集が出ている。ここだけの話、タイトルはぴったりだな」

「彼女の何がそれほどすごいのかな?」

アランは額にしわを寄せた。

「長いあいだ、彼女の奇矯な態度のせいもあり、だれも彼女に特別の注意を払わなかった。だが、その時期は終わったんだ。今日では、ゾアキンが冷静なチェスの指し手であり、相手より数手先を読むということを知らぬ者はいない。共和党の予備選挙のあいだ、彼女は資金集めにおいて恐るべき手腕を見せた。とりわけフェイスブック世代の経営者たち、すなわち彼女と大学でいっしょだった世代が標的だ。支持率がまだ非常に低かった時期、コープランドが世論の風向きの変わるまで沈没しないでいられたのはその資金のおかげだった。つまり、ゾアキンはたぐいまれなる策略家であるのみならず、あくどい手法においてもチャンピオンであり、一度咬みついたら最後、絶対に獲物を逃がさない獰猛な闘犬にもなれる」

わたしは肩をすくめた。

「どこでも同じだな。ビジネスあるいは政治、興行の世界だってそうだ。力を持つ者たちは、自分たちの代わりに手を汚す人間を必要とする」

わたしに相槌を打ちながら、アランはインターフォンでクリスとクロスを呼んだ。

「きみたち、仕事だ！　コープランド知事が二〇〇五年六月二十五日に何をしていたかを徹底調査してくれ」

わたしはそのやり方がよく理解できなかった。

「ジョイスの死んだ日だな？　十年以上もまえのことだ、何をみつけられるんだろう？」

「わたしにだって分からんさ」アランがため息をつく。「しかしだね、クリスとクロスがどれだけのものか、あなたも見ることになる。インテリジェント・アルゴリズム、高度な演算を行う超高速の検索方法を使い、当時のメディアをはじめ、ウェブサイトやブログ、ソーシャルネットワーク上の情報を探る。あなたも知っているだろうが、インターネットというのは何も消せない。人間は自分でもはやコントロール不能の怪物を生みだしてしまったわけだ。それはまたべつのテーマだが……」

アランはしゃべりながらリモコンを操作し、共和党全国大会の実況を壁のテレビ画面に映した。

マディソン・スクエア・ガーデンの一万人の共和党員をまえに、支援者が次々に党指名の候補者の輝かしい人物像を述べる。すると会場に設置された大型スクリーンにスポーツ選手や芸能人が映しだされ、大げさな身振りで熱狂的な歓声に応じるのだが、わたしにはばかげて見えた。前々日、党の代議員たちが最終候補者を指名していた。だから一時間もしないうちに、タッド・コープランドは指名受諾の演説をすることになっている。そのあとは伝統にしたがい、風船と三色の紙吹雪が舞うことだろう……。

「アラン、ファイルを送りました！」エリカ・クロスの声がインターフォンから聞こえた。

やはり壁にとりつけたモニターに、文書が次々と表示される。クリスが説明をする。

「二〇〇四年以来、知事の公式日程はペンシルヴェニア州の公式ウェブサイトで閲覧可能です。それをどうダウンロードするか分かっていれば簡単に入手でき、以下が二〇〇五年六月二十五日の日程です」


〇九時〇〇分～一〇時三〇分　労働組合との最終協議、議題は公共交通機関の効率改善に関する取り決めの承認について。

一一時〇〇分～一二時〇〇分　チェスター・ハイツ高等学校の教職員との懇談。


「上記二つのイベントに関する写真および新聞記事、ブログのうち、わたしたちが入手できたものを添付しました」赤毛のクロスが言った。

モニターに複数の写真が表示された。組合員らと、つぎに教師と生徒らといっしょのコープランドの写真である。

「ゾラーとブラントはかならず近くにいる」そう言いながら、アランはボールペンでボディーガードの巨体と年齢不明の小柄な女のシルエットを指した。どの写真でも、体の一部が陰になっていたりフレームからはみ出ていたりしていた。

「今までのところは問題なしだな」わたしは言った。

「つぎでもっと面白くなります」クリスが応じた。「午後に二つのアポイントメントが予定されていました」

一二時三〇分〜一四時〇〇分　モンゴメリー郡の老人ホーム職員との意見交換と昼食会。
一五時〇〇分〜　フィラデルフィア市ノースイースト区にて、メトロポール・スポーツ施設の落成式。

「ところが、コープランドは体調不良を理由に行かなかった」クロスが説明する。「二か所とも、副知事アナベル・シヴォーを代理に送ったんです」

「ありえないことだ」アランは言った。「ノースイースト区は彼の地盤で、コープランドが最も愛着を持っている地区だし、わたしはメトロポールを知っているよ。大規模な施設で、そこらにあるプレハブのスポーツジムとは規模が違う。コープランドがその落成式に出なかったとしたら、予期しない重大な出来事があったとしか考えられない」

今やアランの興奮はわたしも肌で感じられ、それは伝染性のもののようだった。

「つまりその日の午後は、コープランドをフィラデルフィアで見ることはなかったわけだな」

「ところが、そうじゃなかったんです！」クリスが叫び、つぎの写真を表示した。「午後六時、コープランドはウェルズ・ファーゴ・センターに二万人の観衆を集めたフィラデルフィア・セヴンティシクサーズのバスケットボールの試合を観戦したんですよ」

わたしはモニターのそばに行った。チームのタオルマフラーとキャップをまとったコープランドはとても殺人を犯したばかりの人間には見えなかったが、それは驚くにあたらない。政治家が外見をつくろうというのは、だれにとっても常識である。

「試合中の写真はほかにあるかね？」わたしは聞いた。

また一連の写真がモニター画面を占領した。

こんどは、どの写真にもボディーガードと選挙参謀ゾアキンの姿は見えなかった。

「クロス、ほかの試合の写真を見せてくれないか」アランは頼んだ。

「えっ、どういうことですか？」

「ウェルズ・ファーゴ・センターで知事が観戦しているのを撮った写真、ただしこれより以前の試合だ」

三十秒ほど経って、赤毛のアシスタントは説明する。

「一週間前にあったセルティックス相手の試合とか、四月末にあった対オーランド戦を選びました」

その二試合の同じような写真が続き、ゾラーは知事の斜め後ろの席に座っている。ほかのいくつかには、通路脇に立ったブラント・リーボウィッツの頑強なシルエットも写っている。

「これを見たまえ！　ゾアキンはコープランドに対していつも同じ位置の席に座っている。例外はあの六月二十五日の試合だけなんだ。アラン、これが偶然のはずないだろう！」

編集長はもうわたしに反論を試みなかった。

「フィラデルフィアからニューヨークまで車だとどのくらい時間がかかるだろう？」わたし

は聞いた。

「渋滞も入れてだな？　そう、二時間強ってとこかな」

わたしは肘掛け椅子に座りなおし、目を閉じるとそのまま三分間ほど考えた。わたしは二〇〇五年の六月二十五日に何が起こったのか分かったと感じつつも、アランを味方にするためには言葉を選ばねばならなかった。彼の援助を得る必要がある。というのも、ここで初めて、わたしはクレアの居場所を突きとめ、無事に連れもどすための方策の端緒を見いだしたように思ったのだ。

「ぜんぶはっきりしたぞ、アラン」わたしは目を開けてアランを見ながら、自分が描いたシナリオを説明する。「あの土曜日、知事とゾラー、そしてブラントは昼すぎに車でフィラデルフィアを出た。コープランドはジョイスと会う約束があった。話し合いは言い争いになってしまい、悪い展開を見せた。コープランドはパニック状態になり、彼女を殺してしまう。そのあと彼は、フローレンスが一部始終をこっそり録音していたことに気づく。コープランドはボディーガードも伴わず、一人でフィラデルフィアにもどり、何事もなかったかのようにバスケットボールの試合を観戦した。その間、ブラントとゾラーはニューヨークにとどまって汚れ仕事を受けもつ。つまり、ジョイスの死体を移動させ、殺人をオーバードースによる事故死に偽装のうえ、フローレンスを無力化すること。どうだ、これでつじつまが合うじゃないか！」

打ちのめされたアランは両手で頭を抱えた。わたしはその頭のなかにいるような気分だった。悲しみの混じった怒りが渦巻くカオスのなか。もしかしたら、彼はフローレンスといっしょの幸せだった日々を思いだしているのかもしれない。まだ何でも可能に思われた時期のこと、彼女が欲しがっていた彼ら二人の子もいる未来を夢見て、端役でなしに主役である自分を自分の人生で演じるという興奮を感じていたときのことを。それだけ愛した女性の酷い死を思いうかべているのかもしれない。あれからめまぐるしく過ぎ去った歳月を思ったのかもしれない。仕事に没頭することで頭を麻痺させてきた歳月。あるいは、仕事で成功するのはすばらしいことだが、寒い夜にわたしを温めてはくれないと言ったマリリン・モンローが結局のところ正しかったと思っているのかもしれない。

「ラファエル、これからどうするつもりなんだ？」アランが深い眠りから覚めたような口調で聞いてきた。

「それよりも、アラン、わたしに協力してくれるつもりがあるか？」

「覚悟があるのか自分でもまだ分からんが、そのつもりでいる。フローレンスのためにも」

「あなたにはゾアキンと直接に連絡をとる手段があるかな？」

「ある。彼女の携帯の番号を知っている。コープランドへのインタビューを交渉するために教えてもらった」

わたしはアラン・ブリッジスがスマートフォンの電話帳を探っているあいだ、**「わたしはあなたがフローレンス・ガロと、それからジョイス・カーライルとその娘に対して行ったことを知っている」**という短いＳＭＳを用意した。

「ラファエル、あまり賢明な方法とは思わないな。すぐに彼らは、電話番号からあなたの居場所を突きとめる。十分もかからんだろう」

「いや、まさにそうなってもらいたいんだ」わたしは言った。「チェスの指し方なら、わたしも知っているのでね」

22 ゾラー

冷血動物だけが毒を持つ。
アルトゥール・ショーペンハウアー

1

十七年前
一九九九年春

わたしの名はタッド・コープランド、三十九歳だ。わたしはペンシルヴェニア大学の憲法学と政治学の教授だ。今朝、ということは一九九九年春のある土曜日、釣りからもどったところだが、それはいわば口実で、じつは自然のなかで静かなひとときを過ごしたかっただけのことだ。

震える湖面に突きでた浮き橋にボートを繋いでいると、ラブラドールの愛犬アーゴスが走りより、尻尾を振ってわたしの周りで飛びはねる。

「アーゴス、行くぞっ！」

わたしを追い越して大きなモダンな山荘に向かって走る。カラマツ材と石、ガラスの調和を考えたウィークエンドハウス、わたしの避難所だ。

山荘に着くと、ラジオでレスター・ヤングのサックスを聴きながらコーヒーをいれる。それからベランダの籐椅子に座って、新聞に目を通したり、答案の添削をしたりしながらタバコを一本だけ味わう。携帯電話を見ると、用事があってフィラデルフィアに残った妻キャロラインからメッセージが届いており、今日の日中にも合流するとあった。「あなたのバジルのパスタに期待してる！　キス！　C」

エンジンの音がして、わたしは顔を上げた。サングラスをかけ、目を細める。遠くからでもすぐに見分けのつくシルエット、エネルギッシュな歩き方はゾラー・ゾアキンだ。

どうして忘れられようか？　四、五年前にわたしの講座にいた学生で、それもただの女子大生とは違っていた。わたしの教師としての経歴を通じ、彼女は群を抜いて優秀な学生だった。冴えきって容赦のない頭脳は、どんなテーマにおいても知性溢れる論証を行う能力を備えていた。アメリカ合衆国の政治および歴史についての教養も並外れていた。真の愛国者であり、彼女が懸命に貫こうとする立場は、わたしと共通のものもあり、また賛同できないものもあった。優れた頭脳、それはたしかなことだが、それだけである。ユーモアがなく、共感性も伝わってこない。わたしが知るところ男友だちも女友だちもいないようだった。

彼女と議論するのがいつも喜びだったとわたしは記憶しているが、同僚の教授連中にとってはかならずしもそうでなかったようだ。教師の多くはゾラーに対し違和感を抱いていた。彼女の冷徹な知性のせいであり、それがときおり相手を追いつめてしまうのだ。それはまた彼女の視線のせいでもあった。考えこんでいるあいだは放心したような目が、ふいに輝きだすなり、鋭利な闘牛の銛（バンデリリャ）になって相手を突き刺しにくるからだ。

「こんにちは、コープランド先生」

彼女はわたしの目のまえにいた。何とも形容しがたい身なり、穿（は）き古した大きすぎるジーンズに形くずれして毛玉の浮いたセーター、高校時代から背負っていたに違いないバックパック。

「やあ、ゾラー。どういう風の吹き回しだろう?」

とりとめない話題のあと、彼女は始めたばかりの仕事について話しだした。彼女の近況について少しは耳にしていた。大学を出たあと何年か、地元でいくつかの選挙活動に携わり、それほどスケールの大きくない候補たちにそれなりの好成績をもたらし、敵に回すよりも味方にしておいたほうがよい政治顧問としてちょっとした評判をものにしつつあった。

「きみはもっと実力があるはずだろう」わたしはコーヒーを注ぎながら言った。「何か重要なことをしたいのだったら、きみの頭脳に見合った候補者をみつけるべきだな」

「仰（おっしゃ）るとおりなんです」彼女は応じた。「わたしは一人みつけました」

わたしは彼女がコーヒーの温度を確かめるのを見ていた。月明かりのように輝くその美しい表情は、不器用にカットされて目まで垂れた前髪のせいで帳消しになっている。

「そうか。わたしも知っている人物かな？」わたしは聞いた。

「あなたです、タッド」

「ちょっと理解できないんだが？」

　ゾラーはバックパックのファスナーを開き、なかからポスターの試案とキャンペーン用の標語、選挙戦略を詳細に記した書類を出した。それを木製のガーデンテーブルに広げようとするので、わたしは彼女がそれ以上ことを進めぬよう止めた。

「ゾラー、待ってくれ、わたしは政治家になろうと思ったことはないんだ」

「あなたはすでに政治活動をしていますよ。テイク・バック・ユアがそうだし、市議会議員にもなっているではないですか……」

「わたしが言いたいのは、それ以上の野心はないという意味だ」

　彼女はヘビのような目でわたしを見た。

「わたしはあると思います」

「いったいきみは何の選挙を考えているんだね？」

「最初はですね、フィラデルフィア市長選です。つぎに、ペンシルヴェニア州知事選」

　わたしは肩をすくめた。

「ゾラー、いい加減な話はやめなさい。だいたい、フィラデルフィアは共和党の市長を選んだことがないだろう」

「あります」彼女はすぐ反論した。「バーナード・サミュエル、一九四一年です」

「そうかもしれないが、もう六十年前の話じゃないか。今、それが可能とは思えないね」

彼女はわたしの言い分に納得しなかった。

「タッド、あなたは正真正銘の共和党員ではないし、奥さんもたいへんに信望のある民主党系の旧家の出身ですよね」

「いずれにせよ、現職のガーランドが再選されるに決まっている」

「ガーランドは再出馬しません」彼女は断言した。

「何を言っているんだ？」

「わたしは知っている。それだけです。どうやって知ったのか、それは聞かないでください」

2

「わたしが政治をやりたがっているとしよう。だが、ゾラー、どうしてわたしがきみに賭けると思うんだね？」

「ちょっと違いますね。タッド、わたしがあなたに賭けるんです」

わたしたちはすでに一時間前から話していた。そんな気はなかったが、わたしも話に釣りこまれたのだ。危険な領域に足を踏みいれているという意識はあった。もどることのできない冒険に乗りだしてはならないこと、それはわたしにもよく分かっていた。しかしながらあの当時、わたしは人生の一回りがすでに見えてしまったように感じていた。迷いの時期にあったということだ。何についても確信を持てなくなっていた。結婚について、教育者としての資質について、つまり自分の人生に意味を与えられなくなっていた。そして、この教え子が言葉をみつけてくれた。彼女は遠くを見ており、それは正しかった。彼女の手にかかると、不可能なものなどないように思えた。明日が刺激的、雄大なものに見えた。結局のところ、わたしがいつも期待していたのはこれだったのではないか？　つまりわたしの人生を変え、現在の快適だが窮屈な生活から解き放ってくれる非凡な人間に出会うことだ。

　わたしは精一杯の抵抗をした。しかし、ゾラーはわたしの懸念をことごとく粉砕した。

「きみも知っているように、わたしは神を信じない。ところが、アメリカの有権者は無神論者の候補者を好まない」

「そのことを屋根に上って叫ぶ必要はないでしょう」

「わたしはマリファナを吸ったことがある」

「タッド、だれもがやったようにですね」

「今も吸うことがある」

「それはただちにやめないといけません。それでも聞かれたら、煙を肺に入れなかったと言えばいいんです」

「選挙運動をするような個人的な資金はない」

「それはわたしの仕事であって、あなたの仕事ではありません」

「わたしは数年前から治療を受けている」

「何の病気です？」

「軽度の双極性障害だ」

「ウィンストン・チャーチルも双極性障害で、パットン将軍も双極性障害、それはカルヴィン・クーリッジやエイブラハム・リンカーン、セオドア・ルーズヴェルト、リチャード・ニクソンも同じです」

　彼女はそのひとつひとつを打ち消すのだった。そうなると、わたしはもう彼女に去ってほしくなかった。ずっとわたしに話しつづけ、彼女がわたしの体内に蒔いた種に水を与えてほしかった。わたしが合衆国第五の大都市の市長になるのだと、ずっと囁いていてほしかった。そしてわたしは、それを信じるそぶりをもう少し続けていたかった。

3

わたしをほとんど説得したところで、ゾラーはふいにそれまでの態度をガラッと変えた。それは後にわたしが思いしらされる破目になる、ゾラー・ゾアキンを相手にだれも秘密を長くは隠しておけないという事実だった。

「偽りの言い訳の陳述は終わったので、そろそろほんとうの問題にとりかかる必要がありますね、どうですか？」

わたしは分からなかったふりをする。

「何を言いたいんだね？」

「政治。あなたはすでに考えたことがあったはずですね、タッド。あなたはそのために生まれてきた人なんです。その確信を得るには、あなたの講義のひとつに出ればよかった。あなたの講義はわたしたちを魅了した。あなたが何かを酷評するとき、あれは必殺だった。学生全員があなたの言葉に吸いよせられた。貧困労働者の数が、あるいは医療保険を持たないアメリカ人の数が多すぎるとあなたが憤ったときのことを、わたしは今でも思いだす。アメリカンドリームがなくなってしまったこと、それを復活させるための方策についての講義、わたしはそれをずっと記憶として頭のなかに残してある。そういうものがあなたの血管のなかに流れているんです」

わたしは言い返そうと思ったが、言葉がみつからなかった。

「ある何か具体的なことがあって政治を諦めたのでしょう、タッド。打ち明けたらどうです？　克服できないハンディキャップ、あなたがそう思っている何か」

「きみは二束三文の心理学をやっているな、えっ？」

ゾラーはわたしをにらんだ。

「いったい何を隠しているんですか、コープランド教授？」

ベランダの手すりに肘をついたわたしは沈黙を続ける。視線は遠くに、幾千もの光を反射する湖面に向かう。

ゾラーはテーブルに出したものをバックパックにしまいはじめた。

「タッド、一分だけ待ちます」彼女は時計を見ながら言った。「それ以上は一秒も待ちません。わたしを信頼できないのなら、この話はここでおしまいにしたほうがいいんです」

彼女はわたしがテーブルにおいたタバコの箱から一本とり、わたしに視線を合わせた。

そこで初めて、わたしはこの若い女の危険性を察知した。彼女のやり方を不快に感じた。わたしを壁際に追いこむようなやり方が許せない。まだ数秒間、わたしには「断る」と告げる自由があった。自由のなかでも最大の自由。だが、その自由はいったい何の役に立つのだろう、もし当人の夢の実現を妨げるのなら？

「分かった」わたしは彼女の横に座りながら告げた。「きみの言ったことは当たっている、わたしの人生に、政治的な道を閉ざすような出来事があったことは事実だ」

「聞きましょう」

「衝撃的な暴露などは期待しないでくれ。悲しくなるくらい月並みなんだ。十年ほどまえのことだが、数か月のあいだわたしはある女性と関係を持った」

「だれです？」

「彼女はジョイス・カーライルといった。わたしの協会ＴＢＹのフィラデルフィア事務所にいたボランティアの女性で、後に職員となった」

「奥さんは知っているんですか？」

「キャロラインが知ったなら、もう妻でなくなっていただろうね」

「そのジョイス・カーライルは現在どこに住んでいるんです？」

「ニューヨークだ。しかし、それだけではない。彼女には娘が一人いてクレアといい、八歳になる」

「娘が一人、父親はあなたですね？」

「そうだ。ほぼ間違いない」

「ジョイスはあなたを脅迫しようとしましたか？」

「いや。彼女はとてもいい女性なんだ。自由奔放、だが尊敬に値する人物だ。その母親はフィラデルフィア市の市長官房で働いてる」

「今でも連絡はあるんですか？」

「ない。ここ数年は連絡がなかったが、わたしのほうからも連絡をとろうとはしなかった」

「娘のクレアですが、あなたが父親だということは知っているんですか？」

「まったく分からない」

　ゾラーはため息をつき、あの奇妙で茫然としたような、彼女が考え事をするときの表情になった。わたしはといえば、ジャムの瓶に指を入れたところをみつかった生徒のように、彼女から審判が下されるのを待った。

　わたしが諦めるべきだったのは、まさにそのときだったろう。しかし、彼女はわたしが聞きたいと思っていた言葉そのままを発してくれた。

「面倒なのはたしかですね。その問題がいつまた飛びだしてくるかも分からないけれど、リスクとして受けいれましょう。重要なのは状況を常に管理下においておくこと。あなたの人生にひとつのエピソードがあったことを知る者がいる、それは潜在的に問題となりえます。そんなことは起こらないかもしれないけれど、もし問題になったなら、その時点で対処しましょう」

4

「もし問題になったなら、その時点で対処しましょう」

その言葉は虫の知らせであり、わたしにはそれが分かっていた。

少なくとも、それを危惧していた。

しかし、わたしは正直であるべきだろう。たとえその後に起こった悲劇を予知していたとしても、わたしが自分の選択を後悔していると言えばそれは嘘になる。もっと突っこんで言うなら、あの朝のことにノスタルジーを感じないと言ったら嘘になるだろう。すべてが開始されたあの朝のこと。あの変な若い女が変な服と使い古しのバックパックという格好でわたしのウィークエンドハウスに現れたあの朝のこと。彼女がわたしの古いガーデンテーブルにいろんな物を並べ、「タッド、あなたはアメリカ合衆国の政治の歴史に新たな一章を書きくわえる心の準備ができていますか、あなたが主人公になる一章を?」と言ったことに。

23　煙を吐く銃口

第二法則――きみの友人を警戒し、敵を利用せよ（……）。もしきみに敵がいないのなら、それをつくるための方法を探れ。

ロバート・グリーン

1

「一局二十ドル、どうだね、だんな？」

脇の下にチェスボックスを挟んだひげもじゃのホームレスが提案してきた。

「またつぎの機会にしよう。今日は待ち合わせがあるんだ」わたしは断りながら紙幣を一枚渡した。

わたしは石のテーブルに向かって座り、チェス愛好者らに占領された感のあるワシントン・スクエア・パークの端っこでゾラー・ゾアキンを待っていた。

すでに遅い時刻なのに、公園はまだ興奮の坩堝だった。活気に満ちた愉快な土曜の夜の興奮、昼間が延長をくり返すのをやめず、空気が音楽に、散歩に、はじける笑いに、ワルツの輪に加わることになじむ最適な時刻だった。

その雰囲気はわたしの精神状態とは正反対の極にあった。クレア、ぼくはかなり滅入っている。この三日間、おかしくならないように、ぼくは不安を抑えることに成功していたが、何の不安もないような群衆のなかにいると、きみを心配することの恐怖が表面に浮かんでくる。

動いたり考えたりするのをやめると、すぐにあの防犯カメラの映像が目に浮かぶ。アンジェリの手下がきみをクロームメッキを光らせる霊柩車のようなSUVのトランクに放りこむ映像だ。きみがぼくの名をくり返し叫ぶ映像――「ラファエル！　助けて！　ラファエル、助けて！」と。

三日も監禁が続いたあとで、今、きみはどんな状態にいるのだろう？　そして、きみに宿る新しい命は？　ぼくらはその子の誕生をいっしょに祝える時が来るのだろうか？

生きていてくれるのだろうか、きみは？　今のところ無事を疑っていないが、それは物証に裏づけられたというより、むしろぼくの信念のようなものだ。おそらく、現実を直視するだけの強靭さに自信のない一人の男の逃避なんだろう。結局、小説家に固有のものとそれほど差異はない。ぼくはエンドレスにくり返す、きみはこんな形でいなくなってはいけないと。この世界からも、ぼくの人生からも。

この数時間というもの、恐怖を払いのけるため、ぼくは馬車馬のように動きまわった。ふだんは小説の主人公たちを通してしか行動しないぼくが、本物の刑事のように捜査を進めた。

きみの秘密の過去にも立ち入って、あらゆる手がかりを遡り、すべての扉を押しひらいた。

「これがわたしのやったこと。ラファエル、わたしをまだ愛してる？」

クレア、いったいぼくがきみの何を批判できるだろう？　きみが生きのびたことをか？　きみが人生をやり直し、おぞましい体験すべてを過去のものにしようとしたことをか？　批判なんてできない、あたりまえだ！　その反対に、ぼくはきみの強さ、決意、頭の良さに衝撃を受けているくらいだ。

「ラファエル、わたしをまだ愛してる？」

ぼくは終点に近づきつつある。きみの拉致を画策した人物をほぼ特定した。ゾラー・ゾアキン、おそらくきみのお母さんを殺害したに違いない女。だが理解できないのは、これだけの年月が経っているのに、どうやって彼女らはきみを捜しだしたのか？　なぜ今さら？　なぜきみがぼくに秘密を打ち明けるのと同時だったのか？　そんな疑問すべてを吟味してはみたが、何か重要なものが抜けている。

「ラファエル、わたしをまだ愛してる？」

クレア、何度も同じことを聞かないでくれ！　もちろんきみを愛している、けれども、だれを愛しているのかもうよく分からないのだ。愛するためには、相手のことを知らなければならないのに、ぼくはきみのことが分からなくなった。今は、きみが二人いるように感じている。一人はアンナ・ベッケルで、ぼくが夢中になった研修医、優しくて愉快、だが気高い心の持ち主で、ぼくの生涯でいちばん幸せな六か月をいっしょに過ごした。ぼくが結婚しようと決めた女性。そしてもう一人は、クレア・カーライル、キーファーの地獄という逆境を生きのびた〝ブルックリンの少女〟で、出自は謎に包まれている。このほとんど未知の人物に対し、ぼくは崇拝の念を抱き、魅了されている。それなのに、ぼくはこの二つの人物像を重ね合わすことができずにいる。ぼくらが再会するとき、きみはだれなのだろう？　物事が始まるときの試練を共に克服した人間同士なら、その絆は絶対的なものになるだろうと思う。ましてや愛しあうカップルならばなおさらだ。その二人が引き裂かれることなくいくつもの耐えがたい障害を乗り越えるなら、その愛情は揺るぎない、不滅に近いものとなる。そう考えたとき、たしかなことがひとつある。きみの過去を知った今、きみを苦しめた者らの正体を暴いた今、ぼくらは互いにもう他人同士にはなりえないじゃないか。

2

小柄ですばしっこいゾラー・ゾアキンは、マディソン・スクエア・ガーデンの階段席に群れる人々を縫うようにして前進した。関係者用パスを見せて舞台裏に回って迷路のような廊下を数百メートルも行くと、警官二名が警備する防火扉があって、そこからウエスト三一丁目通りに出られる。

ブラントが彼女を待っていた。彼のスマートフォンには位置情報アプリの青い丸が点滅していて、それを姪に見せた。

「ラファエル・バルテレミは十分前から移動していない」

「正確な位置はどこなの？」

「ワシントン・スクエアの北西の角、チェスコーナーだな」

ゾラーは頷いた。それが意味することは明らかだった。相手は彼女のテリトリーに乗りこんできた。たいていのことなら鎮火の方法を知っているし、闘いさえ厭わないが、彼女は相手を見くびってはならないという鉄則を守る。

ブラントには離れてついてくるよう指示し、道路をよこぎって七番街に向かう。一帯は通行止めになっていた。車で行こうと考えること自体むだで、歩くより速くは進めないし、何よりジャーナリストにみつけられる怖れがあった。スタンドで足を止め、ミネラルウォーターのペットボトルを買った。ついでにスマートフォンで、最初しか立ち会わなかったコープランドの指名受諾演説をラジオの実況で聴こうとイヤホンをつけた。

その演説は、彼女のおかげで滞りなく進行した三日間にわたる大イベントを締めくくる見せ場だった。コープランドの勝利は彼女にとってもというか、まさに彼女の勝利だった。そのことは、政治アナリストならだれでも知っていることであり、タッド自身も認めていた。彼女がタッドを共和党予備選挙で勝たせたのであり、明日は彼をホワイトハウスまで導くのだろう。

ほかの候補者たちは数百名からなる選挙スタッフ——政治戦略や世論調査、マーケティングのコンサルタントのほか、情報操作の専門家（スピンドクター）など——を抱えていた。コープランドと彼女はクラシックな手法、まるで家内工業のような協働作業でことを進めた。戦略は彼女が、演説など表舞台に立つ部分は彼が担当した。その方式が成功へと導いたのだ。二人はお互いにもう一人がいなければ自分が無力だと分かっていた。彼女はコープランドに可能なかぎり予備選への立候補を遅らせるように、また選挙活動を単なる党の恒例行事への参加と見せるよう進言した。こうして初めのころの討論会でコープランドは、本命と見られる候補者同士が相討ちするのを静観しながら機を窺い、段階的にしか自分の手の内を明かさなかった。

　奇妙な時代である。真の政治家がいない時代。知的な演説やちょっと複雑な論証など出る幕のない時代。単純志向の過激な言辞ばかりがメディアの反響を得る時代。真実がもはや重要性をなくし、安上がりの感動が理性にとってかわり、イメージと情報伝達のみが尊重される時代。

　今でこそコープランドは斬新な政治家と見られているが、予備選に立候補したばかりの彼のキャンペーンはひどいものだった。タッドは初戦となる地方党員集会（コーカス）のいくつかで負け、同時選挙日（スーパー・チューズデー）で水を開けられた。それから、惑星直列にも匹敵するあの恩恵の時が訪れた。コープランドのいわゆる欠点が突如として資質として見られ、彼の演説も、ほかのほとんど漫画の主人公のような候補者らに嫌気のさした共和党支持者たちの耳に届いたのだ。そのドミノ現象――ゾラーが忍耐強く組織したものだが――により、ほんの数日でコープランドは脱落候補者の資金および票を引き継ぐことになった。

　そんな弾みがついたにもかかわらず、選挙戦は最終日ぎりぎりまで接戦だった。このコンペンションが始まったばかりの数時間、ゾラーは敵陣営からの不意打ちさえ覚悟していた。一時は百三十名の〝代議員〟が相手候補に投票して一種のクーデターを起こすかと危惧されたが、代議員たちはそこまでやるだけの肝っ玉がなく、おとなしくゾラーの候補者についたのだった。

客観的に見ても、タッドは知性があって信頼に足るし、まじめな政治家である。経済問題および外交政策にも詳しい。テレビ映りがいいだけでなく、ユーモアとカリスマ性にも富んでいる。中道派の立場ながら、有権者も彼がある種の強靭さを持っていることを知っており、プーチンや習近平と渡りあう姿も容易に想像できるのだ。さらに彼の演説は楽観主義的であり、またリーダーとしての印象も与える。もしコープランドが大統領選に勝利する――すでに今、彼女はそうなるだろうと確信している――なら、彼はゾラーを大統領首席補佐官に任命するだろう。世界で最も刺激的な職務。大統領がカメラをまえにワンマンショーをやっているあいだ、実際に国の統治を行う者。何もかも担当する者。連邦議会にて同盟関係をまとめ、各州指導者や連邦官庁との交渉を仕切る者。そして、ほとんどの国家レベルの危機管理を行う者である。

ふつう、ゾラーは何事も行き当たりばったりにすることがない。ところが三日前、カーライル事件がぶり返され、彼女は虚を衝かれた。過去に葬られたはずの闇の時間が、大統領選のさなかという最悪のタイミングで表面に浮かびあがり、彼女が十七年もかけて構築してきたものを破壊しようとしていた。

何年もまえから、予測可能なすべての筋書きを研究し、万が一のリスクに備えてあった。ところが、あまりに蓋然性が低いからと、彼女が予測さえしなかった唯一のことが具体的な形をとりはじめた。すでに十年前、だれもが死んだと思っていたクレア・カーライルが違う名前で復活したのである。

それを教えてくれたのはリシャール・アンジェリだった。一週間前にフランスのアンジェリから電話を受けたとき、ゾラーは自分で十一年前に雇ったボルドーの若い刑事のことをほとんど忘れていた。実の娘が拉致された事件に関し、メディアを仲介せずに情報を得るため、コープランドが彼女にそうするよう頼んだのだった。あれから時が経ち、アンジェリも出世した。どういう風の吹き回しか分からないが、クレア・カーライルが生きているという激震のような情報が彼の手に飛びこんできた。

ゾラーはためらわず、その件をコープランドに知らせてはならないと判断した。問題が発生したとき、そのせいで知事の名が傷つくことのないよう措置を講じること、そもそもそれが彼女の仕事だった。彼女は仕事のやり方を知っており、そんな仕事が好きだった。彼女はコープランドに相談することなく、今や際限なく強欲になっていたアンジェリのため多額の出費を決断し、クレアの居場所を突きとめたうえで拉致し、監禁するよう指示した。

問題の最終的な解決方法として、クレアを殺し死体を処分するよう命じるにあたっては、かなりのあいだためらっていた。ひとつだけ決断を妨げるものがあり、それはコープランドが事情を知ったときの予測不能の反応だった。

そういうわけでゾラーは、考えるために数日だけ決断を保留していたものの、もはや時間をかけすぎた、決断して実行に移すべきであるとの結論に達した。

3

わたしは数分前から周囲をしきりに窺っていたが、ゾラー・ゾアキンがほんの数メートルのところに近づくまで気づかなかった。年齢こそ上だが、彼女はワシントン・スクエアにわんさといるニューヨーク大学の女子学生と変わりなかった。ジーンズにTシャツ、バックパックにスニーカー。

「わたしは……」立ちあがりながら、わたしは言おうとした。

「あなたのことは知っています」

肩に手がおかれた。ふり向くと、威圧するような体格のブラント・リーボウィッツがそばにいた。ボディーガードは両手でわたしの足から首まで触れて身体検査をすると、録音されるのを警戒してのことだろう、スマートフォンをとりあげた。それからブラントはチェステーブルから十メートルほど離れたベンチに行って腰かけた。

ゾラーはわたしと向きあった。

「わたしに会いたいということでしたね、バルテレミさん？」

彼女の声はわたしが想像していたのとは違い、はっきりしていて、どちらかというと優しい声だった。

「わたしはすべてを知っている」わたしは言った。

「すべてを知る人はいないし、あなたより多くを知る人はいくらでもいます。あなたはボッワナの首都がどこだか知りませんね。あなたはタジキスタンの通貨も、カンボジアの通貨も知らないでしょう。あなたは一九〇一年当時、アメリカ大統領がだれだったか知らないし、だれが天然痘のワクチンを実用化したかも知らない」

　ゾラーは最初から強気だった。

「あなたは本気で雑学クイズをまだ続けるつもりかな？」

「何を知っていると思っているんです、バルテレミさん？」

「わたしが知っているのは、フランスのどこかで、あなたがわたしの婚約者、またコープランド知事の非嫡出子であるクレア・カーライルを監禁させていることだ。わたしが知っているのは、今から十一年前、あなた、あるいは知事、あるいはあそこにいるゴリラが彼女の母親ジョイス、知事の元愛人を殺した事実だ」

　ゾラーは注意深く聞いていたが、わたしが暴露した話にもまったく動揺を見せなかった。

「選挙期間中は、そんな内容の匿名の手紙を毎朝百通も受けとります。知事がじつは異星人だとか、じつは小児性愛者であるとか、あるいは吸血鬼、または動物性愛者（ズーフィリア）だとかいうものです。世の政治家の宿命ですね」

「ただし、わたしには証拠がある」

「どういう証拠なのか知りたいですね」

彼女はチェステーブルにおいた自分のスマートフォンを見た。振動が止まることはなく、音色の異なる着信音やら画面で点滅するテキストだとか、ひっきりなしだった。わたしはボディーガードのほうを顎で示した。

「あなたの叔父、ブラント・リーボウィッツのDNAがジョイス・カーライルの死体発見現場から検出されている」

彼女は不審の目を向けた。

「もしその通りなら、警察はその時点で叔父を尋問したでしょうね」

「当時は分からなかった。現在は状況が違う」

わたしはポケットからアラン・ブリッジスが発見した本から切りとったページを出した。

「それと、ジョイスと知事がいっしょに写っている写真もいくつかある」

彼女はそれを見たが、べつに驚くようすもない。

「ええ、その写真の存在は知られていますね。これはいい写真、でも何の証拠になるんです？　タッド・コープランドとその若い女性がたいへん気が合っていたということ。それは当然のことでしょう？　わたしも知っていることですが、彼女を雇ったのはコープランドですから」

「この写真で分かるのは、二人の……」

彼女は曖昧な手の動きでわたしの言葉を遮った。

「それがあなたの知っているすべてだとするなら、そんな無駄話を聞こうとする人、それを広めようとする人なんて、みつかるわけがないですね」

「わたしは反対にジャーナリストたちが大いに関心を持つと思う。あなたが冷酷にも彼らの仲間の一人、フローレンス・ガロを殺したんだと知れば」

ゾラーはそれを聞いても冗談で応じる。

「一部のジャーナリストを殺したいと思うことがしょっちゅうあるのはたしかですね、記事のなかで彼らの悪意と無能さ、知性の貧困さを見せつけられるときは。でも今までのところ、わたしは実行に移すことは抑えてきました」

わたしは自分が手も足も出せない状況にいると分かり、作戦を変えることにした。

「ゾラー、いいかね、わたしは警官じゃないし、判事でもない、ただ単に愛する女性をみつけたいと思っている男なんだ」

「心を動かされる話ね、ほんとに」

「クレア・カーライルは自分の出自を十年間も隠していた。彼女は父親がだれなのかも知らないだろう、わたしはそう思っている。彼女を解放するんだ。そうしたら、もう二度とわたしたちのことを聞くこともない」

わたしをばかにするように、彼女は首を振った。

「取引をお望みのようだけど、あなたにはそのための具体的な材料が何ひとつないではないですか」

悔しいけれど、彼女が正しいことを認めざるをえなかった。マルクといっしょに本格的な調査を行った結果、信じられぬほど入り組んだパズルを埋めていくことができた。だが、わたしたちが集めたそれぞれの要素は、それだけでは取引材料にならないのだ。わたしたちは真実を暴きだしたのだが、最も重要なものが欠けていた。真実を裏づける証拠だ。

4

記憶の聖域

マルク・カラデックとヘレン・コワルコフスキーは、礼拝堂に入っていくような厳粛さでティムの部屋に入った。

部屋には、まるで当の少年が学校か友だちの家に出かけていて、まもなくもどって来るなり、ベッドにバックパックを放りだし、〈ヌテラ〉を塗ったトーストとミルクをとりにキッチンへ向かうかのような雰囲気が漂っていた。

幻影は両刃だ。最初は慰められても、すぐに破壊される。マルクは木の床を軋(きし)ませ、ジリジリ音をたてる電球に照らされた部屋の中央まで進んだ。

ミントと胡椒(こしょう)の混ざったような妙なにおいがしていた。窓を透し、闇のなかに納屋がその圧迫するような切り妻を見せていた。

「ティムは映画学校に入りたがっていたの」壁を覆う数々のポスターを見ながら、ヘレンが説明した。

マルクは部屋を見まわす。ポスターを見ると、ティムがかなりいい趣味をしているのが分かった。『メメント』とか『レクイエム・フォー・ドリーム』、『オールド・ボーイ』、『時計じかけのオレンジ』、『めまい』……。

棚には漫画用の場所、漫画のキャラクター人形や映画雑誌の場所もあり、CDの歌手とかグループはマルクの知らないエリオット・スミス、アーケイド・ファイア、ザ・ホワイト・ストライプス、スフィアン・スティーヴンスというような名ばかりだった。

ハイファイのスピーカーの上にHDVのビデオカメラがあった。

「ティムのおばあちゃんからのプレゼント」ヘレンが言った。「あの子は暇な時間ぜんぶを映画に費やしていた。いくつか短篇を撮ったほどよ」

デスクにはダース・ベイダーの電話機やら鉛筆立て、未使用DVDの入ったケース、ジェシカ・ラビットのマグカップ、水玉模様のiMac・G3があった。

「起動させて構わないかな?」マルクはパソコンを指さして聞いた。

ヘレンは頷いた。

「わたしもときどきティムの映画とか写真を見るのに使う。日によって違うけど、たいていは楽しむより悲しむことのほうが多いわね」

マルクは金属製の回転スツールに腰かけた。レバーで高さを調整し、iMacの電源を入れた。

かすかな音が徐々に強くなった。パスワードの入力画面。

「みつけるのに一年近くかかったわ」ヘレンは打ち明け、彼女もベッドに腰かけ、「マクガフィン」と言った。ティムがヒッチコックのファンだったことを考えれば、それほど難しくはない。

マルクがMacGuffinと九つの文字を入れると、デスクトップのモニターに複数のアイコンが並んだ。背景に、ティムはダリの「聖ジョージとドラゴン」を選んでいた。

突然、バチンという音がした。あの電球がついに寿命を全うし、マルクとヘレンをびっくりさせた。

今はｉＭａｃの明かりだけが室内を照らしていた。マルクは唾を飲みこんだ。その暗がりのなかで、少し気味悪く感じた。隙間風が首の後ろを撫で、ひとつの影が頭上を通りすぎたように感じた。ギョッとして後ろをふり向くと、青白い顔の疲れた幽霊、ヘレンのほかにだれもいなかった。

マルクはまた画面にもどり、メールのアプリケーションを開いた。ティムの母親が言ったとおり、インターネット接続はなく、すでに数年前からそのメールアドレスは無効になっていたが、それ以前にダウンロードしたファイルなどはコンピュータ内に閉じこめられていた。マウスを使い、マルクはメールの一覧を二〇〇五年六月二十五日まで遡った。

まぶたが震え、前腕のうぶ毛が逆立った。彼が探していたフローレンス・ガロにより送られたメールがそこにあった。メールを開こうとクリックをしたとき、全身に戦慄が走った。

メールには本文がなく、添付ファイルの〈carlyle.mp3〉しかなかった。

喉に火の玉が詰まっているように感じながら、スピーカーの設定を確かめて音声ファイルを開く。すべてを物語る録音だった。ジョイスの声は思っていたとおりに情感溢れる低音で、憤りと悲しみにしゃがれていた。彼女を殺害した男のほうは、初めて聞く声ではなかった。それが何者であるか分かったとき、マルクは聞いたばかりのことを確かめるため、もう一度聞いてみた。

あまりに意外で、また自分が英語を聞きまちがえているのかと思い、三度目の再生をした。数秒間、その場で凍りついたように不動でいたマルクは、ダース・ベイダーの電話機をつかむとラファエルの番号を叩いた。留守番電話になっていた。

「ラフ、至急電話をくれ。フローレンス・ガロが録音した音声ファイルをみつけた。ちょっとこれを聞いてみろ……」

5

「ほかに言うことがないんでしたら、もう終わりにしましょう。バルテレミさん」

ゾラーはすでに立ちあがっていたが、そこへこわばった表情のブラントが近づいてきた。

「彼の電話が鳴ったんだが」ボディーガードは姪に告げた。「電話に出なかったら、カラデックという者がメッセージを残した」

「聞いた？」

　ボディーガードは頷いた。

「ああ。おまえも聞いといたほうがいいんじゃないか」

　ゾラーがメッセージの内容を聞いているあいだ、わたしは彼女の表情に注意を払い、瞬きや無表情な顔のかすかな震えさえも見逃すまいとした。彼女がメッセージを聞きおえたとき、わたしには彼女が何を知ったのか分かりようもなかった。ゾラーがまた腰かけた時点で、わたしは力関係が自分にとってそれほどまずくないなと感じた。

「クレアは生きているのか？」わたしは聞いた。

「ええ」ゾアキンははっきりと答えた。

　わたしは心の底からほっとし、それを隠そうとも思わなかった。

「どこにいる？」

「パリのどこかに拘束されていて、監視はリシャール・アンジェリが仕切っているはず」

「今すぐ、わたしに彼女と話をさせろ！」

　ゾラーは首を振った。

「わたしたちは映画のようにやることになるでしょうね。クレアが解放されるのは、わたしがこの録音のコピーを手にし、同時にあなたたちがファイルを破棄したときということにしましょう」

「わたしが約束する」

「わたしはあなたの約束なんかどうでもいいと思っています」

わたしは話の展開があまりに簡単すぎると思った。

「わたしがこの事件を最終的には公表しないはずだと、あなたはどうしてそこまで確信できるのかね?」わたしはゾラーに尋ねた。

「コープランドとわたしがホワイトハウスに行くことになり、ある朝、特殊部隊のエリートがあなたの頭に弾丸を一発ぶち込みに行かないと、あなたはどうしてそこまで確信できるのでしょうね?」彼女は応じた。

その意味するところがわたしの頭に染みとおっていく時間をおき、彼女はつけ加える。

「脅威の均衡ほど安定した状況というものは存在しません。わたしたちそれぞれが核兵器を持っていて、先に相手を壊滅させようとする側は、自らも壊滅させられる危険を覚悟するわけです」

当惑させられたわたしは彼女を見つめた。彼女の降伏が早すぎたと感じたうえ、彼女の瞳に満足しているかのような輝きの浮かぶのが理解できなかったのだ。その当惑を察知したに違いない。彼女はこう言った。

「あなたは負けはしなかったけれど、ラファエル、勝ったのはわたしです。どうしてだか分かります? なぜならわたしたちは同じ戦争をしているのではないし、同じ敵を相手にしているのでもないから」

わたしはアラン・ブリッジスが言ったことを思いだした。ゾラーはいつも数手先を読んでいると。

「きみの敵はだれなんだ？」

「男性政治家が権力を手にするとどういう態度をとるか、ラファエル、あなたは知っていますか？　自分の勝利に貢献した者たちを排除する傾向がしばしば見られる。自力のみで目標に到達したと感じられれば、それほど安心なことはないのでしょうね」

「その録音がきみの生命保険になる、そういうことか？」

「それはコープランドがわたしを決して無視できなくするための保証にはなる。というのも、わたしには彼を道連れにする手段があるから」

「脅威による均衡というわけか……」わたしはつぶやいた。

「カップルが長続きするための秘訣です」

「きみにとっては、権力を獲得するためなら何でも許される、そういうことだな？」

「そうね、もしその権力の行使が最大多数の人々の利益となるかぎりにおいては」

わたしは立ちあがってチェステーブルを離れようとした。

「わたしはきみのような人間がどうしても我慢できない」

「国家のために良かれと思って行動している人たちを我慢できないんですね？」ゾラーがわたしをからかう。

「自分の運命さえ選ぶことができないほど幼児化した一般大衆の上に立っていると、勝手にそう思いこんでいる連中のことか。法治国家においては、政治家さえも規範に従うものだがね」

ゾラーは尊大な目つきでわたしを見た。

「法治国家というのは幻想ね。太古の時代からただひとつ存在しつづけた法、それは強者の法でした」

24　ハーレムの午後

望み（ヴロワール）はわたしたちを焦がし、権力（プヴォワール）はわたしたちを破壊する。

オノレ・ド・バルザック

1

ハーレム
二〇〇五年六月二十五日、土曜日

ジョイス・カーライルは彼女の姉妹二人が住む家――ウエスト一三一丁目通りとウエスト一三二丁目通りに挟まれたその一風変わった通り、ビルベリー・ストリート二九九番地――に入るとドアを閉めた。待ち合わせ時間ぎりぎりになって会う場所を変えようと言いだしたのはタッド・コープランドだった。彼女の家のまえで人目につくリスクを警戒したのだった。

クラフト紙の袋から、ジョイスは数分前にアイザック・ランディスの店で買ったばかりのウォッカのボトルを出した。道々すでに何度かラッパ飲みをしていたが、また二口ほど飲むと喉が焼けつき、その割にちっとも安らぎは訪れてくれなかった。

その土曜の午後、微風がマロニエの葉を震わせ、それをかいくぐった柔らかな日差しに歩道が金褐色に染まっている。初夏があらゆるところに感じられるのに、ジョイスにはどの景色も目に入らず、木の芽も家のまえを飾る花壇も見えなかった。彼女は暗い悲しみの、怒りの、恐怖の塊でしかなかった。

内臓をひっくり返す蒸留酒をまた一口、それからブラインドを下げて携帯電話を出し、震える手でフローレンス・ガロの番号を押した。

「フローレンス？　ジョイスよ。彼が待ち合わせ時間を変えてしまったの！」

フローレンスが慌てるのが分かったけれど、ジョイスは彼女に何も言わせなかった。

「もう着くころ！　あなたに説明してる時間なんかない！」

フローレンスはジョイスを落ち着かせようと試みる。

「ジョイス、わたしたちがいっしょに決めたことをそのとおりに実行すること。ダイニングのテーブルの裏に粘着テープで携帯を固定する、分かった？」

「わたし……なんとかやってみる」

「違うでしょ、ジョイス！　やってみるんじゃなくて、やるの！」

キッチンの引き出しからガムテープを出して何枚かの帯に切り、ダイニングにもどってカウチ近くの円テーブルの裏に盗聴用の電話を貼りつけた。

同じ瞬間、道路の端を一台の車、スモークガラスのキャデラック・エスカレードが曲がって並木の下で停まった。後部席のドアが開き、タッド・コープランドが降りてきた。そして人目につかぬよう、SUVはUターンをしてからしばらく走り、マルコム・X・ストリートとの角に停まった。

ポロシャツにツイードのジャケットという格好の険しい表情をした知事は、歩道にとどまらず二九九番地の玄関への階段を駆けあがった。チャイムを鳴らす必要はなかった。やつれた表情に光る目のジョイスが窓から窺っていて、ドアを開けたからだ。最初の数秒で、コープランドは困難な話し合いになるだろうと理解した。かつて彼が愛してしまい、あれほど輝き活き活きとしていた女性はアルコールとヘロイン漬けの手製爆弾となり、もう導火線に火が点いたような状態にあった。

「こんにちは、ジョイス」彼はドアを閉めながら声をかけた。

「わたしはクレアがあなたの娘だってことを新聞に言ってやろうと思ってる」ジョイスは前置きもなしに攻めた。

コープランドは首を振る。

「クレアはわたしの子ではない。血の繋がりで家族が構成されるのではないこと、それはきみもよく分かっていたはずだ」

彼はジョイスに近づき、なるべく優しい口調で説得しようとした。

「わたしもできるかぎりのことはしたんだ、ジョイス。現地の警察官を雇い、捜査の進展状況すべてを報告させるようにしている。フランス警察は信用がおける。捜査官たちが可能なかぎりのことはやっているんだ」

「それでも不充分なわけよ」

タッドはため息をついた。

「きみがまた麻薬に手を出していることは分かっている。実際の話、そんなものをやっていられる状況とは思えないが」

「わたしを監視させてるわけ？」

「そうだ、きみのためにだ！　このままではいかんだろうが！　きみのためにクリニックをみつけようと思う……」

「わたしはクリニックなんてまっぴら！　わたしはクレアをみつけてほしいの！」

正気を失ったかのように彼女がよだれを垂らして喚くのを見ると、逆にしばらくのあいだ、コープランドは十五年前の二人の息の合ったエロチックで激しくも甘い抱擁を頭に蘇らせた。あの当時、彼はジョイスに奈落に引きこまれるような魅惑を感じていた。肉体的にも知的にも濃密な熱情、あれは愛情とは似ても似つかないものだった。

「クレアはあなたの子、それを認めるべきでしょう！」彼女は言いつのった。

「二人で子供を持とうなどと話したことはなかったじゃないか。きみはわたしの立場をよく分かっていたはずだ。はっきりさせて心苦しいが、きみはちゃんと避妊していると言っていただろう。そして、妊娠してしまったとき、きみはわたしから何ひとつ望まない、自分一人で育てると言っただろう」

「そのとおりに十五年間やってきたでしょう！」ジョイスが言い返した。「でも、今回は事情が違っているのよ」

「何が違うんだ？」

「クレアが一か月もまえに拉致されたというのに、だれも無関心。冗談じゃない！　あの子があなたの娘だと分かれば、警察だって捜しだすための努力をするに決まってる」

「ばかなことを言うな」

「事件は国家の一大事になり、そうしたらみんなが話題にするでしょう」

コープランドの声には苛立ちと怒りが加わり、断固たる口調に変わった。

「何も変わりはしないんだ、ジョイス。これを公にすることでクレアを救えるのならわたしはやっただろうが、そういう話ではなかった」

「あなたはアメリカ合衆国の州知事の一人なのよ」

「そのとおりで、わたしは五か月前から州知事だ。きみはそのわたしを破滅させることなんてできないはずじゃないか！」

ジョイスは泣きだした。

「わたしができないこと？　それは何もせずにクレアを見捨てること、分かる!?」

コープランドはため息をついた。じつのところ、彼もジョイスの言い分を理解していた。彼女の身になり、自分の娘、彼が自分で育てたほんとうの娘ナターシャのことを思った。彼が午前三時に哺乳瓶を用意することもあったその娘。病気になるたび、死ぬほど心配をしたわが娘。もしその娘が拉致されたなら、彼もあらゆる手を尽くして捜したに違いない。いかにそれがむだで道理にかなっていなくとも。まさにその瞬間、彼は自分の足下に奈落が開いて、家族も地位も、名誉までもすべて失うだろうことに気づいた。クレアの拉致に関し、まったく責任がないにもかかわらず、彼はすべてを失ってしまう。彼は自分の行動にはいつでも責任を持つようにしてきたが、この事件ではいったい何が問題だったのか？　大人の男女が合意のうえで関係を持ったことなのか？　当時、性の自由を標榜し、その結果も受けいれる一人の女と関係を持ったことなのか？　不倫に烙印を押し、そのくせ銃器による殺戮には目をつぶる偽善的な社会。彼は自分の行動について謝罪したくなかったし、贖いの行為をするつもりもなかった。

「タッド、わたしの心は決まっている」ジョイスが言い放った。「だから、あなたはもう出ていっていいわ」

彼女はふいに背を向け廊下に向かったが、タッドはそのまま何もせず引き下がるわけにいかなかった。彼女のあとを追い、バスルームでジョイスに追いついた。

「ジョイス、聞くんだ！」タッドは彼女の肩をつかんで、怒鳴った。「きみの苦しみは充分すぎるくらい分かっている。だからって、わたしを破滅させる根拠にはならないだろう」

彼の手から逃れようとする動きのなかで、ジョイスは彼の顔を殴ってしまった。

驚いたタッドは両手で彼女の肩をつかみ揺すった。

「正気をとりもどせ！　おい、正気をとりもどすんだ！」

「もう遅すぎる」ジョイスが消え入りそうな声で言った。

「どういうことなんだ？」

「もうジャーナリストには連絡したから」

「何をしたんだ、きみは？」

ジョイスは嗚咽しながら話す。

「わたしはジャーナル紙の女性記者フローレンス・ガロに連絡した。彼女が真実を暴露するでしょう」

「真実だと？　それはきみが性根の腐った女だということだ！」

ずっと抑えていた怒りが爆発し、さきほどから彼の手を逃れようと暴れているジョイスに、タッドは平手打ちを食らわせた。

「助けて、フローレンス！　助けてぇー！」

怒りの発作に襲われ、コープランドはさらに激しく彼女を揺すってから荒々しく押し飛ばした。

ジョイスは叫ぼうと口を開いたが、声を出す間もなかった。何かをつかもうと両手を必死に泳がせながら、後ろ向きに倒れた。後頭部が洗面台の鋭い角に激突する。乾いた音、枯れ枝の折れるような音が響いた。茫然自失、自分の行為に呆気にとられ、コープランドはその場で凍りついた。時の進行が緩慢になり、ついに止まってしまった。長い時間が経った。そして、彼はわなわなと震えながら現実に引きもどされる。

ジョイスが床に横たわっている。すぐにタッドは彼女の顔に自分の顔を近づけたが、すでに手遅れだと分かるのに時間はかからなかった。ショック状態でひざまずき、打ちのめされて言葉も出ないのに、両腕が震えて勝手に動いてしまう。そして、防波堤が決壊する。

「おれはジョイスを殺してしまったーっ！」大粒の涙を流しながら叫んだ。

彼はあの三秒間だけ理性を失っていた！　あの三秒間が彼の人生を恐怖に変えた。

両手で頭を抱えると、パニックの波状攻撃に身を任せ、沈んでいった。すると恐怖が引いて、彼は少しずつ気をとりなおす。警察に通報するため、携帯電話を出した。番号を叩きはじめたその瞬間、指の動きを止めた。ひとつの疑問が頭のなかで反響をくり返す、なぜジョイスは例のジャーナリストに救いを求めて叫んだのか？　タッドはバスルームからダイニングにもどった。そして、引き出しや戸棚を覗いたり、カーテンや置物、家具を調べたりした。二分もかからず、円テーブルの裏にガムテープで固定した携帯電話をみつけ、急いで通話を切った。

その発見が彼に奇妙な結果をもたらした。彼の感性を変化させ、変身させてしまったのである。そして今は、自首して頭を垂れ、痛恨の祈りを捧げようなどという気持ちはまったく失せていた。自分が何の罪も犯していないと、簡単にそう思いこめた。よく考えてみれば、真の被害者は自分のほうだ。とことんまで闘ってやろうと思った。思い返せば、いつだって幸運に恵まれてきたではないか。今回だって、幸運の女神がそう簡単に彼を見捨てるはずはないのだ。

彼は自分の携帯電話で、通りの角に停めた車のなかで待機している当の女神に助けを求める。

「ゾラー、急いで来てくれ！　ブラントもいっしょにだが、目立たぬように頼む」

「何があったんです、タッド？」電話の向こうの声が尋ねた。

「ジョイスとのあいだで問題が起きてしまったんだ」

世界は二分される……

アンナ

今日
二〇一六年九月四日、日曜日

壁から水がしみ出る。どこも湿気でベタベタする。カビ臭さ、腐ったにおい。
汚い水たまりのすぐそばの、冷たい床に横たわっていた。アンナは力なく息をしている。
両手の手錠は頑丈そうな灰色の鉄管に繋がれ、足首も結束バンドで縛られていた。猿ぐつわのせいで口の端が切れて、両腕が震え、膝もぶつかり合い、脇腹は苦痛でずっと硬直したままだ。

ほとんど真っ暗闇のなか、屋根のひび割れた箇所から差すほのかな青白い明かりで、なんとか牢獄の壁が識別できる程度だった。それは長いこと使われていない変電所のなかだった。床面積が二十平方メートルほど、天井の高さは十メートル以上、フランス電力（EDF）が変圧器をおいていた建物だ。

かつて変圧器を収容していた密室とはいうものの、遠くの鉄道やら道路の音がアンナの耳には聞こえた。三日前からここに監禁されていた。頭がぼんやりしすぎて気力が出ないながら、彼女はこの場所に閉じこめられるに至った出来事を思いだそうともう一度試みる。

あっという間の出来事だった。何が起こったのかその意味を理解する時間さえなかった。すべてはあの言い争い、アンティーブでの、涙で終わったラファエルとの激しい対立が始まりだった。愛するラファエルは彼女の秘密を受けいれることができずに彼女を見捨て、それが理由で彼女は打ちのめされた。

赤ちゃんを身ごもっていると知ってから、嘘のうえに家庭を築くべきではないとくり返し考えた。それもあって、ラファエルがまた秘密について言いだしたとき、いたずらに防御的な態度をとることはあえてしなかった。会話のなかでは逆のことを言いつづけたけれど、じつは彼に真実を告げられそうだと思えて安心もした。その理解のある言葉に乗せられ、自分が何年ものあいだ解決不能に追いこまれている状況を、彼に助けてもらって乗り越えられるかもしれないと一瞬期待さえしたのだった。

ところが、とんでもない結果を招いてしまった。アンナは見捨てられたと思って自暴自棄になり、怒りにまかせて棚を倒したら、ガラスのローテーブルが砕け散った。それから空港に行くための車を呼び、パリへもどった。

モンルージュの自宅には午前一時ごろに着いた。アパートに入ったとたんに人の気配を感じ、ふり返ろうとした瞬間、頭に衝撃を受けた。意識をとりもどしたとき、彼女はトランクルームに閉じこめられていた。

それから数時間後、とてつもなく凶暴な車が現れ、トランクルームのドアを破壊した。ただそれは、彼女を救いだすためではなくて、逆に車のトランクに彼女を閉じこめてしばらくドライブしたあと、ここに監禁するためだったのだ。一瞬、垣間見ただけだが、この変電所跡の周りはだだっ広い空地で、高速道路と鉄道線路に囲まれていた。彼女をここに連れてきたのはラコストと呼ばれる男で、アンジェリという男の下で働いているようだった。彼らの会話を聞いたかぎり、二人とも警察官だろうと想像できた。もうひとつのことが彼女を不安にさせた。アンジェリは何度か彼女のことを「カーライル」と呼んだのだ。だれも知らないはずの本名。どうして過去が突然舞いもどってきたのだろう？　どうして最悪のことがまたくり返されるのか？　監禁、恐怖、ふいに奪われる幸せが？

泣きすぎて、涙が涸れてしまった。疲労の極限にあった。頭は空回りしかしない。怖ろしい霧のなかに放りだされたように感じた。息が詰まる灰色の重苦しい霧。汗と汚れでべとつく服。

気分が落ちこまぬよう、キーファーの隠れ家で味わった二年間の苦しみに比べられるものなど絶対にありえないのだと自分に言い聞かせた。あの捕食者は彼女からすべてを奪った。無垢な心、思春期、家族、友だち、祖国、人生。あのキーファーは、クレア・カーライルを殺すことをなし遂げた。生きのびるため、彼女はたったひとつの逃げ道、ほかの人間になりかわる方法しかみつけられなかった。クレアのほうは一昔まえに死んだ。少なくとも数日前まで、アンナはそう思っていた。ただ、クレアがおとなしく死んだままでいるような人間でなかったことを思いしらされた。決して消えることのないおぼろげな影、いつまでも離れない彼女自身の影、ずっと付き合うことになりそうだった。

不気味な音が聞こえた。鉄の扉を動かす音。アンジェリの死者のように青ざめたシルエットが朝の光のなかに浮かびあがった。ノコギリのような歯のついたナイフを手に、その影が近づいた。しかし、その動きは速すぎて、アンナは悲鳴をあげる時間もなかった。アンジェリはナイフで結束バンドを切りおとし、つぎに小さな鍵で手錠をはずした。何が起こったのか理解する前に、アンナは扉のほうに走り、旧変電所の建物から外に逃げた。

出たところは町はずれの荒れ地で、シダやらイバラ、背の高い雑草がぼうぼうに生えていた。この世の終わりを思わせる領域、倉庫の残骸、落書きに覆われた工場跡、どれも崩れそうで、あちこちひび割れた箇所を雑草が埋めている。磁器を思わせる空に、動きを止めたクレーンが見えた。

アンナはその無人地帯を息も切れんばかりに走った。アンジェリが追ってこないことに彼女はもう気づいていた。でも走りつづける。二〇〇七年十月末、あのアルザス地方の凍てつく森のなかを走ったときのように走った。疲労困憊、力も尽き、でも走りつづけながら彼女は、結局のところ、自分の人生が走って逃げることに尽きるのはなぜだろうかと考えた。異常者に追われて逃げる、彼女をつけ狙う不吉な運命から逃げるのはなぜだろうかと。

荒れ地は何本もの幹線道路の交差する中央に位置していた。おそらく環状線と高速道路が接続するパリ東のベルシー・シャラントン地区の一角だろう。とある工事現場のそばまで来ていて、まだ朝の早い時刻にもかかわらず、一群の労働者が焚き火に当たっていた。彼らのだれ一人としてフランス語を話さなかったが、アンナが助けを求めていることだけは分かったようだ。彼女を落ち着かせ、元気づけようとしてくれた。そして、彼女にコーヒーを勧め、携帯電話を差しだした。

まだ荒々しく息をしながら、ラファエルの番号にかけた。通話状態になるまで時間がかかった。繋がったとき、彼はこう言った。

「連中がきみを解放したことは知っているし、クレア、もうきみを追う者はいない。これからは、すべてがうまくいく。この話はこれで終わりなんだ」

ひどく非現実的で短いやりとりの会話だった。彼女には、なぜラファエルがニューヨークにいて、自分をクレアと呼ぶのかが分からなかった。それから、彼が知っているのだと理解した。彼女がだれで、どこから来て、彼と出会うまでにたどってきた道のりなどすべてを。彼女自身よりも彼のほうが多くのことを知っているのだと理解すると同時に、胸の奥底で絡みあっていた一連の問題がすーっとほどけてくれたように感じた。

「これからは、すべてがうまくいく」また彼が言った。

彼女はほんとうにそう思いたかった。

クレア

翌日
二〇一六年九月五日、月曜日

どれだけマンハッタンのざわめきが好きだったか、わたしは忘れていた。周囲で広がる振動はほとんど安心するほどで、遠くからブーンと響いてくる車の騒音と空気に漂うような人々の声がわたしを子供時代に引きもどす。

最初に目を覚ましたのはわたしだった。ほとんど眠れなかった。興奮しすぎていたし、静かに眠れるような意識の状態になかった。この二十四時間、絶望のどん底から至福の陶酔まで味わい、ともかく啞然とさせられた。感情が飽和状態になっていた。目のくらむジェットコースターに乗ったようで、わたしは疲れてふらふらになり、幸せであると同時に悲しみも感じた。

起こさないようラファエルの肩に顔を埋め、目をつぶったまま昨日の彼との再会の場面を思いうかべる。ニューヨークのＪＦＫ空港に着いて、十歳だけ年をとった伯母に叔母、いとこたちをみつけ、わたしめがけて駆けよってきたテオに抱きしめられたときの動転。

それから、もちろんラファエル。彼は自分が、わたしが待ち望んでいたような男性であることを証明してくれた。わたしが自分をなくしていた場所に、わたしの人生が止まっていたその場所までわたしを捜しに来てくれた彼。わたしに過去と家族をとりもどしてくれ、赤ちゃんまで与えてくれる彼。

彼が話してくれたことのぜんぶを、まだ完全には受けいれられずにいる。わたしの父親がだれなのかも知った。しかし、わたしのせいで、わたしの存在そのもののせいで、その父親がわたしの母を殺したことも知った。今後二十年間は心理療法士に頼ることのほか、わたしはその情報にどう対応したらいいかまだ分からない。

動転させられたけれども、心は穏やかだ。自分のルーツを受けいれ、すべてが徐々に元の鞘に収まるだろうと思っている。

わたしは信じている。わたしの秘密が守られる可能性は大きい。わたしは自分のアイデンティティーをみつけたが、それを大声で公言する気はない。自分の家族をみつけ、わたしの愛する彼はわたしがほんとうは何者であるかを知った。

今回——あらゆる意味において——〝解放〟されて以来、これまでの年月、嘘の重圧がどれほどわたしをねじ曲げ、カメレオンに変えてしまい、その結果、絶えずわたしは逃避し、控えめにふるまい、困難をかいくぐる技を身につけたものの、根無し草で、人に信頼を寄せることも、拠り所を求めることもなかった、と気づいたのだった。

目を閉じたままでいると、昨夜の食事の快い思い出が蘇る。庭でやったバーベキュー、わたしがまもなく母親になると知ったアンジェラとグラディスの笑いと涙、あれほど好きだった近所の通りや家並みを目にしたときの名状しがたい感動。コーンブレッドやフライドチキン、ワッフルのかぐわしい夜のにおい。遅くまで続いた音楽と歌、ラム酒のグラス、幸せに瞬く目……。

それもしばらくすると、イメージの動きは緩慢になってから止まってしまい、こんどはもっと暗いイメージが浮かんだ。うつらうつらしながら見た夢だった。例の夜、わたしがモンルージュの自宅にもどったときの映像。アパートのドアを開けた瞬間、潜んでいる危険とドアの裏に第三者の存在を感じた。ふり返ろうとしたとたん、何か硬くて重いものが頭に振りおろされた。

頭にすさまじい痛みを覚えた。周囲のものが回転しはじめ、わたしは床に倒れた。でも、すぐに気を失ったのではなかった。目のまえが真っ暗になる直前、ほんの二秒か三秒のあいだに、わたしは見た……。

それが何だったのかもう分からないが、気になって昨夜は眠れなかった。集中しようと試みたのに、頭は空転するだけ。濃い乳白色の霧がわたしの記憶を覆っていた。逃げようとする映像を引きとめる。わたしも譲らない。霧のなかから記憶の断片が浮かんできた。ぼんやりして、今にも逃げそうで、チョークで描いた風景しか捉えないフィルムで撮った写真のようだった。それから、輪郭が次第に鮮明となる。わたしは唾を飲みこんだ。鼓動が激しくなった。気を失うまでの数秒間、わたしは見たのだ……寄木張りフローリング、わたしが床に落としたバッグ、物色されて乱雑になった戸棚、寝室の半開きになったドア。その隙間から、床に犬……が見えた。茶色の縫いぐるみ、大きな耳に丸い鼻。それはフィフィ、テオの縫いぐるみだった。

わたしはベッドから跳びおきた。汗びっしょり。心臓が破裂しそうだった。

何かを見間違えたに決まっている。ところが今、わたしの記憶はクリスタルのように澄明なはずなのだ。

わたしは合理的な説明を探してみるが、何ひとつみつからなかった。モンルージュにテオの縫いぐるみがあるというのはありえないことであり、それは単にラファエルがそこにテオを連れてきたことが一度もなかったからだ。そして、ラファエルはあの晩、まだアンティーブにいた。テオの子守りをしていたのはマルク・カラデックだった。

マルク・カラデック……。

わたしはラファエルを起こすのをためらった。わたしはベッドのそばのカウチにおいたジーンズとブラウスを着ると部屋を出た。スイートルームにはリビングがあり、大きな窓はハドソン川に臨んでいた。すでに陽は高く昇っており、壁の時計を見ると、もう十時になるところだった。わたしはテーブルに向かって座り、両手で頭を挟むと神経を集中させようと試みる。

どうして縫いぐるみがわたしのアパートにあったのか？　可能な説明はひとつだけ、すなわちテオが、ということはあの晩、マルク・カラデックがわたしのアパートにいた。わたしとラファエルがアンティーブに旅する機会を利用し、マルクはわたしの家に忍び入り、何かを探したのだろう。ところが、思いがけないわたしの帰宅でその計画が狂った。わたしがアパートに入ったところを凶器で殴って失神させ、パリ郊外の貸倉庫に監禁した。

しかし理由は何なのか？

わたしは愕然とした。

マルクは、彼の言う時期より以前に、わたしが何者か感づいていたのだろうか？　だがそうだとしても、なぜわたしに悪意を抱くのか？　わたしの母代わりのようなクロティルド・ブロンデルが襲われたけれど、彼女に危害を加えたのも彼だろうか？　マルクは初めから破壊的な裏切り行為を続けていたのだろうか？

恐るべき予感がわたしの頭をよぎる。あることを確認すべきだと思った。

わたしはカウチのそばにおいた旅行バッグに駆けよった。それを開くと、目当ての物、青い表紙の大きなノートを取り出した。それはわたしがハインツ・キーファーの家から脱出した夜、車にあったバッグのなか、現金といっしょにみつけたものだ。ノートは自宅アパートの壁の幅木の裏、現金の詰まったバッグの後ろ、その奥深くに隠した。ラファエルもマルクも見逃したノート。わたしの人生を変えたノートで、わたしはアンジェリが逃がしてくれたあと自宅にもどり、パスポートや着替えといっしょにそれを持ちだした。

ページをめくる。記憶にある箇所を探した。やっとみつけると何度も読みかえし、その行間から意味を探った。そして、わたしの胸は凍りついた。

わたしはすべてを理解した。

テオの部屋を覗くと、もういなくて、ベッドの上にはホテルのメモ帳に書いた伝言があった。

わたしは一秒も無駄にしないよう靴を履くと入口の小テーブルにそのメモを残し、バックパックに例のノートを入れた。エレベーター、フロント。部屋で見たホテルのパンフレットに、〈ブリッジ・クラブ〉は宿泊客に自転車を無料でレンタルすると書いてあったのを思いだした。最初に見せられた自転車にまたがり、グリニッチ・ストリートを走りだす。

少し曇った空の下、西風が吹いていた。わたしは少女時代と同じようにペダルを漕いだ。まず南へ一直線、そしてチェンバーズ・ストリートで曲がる。忘れていた記憶が蘇る。ニューヨークはわたしの街、わたしの一部なのだ。いくら年月が経とうとも、わたしはこの都会の地図が頭に入っていて、その鼓動、その吐息、その習わし（コード）を知っている。

通りの先には白の尖塔（せんとう）を頂く四十階建てのミュニシパル・ビルディングがそびえる。わたしはその下の巨大なアーチをくぐってブルックリン橋の自転車道に乗った。長い橋を渡ると、車のあいだを縫うようにキャドマン・プラザ・パーク沿いに進み、イーストリバー河岸に向かった。

わたしはダンボ地区の中心まで来ていた。ブルックリン橋とマンハッタン橋に挟まれ、かつては工場と港湾施設のあった場所だ。母が何度か散歩に連れてきてくれた。赤レンガ造りの古びた陸揚倉庫、摩天楼と互角に張り合うかのように建ちならぶ倉庫を改造した建物を思いだす。

起伏をみせる芝生がマンハッタンの対岸にある板張りのプロムナードに向かう斜面に広がっている。息をのむような情景、しばらく足を止めて眺めた。わたしはもどってきた。生まれて初めて、ほんとうにわたしは〝ブルックリンの少女〟になった。

ラファエル

クレアと再会できた幸せのあまり、昨夜、わたしは時間が経つのも忘れて楽しみ、そのあとは安堵してぐっすり眠ってしまった。カーライル姉妹が比類なきもてなし上手だったこともある。姪との再会を祝うというので、姉妹は夜遅くまで、ラム酒とパイナップルジュースをベースにした自家製カクテルをしきりに勧めたのだ。

電話の音で深い眠りから引きずり出された。朦朧としながら通話モードにし、クレアを目で探した。彼女は室内にいなかった。

「ラファエル・バルテレミさん？」電話をかけてきた男が確かめた。

男はジャン＝クリストフ・ヴァッスール。クレアの指紋をマルク・カラデックの依頼で調べた刑事だった。昨日、わたしは当人の電話番号を苦労して手に入れることに成功し、留守番電話になっていたその番号に何度かメッセージを残してあった。クレアがニューヨークに着くのを待つあいだ、わたしは頭のなかでクレアと出会ってからの経緯をくり返し思いだそうとしたのだが、そのたびに整合性のなさ、空白をまえに立ち止まるほかなかった。わたしの理解できないことの大部分は、すべての物事の出発点に関することだった。なかでも、ある疑問が絶えず頭に引っかかった。どうやってゾラーに雇われた刑事リシャール・アンジェリはアンナ・ベッケルの素性を知ったのか？　わたしにとって考えられる回答はひとつしかない。ヴァッスールがアンジェリに知らせたに違いない。

「ヴァッスール警部補、電話をくれてありがとう。あなたも多忙だろうから、すぐに用件を説明させてもらう……」

　わたしは一分間ほど説明を続け、事件の複雑な部分を理解しようとしているうち、相手が不安に陥っていることに気づいた。

「マルク・カラデックから指紋を指紋データ照合システム(FAED)にかけるよう頼まれたとき、おれはべつに警戒もしなかった」刑事は説明する。「元警部の頼みを聞いてあげるという軽い気持ちだった」

　ついでに、きさまは四百ユーロを稼いだんだろう……、わたしは声には出さずに思った。わざわざ相手を怒らせることはない。

「しかし、指紋が例の娘、カーライルのものだと分かって非常に驚いた。結果をマルクに伝えたあと、おれはほんとうに怖ろしくなった。このモグリの手続きのせいでブーメランの一撃を食らうと予感した、ほんとうだ！　そんなわけで、おれはリシャール・アンジェリに打ち明けた」

　わたしの推測は当たっていたのだ。

「昔から知り合いだったんだね？」

「おれが未成年保護班(BPM)にいたときのボスだった」ヴァッスールは言った。そうならおまえのような青二才には最適の助言者だろう、わたしは思った。

「アンジェリはあなたに何と言った？」

「よく知らせてくれたと、それで……」

「それで？」

「彼は自分でその話のけりをつけると言い、おれがその指紋照合の結果をだれにも話さないことがきわめて重要だとも言ったんだ」

「彼にはマルクのことも話したわけだ？」

ヴァッスールは困惑してしどろもどろに答える。

「まあ、話さないわけにいかなかった」

わたしは寝室を出た。スイートルームのリビングにはだれも見えず、息子のベッドも空だった。その時点では心配をしなかった。朝というより昼に近い時刻だったからだ。テオは死ぬほど腹を空かせているはずで、クレアがレストランに連れて行ったのだろうと思った。わたしも下に行くつもりでズボンを穿き、スマートフォンを肩に挟んだままスニーカーの紐を結びはじめた。

「アンジェリがあなたからの情報を具体的にどうしたのか分かるかな？」

「それはまったく分からない」ヴァッスールは断言した。「おれは何度かアンジェリにメッセージを残したんだが、一度もかけてこなかった」

「彼の自宅とか仕事場に直接かければよかったのでは？」

「もちろんやってみたさ。だが、電話には出ないし、あとでかけてもこなかった」

理屈に合っている。現在のところ、ヴァッスールの話からの新発見はない。わたしの仮定を確認できただけだ。もう電話を切ろうと思ったが、ひとつだけ質問しておこうと思った。話を締めくくるつもりで、大した期待もせずに聞いてみた。

「あなたが知った情報をアンジェリに伝えたのはいつだった？」

「長いあいだ、おれはためらっていたんだ。結局、カラデックに話した一週間後、アンジェリにも話した」

わたしは眉をひそめた。そうならつじつまが合わない。何を言っている、一週間も経っていないのだ。マルクがうちのキッチンでマグカップからクレアの指紋を採取したのは、ほんの四日前のことではないか。何でヴァッスールはそんなでたらめを言うのか？

しかし、自分の意思とは逆に、わたしの胸にひとつの疑問がその輪郭を見せはじめていた。

「ヴァッスール警部補、ちょっと聞きたいんだが、マルクから指紋の照合を頼まれたのは何日だった？」

ヴァッスールはためらわずに答える。

「正確には十二日前だ。よく覚えているのは、それがうちの娘と過ごしたバカンスの最終日、八月二十四日だったからだ。その晩、娘のアガットが母親の家にもどるんで、おれは東駅まで送っていった。そこで、おれはカラデックと待ち合わせた。駅前にある〈オ・トロワ・ザミ〉というビストロだった」

数秒前から、わたしはスニーカーの紐を結ぶ手を止めていた。まったく予期していなかったタイミングを選び、またしてもわたしの人生が脱線しはじめていた。

「で、照合の結果をマルクに伝えたのは?」

「二日後だから、二十六日だな」

「それはたしかかな?」

「もちろんだが、なぜだ?」

わたしは呆気にとられた。つまり、マルクはすでに十日前からアンナが何者かを知っていた! わたしの知らぬ間に、アンナが行方不明になってしまうまえに、マルクは彼女の指紋を採取していたことになる。そして、最初からあんな芝居を打ってきたのだ。単純なわたしは、まったくそれに気づかなかった。だが、いったいどんな理由があるというんだ!

マルクの動機について考えはじめたそのとき、べつの電話がかかってきて、考えるのを中断しなければならなかった。わたしはヴァッスールに礼を述べ、もうひとつの電話を受けた。

「バルテレミさんですか? マリカ・フェルシーシといいます。わたしはサント＝バルブ医療院で働いている……」

「ああ、あなたのことならよく知っている。マルク・カラデックから話を聞いているから」

「あなたの電話番号はクロティルド・ブロンデルから聞きました。彼女は昏睡状態から脱して、まだかなり弱っているんですが、姪アンナの容態が急変していないか知りたがったんです。でも、あの人が襲われたことをだれも教えてくれないんですから、ほんとひどいです!

サント＝バルブでは、クロティルドが顔を見せなくなったので、皆で心配していたんです！」

マリカの声は独特の響きを持っていた。低い声なのに澄んでいた。

「ともかくわたしは、ブロンデルさんの容態が良い方向に向かっていると聞いて安心したな。彼女がどうしてわたしの電話番号をあなたに教えたのかが、ちょっと気にはなるんだが……」

マリカはしばらく沈黙してから続けた。

「あなたはマルク・カラデックのお友だちですよね？」

「そうだ」

「あの……あなたは彼の過去を知ってますか？」

まさに五分前から、わたしはマルクのことをまったく知らないのではないかと自問していたところだった。

「あなたは何を言おうとしているんだろう？」

「カラデックが警察を辞めた理由は知っていますよね？」

「ヴァンドーム広場の宝石店襲撃事件のために出動中、流れ弾で負傷したからだろう」

「そのとおりなんですが、それがほんとうの理由じゃないんです。カラデックはその事件が起きるだいぶまえから、以前の面影はなくなり、すっかり変わってしまっていたそうです。名警部としてならしたあと、病欠とクルバ滞在をくり返していたと聞きました」

「クルバ？　聞いたことがないな」

「アンドル＝エ＝ロワール県のトゥール郊外にある療養施設です。主に精神的に不調だとか、お酒や薬の依存症になった警察官を受けいれる施設です」

「そんな情報をどこから仕入れたんだね？」

「父からで、父は麻薬取締班（ステュップ）の警部です。マルク・カラデックの件は警察内ではよく知られている話のようなんです」

「なぜかな？ 精神的に参っている警察官なら、珍しくないのだろう？」

「それだけじゃないんです。カラデックが奥さんを亡くしたことはご存じですよね？」

「知っている」

話の展開と、さっきマルクについて分かったことに嫌な予感がしたけれど、わたしはほかの感情すべてを差しおくような強烈な好奇心に引きずられた。

「奥さんが自殺で亡くなったのもご存じでしょう？」

「それも、マルクから何度か話を聞かされた」

「それをもっと知ろうとは思いませんでした？」

「思わなかったね。自分がされたくない質問を、わたしは質問しようとは思わない」

「ということは、あなたは娘さんのことも知らないんですね、きっと？」

わたしはリビングにいた。曲芸師のような動きでジャケットを着て、テーブルにおいた財布をとった。

「いや、マルクに一人娘がいるというのは知っている。ただ、わたしが理解したところでは、あまり会うこともないようだね。どこか外国に留学しているはずだが」

「外国に留学ですって！　そんなの嘘です。ルイーズはもう十年前に殺害されているんですから！」

「何を言ってるんだ、きみ!?」

「カラデックの一人娘ルイーズは、二〇〇〇年代に犯行をくり返していた性犯罪者に拉致、監禁されたうえ、殺されたんです」

　時の流れが止まった。大きな窓に向かって立ちすくみ、わたしは閉じたまぶたを揉んだ。過去の映像のフラッシュ。ひとつの名。ルイーズ・ゴティエ、キーファーの最初の被害者、二〇〇四年十二月に拉致された十四歳の少女、冬のクリスマス休暇でコート＝ダルモール県サン＝ブリユーの祖父母の家に滞在中だった。

「きみはルイーズ・ゴティエがマルク・カラデックの娘だと言うのか？」

「父はそう言いました」

　わたしは自分を恨む。最初の最初から、真実の一部が目のまえにおかれてあった。だが、どうやってそれを判別できたろうか？

「ちょっと待ってくれ。ルイーズが父親の姓を名乗らなかったのはなぜだろう？」

　さすが警察幹部の娘だけあって、マリカはすべてに回答を持っていた。

「当時、カラデックは組織犯罪取締班(BRB)で重要な捜査を受けもっていました。彼のような立場にいる警察幹部が脅迫や拉致を避けるため、自分の子供の身元を分からないようにすることは珍しくないんです」

それはそうだろう、マリカの言うことは正しい。

わたしはめまいを感じる。彼女の話が何を導くことになるのか、想像するだけで怖ろしくなった。最後の質問を口に出そうとした瞬間、入口のテーブルにおかれた手書きのメモが目に入った。部屋に備え付けのホテルのメモ帳に書かれた短い書き置き。

ラフ
テオをブルックリンのメリーゴーラウンド〈ジェーンズ・カルーセル〉に連れて行く。
マルク

突然わたしは恐怖にとらわれた。スイートルームから飛びだし、階段を駆けおりながらマリカに聞く。

「ところで、どういう理由できみはこの電話をかけてきたんだ?」

「用心するようお伝えするためです。クロティルド・ブロンデルは自分に危害を加えた相手のことをよく覚えていて、その特徴を捜査に来た刑事に伝え、わたしにも教えてくれたんです」

マリカは一瞬黙り、それからわたしが想像したとおりのことを言った。

「その特徴のひとつひとつがマルク・カラデックに合致するんです」

マルク

ブルックリン

天候が急変してしまった。

今はもう肌寒く、曇った空の下、風が吹き荒れている。河岸沿いの板張りのプロムナードを散歩する人々は襟を立て、腕をさすりはじめた。スタンドでは、ソフトクリームに代わりホットコーヒーとホットドッグが売れだした。

イーストリバーまでが川面を灰緑色に変えた。しゃがれたため息のような音とともに、波が大きさを増しては河岸に打ち寄せ、散歩する人に飛沫を浴びせる。

ねずみ色のタペストリーのような雲を背景に、ロウアー・マンハッタンのスカイラインの長いシルエットが浮かぶ。ワンワールドトレードセンターの勝ち誇ったような尖塔やら金属製の衣をまとった巨大なニューヨーク・バイ・ゲーリーの超高層マンション、ネオクラシックな正面で尖った屋根の合衆国裁判所など、大きさも建造時期も異なる摩天楼の不揃いな連続。もっと近く、橋の向こうのトゥー・ブリッジズ界隈には、茶色のレンガ造りの公営住宅群が見える。

クレアは芝生に自転車を寝かせると、突堤近くにガラス張りの建物をみつけた。そのなかには完全修復された一九二〇年代のメリーゴーラウンドが収まっていて、まるで水に浮かんでいるようだった。年代物の回転木馬とそれを覆うガラスを透して見えるスカイラインの組み合わせは、見る者を当惑させ、同時にその心を魅了する。

不安に駆られたクレアは目を細め、人を引きずり込むようなオルガンのリズムに合わせて上下する木馬や気球、プロペラ飛行機のひとつずつに目をこらした。

「ここよーっ、テオ！」小さな馬車の御者台にマルク・カラデックと並んで座ったラファエルの息子をやっとみつけ、クレアは声を張りあげた。

彼女はポケットから二ドル取り出し、切符を買うとメリーゴーラウンドが停止するのを待った。テオは大喜びでクレアを迎えた。その小さな手に、マルクが買ってあげたのだろう、大きなクッキーをつかんでいた。丸い顔とオーバーオールの胸のあたりはチョコレートまみれになっており、それがまた嬉しくてたまらないようすだった。

「チョコチップ！　チョコチップ！」大きなクッキーを見せ、新しい言葉を覚えて大いばりだった。

テオが元気いっぱいなのに比べ、マルクは憔悴しているように見えた。額に深いしわを寄せ、透きとおるような目の周りも同じだった。灰色に近い顔の三分の二を長くなった無精ひげが覆っている。光の消えた虚ろな目は、彼が現実の世界から分断され、べつの場所にいるような印象を与えた。

メリーゴーラウンドが回りだし、外では雷鳴が響きわたった。クレアは馬車のマルクの横の席に座った。

「マルク、あなたはルイーズ・ゴティエのお父さんですね、そうでしょう？」

マルクは数秒のあいだ沈黙を守ったが、隠匿の時がすでに終わったことを知った。まさに彼が十年前から待っていた真相究明の時が来たのだ。彼はクレアに視線を合わせ、おもむろに語りはじめた。

「ルイーズは、キーファーに拉致されたとき、十四歳半だった。十四歳というのは、女の子にとっては難しい時期でもある。あの時期、ルイーズがわがままで、手に負えなくなっていたんで、おれは妻と相談し、クリスマス休みのあいだ、娘をブルターニュの田舎に住むおれの両親のところに預けることに決めたんだ」

マルクは話すのを中断してテオのマフラーを結わえ直した。

「今、思いだしても辛いんだが……」マルクは大きく息を吸った。「おれたち夫婦は娘を失いつつあった。娘にとっては、仲間と遊びに出かけるとかの、要するに下らんことがすべてになってしまった。おれは腹が立ってしようがなかった。きみだから言うが、最後に娘と二人きりで話しあったとき、すさまじい言い争いになってしまった。おれのことをまぬけと抜かしたんで、往復ビンタを食らわせてしまった……」

感情を抑えようと、数秒間マルクは目を閉じ、それからまた話を続けた。

「ルイーズがおれの両親の家に帰らなかったと知らされたとき、妻はまず家出だろうと考えた。娘がそんなことをするのは初めてではなく、友だちの女の子の家に泊まり、帰宅したのが三十六時間後ということが以前にもあったからだ。おれのほうは、職業意識的な習性もあり、丸三日間は寝られなかった。おれはあちこちに連絡をとった。だが、自分が当事者である事件に関して、刑事はほかの人間よりうまく対応できるかというと、そうではないんだ。直接的な関係から得られるプラス面が、冷静な判断という面ではマイナスとなる。さらに、おれがBRBで働きだしてからすでに十年経っていた。おれの日常というのは、宝石店の襲撃犯どもを相手にしているのであって、思春期の少女の拉致事件捜査ではなかった。とはいえ、もしおれが娘が行方不明になった一週間後に病気にならなかったら、ルイーズをみつけていただろうと思いたい気持ちもあるんだ」

「あなたは病気になったの？」

マルクはため息をつき、数秒のあいだ両手で頭を抱えた。

「妙な病気だった。しかし、医者のきみなら知っているだろう、ギラン・バレー症候群というんだ」

クレアは頷いた。

「免疫の防御機能不全による末梢神経系の疾患ね」

「そうなんだ。ある朝、目を覚ますと手足に力が入らず綿のようになっているんだ。腿からふくらはぎにかけて、まるで感電したみたいに痺れる。そして、相当な速さで両脚の感覚がなくなり、完全に麻痺してしまう。痛みが脇腹や胸、背中、首、顔にまで上がってくる。病院のベッドで、凍りついたように、まるで銅像みたいになってしまう。もちろん起きられんし、ものを飲みこむことも話すこともできなくなる。つまり、拉致された十四歳のわが娘の捜査に携われないということだ。鼓動が激しくなり、それをどうにもできない。口に何か入れてもらうたび、そのせいで窒息しそうになる。呼吸さえできない状態だから、なんとか生かすために、いろんなチューブを入れられる」

そばに座った大人たちの深刻な話には無縁のテオは、何もかもが珍しいらしく、音楽に合わせてちっぽけな上体を前後に揺らしている。

「そんな状態のままで二か月が過ぎた」マルクは続ける。「症状が鎮静化しはじめたものの、このつらい病気の後遺症にはずっとつきまとわれている。職場に復帰したとき、すでに一年もの時が過ぎていた。ルイーズをみつけられるという希望はほぼゼロになっていた。もし病気にならなかったら、おれは娘を救えただろうか？　それに答えはない。正直なところ、だめだったろうと言わざるをえないが、それが悔しいんだ。おれは妻エリーズに対し面目がなかった。犯罪捜査チームを率いて解決する、それがおれの商売であり、生きがいであり、社会的な役目だった。しかし、おれにはそのためのチームがなかったし、いろいろな捜査書類を見ることも許されず、というか、おれにははっきりした考えがなかった。妻が自殺してしまうと、それがもっとひどくなった」

メリーゴーラウンドは速度を落としはじめた。マルクの頬を涙が濡らす。

「そんななかで、エリーズはもう生きられなかったんだな」マルクは握った拳を震わせながら言った。「中途半端な希望を持つこと、これがいちばんいけない、分かるだろう？　質の悪い毒と同じで、最後は人を参らせる」

馬車は停まった。テオがもう一度乗りたいと言って、駄々をこねそうになるまえに、マルクが河辺を歩こうと誘った。テオのパーカのファスナーを上げて抱きあげると、マルクはクレアとともにイーストリバー沿いのプロムナードに向かった。ウッドデッキにテオを立たせてから、マルクは苦しい告白の続きを語りだす。

「キーファーの隠れ家でルイーズの焼死体が発見されたとき、おれはまず一種の安堵のようなものさえ感じたんだ。おまえの娘は死んだのだから、少なくともこれ以上は苦しまずにすむはずだと、おれは自分に言い聞かせた。ところが、苦しみはブーメランのようにすぐ舞いもどってきた。時間は何も癒やしてくれたりしない、永遠に続く拷問だ。際限のない地獄。雑誌とか心理学の本にある〝癒やしの書〟あるいは〝苦しみを乗り越える知恵〟のようなたらめは信用しないことだ……。そんなものはいっさいないのだからな。少なくとも、自分の娘がルイーズのような状況で死んだ場合を考えれば、絶対にありえない。うちの娘は病気で急死したんじゃないんだ。娘は交通事故で死んだんじゃない、分かるだろう？　娘は悪魔の意のままにされながら何年も生きていたんだ。娘の苦難を思うたび、おれは自分の頭のなかで吹き荒れる恐怖のハリケーンを止めるため、頭を弾丸で吹きとばしたくなるんだよ！」

マルクは吹きすさぶ風に負けまいと悲鳴のような声を出した。

「きみが妊娠しているのは知っている」マルクはクレアに視線を合わせながら言った。「きみも母親になったら分かるだろうが、世界は二つに分かれているんだ。子供を持っている人間、そしてそれ以外の人間だ。子供がいればより幸せになれるだろうが、また一方で無限にもろくもなる。わが子を亡くすことは際限のない苦難の道、決して縫合されることのない傷口なんだ。毎日のように、自分はどん底まで落ちたと思っているのに、じつは最悪の日はまだ先にあるんだ。ところで結局のところ、最悪ってことが何なのか知っているか？　それはだな、花弁を落としていく記憶、しおれていつかは消えてしまう記憶なのさ。ある朝、目を覚まし、きみは自分の娘がどんな声をしていたかを忘れている。きみは娘の表情、瞳の輝き、髪の毛を耳の後ろに払うときの独特のしぐさを思いだせなくなっている。頭のなかで、わが子の笑い声の響きをもう聞けなくなっているんだ。そうなって理解するのだが、苦しみはすでに問題ではなくなっている。時とともに、それは奇妙な伴侶となり、記憶に欠かせぬ補助薬になっているんだ。それを自覚するなり、こんどきみは苦しみを蘇らせるためなら悪魔に魂だって売りかねない」

マルクはタバコに火を点け、頭をニューヨーク湾を行き交う船のほうに向けた。

「それでも、おれの周りでは生活が続いているんだ」煙を吐きながらマルクは言った。「同僚たちは休暇に出かけ、子供を作り、離婚してまた再婚する。おれはといえば、生きているふりをしているだけだ。闇のなかを進むゾンビのように。だが深淵すれすれの場所にいる。もう生きようという気力がない。靴の底に鉛が貼りつき、まぶたにまで重しをつけている。そして、ある日……。そう、ある日、きみと遭遇した……」

老いた元刑事の目が異様な光を放った。

「春も終わりのある朝だった。きみはラファエルのアパートを出て病院に向かうところだった。おれたちは陽の当たる中庭ですれ違った。きみは遠慮がちな挨拶をおれにして、目を伏せた。いくら控えめにしていても、きみを気にせずにはいられなかった。きみのすらりとした肢体に混血(メティス)の肌、サラッとまっすぐな髪の毛、何かがおれには気になった。その後も、きみと会うたびに、おれは妙な感覚にとらわれた。きみがだれかを連想させるんだ。おれが特定できない遠い記憶、もう消えてしまったようでいて、同時にまだ目のまえにあるような。その違和感の正体が分かるまで何週間もかかった。きみがクレア・カーライル、やはりキーファーに拉致されたあのアメリカ人、決してその死体が発見されなかった少女に似ていると気がついたんだ。しかし、おれはその思いをずっと押しやっていた。まずは、それがばかげた考えだったからであり、つぎに、それがおれの妄想と思ったからだ。ところが、その考えからもう逃げられなかった。脳にこびりついてしまっていた。まるで憑(つ)き物だった。そして、それから抜けだすための唯一の方法は、きみの指紋を採り、元の同僚に頼んで指紋データ照合システム(FAED)にかけてみることだと思った。それで二週間前、おれは自分の妄想を行動に移した。結果は、ありえぬことの確認、つまりきみはクレア・カーライルに似ているんではなかった。きみはクレア・カーライル本人だった」

マルクはタバコを歩廊に捨て、ノミでも潰すように踵で踏みつけた。

「それからというもの、おれにはひとつの執念しかなかった。きみを観察し、理解し、報復することだ。おれの人生にきみが現れたこと、それは単なる偶然のはずがない。きみがおれたちを苦しめたこと、それはだれかがきみに償わせなければならない。おれの役目がそれだ。おれが娘に負うもの、妻エリーズに、またハインツ・キーファーの犠牲となったカミーユ・マソンとクロエ・デシャネル、そして彼女たちの家族に負うものだ。この二人もきみの過ちのせいで死んだのだからな」マルクは吐きすてるように言った。

「そんなの違う！」クレアは叫んだ。

「脱出に成功したとき、どうしてきみは警察に通報しなかった？」

「ラファエルから聞いているけど、あなたは彼といっしょに調査をやっているんですよね。だったら、わたしがだれにも知らせなかった理由をよく分かっているはず。わたしは自分の母の死を知ったばかりだった！　わたしはお祭りの見世物なんかに絶対なりたくなかった。静かな環境のなか、自分の力で立ち直ろうと思った」

　マルクは異常な目つきでクレアをにらんだ。

「徹底的におれが調べあげて分かったことだが、きみは死んで当然、そういう結論に達したんだ。クレア、おれはほんとうにきみを殺したいと思った。サヴェルヌの憲兵（ジャンダルム）、あの人間のくずフランク・ミュズリエを殺したのと同じように」

　突然、クレアはどのように種々の出来事が連係していたのか、今初めて理解した。

「クロティルド・ブロンデルを殺そうとしたようにね？」

「ブロンデル？　あれは事故だ！」マルクは大声で抗議した。「彼女の話を聞きに行ったんだが、なぜかおれが危害を加えると思ったようで、逃げようとしてガラスのカーテンウォールにぶつかってしまった。立場を逆にしようなんて考えるんじゃない。真に罪があるのはただ一人きみだよ。自分が脱出できたことを通報さえしていれば、ルイーズはまだ生きていた。カミーユ、クロエも！」

怒りのあまり、マルクはクレアの腕をつかみ、自分の苦しみをぶちまける。

「一本の電話だぞ！　警察の緊急通報受理システムに残す匿名のメッセージ一本じゃないか！　ほんの一分の電話で、きみは三つの命を助けられたんだ！　どうしてそうじゃないと言いはるんだ、えっ？」

怯えたテオがぐずりだしたが、こんどは慰めてくれる相手がいなかった。クレアはマルクの手を解いて、相手と同じ口調で反論する。

「そういうふうに問題を捉えるのは絶対に間違っている。わたしはほんの一秒だって、自分といっしょに監禁されている子がいたなんて考えもしなかった！」

「そんなこと信じられると思うか！」マルクは唸った。

大人たちの言い合いを目撃して、テオはもうしゃくり上げていた。

「あなたはわたしたちといっしょにあの隠れ家にいたって言うの!?」こんどはクレアが叫んだ。「わたしは十二平方メートルの部屋に八百七十九日間も閉じこめられていました。そのほとんどの期間は鎖に繋がれた状態でね。ときには、鉄の首輪まではめられていた！　ほんとうのことを言ってあげましょうか？　ええ、残虐な目に遭いました！　ええ、地獄でしたよ。ええ、キーファーは怪物でした！　ええ、彼はわたしたちを拷問にかけました！　ええ、わたしたちを犯しました！」

ふいを突かれたマルクは、コーナーに追いつめられたボクサーのように目を閉じ、頭を垂れた。

「キーファーはほかの女の子たちの話なんか絶対にしなかった、マルク、聞いてますか？　あいつは絶対にそのことを話さなかった！　わたしはずっと部屋に閉じこめられていたんです。二年間で、五回だけ太陽を見たと思うけれど、あの監獄にいるのがわたしだけでないと一度だって考えたことなかった。それにもかかわらず、わたしはその罪の意識を十年もまえから背負っていて、それが消えることはないと思っています」

クレアは声を落として冷静さをとりもどすと、屈んでテオを抱きあげた。親指を口に入れたテオが体をすり寄せると、彼女はまた真剣な声音で話しはじめる。

「あなたがこんな理不尽に我慢できないことは、わたしにも分かります。それであなたの苦しみが少しでも軽減されるのなら、わたしを殺せばいい。でもマルク、戦う相手を間違わないでほしい。この事件で罪があるのはたった一人しかいない、それはハインツ・キーファーでしょう」

追いつめられたマルクは、その場で凍りついたように大きく目を見ひらき、一点を見つめて黙った。冷たい風に吹かれたまま、少なくとも二分間はじっと動かずにいた。それから、ゆっくりと彼の内にある刑事の本性がもどってきた。彼自身もよく分からなかったが、これといって重要でもなさそうな一点が心のわだかまりになっていた。ずっと答えをみつけられなかった疑問。調査を進めているなかで、二度ほど浮かびあがってきた単純な疑問だった。ただ二度となると、元刑事は放っておけない。

「拉致されるまえ、きみは弁護士になるんだといつも言っていたな?」マルクは言った。

「ずいぶん強い意志だったようだが」

「ええ、そのとおり」

「だが脱出のあと、きみは自分の将来の進路を大きく変えた。何がなんでも医学部に進みたいと思うようになった。その理由なんだが……」

「あなたの娘さんのせいです」クレアが彼の質問を遮った。「ルイーズのせいです。彼女は医師になりたいといつも思っていた、そうでしょう?」

マルクは足下の地面がなくなってしまったかと思った。

「何できみが知っているんだ? うちの娘を知らないと言ったばかりじゃないか!」

「脱出したあとで、わたしはルイーズを知ったんです」

「何を言ってる?」

クレアはテオを下に降ろし、バックパックを開いて例の青い表紙のノートを出した。

「これがキーファーのバッグのなかに入っていました」彼女は説明をする。「ルイーズの日記です。どうしてこのノートが大量の現金といっしょにあったのかは分からない。きっとノートは、キーファーがルイーズからとりあげたところだったんでしょうね。それはあいつが頻繁にやっていたことで、わたしたちに書くのに必要な文具を与え、でも書いたものはとりクレアはノートをマルクに差しだしたが、彼は麻痺したかのようにかすかな動きさえ見せなかった。

「受けとってください。たった今から、これはあなたのもの。ルイーズは監禁されていたあいだ、あなたにたくさんの手紙を書いた。最初のころなんて、ほとんど毎日のように書いていた」

マルクは震える手でノートを受けとり、クレアのほうはまたテオを抱きあげた。ずっと向こう、プロムナードの端の辺り、こちらに駆けてくるラファエルの姿が見えた。

「テオ、パパのところに行こうか？」彼女は言った。

マルクはニューヨーク湾を望むベンチに腰かけた。日記を開き、数ページに目を通した。すぐに字間が詰まって上下に尖ったわが娘の筆跡と、ルイーズが好んで描く小鳥や星、バラの絡まるゴシック模様が目に飛びこんできた。絵の脇、余白の部分には、多くの文章が書きつけてある。詩の一節や母親が覚えさせた文章だった。マルクはそれがヴィクトール・ユゴーの「人は夜に自分の明かりへ向かっていく」であり、ポール・エリュアールの「あまりにきみの近くにいるから、ほかの人々のそばでは寒く感じる」、サン＝テグジュペリの「あなたは悲しむだろうな。ぼくが死んでいるように見えるから、でもそれはほんとうのことじゃないんだ」、ディドロの「どこにも何もない場所にいるなら、わたしがあなたを愛していると読みとりなさい」であると分かった。

マルクは動転し、胸が締めつけられた。あの電撃的で息を詰まらせる、破滅的な苦しみが舞いもどっていた。だがその苦しみは、麻痺した精神を熱湯の噴出によって潤すかのように、目覚めを強いる一連の記憶も伴っていたのである。

マルクはふたたびルイーズの声を聞く。

娘の笑い声、活気、声の抑揚が蘇る。

ノートのページの一枚一枚が娘そのものだった。

ルイーズはそれらページのあいだに生きていた。

ルイーズ

　パパ、わたし怖い……。

　これはいい加減な話をしているんじゃないの。手足が震え、心臓も破けてしまいそう。しょっちゅう地獄の番犬（ケルベロス）にお腹を食べられているような気がする。ケルベロスが吠えるのが聞こえるように感じるけど、それがわたしの頭のなかだけのことなのは分かっている。怖いけれど、パパがいつも言っていたように、自分の恐怖を怖がってはいけないと思うことにする。

　そして、自分がパニック状態になりそうになると、パパが助けに来てくれるんだと自分に言い聞かせる。

　わたしはパパが仕事をしているのを見たし、家に遅く帰ってくるのも見た。パパは絶対に挫けないし、捜査を諦めないことも知っている。遅かれ早かれ、わたしをみつけだしてくれることも知っている。だからわたしは耐えられる、だから強くいられる。

　パパとわたしだけど、いつも理解しあっていたとは言えない。とくに最近は、ほとんど口を利くこともなかった。今日になって、どれだけそれを後悔しているか分かってもらえたらと思う。わたしたちが愛しあっていること、お互いに理解しあっていることをもっと正直に言うべきだった。

地獄に落ちてみると、幸せな思い出の蓄えがあることの大事さが分かる。わたしはそれをいつも頭のなかに思いうかべる。寒さと怖さを和らげるために。わたしはママンが教えてくれた詩を暗唱したり、音楽教室で習ったピアノ曲を頭のなかで演奏したり、それにパパが選んでくれた小説を自分に語ってみたりする。

思い出は束になって湧きあがってくる。ほんとに小さかったころのペルー製のニット帽を被ったわたし、パパに肩車してもらってコルシカのヴィザヴォーナ峠を歩いている。チョコレートパンのにおいのするわたし、パパといつもそれを買いに行くサン＝ミシェル通りのパン屋さんでは、毎回、店員さんがわたしにマドレーヌをひとつくれたっけ。もっとあとになり、わたしの乗馬競技会のため、パパはフランス中をドライブしてくれた。

正反対の態度をとっていたけれど、わたしはパパがそばにいて、わたしを見守ってくれるのを必要としていた。パパがいてくれれば、わたしに何か深刻なことが起こるはずがないと思っていた。

ママンとパパ、わたしたち三人で過ごしたバカンスの思い出。いっしょに行くのを嫌がってよく不平を言ったけれど、そんな旅行の記憶がどれだけ今の監獄からわたしの脱出を助けてくれるか想像さえしなかった。

バルセロナのレイアール広場のヤシの木とカフェテラスを思いだす。アムステルダムの運河に沿った古い家並みの切り妻屋根を、スコットランドで羊の群れに囲まれているところを大雨に降られ、三人で大笑いしたときのこと、リスボンの街角に漂うタコを焼くにおい、旧市街アルファマの伝統的なタイル、アズレージョの青さ、夏でも涼しいシントラ、ベレン地区で食べたパステル・デ・ナタを思いだす。わたしは思いだす、ローマのナヴォーナ広場で食べたアスパラのリゾットを、サン・ジミニャーノの赤褐色に光る反射、シエナ近郊のオリーブ園の葉のざわめき、プラハ歴史地区の秘密の庭を。

四方を冷たい壁に囲まれ、わたしは陽の光を見ることはない。ここには夜ばかり。わたしは曲がってしまっても、折れはしない。それに、肉がそげて、焼けるように痛む赤いかさぶただらけのこの体はわたしのものではないと思うことにしよう。わたしはこの醜く青ざめた半死人ではない。わたしは死装束で棺に入れられた陶器のように白い死骸ではない、と。

わたしはパロンバッジアの温かい砂浜の上を駆ける太陽の娘だ。沖に向かうヨットの帆をはたく風。飛行機の窓の外、目もくらむ雲の海だ。

わたしはサン＝ジャンの火祭りで喜びに燃える炎。エトルタの浜辺に転がる小石。暴風雨にも消えないヴェネツィアのランタン。

わたしは空を切りさく彗星（すいせい）。疾風が舞いあげる金箔（きんぱく）。群衆が一斉に口ずさむリフレイン。

わたしは海原を撫でる貿易風。砂丘を掃くように吹く熱風。大西洋に投げられてさまよう空き瓶。

わたしは海辺で過ごすバカンスのバニラの香り、濡れた地面の頭をくらくらさせるようなにおい。

わたしはスペインのルリシジミチョウの羽ばたき。
沼地の上を奔る(はし)ほのかなきつね火。
落ちるのが早すぎた白い星の粉だ。

典拠

本書執筆のために、わたしはフランスおよびアメリカの地理、またアメリカ政界の慣例に関して、ある程度の自由解釈を行ったことをお伝えしておきたい。本書のところどころで語られる捜査の科学的側面は、ここ数年のあいだにわたしが読んで得た知識が加えてある。エボニーとアイボリーのスプレーは、ニューヨークで活躍するヘザー・デューイー・ハグボルという女性アーティストを紹介する記事から着想を得た。蚊から採取したＤＮＡを殺人の証拠に用いるというのは、すでにシチリアで二〇〇〇年代に行われたことであり、ほかにも、『ル・モンド』紙のサイト内に設けられているピエール・バルテレミのブログ〈Passeur de sciences（科学の越境案内人）〉にも詳しい。ラファエルが言及する幽霊（ゴースト）の概念については、ジョン・トゥルービーの『*L'anatomie du scénario*』（Nouveau Monde éditions、二〇一〇年〈邦訳『ストーリーの解剖学』吉田俊太郎訳、フィルムアート社、二〇一七年〉）を参照されたい。

訳者あとがき

本を閉じても余韻をゆっくり味わうような余裕などとてもなく、切迫した疑問がいくつも浮かんできてわたしたちの心を捉えて離さない。想像力を総動員して何らかの答えを紡ぎだすほかないようだ。

数奇な運命に弄(もてあそ)ばれてきたアンナ・ベッケルの人生にようやく光が差すかもしれないと期待する読者もいるだろう。しかし彼女自身が、今後は心理療法士に頼らなければならないと覚悟している……。あるいは、渋い脇役として登場しながら、なかば主人公になってしまう元刑事マルク・カラデックの悲痛な運命に慄然(りつぜん)とさせられ、心をそちらに向ける読者も、きっといるのではないか。彼は苦しい追憶のなかに一抹の平安をみつけられるのか。それとも……。わたしたちの想いは際限なく広がってとどまるところを知らない。

結末とその後を読者に委ねるというのは珍しいスタイルではないが、本書の最終章に収められた断片のいくつかは、ギヨーム・ミュッソならではの胸を衝(つ)く美しさに溢(あふ)れ、そのままいつまでも浸っていたい気持ちにさせる。

＊これ以降は、作品の内容や構成について具体的に触れている箇所があるので、できれば

本編をお読みになったあとで目を通していただきたい。

この濃密な小説は、結婚を数週間後に控えた小児科の研修医アンナが婚約者の小説家ラファエル・バルテレミと激しい言い争いの末、旅先の貸別荘を飛び出してしまい、そのまま行方不明となる場面から始まる。ラファエルが謎めいたアンナの過去を聞きだそうとした結果なのだが、彼女を捜しだすための行動は、闇に埋もれた過去を遡（さかのぼ）り、大西洋を越えたニューヨークへと向かい、まるで未知の女性をみつけるかのような大サスペンスに発展していく。無情な真実がひとつずつ暴かれるたびに、ラファエルたちの調査の対象はあれよあれよという間に広がり、すでに波乱含みで進行中だったアメリカ大統領選の勝敗の帰趨（きすう）さえひっくり返すスキャンダルの様相を帯びる。リアルタイムでそれに立ち会う読者は、ラファエルとその相棒マルクが着手した波瀾万丈の調査が、数週間あるいは数か月もの時を費やしたように感じるだろう。だが読み終えたとき、実際は三日間しか経過していないことに気づき、呆気（あっけ）にとられる。時空を超える手がかりがいくつもの枝に分かれて大きく広がり、どうにも収拾がつきそうにない極限に達した時点で、伸び放題になったプロットの数々が見えない糸で繋（つな）がれていたかのようにすーっと収束していくその見事さにまた驚かされる。華麗と言うしかない。そして読者は、初めに述べたように、それぞれの〝その後〟を頭のなかで描くことになるのだ。

本書を濃密だと評したもうひとつの理由は、複数の物語がいわば多声音楽(ポリフォニー)のように重なっているからで、たとえば物語はフランスとアメリカの両国、さらにフランスではパリとその近郊および東フランス、アメリカではニューヨークと中西部(ミッドウエスト)にて同時に進行する。さらにポリフォニーの各声部にフラッシュバックも加わって、登場人物の過去があぶり出され、新たな事件も起こるので、それは膨大な情報量となる。導線は複雑に入り組み、いくつもの入れ子を隠す精巧な「マトリョーシカ人形」のようである。そううまく言いあてたのはラファエル当人だ。迷宮を思わせる構成、しかし整合性がとれているから、定評あるミュッソの文章の読みやすさはいささかも損なわれない。とはいえ、冒頭の恋人同士の諍い(いさか)の場面からすさまじいスピードで絶えず何かが起こっているので、わたしたちはページから目を上げるタイミングをみつけられない。読者各位に、ぜひとも金曜日の夕方から読みはじめるようお勧めする所以(ゆえん)である。

著者はいくつか深刻なテーマも採りあげている。まず、拉致監禁の被害者のトラウマとレジリエンス（復元力とか弾力、強靭さと訳される）、そしてそれをとりあつかうマスメディアの姿勢。これがまさに本書の主軸であり、そのトラウマが「自分を透明にして目立たせぬようにしたい、人をはっとさせる美しさを、官能美を消してしまいたい」という強い思いをアンナに抱かせることになる。レジリエンスについては、リセ・サント＝セシルの学園長クロティルド・ブロンデルがアンナを評する「あの子はわたくしたちが一生に一度しか出会わないような人間の一人だということです。孤独な存在で、半分は大人の女、半分はまだ子供の彼女は、自分を再構築しようと願い、かならず成功するのだと決めていました」という言葉によく表されている。また何より、アンナの博士論文のタイトルが、まさにこの「レジリエンス」だったことにお気づきの読者もいることであろう。

そして、ラファエルを不安にさせたアンナの頑(かたく)なな態度は、じつはマスメディアを怖れる彼女の「お祭りの見世物なんかに絶対なりたくなかった。静かな環境のなか、自分の力で立ち直ろうと思った」という自己防衛反応だったのである。

つぎに、愛する相手にも明かせない秘密についての問題だが、ミュッソ自身はあるインタビューで、「秘密はわたしたちのアイデンティティーですが、恋愛感情とは折り合いません。嘘と真実の不安定な境界線、それがまさにわたしを夢中にさせるのです」と述べている。

そして最後に父性の問題。本書にはいくつかのタイプの父親が登場し、それぞれの子供との関係も多様である。シングルファーザーでイクメンのラファエルや、多感な思春期の娘の反抗的な態度に苛立つマルク、あるいは「隙間風」のような、顔のないカーライル姉妹の父親、そして、自由恋愛から生まれた婚外子を「血の繋がりで家族が構成されるのではない」という持論にしたがい、わが子と認めようとしない父親、等々。

いずれにせよ、現実のミュッソはこれらの例のどれにも当てはまらず、「元来わたしは一夫一婦制主義であり、独占的かつ完全な愛を信じます」と述べる四歳児の父親である。ちなみに最終章のタイトル「世界は二分される……」は、子供を持つ者とそれ以外の者に二分されるという意味である。「単純化しすぎですね！」と『パリ・マッチ』誌の記者バレリー・トリルベレール（前フランス大統領フランソワ・オランドのパートナーで、大統領との関係に破局が訪れ話題となった）に指摘され、ミュッソは「父親になるまえにそんな文章を読んでいたら、わたしも腹を立てたでしょう。（……）しかし、子供のいない人々には理解しえない領域は存在するのです」と自分が父親になって世界観が変わったことを明かしている。

同記者から、各章の題辞（エピグラフ）や本文中にも引用が多数見られる理由を聞かれ、ミュッソは「以前、車を運転していて大事故に遭ったあと、哲学書を多く読んで文章を書きとめるようになり、それを自分の読者と分かち合いたいと思った。いわば文化の密輸というか、横流しですが、その役割が自分でも気に入った。（……）わたしは教師だったので、継承という考えを好ましいと思っているんです」と答え、違う機会に同じ質問をされると、「学識をひけらかそうということではないのです。わたしが読書で掘りあてた知の地層を読者と共有したい、それだけです」と述べた。実際、エピグラフが各章の内容をどのように暗示していたのか突きとめるのもミュッソ作品の楽しみ方である。なお、これら本書のエピグラフと引用文は出典の通読をしていない拙訳なので（第５章のエピグラフのみ村上春樹『１Ｑ８４　ＢＯＯＫ１』〔新潮社、二〇〇九年〕から引用した）、文脈上のずれがあるかもしれません。ご容赦ください。

ここでミュッソの作品を初めて読まれた方のために、略歴などをお伝えしておこう。ギヨーム・ミュッソは本書冒頭の舞台となる、ニースのベ・デ・ザンジュ（天使たちの湾）の西に位置する古代からの港町アンティーブで、一九七四年に出生。図書館司書の母親の影響で、早くから本に囲まれて育った。大学入学資格（バカロレア）を得るとアメリカを旅し、アルバイトをしながら滞在したが、そのころアメリカを舞台とする小説の執筆を思いついたのだという。帰国してニースおよびモンペリエの大学で経済学と社会学の教員資格を取得後、東フランスのファルスブール（本書にも登場する憲兵隊詰所のある町）で高校教師になり、同時に小説の執筆を開始した。デビュー作『*Skidamarink*（スキダマリンク）』（二〇〇一年）はあまり話題にならなかった。ところが、二〇〇四年に刊行した二作目の『*Et après...*』（『メッセージ　そして、愛が残る』小学館文庫、二〇一〇年）が大ブレークし、以後、年に一作ずつ発表する作品がことごとくベストセラーの首位に入るという驚異のミュッソ旋風を巻きおこして、それは二〇一八年になっても吹きやむことを知らない。一方、映画的だと評される展開を持ち味としながら、ミュッソは自作の映画化にはひどく慎重なようだ。前述の第二作がロマン・デュリス、エヴァンジェリン・リリー、ジョン・マルコビッチという豪華配役で二〇〇九年に映画化され、また二〇一六年にも第四作の『*Seras-tu là?*』（『時空を超えて』小学館文庫、二〇〇八年〔『あなた、そこにいてくれますか』のタイトルで潮文庫より二〇一七年に再版〕）が韓国で映画化され、たいへんな評判となって日本でも公開された。ほかの作品についてもテレビドラマ化の噂が聞こえており、ミュッソ自ら映像化に乗りだすのかもしれない。

なお、作風について述べると、ミュッソは初期の作品でほんのわずか超常（パラノーマル）現象を採りいれることで読者の意表を突き、その点が支持される理由でもあった。それが二〇一〇年の『*La fille de papier*（紙の女）』刊行を境に、愛読者も気づかぬくらい自然に作風を変え、深い人間考察にテーマの重心をおくようになった。その後の彼の作品は、奔放なイメージと急テンポな展開、つまりミュッソならではの映画を思わせる筆致にますます磨きがかかり、読者は逃げ場のないサスペンスにかならずはまってしまう。しかし、それまでの愛読者がその作風の変更を承認してくれるまで五年かかったと、彼は打ち明ける。そう、ギヨーム・ミュッソは読者に対してきまじめ、律儀なのである。独占的かつ完全な愛を信じるように。その彼が作風を変えた理由を明かした痕跡はみつからなかったが、おそらく、三歳違いの弟ヴァランタン・ミュッソが同じ二〇一〇年に警察小説（ポラール）の作家として華々しくデビューしたことと無縁ではないだろう。さらに、まったく無関係な話かもしれないが、自分の子供に読ませる本を書きたいとも述べているので、いずれミュッソ作の児童書が出ることも大いにありうる。

　最後に、今後の活動について質問されたミュッソは、自身の創作について、作家仲間であるフランク・ティリエの言葉を借りて次のように答えている。「一冊の本を書くというのは、いくつもの峠をいかなる状態で越えていくのかまったく予見できないツール・ド・フランスのようである」と。ぜひとも峠からの絶景を、まだまだいくつも見せてもらいたいものである。

集英社文庫

ブルックリンの少女（しょうじょ）

2018年6月30日　第1刷
2018年10月22日　第4刷

定価はカバーに表示してあります。

著　者　ギヨーム・ミュッソ
訳　者　吉田恒雄（よしだつねお）
編　集　株式会社　集英社クリエイティブ
東京都千代田区神田神保町2-23-1　〒101-0051
電話　03-3239-3811
発行者　徳永　真
発行所　株式会社　集英社
東京都千代田区一ツ橋2-5-10　〒101-8050
電話　【編集部】03-3230-6095
【読者係】03-3230-6080
【販売部】03-3230-6393（書店専用）
印　刷　図書印刷株式会社
製　本　図書印刷株式会社

フォーマットデザイン　アリヤマデザインストア　　マークデザイン　居山浩二

ISBN978-4-08-760751-2 C0197